Trans+

Trans+

Trans+

Strange & Mesmerizing

SM
31

記憶冰封之處
The Sanatorium

作者：莎拉・皮爾斯 Sarah Pearse
譯者：力耘
責任編輯：林立文
封面設計：高偉哲
電腦排版：張靜怡
法律顧問：董安丹律師、顧慕堯律師
出版：小異出版
台北市 105022 南京東路四段 25 號 11 樓
TEL：(02) 87123898　FAX：(02) 87123897
www.locuspublishing.com
發行：大塊文化出版股份有限公司
台北市 105022 南京東路四段 25 號 11 樓
讀者服務專線：0800-006689
TEL：(02) 87123898　FAX：(02) 87123897
郵撥帳號：18955675　戶名：大塊文化出版股份有限公司

總經銷：大和書報圖書股份有限公司
地址：新北市新莊區五工五路 2 號
TEL：(02) 89902588　FAX：(02) 22901658
初版一刷：2022 年 3 月
定價：新台幣 480 元

記憶冰封之處

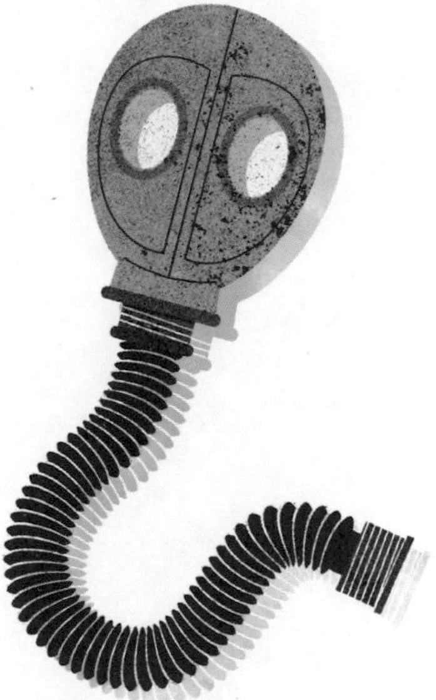

THE SANATORIUM

莎拉・皮爾斯 SARAH PEARSE——著
力耘——譯

獻給我的家人

當生命逝去，人才開始學著怎麼活。

——米歇爾．蒙恬

我一直很喜歡束縛。束縛帶來慰藉。

——喬瑟夫．狄朗

序曲　二〇一五年一月

廢棄醫材散落一地：生鏽斑駁的外科器械，碎藥瓶，空罐，傷痕累累的舊輪椅骨架。開腸剖肚的床墊頹然抵著牆壁，表面散布點點膽黃色汙跡。

丹尼爾．勒梅特緊扣公事包，劇烈地噁心想吐；這棟房子彷彿遭人抽去靈魂，僅留下腐爛、染病的軀殼。

他快步穿過走廊，鋪了地磚的地板迴盪腳步聲。

盯著地板，別回頭看。

可是這些腐朽之物各有各的故事，牢牢吸引他的目光。不難想像當年住在這裡的人是如何費力地、痛苦地咳，幾乎要把肺給咳出來。

有時候，他甚至覺得聞得到這地方以前的味道——源自手術房那股刺鼻、具腐蝕性的化學氣味，依然流連空中、不曾散去。

丹尼爾在走廊中段停下來。

反向的房間有動靜，一抹扭曲模糊的暗影。他胃裡一沉，靜立不動，仔細掃視幽暗的室內——大量紙張散落一地，呼吸器管線扭曲蜿蜒，床架斷裂，束帶磨損鬆垂。

他緊張得起雞皮疙瘩，但純粹虛驚一場。整棟屋子靜謐依舊。

他重重吐氣，再次舉步前進。

別傻了，他對自己說，你只是累了。太常熬夜，太早起床。

來到正門前，丹尼爾一把拉開大門；冷風怒號，猛地將門片往回抽。他跨一步來到屋外，冰冷雪花迎面撲來，一時遮蔽視線，卻也讓他鬆了口氣。

這療養院害他心神不寧。儘管他知道這地方未來會變成什麼模樣。他親手描繪新飯店的一門一窗、每一處照明開關，然而此刻卻無法不在意它的過去，以及這地方以前的用途。

丹尼爾抬頭瞄一眼。屋子外觀也好不到哪兒去，他暗忖。硬梆梆的長方形建築半覆白雪，陽臺、欄杆、細長外廊崩裂朽壞，在在顯示此屋棄置已久，正一步步頹圮凋零。雖有幾扇窗仍完好如初，惟多皆已封閉，一方方醜陋的刨花板散布建築正面。

丹尼爾想起他在沃韋的家，那幢可眺望湖景的屋宅和此處截然不同。他家乃是現代感十足的模塊設計，整間屋子幾乎全以玻璃建成，能將遼闊湖景盡收眼底。屋頂有露臺，門前還有小小的泊位。

這全是他設計的。

腦中的畫面繼續帶到妻子裘的身上。這個時間點，她應該才剛下班回到家；雖然心裡仍掛念著廣告預算和簡報，卻已開始催促孩子們回房寫作業了。

他想像她在廚房裡忙碌，準備晚餐：快動作地切片削塊，一縷紅褐髮絲拂過臉龐。她不會把晚餐弄得太複雜，通心粉、魚、炒青菜。他倆對家事都不在行。

這些畫面讓他稍微定心，但也只是暫時而已。丹尼爾越過停車場，頭一次對開車回家感到心慌。

療養院位置偏遠、隱身群山之間，即使天氣極好，特地來一趟也不算容易。為了讓肺結核患者遠離城市煙害、並且和一般大眾保持距離，當初是刻意選擇蓋在這裡的。

不過，院址偏遠表示路程猶如噩夢，連續髮夾彎一回又一回切穿濃密的針葉林。早上開車上山時，丹尼爾幾乎看不見路；雪花像白色冰鏢一樣狠狠擲向擋風玻璃，能見度頂多幾公尺。

快到車子旁邊時，丹尼爾踩到東西——破掉的標語牌半掩在雪地裡。板子上的法英標語腥紅怵目，字跡生硬粗糙。

NON AUX TRAVAUX! NO TO BUILDING WORKS!!（反對施工！）

丹尼爾怒意攻心，忿忿踏踩兩下。上週他們來這兒抗議，人數約五十，個個咆哮辱罵，在他面前揮舞這些俗氣標語，還有人用手機把抗議場面拍下來，放上社群媒體。

為了讓飯店建案開花結果，這是他們必須對抗、卻彷彿永無止境的戰役之一。居民都說要進步、希望招徠法國觀光客，然而一旦真的動工，大家又開始猶豫、處處阻礙。

丹尼爾知道為什麼：贏家遭人嫉。

父親曾如此告誡他，事實也證明這是真的。剛開始，當地人確實以他為榮，讚許他的小小成就——席昂購物中心，俯瞰隆河、高踞榭爾的單元住宅。但後來他太超過了，不是嗎？他太成功，太出名了。

從他們的眼神，丹尼爾能感受到他們認為他已經拿到應得的，現在卻貪婪想掠奪更多。他才三十三歲，卻已經把建築事務所營得有聲有色；他在席昂、洛桑和日內瓦都有辦公室，下一步預計落腳蘇黎世。

盧卡斯也一樣。他做房地產開發，也是他相交最久的朋友之一。盧卡斯三十有五，目前已擁有三間堪稱地標的著名飯店。

旁人憎恨他們的成功。

這項建案已經走到最後一步，不能回頭了。為此他倆什麼都經歷過：網路酸民攻擊、寄電子郵件或黑函到他的辦公室。數不清的反對、抗議活動。

這些人先找上他。當地部落格和社群媒體開始出現謠言，說他的公司搖搖欲墜；後來他們也攻擊盧卡斯，杜撰的內容都一樣，重複到他根本懶得看。但其中有一篇令他心頭一震。

雖然丹尼爾不願承認，但這則流言頗教他心煩。

內容跟賄賂有關，是貪汙。

丹尼爾試著找盧卡斯談談，但他的朋友拒絕討論這件事。流言猶若芒刺，令他心煩苦惱，不過跟建案有關的類似問題層出不窮，他只好逼自己置之不理。他必須暫時放下它，專注於最後成果：這間飯店將鞏固他的名氣與聲望。基於盧卡斯的幹勁以及對細節的執著，丹尼爾交出這份頗具企圖心、受人矚目的設計案，他不曾想過自己竟能走到這一步。

丹尼爾來到車門旁。擋風玻璃積了一層厚厚的新雪，雨刷肯定動不了。他得先刮掉一些。

就在他探進口袋拿鑰匙的那一刻，他注意到地上有東西。

一只手環，掉在前輪旁邊。

丹尼爾彎腰拾起。手環很細，銅製。他在指尖把玩捻轉，依稀能看出內側刻了一排數字……好像是日期？

丹尼爾蹙眉。肯定是今天來過這兒的人掉的吧，否則早就埋進雪堆裡了。但他們為何靠近他的車子？他們想幹麼？抗議畫面閃過腦海，一張張憤怒起鬨、噓聲不斷的臉。是那些人嗎？

丹尼爾逼自己長長地、深深地吸氣再吐氣。然而，就在他把手環塞進口袋時，他瞥見停車場圍牆的雪堆後方閃過一道影子。

模糊的側影。

他握緊鑰匙扣，掌心全是汗。丹尼爾用力按下按鈕，打開後行李箱——一抬眼，他卻傻了。他面前站了一個人，就在他和他的車子之間。

丹尼爾愣愣地瞪著對方，瘋狂思索，試圖理解眼前的畫面。為什麼有人能夠如此迅速地接近他，他卻絲毫不覺？

此人穿得一身黑，頭上罩著東西。看起來像防毒面罩：基本形式相同，但少了前方的過濾裝置，不過倒是有條粗橡膠管連接口鼻部。是黑色、帶羅紋的連接管。對方把重心從一腳換至另一腳，管子隨之震動。

凶神惡煞，這感覺太恐怖了。莫名的恐懼從最黑暗的潛意識深處緊緊攫住他。快動腦！他對自己說，想想辦法！他絞盡腦汁，試著打撈各種可能性，設法讓局勢朝無害、好的方向走。惡作劇——沒錯，這人是抗議者之一，只是想嚇唬他。

那人朝他跨近一步。動作精準而自制。

丹尼爾眼中只有對方臉上黑色橡膠管的恐怖放大特寫，還有管上的羅紋。這時，他聽見呼吸聲：一種詭異、帶溼氣的聲音，從面罩裡傳出來。是流動的呼氣聲。

心臟抵著肋骨怦怦跳。

「現在是怎樣？」丹尼爾聽見自己有多恐懼。他想壓抑聲音裡的顫抖。「你是誰？你想幹麼？」水滴滑下臉龐。是汗？還是皮膚發燙融化了雪花？他分不清楚。

沒事兒，他對自己說，冷靜點。不過就是個笨蛋白痴在這裡瞎攪和。

繞過這傢伙、直接上車就好。

就在這時候，他從這個角度看見一輛車。稍早抵達時那車並不在。那是一輛黑色日產皮卡車。

快呀，丹尼爾。快點動。

但他的身體仍不聽使喚、拒絕服從。於是他只能聽著面罩傳出的呼吸聲，聽那聲音越來越大、越來越急促、越來越吃力。

輕柔的吸氣接著一聲尖銳的高音。

一再反覆。

對方蹣跚近逼，手裡握著個什麼。是刀嗎？丹尼爾看不出來。那人戴著厚手套，所以手裡的東西幾乎都被手套遮住了。

動啊！還不快動！

他努力逼自己向前移，一步再一步，但恐懼使他肌肉僵硬，害他在雪地上絆了一下，右腳向外滑出去。

待他再次拉直身體，一切已然太遲：戴手套的手緊摀住他的嘴。丹尼爾聞到手套陳舊的霉味，也聞到面罩的氣味，是塑膠燒焦的特殊臭氣，還摻了一些別的。某種熟悉的味道。

丹尼爾的腦子還來不及連上記憶，大腿就被劃開。劇痛尖銳，使他思緒渙散，意志飄忽。不出幾秒，丹尼爾靜靜墜入虛無之中。

新聞稿——二〇一八年三月五日凌晨十二點前不得公開

山巔飯店

地址：3963 瑞士瓦萊邦　克雷恩蒙塔納　普魯瑪奇高嶺

瑞士克雷恩蒙塔納風景區　五星級飯店即將開幕

隱身瑞士阿爾卑斯高嶺、雄踞陽光普照的克雷恩蒙塔納高原，**山巔**是房地產開發商盧卡斯．卡洪最新力作。

歷經八年縝密規劃與施工，小鎮最古老的療養院脫胎換骨，將以豪華飯店之姿重回世人眼前。飯店主樓為十九世紀末建築，由盧卡斯．卡洪的曾祖父皮耶．卡洪所設計。此地原是舉世知名的結核病治療中心，後因抗生素問世，療養院被迫多角化經營。

其後，該建築因其創新設計而獲得國際注目，並於一九四二年追贈老卡洪「瑞士藝術獎」。一位評審表示，該建築線條簡單俐落，結合大片廣角窗、平式屋頂與樸實的幾何形狀，深具「開創性的實用設計。既能滿足醫療院所功能，又能讓內部空間流暢地與外部地景相連，銜接得天衣無縫」。

盧卡斯．卡洪表示，「該是為這棟建築注入新生命的時候了。只要眼光正確，相信我們一定能創造一座細膩、有質感的度假飯店，向這棟建築豐富多采的歷史致敬。」

瑞士建築事務所「勒梅特公司」已組成工作團隊，除了指導建物翻修，也將新增一座最時髦的溫泉療養暨休閒中心。

山巔採取創新工法，巧妙運用當地木材、石板和石料等天然素材進行翻修。飯店優雅時尚的設計不僅能與室外壯闊雄偉的地勢互相呼應，還能延續建築生命，寫下新的故事篇章。

「瓦萊旅遊」總裁菲立普．佛肯姆表示，「瓦萊邦已名列全球最佳冬季度假勝地之一，而**山巔**無疑將是這座皇冠上最璀璨的一顆寶石。」

媒體連繫請洽　洛桑／勒曼公關公司。

一般詢問、訂房請洽官網 www.lesommetcreansmontana.ch

1 二〇二〇年一月　第一天

纜車從山谷小鎮榭爾直通克雷恩蒙塔納，以幾近垂直的路線爬上山坡。路線沿途穿過覆雪的葡萄園和數座小鎮——旺托恩、榭米尼昂、莫隆、杭杜涅和布魯舍。全長超過四十公里，能載著遊客在十二分鐘內登上九百多公尺的高山。

淡季時，一般人大多開車或搭巴士上山，纜車頂多半滿；但今天拜車多之賜，公路大塞，纜車也客滿。

艾琳．華納站在爆滿的車廂左邊，將一切看進眼底。窗玻璃堆著厚厚的雪片，行李背包高高疊在雪水半融的溼地板上，瘦瘦高高的青少年仍持續擠進車廂。

艾琳肩膀一緊。她都忘了這年紀的孩子是什麼樣兒了：自私，眼裡只有自己、看不見別人。溼答答的袖子擦過她臉頰。她聞到溼氣、香菸、油炸食物、麝香混柑橘調性廉價鬍後水的氣味。接著是沙啞的咳嗽聲，還有笑聲。

一群男人擠進車門，大聲交談，揹著鼓鼓的 NorthFace 背包。他們把她身旁那家人再往車廂裡拱，連帶往她身上擠。一條胳膊擦過她，帶啤酒味的溫熱氣息拂過頸間。

恐慌湧動，心跳越來越快，抵著胸膛搏動。

我還要這樣多久？

海勒案已屆一年，她仍不時想起它、夢見它。她會在半夜驚醒，發現汗水濡溼被單，夢境鮮明逼真，鎖住她喉嚨的胳膊，潮溼壁面扭曲變形、越靠越近……

接著是鹹鹹的海水，白色泡沫，水面起伏漫過嘴巴、鼻子……

忍著，她對自己說，強迫自己閱讀車廂上的塗鴉。

別被它控制了。

她視線飄忽，掠過金屬壁面上龍飛鳳舞、歪歪扭扭的字跡：

蜜雪兒 2010

親親 XXX

海倫和瑞克 2016

她順著塗鴉往上看，不禁嚇了一跳：玻璃反射她的臉孔，看得她好心痛。她好瘦，太瘦了。彷彿有人將她挖空，把她的核心內在全刨走。她的顴骨尖銳如刃，令垂斜的藍灰色眼睛分得更開、更突兀。即使淡金色髮絲凌亂蓬鬆，上脣有道模糊傷疤，亦無法略為柔和她的五官容貌。

自母親過世，她一直在進行各種鍛鍊，從沒停過。十公里長跑、皮拉提斯、重訓，在托奇與埃克賽特之間的濱海公路頂著狂風暴雨騎自行車。

她練過頭了，但她不知道如何停下，甚至不曉得該不該停。她只剩這個法子，這是她驅除雜念的唯一辦法。

艾琳別過頭，頸背覆了一層薄汗。她望向威爾，試著專注看他。熟悉的短髭像塊灰影掠過下巴，還有桀驁不馴的暗金色頭髮。「威爾，我覺得熱……」

他皺起臉。而她看見皺紋已在這張焦慮的臉上勾勒出未來藍圖：輻射狀散開的細紋環繞眼周，淡淡褶皺橫過額頭。

「沒事吧？」

艾琳搖頭，眼眶泛淚。「我覺得不太舒服。」

威爾壓低音量。「是因為纜車，還是……？」

她知道他想說什麼，伊薩克。其實都有。他，還有恐慌……兩者相互交纏、互有關聯。

「我不知道。」喉嚨好緊。「我反覆看了好幾遍，你知道，就是那張意外收到的請柬。來這裡也許是個錯誤。我在做決定以前應該再多想想，或至少先跟他好好談一談，再讓他去訂房。」

「現在反悔還來得及，我們隨時都可以回去，藉口說我工作那邊有事就好了。」威爾微笑，用食指將眼鏡推上鼻梁。「這大概可以名列時間最短的度假紀錄吧。不過，誰管這麼多？」

艾琳逼自己回應他的笑臉。今昔對比靜靜打擊著、刺痛著她的心。他竟如此輕易就接受了一切，接受這個全新的日常。

初遇時，兩人的處境完全相反。當時她正值巔峰——至少她現在是這麼想的——是意氣風發的三十出頭。

那時她剛買下人生第一棟房子，是棟靠海的維多利亞舊宅頂樓。小巧別緻，屋內挑高，能看見一小方海洋。

她的工作亦頗為順利：晉升警探、搞定一件大案，就連母親的首次化療反應也不錯。雖然山姆的事依然令她悲慟，她仍努力面對。但是現在……

她的人生縮限得好窄好小，封閉到幾年前的她極可能認不出來的程度。

纜車門關上。厚厚的玻璃板滑動、靠攏。

車廂抖動一下，接著便緩緩往上，遠離車站，逐漸加速。

艾琳閉起眼睛——反而更糟。每一記聲響、每一次震動都在眼皮內無限放大。

她睜開眼睛，望向窗外飛掠而過的地景，可見一排排模糊、覆蓋白雪的葡萄樹；山間小屋，商店。

頭好暈。「我想下車。」

「什麼？」威廉轉頭。雖然盡力隱藏聲音裡的挫折，還是被她聽出來了。

「我得出去。」

纜車通過隧道。眾人沒入黑暗，一名女子低聲輕喊。

艾琳慢慢地、謹慎地吸氣，仍覺得自己快要發作。那是一股山雨欲來、逐漸近逼的毀滅感。身上的血液彷彿突然變得好黏稠，流動困難，同時又在全身各處飆竄。

再多吸幾口氣，慢點兒。她以前也是這樣自我訓練。吸氣四秒，閉氣，七秒吐氣。

還是不行。喉頭開始收緊，呼吸也越來越淺、越來越急。她的肺開始死命掙扎，想吸進更多氧氣。

「你的藥呢？」威爾急問。「在哪裡？」

她探進口袋一陣耙找，掏出吸入器送進口中、然後按下。很好。她再按壓一次，感覺氣體藥劑灌進喉頭深處、直抵氣管。

不到幾分鐘呼吸便恢復順暢。

雖然腦子瞬時清醒，但她也看見他們了，在她心中。

她的弟弟。伊薩克，山姆。

畫面漸次切換。

她看見男孩稚嫩的臉龐，臉頰布滿雀斑；同樣的眼眸、同樣略為分開，只是伊薩克眼神較冷，情感強烈且緊繃，山姆則充滿活力、燦亮如星，非常迷人。

艾琳眨眨眼，無法不想起她最後一次見到那雙眼眸是什麼模樣：空洞，毫無生氣。熠熠光芒已然消逝。

她轉向窗外，往日情景仍不肯放過她。她看見伊薩克對她微笑，那熟悉、促狹的笑臉。他舉起手，攤開的五指沾覆鮮血。

艾琳也伸出手，卻抓不住他。她從來就抓不住他。

2

飯店的接駁巴士在纜車山頂站外小停車場等著。那是輛閃耀金屬光澤的暗灰色迷你巴士，霧面車窗上有融雪流過的殘跡。

車門左下角印了「山巔」兩個細緻的銀色粗體小字，低調而沉穩。

艾琳首次放任自己感受那微微的興奮輕顫。在這一刻以前，她和朋友聊到這家飯店總是有意無意流露貶抑語氣。

裝模作樣。

徒具形式，只重外表。

事實上，她曾小心撕掉伊薩克黏上的便利貼，愉快翻閱飯店簡介手冊。用手指拂過厚厚的霧面封皮，細細品味簡約主義內頁呈現的新奇景象。

當時她感覺頗怪，有種不太熟悉、混合興奮與羨慕的心情，彷彿她錯過了什麼卻說不上來，甚至不曾意識到自己竟如此渴望。

威爾恰恰與她相反。他打從一開始就不掩飾熱情與欣賞，大讚飯店建築設計。看完小冊還不夠，甚至直接上網閱讀更多資料。

那晚，威爾一邊大啖椰汁羊肉咖哩，一邊將飯店室內設計的種種細節引述給她聽。「受喬瑟夫·狄朗影響」……「新簡約主義，反映建築物本身的歷史」……「創造自己的故事」。

威爾總有辦法吸收這種複雜的細節和資訊，每每令她讚嘆不已、感到安心。那是一種穩固又牢靠的感覺，確信他永遠都會有答案。

「華納小姐和……萊利先生？」

艾琳轉身，一名瘦高結實的男子大步走向他倆。男子穿著一件灰色絨毛上衣，胸前繡了一樣的銀色小字。

山巔。

「我們就是。」威爾微笑。男子和威爾同時伸手拿她的行李箱，威爾來不及退開，兩人互動一時間有些尷尬。

「一路上還順利吧？」男子問道，「兩位從哪兒來的？」他抄起行李箱，一一送進迷你巴士後車廂。

艾琳望向威爾，指望他接續這個話題。這種閒聊對她來說有點吃力。

「南德文郡。飛機很準時——這可從來沒發生過。我跟艾琳說，一定是瑞士的守時精神讓廉航也從善如流。」威廉抬眉、淒然一笑，「要命，這話聽起來超級老掉牙對不對？」

男人笑了。這是威爾和陌生人打交道的慣用手法。百分之百的熱情再加上自我貶抑，以緩和氣氛，無人不棄械投降，再為之著迷。威爾總有辦法創造出這種氛圍，他能應付自如、毫不費力。艾琳跟在威爾後方兀自沉思，想起當初她也是被這樣的他所吸引。這就是他的風格，不是嗎？

應付自如，游刃有餘。

對他來說，天底下沒有不能克服的事，而他也不是打腫臉充胖子，純粹只是反映他的用腦方式：將每一道題迅速拆解成符合邏輯、可以處理的不同區塊，然後逐項條列地查找資料、撥打電話、一個個解決，最後找到答案，問題迎刃而解。但她就不同了。即使是再簡單、再日常的瑣碎小事，她都有辦法膨脹到不成比例，搞得自己痛苦萬分。

就拿這趟旅行來說吧。她甫出門就開始緊張，擔心在機場或飛機上必須和他人近距離接觸，擔心遇到亂流，擔心航程延誤。

她連打包行李都覺得煩惱。問題不只是她得添購物品，而是她根本拿不定主意該買什麼。因為不確定天氣變化程度、不確定該帶哪些衣服。

結果行李箱裡的每一樣東西都是新的——甚至感覺也是。她撫過包住腿的全新長褲，將扎人的衣標塞進褲頭。她本該在家裡就剪掉的。

但威爾就只把幾樣東西扔進行李袋，儘管前後花不到十五分鐘，他仍有辦法照顧到諸多細節。他選了穿過好幾次、磨得剛剛好的登山鞋和 NorthFace 雪褲，還有 Patagonia 黑色抓毛絨外套。

話說回來，兩人的差異也成了某種互補。威爾接受她和她性格上的缺點，但艾琳也敏銳地意識到，不見得每個人都能像威爾一樣接納她這個人。對此她非常感激。

男子從容但誇張地做了個手勢，拉開車門。艾琳先上車，然後朝後座迅速瞥一眼。

方才搭乘同一輛纜車的其中一家已安然就坐。一對正值青春期的女孩秀髮閃亮，低頭看平板；母親拿著一本雜誌，做父親的則不斷用拇指滑動手機畫面。

艾琳和威爾選擇中間兩個位子坐下。「好些了嗎？」他柔聲問她。

確實好多了。乾淨的皮椅，沒有粗嘎嘈雜的人聲——最棒的是沒有汗溼的人體擠靠在她身上。關於這點，她感受特別強烈。

巴士緩緩前進，接著右轉輾過起伏不平的路面，駛出停車場。

司機開得很慢。馬路盡頭是岔路，司機微微右轉，雨刷快速移動、劃去擋風玻璃上的飛雪。

一切感覺都很好，直到抵達第一個彎口——車身猛地一甩、車頭轉向。整整一百八十度大迴轉。

車身抖動著打直，艾琳全身僵硬。

道路兩旁不再是雪地或樹林，就連路邊野草也看不見，取而代之的是緊緊攀附山壁邊緣的驚險景象。她和眼前這座垂直陡降、令人腦袋發暈的山谷間僅隔著一排細欄杆。

威廉貼著她，她感覺得到他的緊張、也知道他接下來會有什麼反應。他會用笑聲——勉強從牙關擠出來的低喘——掩飾不自在。「真要命！要是晚上開這條路，不敢想像我會開到哪兒去。」

「沒辦法，要去飯店只能走這條路了。」司機從照後鏡瞄了大夥兒一眼。「不過也因此讓不少人打消來這裡的念頭。」

「真的假的？」威廉按住她的膝蓋——手勁頗大。然後再次擠出笑聲。

司機點頭。「有個線上論壇專門討論這條路。年輕人會自拍影片放上YouTube，內容淨是些過彎慘叫的實況。因為拍攝角度的關係，影片看起來比實際恐怖很多。他們會把手伸出窗外，越過路面邊緣直接拍懸崖底下……」他停頓片刻，專注看著前方。「這段路最驚險，等過了這一段……」

艾琳一抬頭，胃也跟著直直落。前方道路甚至比剛才更窄，寬度只能勉強容下這輛迷你巴士。柏油碎石路面灰白髒汙，冰晶閃耀。她逼自己直視正前方，看著覆雪的山頭連接而成的崎嶇地平線。

他們花了幾分鐘通過這段路。隨著路面開展，威爾也放鬆他箝制的力道。他摸出手機，隔著車窗拍照，額頭浮現代表專注的紋路。

艾琳笑了，他這樣全心全意真令她感動。威爾一直在等待這一刻——壯闊的山景、初見飯店的第一眼。她曉得他稍後會在筆電上處理這些影像，這兒修一點、那兒調一些，然後再跟他藝術圈的朋友分享。

「您在這家飯店工作多久了？」威爾回過頭，開口問道。

「剛滿一年。」

「喜歡嗎？」

「這建築很有料。有故事、有歷史，它會深深印在你的腦海裡，就算想忘也忘不掉。」

「我上網查過，」艾琳喃喃說，「我實在不敢相信有多少病人曾經——」

「那個部分我倒不會想太多。」司機打斷她的話。「挖掘過去——尤其是這種地方的過去——只會讓你發瘋。如果你仔細追究這裡發生過的事……」他聳聳肩。

艾琳拿起水壺。剛才那句話在她腦中迴響不已：就算想忘也忘不掉。

我已經是了。她想起那本小冊，以及網路上的照片。

山巔。

再過幾公里就到了。

3

愛黛兒．布赫將手機塞回口袋，繼續推著吸塵器在三〇一號房來回移動。

倒也不是說這裡真的是三〇一號房，只是山巔……這地方讓人很難忘記它原本的模樣。

山巔徹底打破阿爾卑斯風格的既定形象：沒有鋪著假草皮的山中小屋、不提供傳統餐點，自然也擺脫所謂「房號」這種庸俗作法。

譬如，這間房就是以對面山脈的某座山峰命名的，其他房間也一樣。

貝拉托拉。

愛黛兒此刻正好能看見它。從偌大的玻璃窗看出去，貝拉托拉山嶙峋的頂巔突入天際。此情此景令她心情激動，因為二〇一五年八月，在她懷上加布里爾以前，這是她最後攀上的幾座高峰之一。她全都記得：驕陽燦爛、萬里晴空。螢光鏡框墨鏡，安全繩反覆刮過大腿。指頭抓附冰涼的灰色岩石，艾斯黛黝黑的小腿懸在她上方，扭成一個超出想像的姿勢。

隔年六月，她生下加布里爾。加布里爾是她和史戴凡（她的同學，一樣熱愛登山）在夏慕尼週末縱情的結果。兒子出生後，登山、健行、商學院學位以及和朋友徹夜狂歡的日子一去不復返。

愛黛兒全心全意愛著兒子，這點無庸置疑，但她有時也會鑽牛角尖，回想在人生分崩離析、重組成另一個截然不同的世界以前，自己曾是什麼模樣。

責任、擔憂。桌上滿滿一大疊催繳通知。這份工作築起她單調的日常節奏：換床單、抹桌子、擦地板，拿著吸塵器清除他人留下的殘餘碎屑。

雖不甘心，愛黛兒也只能忍下。她彎下腰、插上吸塵器插頭，再直起腰打量四周。應該不用花太多時間，她邊想邊評估房裡的混亂程度。

計算得花多少時間、投入多少氣力——愛黛兒挺喜歡這個小環節。評估是門藝術，也是整段過程中唯一需要動腦的部分。

視線掃過簡約主義風格的室內陳設。床鋪，低矮舒適的懶人椅，占滿左側整面牆、充作畫作的抽象渦紋圖案，色調柔和的喀什米爾毛毯。

還不錯，她在心裡打分數。

這組房客把房間維持得很乾淨，也很細心。被單拉得平平整整，地上的複式組合地毯一塊也沒跑位。

唯一稱得上「亂」的是床頭櫃上半空的杯子，還有掛在角落椅子上的黑色夾克。愛黛兒仔細研究袖管上段的編織紋章，Moncler。這一件大概要價三千瑞士法郎。

就像這件外套，這種不經意隨手扔的小動作似乎是有錢人的專利。愛黛兒總是這麼想，飯店套房亦同。絕大多數的房客似乎對這些抬高他們身分地位的巧思與細節——訂製家具、大理石衛浴、穗飾手織地毯——毫不在意，或根本沒有察覺。

她總是在處理別人粗心留下的髒汙：被單上的汙漬，卡進毛毯、黏答答的食物。愛黛兒想到她上禮拜還從馬桶撈出一只又皺又黏的保險套。

這一幕幕都好比擦傷，又刺又痛。愛黛兒甩開這些念頭，塞上耳機。她喜歡邊聽音樂邊工作，這樣做起事來更帶勁。

她最喜愛的歌單是老學生時代的搖滾樂，重金屬樂團，譬如槍與玫瑰（Guns N'Roses）、史萊許（Slash）、金屬製品（Metallica）等等。

她正要打開吸塵器，卻突然停下動作，注意到窗外的變化。天空邊緣泛灰變暗，預告著暴雪將至的特殊鉛灰，色調均勻卻令人生畏。外頭已狠狠下起雪來，飯店招牌、正門外停放的汽車全積了一層白雪。

愛黛兒不禁焦慮起來，胸口微微刺痛。倘若暴風雪繼續惡化，她極有可能回不了家。這事若發生在其他時候，其實她不會在意，因為托兒所的接送時間彈性很大。可是今天是加布里爾要去爸爸家的日子，接下來一個禮拜他都會待在那兒。

她必須趕回家跟他說掰掰。史戴凡總是牽著加布里爾的手、一臉不耐地看著她，而這句「掰掰」往往卡在喉嚨，說不出口。

加布里爾一跟著史戴凡離開，她旋即被黑暗且不理性的恐懼吞沒，深怕他再也不回來、再也不想回來。她恐懼著他最後還是選擇和父親一起生活。

此刻，愛黛兒從窗玻璃映像中清楚看見這份恐懼。她的黑髮往後梳成高馬尾，露出疲憊憔悴的臉龐，原本的杏眼也因為憂慮而變小。她別過頭去。看見這樣的自己——如此陰鬱又扭曲——彷彿看進了靈魂最黑暗的部分。

她瞥瞥手機、手指懸在播放鍵上，眼角餘光掃到欄杆上好像有什麼東西。

銀色光芒半掩在白雪中。

愛黛兒好奇地推門出去。

冰冷的空氣瞬時灌入屋內，強風也將點點雪片吹進窗中。她走向欄杆，拾起那東西一瞧。手環。

她撚轉細瞧：銅手環，有點像關節炎病人戴的那種，內圈有小小的數字，應該是刻上去的。肯定是房客的東西。等等她打算把手環放在床頭櫃上，這樣他們回房時就能看到。

愛黛兒折回房中，關上玻璃門。

她先把手環放在一旁桌上，再瞄一眼窗外的紛紛飛雪。大雪盤旋著落在陽臺上，越堆越高。

要是她遲到，史戴凡肯定不會等她，屆時就只剩寂靜空蕩的公寓無時無刻的折磨，直到加布里爾回家那日。

4

「艾琳，你要不要一起——」狂風扯動高處旗幟、劈啪作響，蓋過威爾說的最後幾個字。厚實的雪片從天空重重落下，沾在她臉上。

她腹部一緊。儘管威爾在她身旁、飯店亦巍峨矗立眼前，她仍禁不住感到一股與世隔絕的震撼。這個地方實在太遠太偏僻了，光是從鎮上開過來就花了一個半鐘頭。時間一分一秒過去，眼前的蜿蜒山路也帶著他們越爬越高、更深入山中。艾琳心裡的不安逐漸滋長，這種感覺怎麼也甩不掉。

因受大雪影響，車程拖了不少時間。但不管怎麼樣，現在他們已徹底遠離山下的文明世界。除了飯店，眼見所及只有樹林、白雪，還有赫然聳現、巨大幽暗的山體。

「艾琳？你要進來嗎？」威爾走向飯店入口，拖著他倆的行李箱在雪地上一路顛簸。

她點點頭，手指緊扣皮包背帶。站在飯店前，艾琳突然有股非常奇異的感覺，擾人心煩又詭異躁動，卻與這場紛紛大雪毫無關係。

艾琳左右張望，車道與車道後方的停車場都是空的。沒有半個人。

搭纜車上來的人全都進去了。

大概是因為建築物吧。她暗忖著，仰頭注視眼前的白色巨型結構，可是端詳越久，就越湧上某種緊張。

某種異常感。

伊薩克寄來的那本小冊子並未給她這種感覺。不過，為了強調覆雪山峰、白霜冷杉等壯闊自然背景，冊子裡的照片都是從遠處拍的。

這些照片從未以建築本身為主角，從未凸顯它的猙獰冷酷。

這棟建築的過去——它以前的用途可說無人不知、無人不曉，但建築物本身亦流露某種冷漠、沒有感情又殘忍的氣質。譬如那些毫無修飾的線條，視覺強烈的連續方形平面和立面，現代主義風格的平式屋頂和整面玻璃窗。這裡到處都是玻璃，炫目耀眼，能讓你能一眼望進建築內部。

艾琳邊思索邊往前走。除了冷漠，這裡還有種說不上來的違和感，某種在雕花陽臺欄杆、一樓大廳寬敞木造露臺等漂亮照片裡看不到的隱晦細節。

就是這種怪怪的感覺，她心想，是某種張力。不同事物被共同並列那種不寒而慄感，陰森的醫療機構，置身大自然的壯美之中。

說不定是故意的吧，她想。當初在設計這棟建築時，他們就利用複雜精巧的裝飾掩蓋這地方的實際用途。這裡可不是讓人找樂子的地方。

有人在此艱苦掙扎、對抗惡疾，也有人在這裡死去。

這就說得通了——難怪她弟弟要把訂婚宴辦在這裡。

這地方就像伊薩克，虛有其表。

用華麗的外貌，隱藏真實的內在。

5

「可惡。」愛黛兒喃喃咒罵，抓著鑰匙在鎖孔裡來回轉動。為什麼打不開？每次都在她趕時間的時候搞這種飛機。換衣間的房門忽地敞開，一陣冷空氣灌入。愛黛兒打了記寒顫，失手掉了鑰匙。

「沒事吧？」

她暗暗鬆了口氣。愛黛兒認得這聲音。麥特，白金色頭髮的瑞典人。這家飯店聘了不少外籍員工，他也是其中之一。麥特負責酒吧，整個人自信破表。淡綠色眼珠總是先骨碌碌地在你身上繞一圈，再直直看穿你的偽裝。

「沒事。」她屈膝半蹲、抄起鑰匙。「我趕時間。這禮拜加布里爾要去跟他爸爸住，他晚上就會來帶他。我想趕回去送他。」她終於打開置物櫃，迅速抽出包包和外套。

「可是他們剛剛宣布纜車停駛欸？」換麥特把鑰匙插進置物櫃鎖孔。「明天早上以前都不開。」

愛黛兒看看窗外，暴風雪比剛才更強了。狂風呼嘯，撲打飯店側牆。

「公車呢？」

「公車沒停。不過一定很擠。」

他說的沒錯。愛黛兒咬住下唇，看看手錶。

她得在一個鐘頭內趕下山。如果動作快一點，說不定來得及。

愛黛兒向麥特道別，鼓起勇氣從側門出去，可是走了幾步就停下來，渾身發抖，被強勁的風勢給嚇壞。雪花挾著風勢狠狠撲打她的臉和眼睛，她的臉頰也因為低溫而發紅。

愛黛兒用圍巾繞過蓋住鼻梁，走上通往飯店前門的小路。

她的每一步都陷入雪中，雪水逐漸滲入薄皮靴。*白痴呀。*她應該穿那雙舊雪靴才對。不出幾分鐘她的腳肯定溼透。

愛黛兒小心避開較大的雪丘繼續前進。口袋裡的手機滋滋震動。她停步掏出來查看，是史戴凡發的簡訊：**剛下班，等等見。**

下班。

這兩個字攪動她心中熟悉又苦澀的憎恨。愛黛兒討厭這樣的自己。

她知道，一味執著於自己原本可能擁有的人生——在職場步步高升、薪資水漲船高，還能到處旅行——並無好處。但她就是控制不了自己。

不論她再怎麼做心理建設、為自己辯護，事實就是事實：做出犧牲的是她，不是史戴凡。加布里爾出生以後，史戴凡並沒有放棄學業和人生計畫。他不僅第一名畢業，甚至在畢業後立刻進入沃韋的一家跨國公司，從事品牌管理。史戴凡在職場上有聲有色，工作評價很好，就連收入也相當不錯。

他女朋友是公司同事，薪水應該也很高，愛黛兒感覺得出來。莉絲不是俗麗且愛炫耀之人，不過從她與生俱來的自信和低調昂貴的衣著打扮，一切不言自明。

這些愛黛兒尚能勉強應付，反正就是自己器量狹小、愚蠢嫉妒罷了。可是這一切對加布里爾帶來的潛在影響卻令她心煩。愛黛兒很清楚，再過不久，加布里爾就會注意到他爸媽在職場上的差異了。

她一方面害怕加布里爾會因此看輕她，畢竟他總有一天會明白，她這個人、以及她能給他的，遠遠不及史戴凡以及他有能力供應的生活條件。

愛黛兒知道自己很傻，竟然這麼早就萌生這種念頭。因為此時此刻，加布里爾喜愛的一切與金錢完全無關。他喜歡被她摟著入睡，喜歡她唸故事給他聽。他喜歡奶蓋熱巧克力，喜歡在沙坑裡和其他小朋友一起玩。喜歡滑雪橇。

想起上禮拜的小旅行，愛黛兒自顧自笑了起來。他倆緊緊抓著雪橇，多次失控且直直撞上山坡下的籬笆，締造輝煌紀錄。每一次加布里爾都四仰八叉地壓在她身上，笑得停不下來。

這段回憶讓她暫時放下焦慮，正面看待自己。振作！她給自己打氣，橫跨一步避開掉落的枯枝。別老是滿腦子最糟情況。

就在這時候，她覺得有東西貼上腳踝。沉甸甸的。

難不成她絆到什麼了嗎？又是樹枝嗎？

低頭一看，她卻嚇呆了：一隻戴了手套的手握住她的腳踝。

在那手猛力一扯之下，她整個人往前撲。

愛黛兒面朝下摔進鬆軟粉雪中。

冰晶細碎，塞得她滿口滿眼。

6

天花板垂下的白色吊燈讓艾琳聯想到吊死鬼的套索。吊燈電線頗長，少說好幾公尺。吊纜微垂、居中銜接，再繼續往下延伸。吊燈本身不過就是團纏得亂七八糟的複雜線圈。

不消說，這盞燈肯定貴得不像話，艾琳無法理解其創作理念，然而不論從哪方面來看，她都認為就「飯店接待大廳」而言，這盞燈怎麼看怎麼怪。

竟然在象徵「歡迎」的空間裝設如此不祥之物。

大廳其他地方也好不到哪兒去。皮椅環繞窄木桌，一片大型灰色岩板充作接待櫃檯，就連壁爐上方的畫作（灰、黑雙色渦紋強勢抹過整面畫布）也同樣蕭瑟淒涼。

「你覺得怎麼樣？」艾琳用手肘拱拱威爾，「建築師的夢想之作？」她已預料到他待會兒會怎麼說了：拓展視野疆界，觸動靈魂，身歷其境。

艾琳只能以耳濡目染、潛移默化的方式吸收這類形容詞。因為這些詞彙對她來說如詩句般抽象。威爾談論建築的方式，還有他在磚瓦砂泥之間發現的種種驚奇，在在呈現出他的思考脈絡和心情感受。

「我喜歡。這類作品對二十世紀建築造成相當大的影響。建築師首度將他們理解的『現代元素』融入療養院設計。」威爾打住，觀察她的表情。「你不喜歡吧？」

「不知道欸，我覺得太冷調了。冷冰冰的沒有感情。地方這麼大，卻幾乎是空的，只擺了幾張桌椅。」

「他們是故意的。」艾琳聽出了他微微緊繃的語氣。由於她無法迅速領會設計之巧思，令他倍感挫折。「白牆、木頭都是自然素材。這是在向療養院的原始設計致敬。」

「所以他們想營造『無菌』的感覺？」怎麼會有人刻意摒除溫暖、舒適的設計呢？這在她看來頗為奇怪。

「白色象徵乾淨、衛生，但他們也認為，把牆壁刷白有助於達到『內在潔淨』的效果。」他用手指在空中打著引號。「那個時代的建築師在進行一種實驗，他們想透過設計去影響人們的感受。這棟建築原本就是設計為醫療機構使用，所以每一處細節都是為了協助病患康復量身訂做的。」

「那這些玻璃呢？我不太確定這種設計對我會有什麼幫助。」艾琳望向偌大的玻璃窗，看著窗外飛雪狂舞、漸漸堆積在窗櫺上。除了爐火散發的熱氣，她和外面的世界幾乎沒有界線。艾琳又打了一記寒顫。

威爾順著她的視線看出去。「他們認為自然光、大地遼闊的景象有助於恢復健康。」

「或許吧。」艾琳望向他身後，視線落在從天花板垂降而下、以細金屬絲懸吊的一只小玻璃盒。

艾琳走向玻璃盒，裡頭有支小巧的銀製扁瓶，瓶子下方有一排說明文字，法英並列。

CRACHOIR／SPITTOON（痰盂）病患常備用品，降低感染擴散機率

她招手要威爾過去。「你還說不奇怪？竟然把這種東西當成詭異的藝術裝置掛在這裡？」

「這整個地方就是一件裝置藝術。」他碰碰她手臂，語氣柔和多了。「不過你這個樣子應該和這玩意兒無關，對吧？你很緊張，因為快要見到他了？」

艾琳點點頭、靠向他，聞到他身上熟悉、安心的鬍後水氣味——辛辣的羅勒和麝香草——以及淡淡的菸味。「四年了，威爾，一切都不一樣了，是不是？我根本不認得他是誰，我再也認不得他了。」

「我知道。」他緊緊摟住她，「可是你別想太多，過去的就讓它過去吧。今天你來到這裡，就是個全新的開始。不只你跟伊薩克重新開始，海勒案也是。該和過去劃清界線了。」

對威爾來說當然容易，艾琳心想。威爾是建築師，每天都像全新的空白頁。他經常重新開始，他不斷在創造新事物。

他倆初遇時，就是這份特質打動她的心。他看起來是那麼的……爽朗，對什麼都不厭倦。艾琳懷疑自己這輩子應該沒見過誰像他這麼樂觀、全心全意為生活感到振奮，無論怎麼樣的小事都能令他雀躍萬分。

相遇那天，她剛下班，正在慢跑。那天她幾乎都坐在辦公桌前消化、應付大量文書工作，所以決定沿著海邊跑一圈，從她家托宏跑到布里斯罕再折返，輕鬆來回十公里。

途中，她在海灘上方的人行道稍做伸展，正好瞥見威爾站在牆邊。裊繞的白煙懸在帶鹹味的空氣中，將他環繞包圍。

他在烤魚，外加甜椒和雞肉；她還聞到小茴香和芫荽的味道。

她立刻察覺他也在看她。大概過了一分鐘吧，他出聲喊她、開了個玩笑，那種**我都開始烤肉了**

你才跑完啊的老掉牙笑話。她大笑著，兩人聊了起來。

她幾乎立刻就被他吸引。他的外貌有種不尋常的複雜魅力，令她震懾又興奮。散亂的金棕色頭髮，斯堪地那維亞式黑框眼鏡，短袖海軍藍V領襯衫，釦子一路扣到最上面那顆。

不是她以往會感興趣的類型。

他表明職業——建築師——這就說得通了。他鉅細靡遺闡述個人資歷，兩眼熠熠發亮。他目前擔任設計總監，對「水岸再生及發展」的混合設計特別感興趣。

他邊說邊指向海邊那幢新建的餐廳、住家複合式建築——那艘閃閃發亮的白色陸上郵輪。她知道那棟建築廣受好評，也知道它得了好幾座獎。他告訴她他喜歡花生醬、博物館、衝浪和可樂。這輕鬆自在的氣氛令她滿心驚奇。她竟然沒有一絲絲與陌生人交談的尷尬和不自在。

艾琳明白這是因為威爾本身就是個從容而放鬆的人。她不用多做猜想，他就像一本攤開的書，讓她也能坦然相待。她已經有好長一段時間不曾這樣了。

他們交換電話號碼，他當晚就打給她，隔天也是。沒有焦急等待，沒有試探也沒有耍心機。他問她問題，問她對警務、維持治安、警界角力有何看法，又問她個人經驗。

艾琳沒多久就察覺，他看待她與她一直以來看待自己的方式截然不同。這份體悟令她心醉神迷，讓她希望自己能配得上他在她身上看見的、或他以為看見的那個她。

和他在一起時她會嘗試各種新事物：逛畫廊、逛博物館，多次走訪埃克賽特港邊的地下紅酒鋪。他們聊藝術，聊音樂，聊想法。她買了好幾本裝飾用大部頭，不過也認真看完。她和他一起規劃週末小旅行，輕裝出遊。

這些全都不是她以往會做的事。直到那一刻，她的生活幾乎與文化絕緣——星期六晚上窩在家看電視、看垃圾雜誌，吃咖哩，上酒吧喝酒。

但她早該知道這種日子不可能永遠持續，真正的艾琳——那個孤僻、內向，覺得與其交出自己不如逃跑的艾琳——總有一天會再回來。

這個領悟令她沒來由憤怒起來。她竟然這麼不懂得珍惜那幾個月諸事完美的狀態。要是她曉得這一切是如此精準、微妙、平衡又隨時可能崩潰瓦解，一定會認真地緊緊擁抱這段時光。

不出幾星期，一切全變了樣。衰事接連而至，像一場超完美漩渦：母親的化療不見起色，她換了新老闆，接手一件複雜的案子。

處在壓力之下的她決定恢復原本的模樣：封閉自己，拒絕傾吐心中感受。她察覺兩人的關係立刻起了變化。對他來說，她的改變不僅不合理，也無法令他滿足。

她曾在兩人關係中設下界線——她需要自己的空間、保有自己的獨立性，有些晚上她只想一個人待著……剛開始他似乎樂於接受，如今卻行不通了。

艾琳覺得他隱約在試探她，像小孩子舔戳鬆動的牙齒。他會在平日晚上約她出門，找她去朋友家過節，拖著她一連好幾晚在他家過夜。

如果他無法從她身上得到一直以來都能擁有的東西，他會設法從其他方面補回來——她不曾給過任何人的另一個部分：承諾。也就是確認關係。

威爾想把他倆的人生結合在一起，彼此交織。

六個月前，兩人的關係終於來到重要關頭。他在他們最喜歡的泰式餐廳開口問她：如果他們搬離各自的住處、另外找地方一起生活，她覺得怎麼樣？

我們在一起兩年多了，艾琳，住在一起合情合理。

她藉口拖延、找了一些理由，但她知道他的耐性有限，她必須做出決定，而且時間快用完了。

「你——」

她轉過身，突然倒抽一口氣。

伊薩克。

伊薩克出現了。

7

恐懼瞬間湧上，愛黛兒慌亂往前爬。

扣住她腳踝的力道放鬆。她聽見一聲咕噥、一陣混亂的窸窸窣窣，但沒有一句道歉，沒有任何跡象指出這是單純的意外。

有人躲在暗處，伺機將她絆倒。

她滿腦子疑惑，可是沒空去想；她得設法脫身，她得逃跑。

愛黛兒奮力將身體往前帶、推地起身、沒命地向前跑。她不敢回頭，兩眼不斷搜索四周墨黑的大地。

想啊！愛黛兒，快想！

「回飯店」這個選項行不通。快到門口時她還得設法撈出通行證，一定會耗掉不少時間，反而讓對方有機會追上她。

森林。

倘若她鑽進林子，樹蔭濃密幽暗，說不定還有機會擺脫對方。愛黛兒盡可能跑快，終於來到通往林線的小斜坡；她聽見後方傳來腳步聲與陣陣喘息。

進了樹林，她或許能占點便宜。這條路她熟得很，整個夏天她都在這兒散步。小徑東拐西繞穿過樹林，經過幾條從山腰奔湧而下的小溪，將融化的冰河水帶進山谷。

而小徑的主幹道還分出不少岔路，專供登山車手於夏季使用。

她會轉進其中一條，設法甩開攻擊她的傢伙。

愛黛兒衝上小徑，腎上腺素狂飆，靴子吃力地踩過雪地。不出幾分鐘，她已氣喘吁吁，呼吸又亂又急，但她似乎擺脫對方了，她感覺得出來，因為沒再聽見對方的聲音。

再二十公尺。愛黛兒將計畫化為行動，她突然一個左轉、閃進一小叢冷杉後頭，縮進陰影中。汗水沿背脊流下。她不敢呼吸。

萬一對方認出雪地上的足跡怎麼辦？這樣說不定會直接帶對方找到她的位置……她只能期望枝頭落下的白雪和倚著岩石堆積的雪丘，能多少擾亂或遮掩她的足跡。

她終於聽見對方經過的聲音。跑在雪地上那厚實、穩定、間或踢起雪粉的碰碰聲。愛黛兒急忙起身、彎腰衝過小徑，再潛入右方的岔路。她迅速往後一瞥，想看看對方到底在哪兒，但眼前只見無盡的樹木和白雪。樹太多太密了。

愛黛兒以手肘架開樹枝，小心穿過樹林，左邊突有動靜，她怔住，視線朝左方掃去。

一隻土撥鼠跳出小雪丘，愛黛兒大大鬆了口氣，全身虛脫。土撥鼠抖動皮毛、甩掉幾片雪花，然後停下動作看她，接著鑽進樹叢。

又有動靜。伴隨聲響。

這回是悶悶的咳嗽。

該死，她被發現了。

棚屋……飯店堆放雜物的棚屋。她確定那個棚屋就在底下，和小徑平行。如果她能再多移動個幾公尺，應該就能躲進那裡了。雖然棚屋也可能上了鎖，但好歹是個機會。

她又聽見了呼吸的聲音。

冷靜，她叮囑自己，就快到了。

愛黛兒小心後退。

寂靜無聲。

她徐徐吐氣，採取行動。

愛黛兒緩步走下山坡，兩眼不斷在樹隙林間搜尋棚屋蹤影，但她什麼也沒看見。眼前只冒出更多樹木，白雪積得更厚。

愛黛兒邊喘氣邊低聲詛咒。剛剛她是不是爬得太高、太深入林中了？這也許是完全不同的一條路……

淚水刺痛雙眼。都是下雪害的，是雪下得太大，害她鑄下大錯。大雪把她熟悉的幾塊石頭、樹樁、空地等等平日常見的地標全蓋住。她得再回到主幹道，循原路回去。

她隱約聽見樹枝折斷的聲響，猛地轉身。

前方站了一個人，看不見臉。

她眨眨眼。眼淚使得焦距忽前忽後，視野一會兒清晰、一會兒模糊。這是夢吧？她想，揉了揉眼睛。說不定這全是一場夢。也許她早就躺在休息室床上睡著了。

只不過，待視野清晰，愛黛兒立刻明白這不是夢，不是半夢半醒之間的錯覺妄想。

她之所以看不見那人的臉，是因為對方戴著面罩。

那面罩從側面看有點像外科口罩，繫繩從臉頰中間橫過、拉緊之後再繞過後腦杓。而從正面看，愛黛兒才明白這面罩不簡單——防毒面罩似的，她心想。看起來恐怖無情，口鼻之間還有一條相連的粗紋管。好怪的防毒面罩啊……

面罩頗大，完全罩住對方的臉，讓她看不見，也分不清五官細節。

這人往前跨步。緩緩朝她走來。愛黛兒雙膝發軟。

不跑了。她再也跑不動了。

8

艾琳全身僵硬。我錯了，她心想，我不該答應要來的。

伊薩克向前一步，微微遲疑，然後一把將她拉向他。

她渾身一震。他的頭髮抵著她的臉頰，長而微捲的深色頭髮，幾乎超過下巴。他聞起來也不太一樣：菸草，外加陌生的香皂味。

艾琳咬緊下唇、閉上眼睛，但還是太遲——那些畫面迅速湧入。粼光閃耀、白沫微漾的大海。紅色水桶，海草濃密，海水潑濺蕩漾。海鷗盤旋淒啼。

伊薩克退開一步，迎上她的視線，眼中帶著一抹混合難辨的情感。是愛？是恐懼？她看不透。她再也讀不懂他的表情，時間已然抹去她對他的熟悉感。這個念頭好扎心。他是她僅存的家人，可是有些部分卻讓她覺得好陌生。

伊薩克清清嗓子，開始揉眼睛、搔抓眼內眥。這個動作很眼熟。他有溼疹，童年時經常突然發作，引發的原因多變——天氣炎熱、合成衣料、壓力等等，皆有可能。

「我們看見好些人下了纜車。蘿蕊一口咬定你應該趕不上這班車，但我還是想來看看。」

「我們搭上早一班火車。」艾琳強迫自己開口，然後望向他身後，「蘿蕊呢？」

「她得先去找她老闆討論派對的事，應該不會太久。」

伊薩克轉向威爾。「終於見到你啦，兄弟。」他用力拍拍威爾的手臂才靠向他，左手搭上威爾的背，誠心拍了兩、三下。伊薩克擅長這種半擁抱，動作十足男性化，將對方微微帶進他的私人領域，主導意味濃厚。

威爾渾然無覺。他神情開朗、大方微笑。「我也很高興見到你。對了，恭喜你，天大的好消息呢。」

「那我也要恭喜你。你完成了不可能的任務，是吧？」

威爾不太確定他的意思，面露遲疑。「你指的是……？」

「艾琳呀。」伊薩克朝她的方向點點頭。

一陣尷尬的沉默，威爾僵住了。接著他挺直背脊、揚起下巴——他唯有在感到受威脅的時候才會做出這個動作。

威爾的臉頰也逐漸泛紅，這個顏色頗不尋常，因為威爾不是個容易尷尬的人。但話說回來，伊薩克總有辦法教人措手不及，把人逼上失控邊緣。

「好歹你也搞定我姊啦。」伊薩克的笑聲劃破寂靜。「我還以為這種事永遠不會發生哩！提醒你一句，她可是匹黑馬。」

這算是個老笑話，所以大家應景地笑開，但艾琳明白他在玩什麼把戲：他想表現給她看，讓她知道他依然了解她、能讀懂她的心思；他在告訴她誰才是老大。

「那我也該對你說一樣的話囉？可以嗎？」艾琳反擊回去，但她一開口就後悔了。她的回答慢了半拍，音量又太大，語氣尖銳卻脆弱，言下之意太過明顯，完全無法達到預期效果。她別過頭，頸背發燙。

威爾改變話題。「你什麼時候到的？」

「好幾天囉。我們原本想去滑雪，不過吊椅關了。」伊薩克比比窗外的漫天飛雪。「從我們到的那天就一直是這樣。」

滑雪。這個他拿手。艾琳想起他曾經在研究所畢業後去法國壯遊一年，後來也常去法國度假。他努力攢錢——工作、存錢、工作。他們手頭都很緊，既沒有祖產、也沒有富爸媽可以伸手要錢。

他看起來健康結實，她邊想邊端詳他襯衫底下削瘦、強壯的肌肉線條。他的臉跟她一樣沒什麼肉，但五官更立體，細紋也比較多。那對分得有點開的藍眼睛倒是沒怎麼變，強烈而專注，教人參不透。老同學應該會說他幾乎沒變，仍是那副鬍子沒刮乾淨又不修邊幅的模樣。永遠的獨立樂團鼓手。

「其他人什麼時候會到？」

「過幾天吧。」伊薩克調整站姿、變換重心，「我們覺得讓你們倆先來比較好。訂婚前先聚一下，算是家人時間吧。」

伊薩克突然抬起手，輕輕刷過她的項鍊。「還戴著？」

艾琳下意識一縮，本能地扣住那條輕柔的銀鍊，避開他的碰觸。

「你們覺得這地方怎麼樣？」伊薩克挪開手，比了比四周。「就是這家飯店？」

艾琳一僵。她認得這個語氣，他想測試她的反應。這裡曾經是療養院，還有這刻意營造的簡約主義風格……他就是要她感覺不舒服。

「很棒，風格獨特。」她伸手撥攏臉上的髮絲，才發現頭髮剪得有多短。又是個新體驗了。自從母親過世……

「威爾呢？身為建築師的你怎麼看？」

話題回到威爾熟悉的領域，他拋出所有她料想得到、甚至是有過之而無不及的詞彙來闡述自己的觀點——俐落明快、完成度高、極度節制——他滔滔不絕說著，她則觀察伊薩克的表情。

他有些地方還是沒變，她心想。他的注意力早就不知道跑哪兒去了，甚至還不著痕跡地瞄她一眼。單這一瞥就不知道承載多少意思：他要她知道他不想聽威爾長篇大論、他覺得乏味，而他也曉得她清楚。更糟糕的是，他知道威爾壓根兒沒意識到這件事。他高高在上，睥睨一切。

威爾一連講了好幾分鐘，然後轉向艾琳，「我在問伊薩克他是怎麼求婚的。」

「喔，」她應道，「我——」不過她沒機會說完。

「很務實……我會這麼說，他把戒指放在滑雪靴裡。」有人回答。

蘿蕊。她來了，她站在伊薩克身後，臉龐微紅，面帶淡淡微笑。她擁抱艾琳、動作不甚熱絡，退開前向威爾打了招呼。

她注意到威爾仔細瞧了蘿蕊一眼，一閃而逝的微表情顯示他欣賞她。艾琳沒來由地覺得嫉妒。她並不是沒看過蘿蕊近年的照片，但她其實不怎麼上相——你得見到她本人才能感受那張臉龐的生氣與魅力：她輪廓清晰、五官分明，看起來不好惹。她的眼眸深邃，整齊的直瀏海剛好停在形狀完美的粗眉上。

她變了，多了一份艾琳不曾見過的自信與沉著。記憶中的蘿蕊比較放鬆，神情直率坦然，容易親近。現在她的五官表情感覺繃得很緊。

蘿蕊的服裝選擇也是艾琳永遠不會考慮的穿搭方式。她似乎刻意不走優雅套裝路線：高腰灰色牛仔褲，多層次上衣，外頭再罩一件萊姆綠開襟羊毛衫。她的圍巾也是灰色的，鬆垮隨興地繞過肩頸，手腕戴著好幾圈銀手環。

「抱歉這麼臨時才通知你們。」蘿蕊無奈地聳聳肩。「幾乎每件事都是最後一分鐘才決定的。」

她可真是輕描淡寫。艾琳一個月前才收到邀請：一封文件包，裝了那本風格簡約的霧面手冊，封面貼著一張螢光色便利貼：

我們要訂婚囉！派對辦在這裡……箭頭指向下方的冊子。**你出機票錢就好，蘿蕊在這家飯店工作。確定了就告訴我，你有我電話。伊薩克。**

這封請柬來得意外。自從伊薩克四年前離家來到瑞士，他們只聯絡過幾次：幾封電子郵件，極少通話。他零碎提及生活瑣事，譬如和蘿蕊交往、在洛桑大學任教，僅止於此。他們常常好幾個月沒聯絡，就連母親葬禮也沒能讓他回家一趟。他的藉口相當薄弱——放不下工作、學生突然遇上麻煩……等等。這些艱澀難忍的回憶令她難以釋懷，就像一塊咬不動也吞不下去的冷肉。

蘿蕊看著她，一臉疑惑。「你看起來不太像……」她遲疑片刻，重組句子，「我記得……」她還是說不下去。

「什麼？」艾琳厲聲詰問。「你記得什麼？」

蘿蕊慵懶一笑。「沒事，好多年前的了，沒什麼。」

威爾嚴厲地瞄她一眼，而她知道為什麼：她沒告訴他自己認識蘿蕊，沒說過她倆有段過去。

「我們在想，等等你們要不要一塊兒晚餐？」伊薩克說。「如果累了就改天，明天也行。」

「不會，就今天吧。幾點？」艾琳臉紅起來，為自己的急切感到困窘。

「七點左右？」他看看蘿蕊，後者點點頭，說。「放你們離開以前，我們想先帶兩位好好逛一逛這地方。我——」

他沒能說完就聽到一聲巨響，玻璃碎落一地，冷風如洪流灌入室內，大廳中低鳴的交談聲戛然而止。

一片寂靜。

艾琳轉身，心臟怦怦跳動，一扇側窗狠狠打開，地上散著碎玻璃、一灘水和幾支巨大的白色百合花。

儘管她知道自己安全無虞——不過就是窗子被吹開、花瓶被撞倒——脈搏仍狂跳不已，腎上腺素奔竄全身。艾琳察覺自己握緊了拳頭，指甲嵌進掌心。

飯店員工快步上前關窗，請客人遠離一地狼藉。艾琳鬆開拳頭，低頭看手心。掌心的指甲印清清楚楚。

半月狀，猶如彎彎新月。

9

屋外，暴風雪越吹越烈。漫天白雪彷彿被狂風吹得發怒，猛擊狠敲著玻璃窗，但蘿蕊瞧也沒瞧一眼。她嫻熟、有效率且步伐流暢地領著他們穿梭飯店各處，從餐廳一路導覽至交誼廳，再從圖書室逛到酒吧。

沒有盡頭的玻璃。清一色僵硬又赤裸的白牆，嚴肅拘謹的設計風格。

「最後、也是最重要的——」蘿蕊帶領一行人來到廊道盡頭，推開一扇門。「SPA區。」櫃檯服務區空間寬廣。櫃檯後方壁面覆蓋了巨型灰色大理石板，石板表面掠過條條深色岩脈，正上方的天花板同樣垂掛吸睛的裝置藝術——一團複雜纏繞的金屬線，點綴著盞盞小燈。

蘿蕊拂過一面白牆。「這幾面牆都是以『馬莫里諾』工法處理。馬莫里諾是一種由大理石粉和石灰膏混成的塗料，可以做出絨面砂質的效果。這種塗料能捕捉光線，隨著早晚時間變化而呈現不同光澤。以前的設計者也想在療養院做出這種啞光效果，讓病人不會覺得牆壁太刺眼，但室內仍保持明亮。」

儘管空間寬闊、天花板挑高，這裡卻暖得令人吃不消。空中瀰漫著濃郁的薄荷與尤加利樹氣味。艾琳瞟向角落，發現那兒也吊著一只從天花板垂下的玻璃盒；盒內擺著一頂頭盔，帽緣看似是黃銅製成。她走過去，細讀文字說明。

克里亞斯頭盔（CLIAS）：消防員頭盔改造的重型頭盔。用於鍛鍊頸部肌肉。

伊薩克跟著她一起低頭。「『故事』的一部分。」他勾起手指打引號。「每處公共空間都有這類玩意兒，來自療養院時期的歷史器物。」

她點頭，心頭微感不安。

蘿蕊向負責櫃臺的女子低聲交代幾句話，然後轉過身。「這位是瑪歌，她是這裡的接待員，稍後她會帶你們好好參觀一下。不過我先帶你們去瞧瞧游泳池，那可是堪稱經典之作。」她的聲音高亢嘹亮，貴氣十足。身為飯店營運副理，顯然她很習慣掌控全場。

艾琳想像著她如何和賓客、員工相處，回答問題、下達指令。反觀艾琳自己，她似乎總是自覺信心不足——她倆當真同年？蘿蕊看起來老成些，成熟又充滿領袖氣質。不過，艾琳又想，或許蘿蕊從小就是這樣。

她想起兩人第一次見面，八歲的蘿蕊嬌小慧黠，兩條粗辮子像繩索一樣垂在背上。蘿蕊本能知道自己是什麼樣的角色：指揮官，策畫人，負責發想遊戲、設計角色。你當美人魚，我當海盜，其他小朋友向來沒有二話，急切地想加入遊戲。

艾琳知道原因，那是因為蘿蕊渾身散發出一種艾琳從來無法駕馭的特質：滿不在乎。

蘿蕊對自己有把握，安於自己的性格設定。她似乎明確知道自己要什麼，這讓她能穩穩立足於這個世界。艾琳對此十分羨慕。艾琳和蘿蕊完全相反：她太在乎了。每件細瑣小事都能令她焦急苦惱——她是不是太安靜了，還是太吵？夠不夠酷？

然而她倆的不同從來都不成阻礙。她們十分親密，雙方都拚了命想守護這份友誼——尤其是她。因為蘿蕊是她第一個真正的朋友，第一個「接受她」的女孩，從不試圖改變她或嘲笑她跟別人不一樣。

但你看看你是怎麼回報她的？那個嚴厲的聲音輾過腦海。她接納你，跟你做朋友，結果你呢？

蘿蕊打開右側一扇較大的門，艾琳尾隨而入，旋即猛眨眼睛。傾瀉一室的日光刺得她睜不開眼。泳池四周全是從地面連至天花板的大塊玻璃，因此她第一眼見到的不是池水，而是室外怒號的風雪，還有廣袤無垠、冷冽如鋼的天空。

她依稀能看見一座木頭棧臺緊貼在玻璃窗外，室外還有幾個池子。第一座池正好在玻璃窗邊，氤氳熱氣裊裊盤繞，緩緩升空。

威爾吹了一記口哨。「沒想到還有這個。」

「設計師讓建築末端向外延伸，徹底放大視野。」蘿蕊的聲音在室內迴響。「這些玻璃全是精心設計過的。天氣好的時候，你可以三百六十度毫無阻礙地看見周圍的山景，自然光——」

「我才跟艾琳提過，這裡的原始設計重點就是光線。」威爾仍看著窗外。「以前的人認為日光有助恢復健康，對吧？」

「沒錯。」蘿蕊轉身看他。「當時的結核病標準照顧規範，是把重點放在環境。新鮮空氣，陽光。他們認為紫外線能幫助患者痊癒，所以會讓病人坐在露臺或陽臺晒太陽，即使冬天也一樣。」

白雪、閃爍的池水。要艾琳同時承受這整幅景象似乎有些吃力。

她頭昏眼花，有種毛骨悚然的暴露感，彷彿和室外強襲肆虐的暴風雪之間毫無阻隔。她按按太陽穴，轉頭背對玻璃窗和窗外呼嘯的旋風飛雪。

「艾琳？你沒事吧？」威爾問。

「沒事，只是有點頭暈。」

「或許是海拔的關係。」蘿蕊說。「就飯店所在地來說這裡算高了，海拔超過兩千兩百公尺。」

「我想應該不是高度。」伊薩克說得慢條斯理。「你從小就是這樣。每次我們去一個從沒去過的地方，你就會不舒服。」

「不要說了。」她的語調比預期還要尖銳。「這跟那有什麼關係？而且我已經不是小孩子了好嗎？」

他舉起手，手掌攤平、做投降貌。「別激動，我只是……」他搖搖頭。

艾琳看著他，憤怒刺痛胸口。他這種手足之間的關懷純粹是裝腔作勢。她好想抹掉他臉上一閃即逝卻高高在上的笑容。

小時候，伊薩克總是這樣：他會突然反轉話題、掀她的底，而她毫無防備。記得有一次，她在晚餐時跟媽媽說她交了一個新朋友，伊薩克馬上用一句貶抑的話酸她：你是說剛轉來的那個女生？她好奇怪，總是一個人。

威爾握住她的手，輕捏一下。「那，我們走吧？」

「好。」艾琳由衷感激。她望向泳池。這個池子對飯店來說太大了些。地板和牆面都鋪了同款灰色大理石磚，磚面上爆開的細紋猶如火焰。池水映照窗外覆雪的樹影，閃閃發光。

一名著黑色泳裝的女子獨自在水道上來回泅泳，聚光燈將她線條緊實的曲線投射於池底。她的手臂有節奏地劃過水面，自由式游得跟專業選手一樣好。

伊薩克蹙眉。「那不是賽西兒嗎？」

蘿蕊順著他的視線望過去，不禁愣住。

「賽西兒？」艾琳好奇複誦。

「賽西兒・卡洪。飯店經理。」蘿蕊說，聲音緊繃。「她是飯店老闆的妹妹，每天都會下來游泳，以前參加過全國比賽。」

「她很厲害。」她輕鬆展現出高超的泳技，令艾琳深深著迷。

「你現在還喜歡游泳嗎？」蘿蕊改變話題。

艾琳倏地臉紅，背上一陣臊熱。

困窘、恐懼、挫折——突如其來的熟悉感受頓時將她吞沒。

就在她轉過身的瞬間，她猛然意識到：伊薩克沒告訴她。他自始至終不曾告訴蘿蕊，山姆死後，一切都變了。

他什麼都沒跟她說。

10

離開泳池區令她鬆了口氣。艾琳倚著牆重重吐氣，呼吸粗沉又費力。

她到底是哪裡有毛病？原本打算好好放鬆、休息一下的。不過這也是賦閒在家的缺點，腦袋突然過度運轉，結果一下子轉不過來。

這都是你自己選的，她告訴自己，心思跳到一週前總督察安娜寄來的電子郵件。

去找喬談談。你得在X月底做好決定。

還剩兩週。未來兩週內，她得決定她要不要結束休假、回去工作。

艾琳尚未回覆。她還沒有答案。記得上一次跟安娜通話時，句句都能聽見她沮喪又失望的心情。你是個非常優秀的警探，不該讓這件事壓垮你呀，艾琳。

警探。

就連這兩個字都像長了刺一樣。它們承載了太多意義，不只是希望和夢想，還有血汗和種種艱辛——制服巡邏、考試、面談。

現在全都變成未知數了。

艾琳推開這些念頭，跟著蘿蕊折回廊道。前方有兩位男士正在低聲談話。

蘿蕊慢下步伐，艾琳注意到她和伊薩克對看一眼。

「他們是誰？」她問。

「一位是飯店職員，另一位是飯店老闆盧卡斯．卡洪。」蘿蕊作勢拂去臉頰上的髮絲，但那裡根本什麼都沒有。她的手在發抖。

她很慌張。為什麼？

「他不是早該走了嗎？」伊薩克嘀咕。

蘿蕊點頭。「照理說，他跟賽西兒要到下禮拜才回來呀。」

威爾仍盯著其中一人瞧——金髮又滿臉絡腮鬍那一位。「原來就是他啊……盧卡斯．卡洪。」

他的視線在他身上流連不去。艾琳也跟著瞧，理解了這人何以令威爾感興趣。

盧卡斯．卡洪十分引人注目，明顯是個頗具權威的重要人物。大老闆。

他個兒高、一副運動員模樣，但那股氣勢並非來自身高，而是金字塔式的站姿和趾高氣昂、幅度頗大的手勢——有錢有勢的人才會流露這種發自內心的自信，認為自己有權占據這麼大的空間。他的登山鞋和樣式隨興的科技材質保暖衣及登山褲，在在強調出他的個人特質：我很重要。不需要再多作暗示了。

「你知道他？」伊薩克問道。

「建築圈也是很八卦的。他的破壞式風格、他的作風……」威爾猶豫了一會兒。「不麻煩的話，希望你能找個時機幫我引薦一下。」

「我相信蘿蕊能搞定這件事。不過我覺得還是小心點好——」伊薩克語氣輕快。「建築師跟他不對盤唷。」

「伊薩克。」蘿蕊瞟他一眼，帶著警告。

「丹尼爾・勒梅特？」威爾迅速接腔。

伊薩克揚揚眉毛，「你曉得那件事？」

威爾笑了。「建築師圈子很小。還是沒消息？」

「沒有。」蘿蕊回答。

「怎麼回事？」艾琳發問，仍盯著盧卡斯・卡洪。

「丹尼爾曾經是這家飯店的首席建築師，不過在規劃進入最後階段的時候失蹤了。他下午離開工地，晚上卻沒回家，目前只知道這麼多。他的車停在這裡的停車場，可是他本人卻不見蹤影，消失了。」伊薩克一彈指，「沒有腳印，什麼都沒有。他的公事包、手機等等也都沒找到。」

「這在當年可是大新聞。」蘿蕊說。「賽西兒和盧卡斯跟丹尼爾很熟，他們從小就認識，盧卡斯都快瘋了，飯店的計畫也因此延宕好一陣子。原本打算二〇一七年開幕，結果晚了一年左右。」

「沒人曉得丹尼爾出了什麼事？」威爾問。

「傳聞是有幾套說法啦，有人說他事業出了問題，」伊薩克聳聳肩，「擴張太快之類的。和錢有關……」

「他們覺得他落跑了？」

「一個是落跑、不然就是——」

「好了，伊薩克，夠了。他會聽見的。」蘿蕊打斷他。「我想差不多就這樣吧。導覽結束。」

「謝謝。我……」艾琳沒往下說，視線停在蘿蕊身旁的一扇門上。這扇門看起來跟飯店裡其他的門都不一樣，裝飾繁複，群山環繞冷杉群的浮雕十分精緻。

「這間房是做什麼用的？」

蘿蕊扯扯頸子上的圍巾。「以前是諮詢室，現在封起來了。不開放賓客使用。」

「裡頭是空的？」

「不盡然。」她再次摸索圍巾，拽了拽、調整位置。「算是檔案室或雜物間吧，存放一些療養院時代留下來的用品。他們想過要做成特展，讓賓客了解這家飯店的歷史。」

「所以還沒規劃好？」

「暫時擱置。」蘿蕊面有遲疑，艾琳覺得她似乎在權衡斟酌。最後她開口說，「如果你有興趣，看一看也無妨。」

伊薩克皺眉。「蘿蕊，非得要現在嗎？他們說不定想回房整理行李。」

「當然，」蘿蕊連忙說，「不急著現在。」

「沒關係，我想看，我喜歡有歷史的東西。」這是真的。不過她也聽見自己略帶挑釁的語氣。伊薩克總能引出她這一面，讓她渾身帶刺，好鬥好勝。

威爾神色一凜。「艾琳，我們才剛到，我想先進房間整理東西。」

「好啊，那你請伊薩克先帶你去，我們不會耽擱太久。」

「好。」他語氣緊繃。「樓上見。」

艾琳看著他倆離開，隱約感到一陣刺痛不安。這樣做真的好嗎？刺探這種不對外開放的場所？「嘿，不方便的話真的沒——」

「沒事，」蘿蕊笑著說，「不過我要警告你喔，裡頭真的是一團糟。每樣東西幾乎都是在整修前清出來，再隨手扔在這裡。」她把鑰匙推進鎖孔，開了門。

「你還真沒開玩笑。」艾琳喃喃說道。

房裡高高堆著各式醫療器材：呼吸器、瓶瓶罐罐、一張舊式輪椅、好幾件古怪的玻璃器皿。所有物品都蒙上一層厚厚的灰。

物品的收整方式亦看不出任何秩序：有些裝在盒子裡，有些直接堆在地上，裝了文書資料的檔案櫃、紙箱則點綴其間。

「我警告過你囉。」蘿蕊挑挑眉毛。

「這還好啦，我看過更亂的。」譬如她家。失序狀態已逐漸在她的住處蔓延開來——快要塞爆的食物櫃、成堆擺放的書籍、掛滿衣服、因為過重而一段段垮掉的金屬衣桿。但她好像就是提不起勁，也沒精神好好整治這團混亂。

「不過挺有意思的，不是嗎？」蘿蕊對上她的視線。「這裡的一切、這地方原本的用途與模樣。」她的神情似乎變了，原本拘謹的態度稍微放鬆，露出某種似曾相識的殷切與活力——艾琳彷彿瞥見以前的那個蘿蕊。

除了屋裡的一團亂，艾琳忽地意識到空間本身——這裡空氣滯悶不流通，灰塵瀰漫，她想像一粒粒不潔的微小塵埃懸浮空中。艾琳強迫自己望向右手邊的櫃子，拿起一份卷宗，整疊紙張應聲滑落。

「我來。」蘿蕊跨前一步，卻滑了一下，一條腿直直向外劈開。

艾琳一個箭步上前，抓住蘿蕊的手臂穩住她。

「差點就摔出去了。」蘿蕊重新站好。

「沒事吧？」

「你反應好快，謝謝。」

「經常演練的結果。」艾琳微笑。「是我媽。去年她老是摔跤，還開玩笑說她需要的是防護墊，不是地毯。」她聲音嘶啞，倏地背過身，深怕眼淚奪眶而出。她非得這麼悲傷易感嗎？這麼赤裸裸地讓自己出洋相？

蘿蕊打量她一下。「是你在照顧她？」

「嗯。最後幾個月幾乎是全天候照顧了，我請了長假，所以……」她聽自己這樣說明過往、避重就輕，然後調整好情緒。「總之我想照顧她。雖然我們請了看護，不過媽喜歡我陪她。」

「我都不知道。」蘿蕊靜靜地說。

她聳聳肩。「我很高興我這麼做了。」這是實話，她找不到更好的解釋方式。直到事情落在她肩上，她才明白原來自己有這份餘裕，有耐心，也無私。一切就是這麼自然。

這是本能反應。照顧媽媽是她的回報。她在照顧過程中感受到某種強烈、深刻的意義，既沒有警務工作的不確定感，也沒有未竟全功的揪心遺憾。

「我覺得很了不起——就是能為別人這樣付出。」蘿蕊語聲微顫，支支吾吾：「我……我很抱歉。你知道的。你媽媽……她是個很可愛的人。」

艾琳眨眨眼，心底一震。就是這個，以前的蘿蕊就是這樣的。她情感豐沛，樂意付出也大方接受。不求回報。

她張口想回答，話語卻卡在喉間出不來。兩人四目相對，艾琳別開視線。

她彎下腰，將散落一地的紙張收攏疊好，並發現這些不只是文件，還有照片。最上面那張教人一見難忘：一排女子坐在外廊露臺上，瘦骨嶙峋、病懨懨。她們全都看著鏡頭，眼神直直與她相對。

結核病人，艾琳心頭一震。飯店的過往就這麼突然闖入此時此刻，看得見、也摸得到，令她猛然察覺自己離過去其實並不遠。

一瞬間，她只覺得胸口好緊，一口氣突然上不來，那份感受閃避躲藏，難以捉攫。艾琳胸口劇烈起伏，她覺得肺似乎被某種液體填滿了。

別慌。別被它控制，不能在這裡，你不能在蘿蕊面前失控。

蘿蕊細細打量她。「你怎麼了？」

艾琳摸索口袋，緊緊握住吸入器。「我沒事。」她用力按了一下，將藥劑深深吸入肺部。「氣喘，去年開始的吧，好像變糟了。我想不論是海拔高度或這裡的灰塵恐怕都幫了倒忙。」

蘿蕊仍盯著她瞧。

她撒了謊。才不是什麼氣喘呢，她以前也來過這麼高的地方，不記得有過類似的不適感。應該是這個地方的緣故。這棟建築。

她的身體對這裡的某樣東西起了反應。某種有生命、會呼吸、織入建築物DNA的東西。就像這些牆壁和地板，那東西也是這裡的一部分。

11

「他們不會來了吧？」威爾攪動早就不成形的檸檬慕斯，抬眼看她。

艾琳佯裝沒聽到，叉起一塊巧克力塔送進嘴裡。酥皮脆，巧克力也夠苦，口感卻教人失望——味道太濃、甜得發膩。她把盤子往旁邊推。

「艾琳？」威爾試著和她對望。

她看著桌面。兩根淌淚的矮蠟燭端坐在他倆中間的瓷碟，燭光搖曳，照亮木桌的環形紋路。桌上擺著吃剩的餐點、半空的酒杯和一壺冰水，壺身凝結的水珠亮晶晶；至於麵包籃——肯定是空的。威爾永遠無法拒絕麵包的誘惑。

「小艾，你有在聽我說嗎？」

「我們說好七點左右。」

「對。」威爾看看錶。「可是現在都過九點了。我覺得他們——」

艾琳拿起手機。沒有未接來電，沒有簡訊。

蘿蕊和伊薩克純粹就是爽約了。艾琳一肚子氣，忿忿斥責自己：他壓根兒沒變，他永遠也不會變。我憑什麼認為他會改變？

難堪與挫折的淚水刺痛雙眼，艾琳別過頭去，假裝研究室內環境。餐廳生意不錯，桌位幾乎全滿，嗡嗡交談聲不絕於耳。這地方晚上比較沒那麼嚴肅刻板，火光、燭光令牆壁不再白得刺眼，不過那玻璃窗還是很討人厭。它讓她覺得毫無防備。艾琳不喜歡這種感覺。

即使到了夜晚，玻璃窗仍舊主宰一切：餐廳側面整排都是玻璃，漆黑的室外與室內斷成一截一截的慘白人影融為一體，猶如巨大的舞臺布景。

威爾與她十指交握。「你生氣了，是不是？你有所期待？」他猶豫了一下才說，「期待他和以往不同？」

艾琳伸手拿水壺，往杯裡倒了些冰水。「是啊，但我不該這樣想。這就是他會做的事，每一次都跟權力脫不了關係。他知道我會生氣，而且還很得意。莫名其妙。反正他就是想看我會有什麼反應。」

「不過我還注意到另一件事，」威爾語氣輕快，「蘿蕊。你從沒提過你認識她。」

「這也不是什麼重要的事。」艾琳看著燭光，火焰妖嬈。「我認識她好多年了，那時我們都只是小孩子。」

他等她說下去。

「我媽和她媽是同學。她媽媽認識一個在日本教英語的瑞士人，蘿蕊出生時，他們搬回這裡。」艾琳聳聳肩。「我們不常往來。我大概只見過她……三、四次吧？」

她輕描淡寫。然而事實是，蘿蕊和她母親蔻萊莉每年八月都會去她家玩。艾琳和蘿蕊只要一放下行李，到哪兒都形影不離。她們每天花好幾個鐘頭游泳、划獨木舟，然後在海邊樹林裡野餐，大啖塞滿軟起司的長棍麵包和濃郁香甜的薑餅。

對艾琳來說，暑假在蘿蕊離開的那一刻就算結束。接下來她會花上個把鐘頭寫信給好友，每週六煲電話粥。

艾琳知道她為何選擇淡化兩人的關係。過去的蘿蕊使她想起山姆過世前的自己，而她總是忍不住拿以前和後來的自己互相比較。

除此之外還有別的理由，一個自她抵達飯店便試圖漠視的感受：內疚。她就突然斷了聯絡，任憑兩人的友誼枯萎凋零。

「你來這裡找過她嗎？」

她搖頭。「我媽想來，可是我們手頭不是很寬裕。」

「你們沒聯絡？」

「當然沒有。」她答得突兀。「山姆過世後就沒聯絡了。」

艾琳想起蘿蕊寄來的信，再之後是簡訊，可是艾琳總是要回不回的，於是一次、兩次漸漸就停了。其實不聯絡也好。不只是因為回憶，也因為嫉妒。她嫉妒蘿蕊的人生並未改變，嫉妒她能繼續前進。

「那你知道她和伊薩克是怎麼在一起的嗎？」

「社群媒體？我猜的啦。他來這邊工作……洛桑大學，離榭爾不遠，蘿蕊剛好住在榭爾，她幫他安頓下來。不過我某種程度覺得他是故意的。他知道這樣可以激怒我。」

「那你就別想了。好好享受假期，別讓他得逞。放輕鬆。」威爾靠回椅背。「度假這檔事……只有不讓自己被事情追著跑放假才有用。」

她掃視整個空間。「我在努力。不過這地方……我總覺得哪裡怪怪的。你不覺得嗎？感覺毛毛的。」

「毛毛的？」威爾笑了。「你只是不喜歡罷了，因為這裡不是你的舒適圈。」

他半開玩笑地說。儘管威爾從未明講，但她知道自己這樣缺乏彈性讓他不太高興。因為他無法理解，而無法理解就無法處置，所以轉而以開玩笑的方式帶過。

艾琳逼自己跟著笑。「舒適圈？誰說的？我可是即興大師，興致一來馬上活蹦亂——」

「你以前是這樣沒錯。」威爾一派嚴肅地對上她的視線。「就是我們剛認識的時候。」

她緊扣玻璃杯。「你明知道為什麼，」她聲線不穩。「你知道過去這一年我是怎麼熬過來的。」

「我知道，可是你不能被這些事毀掉。海勒案、你媽、山姆，這回再加上伊薩克——你任由這些事堆積，現在它們龐大到開始吞噬你的人生，讓你的世界越來越小。」他笑了一下，可是笑容是勉強擠出來的，她看得出來。「我還在等你履行承諾喔！不是說要去露營？我連帳篷什麼的都買好了耶。」

「別說了。」她手一推、頂開椅子，胸膛劇烈起伏、滿心恐懼。她又要哭了，在威爾面前，在飯店餐廳裡。他剛才說的那些話猶如警告，彷彿不斷提醒著她——他，就像她的工作，不會永遠等在那裡。

她站起來。她沒辦法面對這件事：她正在失去。再一次失去。

「艾琳，別這樣嘛，我逗你的——」

「別說了。」熱氣竄過背脊、爬上頸背，「我沒辦法談。威爾。現在不行，在這裡不行。」

12

那人又回來了。愛黛兒聽見規律有節奏的腳步聲，還有沉重的吸氣。

她坐在那裡，背抵著牆，動也不敢動。愛黛兒來到這裡以後不曾移動分毫。

聽，認真聽，別浪費力氣。

一股壓力突然落在手臂上。接著一推——愛黛兒重重側倒在地。那個撞擊力道極強，疼痛如震波漫過頸肩。

她尖叫、蜷起身子，膝蓋頂住胸口。

她把眼睛閉得死緊。

閉緊眼睛！不論發生什麼事，都不要把眼睛睜開！

她不斷在腦中重複這句話。她不知道這人是誰、也不曉得此人想對她做什麼。她只知道對方臉上戴著可怕的面罩……這人故意戴面罩嚇她。她知道自己一旦怕了，就會渾身無力，屆時恐怕再也沒機會回到加布里爾身邊了。

她父親曾經對她說過恐懼對大腦的影響，那是一種人類無法控制的原始反應。

那個部位叫什麼來著？大腦深處的某個特殊部位？快想啊……

她只記得，大腦裡的這個微小區塊感受到威脅時，會壓倒有意識的思考，凝聚全身力量面對威脅。

但問題是，這個節骨眼大腦其他部分或多或少都停擺了。主宰推理和判斷的大腦皮質開始失靈，所以在危急時刻要想出最佳解決方案，根本是不可能的事。

她又聽見聲音。

拉鍊，她心想，沙沙沙的聲音。

愛黛兒痛苦揣測，這人究竟想幹什麼？

快想！她再次叮囑自己。快想，你還有時間……只要不張開眼睛，你就能想出辦法脫身……

只不過，當她感覺對方的手碰到她，她才發現自己失算了。她不該閉上眼睛。少了視覺辨識，她的推理能力被迫停擺。閉上眼睛等於是在幫對方的忙，等於放棄所有雖然渺茫、卻不見得是零的逃脫機會。

是的。恐懼的苦果終究還是來臨。

剛開始，愛黛兒沒有感覺；那股冰冷的力道使她麻木。

她只感到一股壓力；指尖按在她的右大腿。

直到尖銳的金屬針尖穿過皮下、刺入肌肉，她才驚覺——

一股強烈的悶痛。

愛黛兒試著踢打尖叫。她睜開眼睛，卻什麼也看不見。黑暗已將她吞沒，無邊無際的漆黑當頭罩下。

13

「等等！」威爾追上她、抓住她的手臂。「別走。」

「我真的沒辦法。」艾琳轉回來，再一次覺得自己將被拖進恐慌的深淵。

「艾琳。」威爾加重握住她的力道。「如果每次我們一說起這件事你就轉身離開，那我們在一起還有什麼意義？如果不能分享、不能替彼此承擔，我們要怎麼維繫這份感情？這算什麼關係？」

她看著他。他的臉好紅、好生氣，眼鏡後方的眼眸卻帶著暖意。艾琳突然覺得好愧疚。他很在乎，這才是最重要的。他想談，這種事在情侶之間很正常，不是嗎？正常。為了威爾，這是她應該做到、或者該嘗試去做的事。

她點點頭，隨他回座。

待兩人重新坐好，威爾輕碰她的手臂。「你想談談嗎？」

「好。」艾琳並未馬上開口。她不想再起爭執，可是她還來不及阻止自己、話就出口。「威爾，關於你之前說的……你錯了。我有努力。但你看看我們……」

「你是努力過，但後來就沒有了，至少這幾個月沒有。過去的事好像某種路障，限制住你。除非跑步，否則你根本不願意出門。你也不再跟別人有社交互動了。」他停頓一下。「你知道嗎，前幾天晚上我聽見了，你睡覺的時候突然大喊山姆的名字。我以為你一直處理得很好，艾琳——就是悲傷這件事。我以為你好多了。」

好多了？她細細思忖這三個字。她怎麼可能好多了？失去山姆的悲傷仍深鎖在她內心深處、在全身每一個細胞裡。

艾琳不知道該怎麼解決這個難題。如果某個人的生命和你的每一部分緊緊糾纏相繫，你要怎麼去拆解？怎麼將這個人逐出你的人生？

她知道威爾也不好受。他想看到她好轉，想看見某種徵兆，證明她會克服這一切。就算不是馬上，至少不會拖太久。有時候，她懷疑兩人初遇時他其實把她視為一項工程，像是他手上進行的那種舊大樓翻修計畫——重新設計一些小地方、加把勁再調整一下，她就會變成全新的人那樣閃閃發亮。可惜她不是這樣的，還不是。如今她進度落後，不符他的期待，而他不喜歡這樣。

「我嚇到了，艾琳，你這個樣子還能撐多久？」威爾看著她。「你的工作……那個位子不可能永遠空在那邊等你，這你也知道啊？不是嗎？」

我知道啊，她想回答，可是我不確定我有沒有辦法再回去當警探。

她一直告訴自己，只要能找出山姆過世當天的事發真相，一切就能恢復原狀，她也能繼續前進。但是萬一恢復不了呢？萬一她必須接受一切、接受現狀呢？

嗚咽的聲音從喉中竄出，宛如嚥不下去的打嗝聲。

威爾伸手蓋住她雙手，用力捏緊。「聽著，剛才我實在不該多話，我們都累了。」他推推眼鏡。「你一直在整理你母親的東西，我們又舟車勞頓一整天，結果晚上還弄成這樣。」

他說的有理。過去這兩天她都在整理母親的遺物，忙到三更半夜。書、衣服、相框裡的褪色照片——每件物品都掀起波濤洶湧的回憶，令她感覺特別孤獨，又茫然失措。明明她都離開半年了，這分悲傷卻依舊刻骨銘心。

威爾一口喝光杯裡的酒，低聲說道：「你知道我最氣的是什麼嗎？是伊薩克竟然讓你一個人照顧你媽、處理遺產、應付彆腳的行政系統、整理遺物。你大老遠飛到這裡，他卻這樣耍你。」

「我知道。」艾琳聲音緊繃。「可是我還以為這次會不一樣。」

威爾揚起眉毛。

「不對啊，照理說他應該會想來啊，威爾，下來吃頓晚餐沒這麼難吧……而且還是他先提的，不是嗎？是他說我們該一起吃晚餐。」

「好啦，」威爾直接跳到結論，「總之我們被擺了一道，而我們現在做的——緊張、擔心、質疑、過度分析——你說這就是他想要的。既然如此，我們不如好好享受自己的夜晚吧。」他拿起酒單掃了一眼。「雞尾酒？」

艾琳想了一下，穩定心緒。「你說的對，既然來了，就好好享受吧。」

威爾招來侍者。「一杯這個，」他點點酒單，「然後再一杯這個。」

待雞尾酒送上，威爾哈哈大笑。「又是簡約主義，風格完全一致！」

可不是嘛。兩杯酒的份量都少於正常，極度節制。沒有鮮豔的藍色或粉紅色，也沒有花俏的裝飾。她的荔枝馬丁尼帶著柔柔的桃紅色調，杯緣鑲著一顆荔枝。他的則幾近無色。

艾琳小啜一口，甜味立刻衝擊味蕾，伏特加燒灼喉嚨深處，一陣火燙。這酒很烈。

「試試我的？」威爾把酒杯推向她。他看著她、淺淺微笑，但嘴角仍稍微繃緊。這笑是裝出來的，不過多喝幾杯應該就能變成真。

艾琳攬住長長的杯腳，感覺肩膀漸漸沒那麼緊了。*威爾說的對。*她不能被伊薩克牽著鼻子走。除此之外，她也不是來這兒和他重修舊好的，她心想。

她要他承認自己做過的事，她要徹底了結。

14

威爾推開房門，踉蹌走進屋裡。他大手一揮，笨拙地想把房卡插進牆上狹槽。失敗。塑膠卡片往後一彎、滑過目標。

「給我！」艾琳笑著搶走他手上的卡片，小心翼翼放進窄槽縫裡，房間霎時變亮。頭頂那幾盞耀眼的軌道燈頓時讓整個空間變得令人安心。

但她旋即打了寒顫，全身猛烈一震。房裡的每樣陳設都令她不舒服，神經緊繃起來。

理由並非過於空曠——房裡有床、有沙發、也有桌椅，卻不見任何能讓視線安放的一般裝飾。譬如抱枕、窗簾、花瓶什麼的。

床鋪為壁嵌式設計，延續牆面線條向外凸出，衣櫥也是，不過就是天花板下方的一道詭異開口。長型矮沙發同樣緊貼牆壁，白色沙發套和壁面幾乎是同一個色調。

也許她的不適感是某種訊號。她想起最近一次工作評量結語：**艾琳不太能適應變化，這可能會妨礙她未來的升遷機會**。

「怎麼啦？」威爾踢掉鞋子，歪著嘴、懶洋洋地咧嘴笑開。他眼皮很沉，同樣鬆垮垮的。威爾醉了，她好一陣子沒見他喝成這樣。

他握著手機，那機器發出叮一聲。

艾琳知道那是什麼：他的 WhatsApp 校友群組。他們經常分享一些誇張笑話。

威爾使用群組通信的習慣和她截然不同。除了分享笑話、簡短回應，他和這群朋友從不問候、不聊天，純粹只用笑話彼此轟炸。

他瞪著螢幕，一逕笑著。「你看！」他揚起手機。

艾琳掃了一眼。**拿手錶當腰帶——瞎折騰**[1]**！**

---

1 取「浪費」waste 與「腰」waist 諧音。

艾琳忍不住笑出來。雖然她從未親口承認，不過這個群組分享的笑話大多滿有意思。很孩子氣的簡單幽默，而她和威爾一直都是這一掛的。

艾琳瞄瞄她自己的手機，不禁嘆氣。「伊薩克還是沒打來，也沒發簡訊。」

她把手機往床上一扔，按按太陽穴，那裡又開始一抽一抽，頭骨下方規律地隱隱作痛。

她伸手拿杯子倒了些礦泉水，灌下一大口。

即使喝水仍沖不掉雞尾酒的味道。酒液餘味變酸，在喉頭深處留下某種金屬味。

「算了啦。」威爾笑著說。「今晚就別掃興了，你好不容易才放鬆……」

艾琳身體一僵，酒精的效果褪去，她又覺得不爽了。

威爾一把攬住她的腰、將她帶向他，雙手罩住她的臀部。「我們可以來個浪漫初夜……」

她扭身擺脫。「或許吧。」然而事實是：不可能。她越是逼自己不要去想伊薩克和晚餐被放鴿子的事，心頭累積的挫折感就越深。

她受夠了：這才第一晚，他就把他們晾在一邊不管。哪個正常人會做出這種事？吃個飯到底有什麼難的？雙方都得付出同等的努力才算溝通吧？

艾琳搖搖晃晃、歪歪倒倒穿過房間，拉開門，跨到陽臺。木地板上處處是結了冰的奶白色漩渦。

她深深吸入一口冰冷、純淨的空氣。

再一口。

她的腦子逐漸清朗，酒後的燥熱也慢慢消解不見。

「威爾！你看！」她喊道，「終於看得見風景了。」雲層散開，露出有著道道蒼白條紋的夜空。朦朧的半月灑下輕柔光芒，照向對面的連綿山峰。

乍看之下，眼前的景色壯麗絕美，然而她越看越意識到群山流露何等不祥氛圍：崢嶸嶙峋、猙獰邪惡。最高的那座甚至呈現倒鉤狀，像隻利爪。

艾琳打了哆嗦。她想起伊薩克提到的那位失蹤建築師丹尼爾．勒梅特。沒有屍體，沒有證據。望著這片山景，艾琳心想，實在很難不覺得這地方彷彿會吃人，而且是從頭到腳一口吞沒。

「太壯觀了。」威爾站在窗門邊，「不過你最好快點進來。山頂空氣稀薄，我聽說有些喝醉的人會感覺不到寒冷，結果隔天早上被人發現失溫死掉，身上沒幾件衣服。」他瞥瞥她身旁的木椅，眼神迷濛，「那躺椅……跟以前用的一模一樣。療養院那些病──」

「傻瓜。」艾琳笑了，但旋即打住，手指抵著嘴脣。她聽見各種聲音：腳步聲，爽颯刺耳的風雪吹襲，輕輕一聲啪嗒。談話聲。那人的法語優美悅耳。

艾琳從陽臺探頭偷看，瞥見深色波浪秀髮和一段圍巾。

她倒抽一口氣。

蘿蕊。

她從接待大廳出來，踢弄著飯店前方的積雪，身穿厚厚的抓毛絨外套，拉鍊敞開，灰色圍巾仍鬆垮垮繞在頸上，圍巾末端直到腰際。

蘿蕊在陽臺正下方停步，指間夾著雪茄，一縷輕煙如渦流般捲入空中。她大聲講著電話，語速極快，一隻手不停比畫。雪茄前端的微光襯著夜空飛舞，好像螢火蟲。

艾琳站定不動，深怕任何動作都會驚擾到她。

蘿蕊微微轉身。屋外光線照亮她的臉，更凸顯她銳利、立體的五官——薄薄的下巴、高挺的鼻梁、劍一般的眉毛。

她的表情嚴厲、眼睛瞇成兩條縫，下脣微凸。

艾琳聽不懂法語，不過蘿蕊的語氣一聽就明白：犀利又憤怒。和數小時前的她簡直判若兩人。

艾琳呆呆地望著，這才意識到：這個全新的蘿蕊令她感覺好陌生。

15 第二天

率先襲來的是氣味——剛烤好的麵包、黑咖啡和起司帶鹹的強烈氣味。

艾琳掃視桌檯：一籃籃發亮的可頌、長棍和灑著點點鹽粒的小麵包捲。深色頭髮的服務生勤奮揮舞木夾，將一個個剛出爐的巧克力麵包送進空籃。他往旁邊一讓，桌上的火腿、義大利肉腸、燻鮭魚和瓷碗裡的優格旋即映入眼簾。

她的胃開始翻攪。

「這才是早餐嘛。」威爾興奮搓手。

艾琳笑了。「確定你吃得完？」威爾的食量堪稱傳奇。每次衝浪後他都能嗑掉兩個十二吋披薩外加一桶營業用冰淇淋。早餐是他的最愛，也是他最主要的能量來源。

他咧嘴一笑，用手肘拱拱她。「那你要吃啥？」

「我不怎麼餓。」她拿起柳橙汁瓶往杯裡倒，倒了半杯手卻突然抖了一下。「該死！」果汁灑出來，形成好幾個小太陽，汁液緩緩滲入桌巾。

「連這也拿不動？」威爾悄聲說，壓抑不笑出來。

艾琳也笑了，試著忽略太陽穴的隱隱作痛。所以她才沒有常喝酒。昨晚她矯枉過正了——艾琳想起自己總共喝了四杯雞尾酒。越喝越沒興致，越喝越想遺忘。

惡性循環，她想。山姆過世時她母親也做了同樣的事，試圖利用酒精封鎖記憶。

艾琳想起母親幾乎足不出戶的日子：每天望著窗外的海灘，一坐就是好幾個鐘頭。握在手裡的茶漸漸變涼，不知換過幾杯。

她父親的處理方式截然不同。他是加快步調，毫不留情地進行清理、積極行動。他整理山姆的房間，清掉屋裡所有的報紙，電視臺一開始播新聞就毅然決然關掉。

山姆過世數年後，父親也離開了。她總覺得這是很自然的結果。他在威爾斯娶妻生子、另組家庭，展開新生活。這是最極致的積極向前。刪除過去、重新開始。

她父親盡了一切努力想擺脫過往，艾琳卻逃不出這網羅。

過去無所不在：海邊的小書報攤上有他，大聲播報的枯燥新聞裡也有他。

本地男孩溺斃。小鎮仍未走出八歲男孩山姆・華納的悲劇陰霾。

艾琳甩開記憶。「他們在這兒嗎？」她拿起空盤，掃視用餐區。不管她再怎麼逼自己正向思考，最後還是覺得怪——晚餐失約，還有她從陽臺瞥見正在講電話的蘿蕊。她很憤怒，並且毫無偽裝。

威爾朝她肩後一望。「沒有，沒看到。」他戳起一片義大利肉腸放進盤子。

艾琳一陣反胃。厚切香腸油膩滑溜，小小白白的油脂點綴在切面上。「我吃點麵包好了。」她夾起一塊白麵包捲，舀起一匙猩紅色果醬擱在盤面上。

她找了窗邊的位子坐下，啜飲柳橙汁。果汁濃郁新鮮，嘗得到果粒纖維。

她的腦子逐漸清醒，於是望向窗外。新雪抵著窗邊堆得高高的，不可思議的雪白映襯湛藍晴空。艾琳頭一次覺得眼前的山景不再猙獰，感到心曠神怡。稍早威爾建議出門散步，那或許是個不錯的主意。

威爾大步走向她，食物堆得像座小山。「你別回頭——伊薩克剛剛進來，他一個人。」他坐下來，壓低音量說：「而且他走過來了。」

艾琳抬頭看著她弟弟走近。「嘿。」她刻意維持正常語氣，在腦中反覆演練她要講哪些話、用哪些詞，卻在看見他表情的那一刻全部停擺。

不對勁。艾琳打量他亂糟糟的頭髮和狂亂的眼神。

「蘿蕊不見了。」他輕聲說，回頭確認附近沒人聽見。

「什麼？」她脈搏加快。

「她失蹤了。」伊薩克說。「她出事了。」

16

傑瑞米．畢賽卯足勁兒大步走上**山巔**後方通往森林的窄徑。周圍迅速變暗，原本開闊的風景換成了大片濃密的松林。

夏季時分，這條路石頭不少，健行客多循此道前往遠處的冰河。但是此刻路面堆滿了雪，密封了整條道路。

他抬頭往上看。過了一夜，天空變得乾淨清爽，此刻呈現淡淡的牛奶藍，絲絲雲絮劃過天空。不過這種好天氣不會維持太久，氣象報告說這個禮拜天氣極差。

幾分鐘後，他摸索出穩定的節奏，雪杖和滑雪板像節拍器一樣戳、踏、戳、踏，狂喜湧上心頭。他喜歡這段艱難的上坡路。每到冬季，他早上上班前都會來這兒繞一圈，天還沒亮鬧鐘就響，然後他會整裝出門，走上通往阿米諾娜的小徑。

這是他唯一稱得上「固定會做」的事。他不太喜歡慣例或規律，任何形式皆然，因為這會令他想起醫院、想起和父親共度的最後時光。那時的每一天都像苦澀脆弱的迴圈——巡房、吃藥、關燈，日復一日。

傑瑞米逼自己推開這些念頭。此刻他的呼吸既急又重，股四頭肌和大腿後側肌群宛如火燒。就是因為這段路不好爬他才喜歡。他曾想過，這是不是跟心理方面有關——重複攀爬有助消除那股好像一直往下掉的感覺。昨晚也是，天還沒亮他就醒了，被單床單都是汗。只因為悲傷、工作，及還沒告一段落的監護權之爭。

他想起前妻的臉。她臉上明明白白寫著輕蔑，然後匆匆忙忙將賽巴斯欽推上車。

傑瑞米甩開這幅畫面，加足氣力往上爬。

幾分鐘後，他已走出森林。

銀白雪地反射眼前乍現的光亮，刺眼奪目。幽暗的森林樹冠豁然開朗，化為森林線以上的開闊盆地。此地寸草不生，僅有一面滿是褶痕的灰色石灰岩牆橫亙在他與上方的冰河之間，鋸齒狀的頂端同樣披戴白雪。

傑瑞米停下腳步，聽著自己的呼吸，他急促、不規則地吐氣。發熱衣裡的汗水蒸悶，沿背脊流下。待氣息恢復平穩，他定神遠望，視線直下山谷。多部吊車凸出的長頸將小鎮一分為二，巨大直角隱然罩在工業區心臟地帶的矩形建築之上。那一方方人造的幾何圖形與山上自然粗獷的荒野完全是兩個世界。

強風疾起，狠拽他的外套。傑瑞米連打好幾個哆嗦。他想起氣象預報：暴風雪快來了。

他迅速撕掉滑雪板上的止滑帶。上坡時，他會在滑雪板底部貼上一層薄薄的膠條，下山時再撕掉。止滑帶的特殊表面能讓他在雪地上向前滑行，但不會向後滑動。

他熟練地將止滑帶繞上護網纏好、以免相黏，再放進專用袋，拉上拉鍊，卻突然停下了動作。

什麼聲音？腳步聲？

傑瑞米以身體為軸，環顧四週。

啥都沒有。沒有人、沒有動物。

又來了。

這次聲音比較輕。

他轉過頭，慢慢地、仔細地觀察周遭地景。沒看見人。他屏住呼吸，在一片寂靜中專注聆聽。

他又聽見了。

搞不好是上方傳來的……

傑瑞米搜尋眼前陡峭的岩壁頂端。

他猛地一震，心臟狂跳。

他越看越覺得眼前的山壁似乎正朝他而來，頂著數十年積雪的雪庇和山脊此刻不再熟悉，反而有些兇惡猙獰，看起來好陌生……

傑瑞米猛地挪開視線。一定是累了，他心想。昨晚只睡了四個鐘頭，腦子跟糨糊差不多。

他蹲下來，用力綁緊鞋帶，再把固定器扳至下坡模式，緩緩向前滑動，來到與森林平行的雪道頂端。

這側山谷沒有任何安全設施，雪很厚，未受破壞，整片是一望無際的白。

起步、轉彎、腎上腺素飆竄。滑雪板將雲霧似的厚厚雪粉拋入空中。

他來到半山腰後放慢速度。前方似乎有些什麼微微反射發光。照理說雪地上不該有這種東西才是。

是金屬嗎？很難判斷。

傑瑞米來到那東西旁邊，停了下來。

一只手環。

黃銅色，弧面流暢，銅製品。

就在這時，他又看見別的東西貼附在某種材質上，是褪色的藍色鈕釦。他忘了呼吸，看見下方還有一顆鈕釦。那個布料是……衣服。

傑瑞米踢掉滑雪板，陣陣寒顫掃過全身。每走一步，都像踉蹌跌進深深的雪粉中，他的膝蓋以下都埋在雪裡。

他好不容易來到手環旁邊，屈膝跪下，用手指勾住手環、扯了扯。好像不太容易拉出來。

那只手環嵌在雪地裡，冰和雪像水泥一樣把它封住。傑瑞米開始耙雪，盡可能挖出大一點空間，讓他能左右搖，鬆動冰雪的箝制。

還是不行，他得再往下挖深一些，挖鬆手環兩側的硬雪。他抽掉手套，直接以手指抓扒、把雪鏟走。

還是不行。

不出幾秒，他的手指就凍得通紅麻木。於是他扯下背包、摸出小刀。彈開刀片，使勁地劈砍，以刀刃戳捅堅硬的雪地，掏出密實、結晶樣的團塊。

好多了。

向下挖了幾公分後，手環露出的部分變多了，布料也是。

傑瑞米掐住手環上方、用力一拽，然後猝地往後跌，手環和布料也被他帶出雪中，上頭還連著某樣東西。

傑瑞米瞪大眼睛，不禁呆住。

膽汁湧上喉頭，他扔掉小刀和手環，劇烈作嘔，不斷不斷地吐在雪地上。

17

「伊薩克——」艾琳的聲音摜破這詭異沉默。「這什麼鬼玩笑？」小時候他也幹過這種事。伊薩克百無禁忌，不管做什麼都只是為了試探別人有何反應。

「這不是玩笑。」伊薩克直勾勾地看著她。「早上我起來的時候她就不見了。」他臉色蒼白，兩眼底下有著黑眼圈。

「也許她只是去游泳了？或者上健身房？」艾琳提出其他可能，「飯店這麼大，她可能會去的地方肯定不少。」

「我都確認過了，沒人看見她。像這樣突然不見蹤影……這不是她的作風。」他拉出一張椅子坐下。「我還找到這個，就在房門口。」他從口袋掏出一樣東西放在她面前。

一條項鍊。

小圈圈串成的項鍊灑在桌上，蜿蜒如流金。艾琳盯著瞧，看見中央有個小小的、代表蘿蕊的金色L。「說不定它剛好掉下來了。」

「你看這裡。」伊薩克指給她看，「鍊子斷了，肯定出了事。」

「比如說？」一股熟悉的挫折感襲來。她都忘了，他老是刻意要博取關注，策畫一些事情，讓旁人一而再、再而三繞著他轉。

「我不知道，但她不可能沒發覺項鍊斷了。只要情況允許，她一定會停下腳步把它撿起來。這條項鍊很特別，是蔻萊莉給她的……」他猶豫了一下，「就跟山姆的項鍊之於你一樣重要。」

艾琳下意識地抬手抓住頸間的鍊子。這條項鍊是山姆過世數年後母親特別訂做的：是他的幸運蟹螯，一條銀鍊。

「你到底想說什麼？」

「感覺她好像走得很匆忙，沒時間撿起來，又或者是沒辦法……」

「也許吧。」

服務生來到伊薩克身旁。「您要咖啡嗎？」

伊薩克粗魯地點了個頭。「黑咖啡，謝謝。」

「說不定她只是出門散步？」威爾嘴巴沒停、邊嚼邊說，「畢竟天氣變好了。」

「或許吧，可是她為什麼不留字條給我？一定有事不對勁，我就是知道，她不會不跟我說一聲就出門。」

他的焦慮彷彿會傳染，儘管她知道他剛才的話無疑是反應過度，但她的心臟依然狂跳不已。他憑什麼認為她失蹤？事發至今還沒過多久，應該有許多原因解釋她的行蹤不明。

這時她想起昨晚不經意瞥見的畫面：蘿蕊在屋外講電話，還有她一臉暴戾憤怒的表情。

「你最後一次看見她是什麼時候？」

「昨天晚上。我們躺在床上看書，大概十一點關燈。」

「整晚你都沒聽見任何聲音？沒有任何騷動？」

威爾看著她，表情滿是驚訝。他從未見過她的這一面，艾琳暗忖，就是所謂工作模式。其實她自己也嚇了一跳。她已離開崗位一年，但本能還在，此時就像反射動作接連拋出問題、意圖蒐集資訊。

「都沒有。」伊薩克回答。

服務生端著一壺咖啡回來，放在三人面前的桌上，熱氣蒸騰，裊裊飄向天花板。

「你聽我說，」艾琳說，「我在警局的時候幾乎成天遇到這種事。大家之所以驚慌，是因為有人不見，然後因為不合常理或不像他們的個性，所以會擔心。可是通常都能找到解釋，而且大多是臨時發生，譬如有朋友突然需要幫忙——」

「沒留張字條就走？也不打電話？」伊薩克嘲諷地說，語氣尖銳，「拜託，你們才剛到欸，今天我們都計畫好了。」

艾琳再次想起蘿蕊拿著手機來回踱步的畫面，雪茄燒紅的尖端在夜色中舞動。「所以你完全想不到她可能在哪兒？」

伊薩克臉色一沉。「我想不出來。」他倒了些咖啡，滾燙的液體濺出杯緣，在桌上形成小窪。

「她的手機也不見了？其他個人物品呢？」如果這是失蹤案件，艾琳心想，她首先會查明：是突發還是蓄意？

「都在。她的手機、包包都在房裡。」伊薩克抽了一張餐巾紙，抹去桌上的棕色液體。「艾琳，她衣服也在，她的化妝品……總之她什麼都沒帶。如果是你計畫要出門，不太可能什麼都不帶吧？是不是？」

「你聽我說，」艾琳謹慎措辭，「有時候，有些人確實會什麼都不帶直接上路，這種事不是沒發生過。」她猶豫該不該問，不確定怎麼講才好。「伊薩克，昨晚……你們有發生什麼事嗎？」

「沒有。」

他的語調微微變了，她全身一緊。他有事瞞她。

「伊薩克，拜託，你得老實告訴我。」

餐巾紙的最後一方角落漸漸變溼，染上淡淡棕黃。

伊薩克點頭。「昨晚蘿蕊心情不好，很煩躁。我以為是再見到你讓她壓力很大，但現在我覺得應該是別的事。」他蹙眉。「她不太理人，心不在焉。本來我已經準備好要下樓吃晚餐，她洗好澡出來卻跟我說她不去了，說什麼臨時有事。我不太高興，我說不管是什麼事她都應該推延，因為我們說好了要跟你碰面。」

「所以你們原本打算要來？」艾琳竭力控制語氣，注意到他並未為此致歉。

「對。可是我希望蘿蕊也一起來。」他揉揉眼睛。「我不知道，也許我不該堅持，應該自己去就好，但昨晚是你們到的第一天，照理說……反正我們吵起來，越吵越兇。蘿蕊很固執，她一旦打定主意，就——」

「她有沒有跟你說她要處理什麼事？」

「公事？」

「沒有，我最氣的就是這個。她從頭到尾只說是跟飯店有關的事。」

「最近這幾個月她幾乎沒得休息。」伊薩克一口喝掉咖啡、站起來，身軀緊繃，微微側身。「我要去打電話，問問她的朋友、家人，還有她在榭爾的鄰居。她確實有可能什麼都沒帶就走了，反正問問也好。」

「你確定不先吃點東西？」

沒有回答。他已經走開了。

威爾一直等到伊薩克走遠、聽不見他倆說話才抬頭看她。「你說過這趟旅行不會太單純，還真讓你矇對了。」儘管他一派輕鬆，她仍能聽出他語調裡的緊張。威爾著手進攻盤子上的鮭魚片。

艾琳逼自己微笑。「她也可能還在飯店裡。他們吵了一架，說不定她躲到交誼廳的哪個陰暗角落喝咖啡去了。」

「所以你就是這樣對我的？」威爾戳起一片粉紅帶銀邊的鮭魚送進嘴裡，故作嚴肅。「躲起來處罰我？」

「威爾，不要開玩笑了。」

他笑開。「抱歉。」接著是一段稍長的沉默。「我只是覺得，現在說這些是否言之過早？伊薩克就這樣斷定她出了事？」

「但昨晚該怎麼說？蘿蕊在我們房間外面講的那通電話……如果她失蹤，那通電話就可能和這件事有關。」

句子就這樣懸在那兒。艾琳暗暗斥責自己：這純粹是她的臆測，目前他們什麼都不知道。於是，她再次被迫想起她為何不該回去工作。她還沒準備好，不是嗎？像她這樣瞎猜、直接做出結論，這是不對的。

「艾琳，說真的，他已經把你逼到神經緊張了。」威爾打住，不再多說。

「那你要我怎麼辦？把他的話當耳邊風？」艾琳緊扣果汁杯，指尖因壓力而泛白。

「不是，我說的不一定正確，但我覺得他根本胡扯。明明是他們自己起爭執，倒楣的卻是你。」

艾琳並未接腔。她抬起頭，看見伊薩克站在門口，再看著他離開。她琢磨著他的背影——邁開大步、微弓著腿——熟悉得令她心頭一驚。她眨眨眼，回憶瞬間湧上，泡泡一樣從意識浮出。

天空，快速飄移的雲朵，鳥兒飛掠的身影。

然後是血，總是血。

威爾看著她。「我不曉得你自己知不知道。不過，每次你看著他，臉上都是同一種表情。」

「那是什麼表情？」艾琳聽見自己的心跳。

「恐懼。」威爾推開餐盤。「每次見到他，你總是一臉恐懼。」

18

傑瑞米用手背抹嘴，回過身，逼自己將視線轉回雪地、回到那幅駭人景象。膽汁和胃液仍在喉嚨蠢蠢欲動。

手環下方的東西是人骨，扭成一個很不人類的角度。

他換個姿勢，幾乎沒辦法喘氣，額頭冒出顆顆汗珠。

近幾年，山上時常發現這種東西，也就是全球暖化導致冰河後退，露出失蹤數十年的遺體。

不過數年前，有人在尚多朗冰河附近發現一對失蹤超過七十五年的夫妻。他倆失足跌落冰河裂隙。

一連好幾天，這對夫妻的照片頻頻出現在報紙和網路上。儘管過了那麼多年，他們的表情仍活靈活現，彷彿只是遭人打擾。照片上清楚可見磨損的皮背包、酒瓶，以及簡陋的老式黑跟冰爪。

當年傑瑞米為此深深著迷，不僅因為這些照片呈現世人遺忘已久的生活方式，更重要的是它們代表的意義：一個結束。他想像逝者的後代遺族終於能夠真真切切地進行哀悼、並感到悲傷。

視線往下。手環下方有手錶——而且價值不斐——他看得出來。金色寬錶帶，大而華麗的錶面，溝緣鑲了一圈碎鑽。

錶帶內面似乎有字，是刻上去的。他湊近細瞧。

丹尼爾・勒梅特。

傑瑞米驚恐地退後。是那個失蹤的建築師。

他打開背包，撈出手機報警，額頭又開始涔涔冒汗。

19

「伊薩克？」艾琳急敲房門。「伊薩克，是我。」她的胸口又刺又燙，身上的美麗諾羊毛衫是專為室外活動設計，不適合室內穿。

房門打開，伊薩克臉色紅潤、渾身髒兮兮。

「抱歉……剛剛沒先打電話給你。」艾琳吞吞吐吐。「威爾吃完早餐之後想去散散步。」她擠出笑臉，「我們沒走多遠，積雪滿深的。」

伊薩克臉上閃過某種表情，隱約帶了點情緒，但艾琳來不及解讀。小時候也是這樣，艾琳總居於下風，只能胡亂猜測伊薩克此刻的心思。

他轉過身，大步走回臥房。

「我可以進來嗎？」她竟然必須徵得他同意，這似乎有些荒謬，不過她實在無法判斷他到底想不想讓她進門。

「隨你。」他口氣很差。

她剛進門就踢到他扔在地上的登山鞋。鞋子是溼的，溼答答的黑色鞋帶鬆開，覆蓋點點碎冰。

「你也出去了？」

伊薩克在窗前踱步。「剛回來。」

艾琳沒接腔。他簡短而快速的說話方式令她暗暗吃驚。他有些神經質，臉頰發紅。伊薩克不太對勁，她看得出來。

他心裡很慌。

「你剛才在忙什麼？」

「忙著找她。我爬上後面的樹林，想她會不會出了門結果摔下去。」他一臉焦慮。「能做的我都做了。我找了整個飯店、周圍的空地，我打給她朋友、她的家人、她的鄰居，問她有沒有打給誰，或者有沒有人見過她。」

艾琳盯著他，有種要被捏碎的感覺，好像一直都繃得太緊了。伊薩克的行為舉止、不斷的來回踱步……她突然覺得有點誇張。

「結果呢？」

「都沒有。到處都沒看到她，也沒有人跟她通過電話。我已經報警了。」

「這麼快？」她試著讓自己面無表情。

他點頭。「可是沒用。他們說她失蹤的時間還不夠久，不足以發出搜查令。他們說，如果她沒有獨自上山健行或滑雪的跡象、也沒碰上麻煩，那麼目前我們什麼也做不了。我知道她才不見沒多久，可是我真的不喜歡這樣。如果她真的沒事，為什麼到現在還不打電話來？」

「我也不知道。」艾琳朝房裡走，「也有可能是——」她停住。

玻璃窗。

大片大片的玻璃再次令她頭暈目眩。伊薩克的房間正對森林，荒涼而遼闊，一片白雪覆蓋濃密的冷杉林，根根拔尖、矗立山頭。

她的視線在林間徘徊。即使樹林遭大雪覆蓋，整幅畫面依舊予人一種晦暗、看不透的印象。

她感覺心跳越來越快。艾琳難堪地意識到她竟無法控制自己的反應。

她為什麼會這樣？全身上下每個細胞都本能地排斥眼前的景象。

伊薩克循著她的視線看出去，一臉冷淡。「蘿蕊討厭森林。她總說森林是偷窺者最完美的掩護。我們看不見對方，對方卻看得見我們。這些窗子和燈光……讓對方一目瞭然。」

「別說了！」她越看越覺得面前景象開始扭曲變形，彷彿那片樹林正不斷自我複製、擴大。

「你還好嗎？」伊薩克打量她。

「還好。」

「你該不會是恐慌——」

「不是。」她打斷他的話。「我沒事。」她欲蓋彌彰地打了個大聲又誇張的呵欠，然後強迫自己將注意力轉回屋內。

這個房間的格局跟她房間一樣，不過空間較大，牆上的藝術品也比較活潑有生氣，家具則是柔和的乳灰色調。艾琳緊盯各部細節：筆電、電視機、未開封的瓶裝水。衣鞋四散一地，而且都是蘿蕊的——一雙海軍藍ＮＢ慢跑鞋，鋪棉登山鞋和仿麂皮便鞋。

事實上房裡大多東西都是蘿蕊的。例如邊桌上的首飾，衣櫥門把上的苔綠色絲巾，面霜（蓋子打開，晾在一旁）。

艾琳望向床鋪。這兒則是伊薩克的地盤，床單隱約能看出他睡過的痕跡，絨毛毯絞成一個鬆鬆的結。他小時候就習慣這麼睡，他倆都是，彷彿床鋪無法承載他們的精力。不過現在她不會了。這種充沛的精力好幾個月前就已消磨殆盡。

她的視線移向床頭櫃上那疊歪斜的書。都是法文。其中一本攤開來、面朝下，書脊中央有道摺痕。伊薩克說的沒錯，這些物品擺放的方式給人一種「一切暫時停止」的感覺，好像蘿蕊只是下樓吃早餐，並非預謀出遠門。「她的手機呢？」

「手機？」伊薩克轉向她，目光如劍。

艾琳僵住，他聲音裡帶的情緒令她微微刺痛。「我只是想幫忙。」

伊薩克擠出笑容，但又來了——他臉上閃過另一種表情，快得她來不及解讀。

「在這裡。」他從口袋抽出一支手機，解碼後交給她。「我檢查過了。沒發現什麼異狀。」

艾琳細看手機螢幕：電力幾乎滿格，電信公司跟她剛踏上日內瓦就自動搜尋到的一樣：瑞士通訊。她檢視通話紀錄。最後一通是昨天打的，是個叫喬瑟夫的人。怎麼會這樣？昨日晚餐後她明明聽見蘿蕊講電話，照理說，應該顯示在這裡呀？

伊薩克越過她肩膀低頭看，溫熱的氣息輕觸她頸子，令人不太舒服。「那是她表弟。」

「這上頭的人你都認識嗎？」

「當然，都是朋友，我說過了。她的電子信箱也都正常。」伊薩克退後一步，臉色微紅。「我不想偷看，只是——」

「那筆電呢？」

「一樣沒什麼發現。」他從桌上拿起筆電，遞給她，「跟她的手機同步過，信箱內容都一樣。其他看起來都是工作的事。」

艾琳坐在床緣，大致瀏覽筆電桌面、檔案夾裡的文件和網頁瀏覽紀錄。他說的沒錯，看起來全部跟工作有關，沒什麼令人起疑之處。

她把筆電放回桌上、走向浴室，伊薩克跟在後頭。粉餅、保溼霜等化妝品散置在洗手檯上，地上有幾條毛巾，扭成S形。洗手檯上方的架子有個打開的白色帆布化妝包。

艾琳大致翻看：粉紅色除毛夾，脫毛臘，腮紅刷和粉餅，隔離霜，睫毛膏。前方的拉鍊夾層放了衛生棉條、抗組織胺和一排止痛藥。

她拉上拉鍊，把帆布包放回架上，心裡毛毛的，有些不安。她不會不帶這些就出門。如果蘿蕊計畫好要去什麼地方……如果她跟艾琳是同一種人，那麼這個化妝包就等同安慰毯，是她日常盔甲的一部分。

她回過頭、正要開口，卻碰巧在鏡中看見伊薩克抓起架上的某樣東西，迅速塞進口袋。艾琳看著他，不動聲色；伊薩克轉身對她淺淺一笑。他沒發現她看見了。他動作雖快，但還不夠快。他拿走某樣東西，藏起來不讓她看。照理說他應該很擔心失蹤的女友，卻立刻開始欺騙她了。

艾琳緊握拳頭，喉嚨像卡了什麼東西似的，覺得噁心反感。她怎麼會這麼蠢？竟然差點就被他矇騙過去——他說的那些話、虛偽做作的情緒。人怎麼可能說變就變？說謊欺瞞的本事早和他的本性緊緊糾纏，挑不出來也不能刪去。

伊薩克從小就不老實——成天撒謊。他討厭自己的排行不上不下，他比艾琳小兩歲、比山姆大兩歲。於是說謊成為他的原廠設定，藉此博取注意，用來占便宜，凸顯自己比手足更優秀。

她想起山姆頭一次帶著游泳比賽獎盃回來那天，爸媽熱情讚美，但伊薩克幾乎藏不住臉上痛苦的表情。兩星期後，獎盃的木質底座出現一道深溝——比刮痕更深，感覺像是劈出來似的。這絕無可能以不小心或意外輕輕帶過。

伊薩克拒絕承認，但大家都曉得是他幹的，大家知道他能做出什麼事來。

「這對你來說肯定就像銷假上班吧。」他撿起地上的毛巾塞進掛杆。「你知道的，我從沒想過你會去當警察，我一直想不透。」

「我知道。」

「你始終沒說你為什麼會做出這個決定。」他繼續。「我記得，小時候你不是說想當工程師嗎？」

艾琳看著他，欲言又止，感覺那句話幾乎要脫口而出。其實她大可說出來的，不是嗎？

我選擇當警察是因為你，伊薩克，因為你做過的事。

20

「最近在忙什麼案子？」伊薩克打斷她的沉思。

說謊容易，但艾琳不能撒謊。她不能讓已經很複雜的情況變得更複雜。「我最近……沒在忙案子，我休假。」她邊說邊回到臥室區。

「休假？」伊薩克跟了出來，停在窗邊。

「之前有個案子……大案子，」她喃喃說出口，熱氣襲上頸背。「但我搞砸了。」

畫面一幕幕轉動：手指展開、將她的臉罩住。帶黑灰條紋的斑駁岩石。海水。每次都有海水。

「發生什麼事了？」

「我不能透露。」

「別這樣嘛，艾琳，我又不可能跟別人說。」

「這案子在當時引起軒然大波，那是我升警探後接的第一起案子。兇殺案，兩條人命，都是十五歲的女孩。凶手把她們綁在一艘小船上，讓螺旋槳……了結她們。」艾琳回憶，情緒緊繃。「我們找不到線索。船是偷來的，沒有指紋。碼頭監視器沒拍到任何畫面，鏡頭壞了。最後我們只好請民眾協助：上網、登報，找被害人的父母一起開記者會。」她清清嗓子。「不到一個月，案情就有了突破。有人密報給警方一個名字：馬克．海勒。我們在犯罪資料庫找到他的名字。他過去曾因非法持有A級藥品『神仙水』被捕定罪。」

「滿可信的呀。」伊薩克搔搔眼角；那塊皮膚又紅又腫。

艾琳點頭。「我們上他家找人，不過他已經聽到風聲、知道我們在找他。後來我們在他前妻家堵到人，他趁我們不注意突然往海邊跑。我們分頭包抄。我看見他，想請求支援，但無線電壞了。我沒多想，只能跟上去，一路跑過海邊、進入岩洞。我跟了進去，但是追丟。等我回頭想走出去時，外面已經開始漲潮，一直淹到我的下巴。我想游出去，但那傢伙竟然躲在水裡偷襲我；他拿石塊敲我。」她碰碰嘴唇。「這道疤就是這麼來的。」

「我注意到了。」

「他把我直往下壓，我……我動不了，我的身體停止了運作。最後我沉下去，沒浮上來。」她故意用滑稽的姿態苦笑，「我猜他大概以為我掛了吧，就把我留在那兒逃走了。」

艾琳沒說出口的是，那天在水底，她幾乎有點想放棄了。那感覺十分強烈，甚至到了渴望的地步。就妥協吧，不再掙扎。但她旋即萌生更強烈的求生意志——她想知道山姆發生意外的真相。

這個念頭再次狠狠拉她一把，提醒她何以來到這裡。「我原本只是請病假，後來變成休長假。於是我就到了這兒，非正式失業。」

「你不想回去？」

「不是我不想回去，是覺得我不能回去。我還沒搞清楚自己問題出在哪裡。我犯下的錯誤——

輕舉妄動、沒等同僚支援——讓我質疑自己的判斷力和能力。『在水裡反應不過來』這件事讓我明白，原來我並沒有自以為的那麼能幹。」

伊薩克凝神望著她。「我都不曉得這些，抱歉。」

艾琳終於對上他的視線。起初是疲憊，然後瞬間被憤怒取代——這種情緒比較熟悉、自在，也更好掌控。

「我們沒什麼機會說話，伊薩克，所以你不會知道。你離開以後我們沒機會說過幾句話。」

「我知道。」他嘶啞著聲音。「可是當時我不知道後來會變成那樣。」

「你是指媽得癌症？」她語氣十分冰冷。

伊薩克垂下頭。「對。就算我該回去，也不知道要怎麼回去。我不想惹大家不高興，不想惹麻煩。」他一臉嚴肅。

艾琳瞪著他，不可置信，滿腔怒火已屆白熱化程度。

他還是沒搞清楚狀況。

即使到了現在，他仍舊什麼都不懂。他不明白他的缺席造成什麼結果，不明白他撕碎了母親的心。

「惹大家不高興？媽很想見你，伊薩克。不是偶爾講講電話，或是不時收到幾封你寄來的鬼郵件。」她感覺自己在發抖。「你甚至連她的葬禮都沒來。你知道那是什麼感覺嗎？你知道其他人怎麼看我們嗎？」

「你只在乎這件事，不是嗎？」他全身繃緊，「別人怎麼看你。」

艾琳猝不及防。又來了，他終於露出真面目。那尖銳、輕蔑的一句話猶如帶毒飛鏢。「少把矛頭轉到我身上，我們現在講的是你。」

「你想想我的工作，我沒辦法抽身，我跟你說過了。」

「鬼扯，那只是藉口。」

伊薩克又揉起眼睛，用力扯著眼皮。

「你連替自己辯解都嫌麻煩嗎？」

一陣沉默。「好，」他語氣尖銳，「你要聽實話是不是？我覺得很糟，艾琳，我很內疚。我一直沒回去看她，也沒有常常打電話。我那樣一走了之，我覺得很對不起她。」

她想了一下。「所以你確實想過要回來？」

「我一直在考慮要不要回去看你們，可是我隱約知道要是我回去，可能會造成反效果。我怕她傷心。」

「傷心？媽都傷心幾年了？從山姆過世到現在。」

聽見他的名字伊薩克明顯畏縮了一下。她突然湧上一股衝動，好想直接問他：你可曾想起過他？伊薩克？你有沒有想起過山姆？

因為她總會想到他，她無時無刻不想到他。山姆從獨木舟一躍而下，瘦巴巴的身軀劃過空中；山姆在唐斯放風箏，風箏將天空劃成一方方的藍；山姆在伊薩克咆哮怒吼時緊握她的手，在她耳邊溫暖又窩心地悄聲說：我不會放開。

「山姆和那件事已經毀了媽的人生。你知道那天，我們發現他……的那一天——」她說得又急又快，快得令她害怕會控制不了自己、來不及在出口質問他前踩煞車。

是你做的嗎？伊薩克？是你嗎？

他眼裡滿是驚惶。「我們現在不要討論這個好不好？你想知道我為什麼不回去嗎？」

艾琳猶豫了。她不是不能繼續或不能挑明了問他，可是萬一這麼做嚇到他怎麼辦？她極有可能鎩羽而歸。

她只好點點頭。

「媽……後來媽似乎好多了。」他怯怯地說。「和你在一起，她好像找到了……某種平衡。比起我，你一直比較知道怎麼和她相處。後來她生了病，我知道她如果看見我可能會變得更糟，可能會碎念我為什麼搬來這裡，或為什麼花這麼久時間才找到工作……」

艾琳看著他，臉頰灼熱刺痛。她不敢相信他竟然能做出這種事——試圖將自私自利合理化。她正想張口反擊，注意力卻被拉向窗外——有架直升機正在天空盤旋。機身塗成紅白，機腹側面有好幾顆流星。

「那是哪個單位？」此時此刻，她聽見了。螺旋槳有節奏地**呼呼呼**旋轉。

「策馬特航空。」他的視線跟著直升機朝森林移動。

「為什麼飛來這裡？」艾琳瞇眼抬頭看。螺旋槳轉得飛快，模糊一片，幾乎看不清。

「我不知道。一般是運送物資，譬如建材或防雪牆材料什麼的。這是在山裡運送貨品最便宜的方式。」

艾琳又發現一件事：還有兩輛四驅車正沿著蜿蜒山路朝飯店的方向駛來，所經之處皆揚起細微雪塵。

第一輛車的車頂有緊急照明燈，引擎蓋上印有鮮豔的螢光橘線條。車門上的橘白色星星勾勒出旗幟圖案，旁邊的黑字大大寫著：**警察**。

這兩輛車在飯店入口旁停下，艾琳看見車上下來兩組人，一共六……不對，七個人。第一輛車的兩人身著海軍藍長褲、深淺雙色藍夾克，背上也印**警察**二字。第二隊人馬的穿著比較像技術人員，軟夾克外頭還加了一件背心外套。

光看他們的舉止就知道事態緊急。兩組人急急走向車後行李廂，拿出各式儀器設備。他們靠在後擋板上踢掉鞋子、換上滑雪靴，並且動作一致地套上黑色固定帶。尺寸各異的登山釦、滑輪、吊索彼此串連，隨著動作在胸前晃來晃去。

顫意直下背脊，引發一股刺痛又冰冷的恐懼。「他們是誰？」艾琳問道。

「救援小組，」伊薩克聲音緊繃，「有點像英國的特種警察，兩者職掌相近。主要是處理挾持人質、恐怖攻擊那類事件，另外有一些則像這樣，是來支援高山行動。」

「他們為什麼來這裡？」

伊薩克下巴抽動一下，視線移向空中的直升機；它正在山頂低空盤旋。「我不知道。」

地面小組揹起大帆布包。她和伊薩克看著他們戴上頭盔，從車上取出滑雪板。一行人踩著僵硬的步伐走向通往森林的小徑。艾琳首次注意到一個穿灰色抓毛絨外套的熟悉身影。他正在跟第一組警察說話，手指向森林。

「盧卡斯．卡洪。」伊薩克喃喃說道。

「對，是他。」她回應。

就在此時，她看見了——就在她腳下的地毯。

血跡。

除非曾經看過、也清楚自己看見的是什麼，否則一般人幾乎不可能注意到。

那片血滴隱約呈飛濺型態，細小又不規則的圓形點點向外發散。

21

愛黛兒在發抖。四肢又痛又麻。

她昏過去多久了？幾個鐘頭？一整晚？她完全無法分辨。真實世界彷彿徹底瓦解，這裡不知是哪兒，感覺好黑。不對，她自我糾正，不是黑，是眼睛被遮住了。有塊粗糙扎人的布料。當她試著睜開眼睛，睫毛還刮到了布料。

驚慌襲來，幽閉恐懼突然發作，令她無法招架。她又踢又踹，拚命扭動胳膊和腿腳，卻無法移動分毫。

停！冷靜下來想想現在到底是怎麼回事。

這回，愛黛兒放慢思考速度，個別進行每一個動作：先扭扭手腕、動動手指，確認雙手被綁住，反綁在背上。此外腳踝也綁起來了。

她仍坐在地上，背靠著牆。

繼續嘗試，她對自己說。假如這裡只有她一個人（她認為是這樣沒錯），那麼她得先搞清楚位置方向，知道自己身在何處。

愛黛兒靜坐不動，專注聆聽。她只聽見滴水的聲音，一滴一滴、速度穩定。她在飯店裡嗎？對方應該沒辦法帶著她走太遠，對吧？更何況還得避人耳目。

如果她放聲大叫呢？能不能吸引到注意？

這時她才嘗到嘴裡的味道：像銅一樣鹹鹹的。她好一會兒才領悟。血。

愛黛兒試著用舌頭順著牙齒舔一圈，想找出是哪兒在流血卻沒辦法，她嘴裡有東西……被塞了布團。她嘴巴太麻，完全沒注意到。

她的腦子飛快運轉：你就要死在這裡了對不對？你逃不出去的。你動不了，也叫不出聲，別人根本找不到你。

她深呼吸。別想了！她得設法求救。為了加布里爾快想。

她體力不錯，平日的勞力工作讓她鍛鍊了不少。她應該能想出辦法。

計畫漸漸成形：不管綁架她的人是誰，這人一時半刻應該還不會回來，她可以好好利用這一點。說不定時間剛好夠讓她摸清楚這地方，找出能讓她脫身的辦法……

沒有其他辦法了。她努力壓抑內心越發強烈的驚慌。沒有人會想到她的。

加布里爾一個星期後才會從他爸爸家回來，就算她一連好幾天沒打電話，他也不會覺得奇怪。因為史戴凡喜歡徹底占有孩子一整個星期，他不要別人來煩。說真的，這也合她心意，因為她不想在和史戴凡通話時聽見他女友莉絲高亢又過度熱情的聲音。

同事也不會察覺異狀，因為接下來幾天她剛好沒班。

愛黛兒全身一緊，她聽見腳步聲。

計畫……來不及了。

綁架她的人回來了，還越走越近。愛黛兒聞到氣味，像某種化學物，具腐蝕性，彷彿醫院用來上漿漂白的藥劑。

此外還有別的。那感覺沉沉懸在空中，某種出於本能的感覺，興奮、腎上腺素、期盼與渴望的氣味。

對方想傷害你。

她又聽見了，呼吸聲。沉重、費力。那人就在你後面。

恐懼驟升。她想動，但繩子嵌進皮肉，手腕如火燒般抽痛。

對方的手指突然按住她的臉，按壓戳弄，綁在眼睛上的布條瞬間被扯開、劃過臉頰，又是一陣抽痛，淚水刺著雙眼，但她拚命眨眼逼退。

手電筒光束在眼前大幅擺動，從天花板甩向地面，如此這般反覆來回。

最後光束停在她臉上，強烈刺眼的光線令她什麼也看不見。愛黛兒猛眨眼，想舉手遮蔽，擋住猛烈灼人的光線。但她辦不到。

光束短暫垂下，掠過地面。

愛黛兒逮住機會抬頭看，腎上腺素飆竄全身。她能看見的不多，眼睛尚未適應光線。她每次動一下腦袋，眼前昏暗的景象彷彿也跟著轉動，但有一個東西的輪廓她看得最清楚：面罩。

那個沒有固定形狀的模糊人影在她面前蹲下，對方戴著面罩，衣服寬鬆，她實在無法分辨這是男人還是女人。

這人把手電筒放在地上，光束正對她身後的牆壁，開始翻找地上袋裡的東西。

這人到底要做什麼？

她等待著，一片寂靜。

時間彷彿暫時停止，詭異放慢。此時愛黛兒做了一個決定：要是對方靠過來，她會用她唯一的武器——也就是全身的力量——使勁反擊。她要奮力向前、以頭部重擊對方，盡一切可能傷害那人。她不打算讓對方好過。

可是這人卻未再靠近。對方伸出一手，指間夾著一張紙，離她的臉只有幾公分，近得無法聚焦，形狀和顏色相互交錯。那人將紙片往後移。那是照片。

愛黛兒瞬間看清了那個影像：男性軀體。沒有生氣而且支離破碎，血。

現在她知道對方並非認錯人，也不是隨機攻擊。這是預謀，是精心策畫好的。

這是復仇。

她的五臟六腑劇烈翻攪。她好想吐，可是知道自己不能吐出來。她嘴裡塞了布，吐了會嗆死，所以她只能拚命控制呼吸，把空氣深深吸進胸腔裡。

不要有反應。一條肌肉都別動。不能讓對方認為抓到你了。

她逼自己回想加布里爾，用一幕幕幸福影像取代眼前的殘酷暴力——她給他餵奶，小小的嬰兒腳趾蜷了起來，海星一樣的小胖手抓住浸溼的小黃瓜。他藍綠色的眼眸。

但加布里爾的影像瞬間消失，換上另一幅畫面。

屍體特寫。

照片驟然落地，她感覺到後方有什麼動作——一隻手欺上她後腦杓、探入髮中。嘴巴上的壓力突然放鬆。

對方移去她口中的布團。也許這就是她的結局，她心想。也許那些照片就是重點：對方要她看到那些照片，然後就會放她走。這時，她看見另一副面罩——就在她正前方，橡膠管上的細細裂縫猶如傷口。

愛黛兒還以為自己眼花，或是屋裡還有另一個人。

然而，隨著面罩移動、越來越近，她終於明白那面罩並不是另一個人。

那面罩是給她戴的。

22

伊薩克依照她的視線低頭看，瞪圓了兩眼。「要命，我都沒注意到……」

「你沒注意到地毯上有血跡？」艾琳淡然詰問。

「對。但這也可能不代表什麼，對吧？」伊薩克彎身，屈腿蹲下。「更何況你怎麼知道這是血？也有可能是其他東西，譬如汗漬之類的。」

「這是血跡。」她蜷起手指，緊握成拳。

「好吧，就算是好了，說不定也在這兒好久了。」伊薩克嘴唇上方冒出細小的汗珠。

艾琳搖頭。「我認為不是。這種飯店的清潔標準應該非常高，像這種汗跡……這地毯不是送洗就是會整張換掉。」

她語氣輕快，就事論事，實際上已然怒火中燒。*不管問什麼他都有答案，沒什麼能把他嚇退，是吧？*

伊薩克挺直背脊，拂去臉上的頭髮。「你認為是蘿蕊的血？」

「看起來是最近留下的，不是你就是蘿蕊。你們倆到這裡以後有沒有誰不小心弄傷自己？割到或是……」

伊薩克五官突然放鬆。「我想到了。蘿蕊前天晚上除毛時不小心割傷了，傷口有點深，血止不住，我甚至還得下樓幫她找貼布和藥膏。當時她肯定走過了這裡。」

艾琳思索這種可能性。*蘿蕊在除毛時割傷。*聽起來相當合理。

但她腦中突然閃過另一個念頭，狠狠朝她劈來。

他以前也幹過同樣的事。他有這能耐。

她的視線停在角落的花瓶。花瓶玻璃反射出小小的三角稜形在她眼前游移，艾琳覺得腦子好像快要炸開。她不知道作何感想。

她陷進去了，艾琳想著。他的說詞反覆，讓人弄不清是真是假——她都忘了伊薩克有多變幻無常，她總是摸不透他。

看著這個人就和注視著水面差不多：前一秒才看得清清楚楚，甚至能看穿水底；下一秒水波微漾，一切就變得扭曲模糊、什麼也看不清。

伊薩克碰碰她手臂。「艾琳，你還好吧？」

她遲疑了一會兒才回答。「沒事。」她緊張一笑，卻瞧見了更多的血。好些結塊的鏽色小點沾在地毯柔軟的纖維上。

回到房裡後，艾琳關起門，靠在門上，等待噁心反胃的感覺慢慢退去。

邊桌有張字條，威爾留給她的。

我去游泳，一起來吧？

她踢掉鞋子走向窗前。預報滿準的，天氣又變了。幾個鐘頭前還是淡藍晴空，這會兒已積滿厚厚灰雲。大雪紛飛，窗外是一片皎潔嶄新的白：停在飯店這側的車輛、飯店招牌和室外照明全是白色。

然而，她每次眨眼看見的都不是白色，而是紅色。血紅色。

地毯上的血，小小的血滴。

她的思緒跳回稍早在套房浴室裡時伊薩克的舉動：他背著她拿走了某樣東西，偷偷塞進口袋。疑問一次又一次在她腦中反覆。

他藏了什麼？跟蘿蕊有什麼關聯？

艾琳推開落地窗，冷風灌入室內。她努力要釐清思緒。按邏輯來說，伊薩克對血跡的解釋是合理的，而且不論他藏了什麼，那都是他的隱私，也可能和蘿蕊疑似失蹤無關。然而，那個不斷出現的念頭仍持續折磨她——*他連在這種時候都刻意瞞她，那麼還有什麼事做不出來？*

說到底，她什麼也不曉得。艾琳摸不透伊薩克，對他和蘿蕊的關係也一無所知。過去幾年，她只是淡淡聽說他表面的生活，所接收到的都是他片面過濾、經過修飾的零碎資訊。

相較之下，他離開英國前的生活就清楚多了。伊薩克是埃克賽特大學電機系第一名畢業，畢業後休息了一年，再受訓成為滑雪教練。翌年，他再回英國讀研究所，之後留校任教。教了幾年書後，於二〇一六年遷居瑞士。

然後呢？

整片空白，缺了一大段。

艾琳從包包拿出 MacBook 放在桌上，掀開螢幕。

待坐定，她在 Google 搜尋欄輸入幾個關鍵詞：**伊薩克．華納**、**瑞士**。

搜尋結果逐條顯現。她看了幾行，發現一條有意思的條目：一所滑雪學校，位於克雷恩蒙塔納。伊薩克的名字列在職員名單上。

艾琳點開連結。數秒後，網頁上出現一枚縮圖——是他的大頭照。皮膚晒得黝黑，整張臉都被太陽眼鏡遮住。照片下方有幾行簡介：兼職教練，英國雪地運動教練協會ＢＡＳＩ證照二級。擅長孩童及成人入門課程。

好，這是兼差。那教書呢？

她返回主搜尋頁，再補上幾個特定字串：**伊薩克・華納、電機、洛桑大學**。

艾琳將髮絲塞進耳後，掃過最先跳出來的搜尋結果：沒有一條和大學有關。是她打錯校名了嗎？應該不是，他提過好幾遍了。*那為什麼查不到？*

腦中警鐘響起，但她刻意壓下。她不能武斷評論，不可以冒然做出結論。

艾琳又試了一次。這回她直接找到大學官網。在點開一串又一串連結之後，她終於找到電機系的網頁。

教職員表。一串名字和縮圖大頭照。

她沒看見伊薩克。

她逼自己專心點、仔仔細細再看一遍。*還是沒有。*

艾琳的視線離開螢幕，拿起手機，心頭蒙上一絲恐懼。她隱約察覺似乎有什麼壞事正在醞釀成形，一件引出另一件，而且速度越來越快。

她到底在做什麼呢……這樣探人隱私是不對的。只不過是幾個缺乏根據的念頭，她竟侵犯他人隱私到這個地步。但她必須弄清楚，一定要。伊薩克剛才在套房浴室裡的行為是否只是一時偏差？或者他還是老樣子？

他是不是還在撒謊騙人？

校方總機幫她轉到電機系辦，她緊張得連胃都縮了起來。

電話並未馬上接通，輕柔樂聲響起，是一支不熟悉的異國曲調，一個小節未完，音樂便斷。

「您好。我是瑪莉安‧帕維。」

艾琳措手不及，只好隨口胡扯。「哈囉，我……我叫瑞秋‧馬歇爾。我手上有一封伊薩克‧華納先生的推薦信，不知道我能找貴系的哪位先生或小姐協助我諮詢查核？」

瑪莉安開口，她的英語帶有濃濃的法國腔。「抱歉，可能不太方便。我這邊沒辦法提供任何協助。」她就此打住，語氣不太自然。

「還請您幫忙，他在資歷上提到貴系。」

她聽見一聲嘆息。「我不知道華納先生為什麼會把我們系列在推薦名單上……其實，去年他是被我們解僱的。」

艾琳倒抽一口氣。「解僱？您確定我們說的是同一個人？伊薩克‧華納？」

「對，他是被解僱的。」瑪莉安的聲音有些嚴厲和不耐。

「方便告訴我原因嗎？」艾琳心臟怦怦狂跳。

又撒謊。他藉故說因為工作而無法參加母親的葬禮，不是嗎？沉默如鉛，既沉又重。

「他恐嚇系上職員。抱歉，我只能透露這麼多。」

喀噠一聲，電話切斷了。

艾琳把手機放回桌上。*接下來該怎麼辦？*

她得弄清楚還有哪些是假話。如果伊薩克不願吐實，她得找人問個明白。

但要找誰問？這裡有誰認識伊薩克？甚至蘿蕊？

她的思緒飄向昨日，想起蘿蕊和某人低聲交談、還開懷大笑。瑪歌，那個ＳＰＡ接待員。她倆似乎關係不錯。

不過只要一想到必須背著伊薩克找瑪歌談話，恐懼就如冰冷的匕首，刺入她的心窩。

艾琳閉上眼睛，耳邊反覆響起一些威脅的語句。

只有小孩才告狀，你就是小孩。

別像山雀喳喳呼呼，包你嘴破又舌裂。

她的太陽穴開始抽痛。

只要你敢多說話，小心我就殺了你。

23

「要不要我帶你逛一圈？你的另一半參觀過了。」瑪歌親切微笑，不過臉有一大半被前方的大型電腦螢幕遮住。「現在整個池子都是他的。」

「不了，多謝。」艾琳回答。ＳＰＡ區大門發出輕輕的**咚**一聲，在她身後緩緩闔上。「我想簡單跟你聊兩句。」

瑪歌眼睛溜了一圈，嘴唇一噘，形成一個小小的Ｏ，似乎有點訝異。

她讓艾琳想起蘿蕊：精明幹練，帶著歐陸人典型的樸實特質（不過艾琳總是感到有些不舒服）。她的短髮齊耳，搽灰色指甲油，妝容簡單（只有一筆帶過的眼線，藝術感十足，再加兩道深色霧感脣彩），瀏海則用數支有著小星星裝飾的銀色髮夾交叉固定。

不過艾琳越是近看，越覺得這層表象破綻百出：瑪歌的指甲參差不齊、咬得爛爛的。嘴脣周圍的脣彩亦乾涸龜裂，化成細紋。

艾琳來到桌檯前，瞥見事務櫃下層有塊吃了一半的可頌。

「是蘿蕊的事嗎？」她的嘴角還沾著幾小塊酥皮屑。「她還沒回來？」瑪歌扯扯那件深色上衣，將之拉鬆、蓋住肚腰。

她似乎不太自在。瑪歌倉促移開食物、拉扯衣服遮住身體……她其實比外表看來或下意識還要脆弱。瑪歌個子很高。艾琳注意到桌底下交疊的長腿。

「還沒，我……」艾琳遲疑著，突然一陣驚慌：她這樣做對嗎？她是否太胡思亂想？蘿蕊只不過失聯了幾個鐘頭而已。

不過太遲了。她都站在這裡了。

「她後來還有來過這裡嗎？」

「沒有。」瑪歌的眼珠子瞟向門口，彷彿有些期盼蘿蕊會突然現身。「SPA一早開門我就在這兒了，她大概在別的地方忙吧？」

「沒有，伊薩克確認過了，沒有人見過她。」

「你們真的覺得她失蹤了？這種事應該算嚴重吧？」瑪歌臉色微沉。艾琳瞥見她耳際閃過一道銀光，小小的銀色箭頭直指下方。

「我們也不知道，不過今天是他們的訂婚派對，如果她真的突然離開……伊薩克認為這不太像她會做的事。」

「沒錯，」瑪歌說，「蘿蕊不是會讓別人擔心的人，她不會故意做出這種事。」

艾琳不語，思索她的回答。從現在開始她得小心應對才行。「蘿蕊應該沒有特別跟你提過什麼事吧？譬如她最近在擔心什麼？那或許能解釋她為何走得這麼突然。」她擠出笑臉，「我有試著問伊薩克，不過……」

艾琳沒繼續往下說，這氣氛不太自然。瑪歌再次摸摸腰際、拉鬆衣料。「呃，你這樣說有點怪。」她臉頰微紅。「他是你弟耶。」

「沒事，」艾琳把語氣放軟，「我只是想確定一切都沒問題。」

「喔，我覺得……他們似乎有點問題。蘿蕊她……」瑪歌咬住下脣，「最近她似乎有點……該怎麼說呢……喘不過氣？就是和伊薩克的關係。」

瑪歌斷句的節奏引起了艾琳的注意。不光是她略帶德文腔調的英語，還有她斷斷續續的說話方式，句與句之間拖得有點長。

「訂婚之後才這樣嗎？」

「不是，之前就怪怪的了。」瑪歌以肘支在櫃檯上，開始挑剝指甲，點點灰色碎屑落在檯面。

「如果她心裡不踏實，為何還要訂婚？」

「蘿蕊覺得『承諾』或許有用。如果訂婚，伊薩克應該會比較有安全感。」瑪歌拂去檯面上的指甲油碎屑，不慎推倒自己的手提包。

手提包翻倒落地，包包裡的東西四處飛散——髮夾、指甲油、書和一只信封。瑪歌彎下腰，匆忙收攏。

「結果有用嗎？」

瑪歌聳聳肩，依舊紅著臉。「我不太確定該怎麼形容。蘿蕊她說，最近伊薩克有點……咄咄逼人。那不太像他。」

「咄咄逼人？」艾琳努力面無表情。

「她沒說太多。唔……我這樣說好像會讓人覺得他們有什麼不開心。但不是的，蘿蕊的擔憂……應該很正常吧？要做出這種承諾……」她遲疑著。「我不確定她是不是真的在擔心。」

艾琳努力壓抑漸增的煩躁與不安。「她有沒有提過她在擔心別的事？例如朋友？家人？」

「沒有。」

「工作呢？伊薩克說最近她工作量挺大的。」

瑪歌臉上閃過某種表情，快得令艾琳懷疑是不是她想像出來的。「她是挺忙的，不過應該不會造成太大壓力。蘿蕊熱愛工作。」

艾琳點頭。

「那個，我覺得我可能說太多了。」瑪歌清清嗓子。「他們確實有他們自己的問題，不過就像我說的，我覺得應該不嚴重。」

那你又何必提出？如果瑪歌沒有下意識地把事情連在一塊兒，她又何須提起？或許她無意暗示蘿蕊失蹤和兩人關係不睦有關，可是下意識是這麼認為的。

「我明白。」艾琳深呼吸。「還有一件事。不曉得你知不知道警察為什麼會來這裡？」

「跟蘿蕊的事沒關係，」瑪歌忙不迭回答，「如果你是要問這個。」

「不是的話，那是為什麼？」

她臉上的紅暈變深。「照理說我不應該知道。」

「拜託。」

瑪歌躊躇、沉默，艾琳則屏息等待。*說吧，快說。*

「他們找到一些殘骸，一具屍體，」瑪歌壓低音量。「就在森林後面。他們認為應該是設計這間飯店的那位建築師，他失蹤好久了。」

*丹尼爾·勒梅特。*艾琳繃緊的身體徹底放鬆。*不是蘿蕊。*

「伊薩克昨天跟我們提過這個人，」艾琳說。「有人說，他的事業出了點問題，是這樣嗎？」

「那只是其中一種說法。」

「還有其他原因嗎？」

「我老實跟你說，飯店翻修這件事……你們英國人都怎麼形容？總之感覺很不好。」她的語調稍稍拔高。「我想大家都認為他的失蹤跟這件事有關。」

「感覺很不好？哪種不好？」

瑪歌咂咂嘴。「有些本地人不喜歡這裡蓋飯店，所以示威、訴願樣樣都來。改造計畫拖了好幾年才過，因為反對的人太多了。」

「為什麼反對？」

「不過就是那幾個常見的理由嘛，」瑪歌聳聳肩。「設計太新潮、環境被破壞、附近已經有太多飯店，等等等等。」她打住。「說真的，我覺得這些都只是藉口，都是為了掩蓋他們不敢說出口的理由。」

「什麼理由？」

「他們根本不想要有人改造這棟建築。」瑪歌現在幾乎是講悄悄話的程度。「我認為和建案無關。不管是飯店、公園、工廠——他們統統不喜歡。」

「那是為什麼？」艾琳雖然開口問，心中卻隱約知道答案：因為她也有這種感覺。從她踏出接駁巴士的那一刻起就感覺到了——某種不祥、危險、毛骨悚然的氛圍。

「是這個地方。居民不喜歡這裡，因為它以前是療養院。應該是迷信吧，我想。」她湊近艾琳，「我認為丹尼爾只是出氣筒。」

艾琳想了想。難不成她在暗示丹尼爾並非意外身亡？「你覺得有人害他？因為他和飯店工程有關？」

「如果是，我也不會太驚訝。雖然我喜歡我的工作，不過有時，這地方……感覺就是不太對。」

「不太對？」她胃裡一沉。

「我沒辦法用其他方式形容，就是感覺不太對。」

艾琳逼自己微笑，但當她思索瑪歌這番話時，身體卻不由自主打起冷顫。她腦中屬於邏輯的那部分認為這純粹是舊事一樁。可能是犯罪事件，不過和蘿蕊失蹤無關。可是話說回來，艾琳總覺得哪裡怪怪的。

艾琳轉去泳池找威爾，心裡突然冒出一絲不安。蘿蕊失蹤和丹尼爾屍體被發現竟然同時發生，這兩件事撞在一起……感覺不太妙。

24

威爾在水道來回泅泳，手臂劃過發光的水面，動作迅速又俐落。他並非刻意表現，而是如魚得水，自在得很。

艾琳把視線固定在他身上，注視著他協調有韻律的動作。他來到池邊，靈活地翻身轉向，她撇過頭，眨了眨眼。

好亮。

天花板的聚光燈反射在水面，細絲般的光紋猶如利刃、來回劃過。

頭好暈。艾琳深呼吸。控制它，別讓它控制你。繼續呼吸。吸氣、吐氣。再一次。

「威爾？」她喊他，同時走向泳池邊。

他沒聽見。

「威爾！」她再喊，音量大了些。

這一次，他注意到她，漸漸放慢速度，流暢的動作變得斷斷續續。他游至泳池邊，以雙臂撐起上身、探出水面。「你在偷看我嗎？」威爾咧嘴笑開。「我該叫你**偷**、**窺**、**狂**嗎？」他以誇大的嘴型吐出這三個字，甚至挑起一邊眉毛。

「讓眼睛吃點冰淇淋又沒有錯。」艾琳笑了，但她旋即想到伊薩克、想起她剛得知的消息，笑意轉瞬即逝。

「怎麼了？」碩大的水滴不斷從威爾的肩膀落下，輕擊地磚。「雖然我寧可相信你是來欣賞我的高超泳技，但好像有什麼不對勁，我感覺得出來。」

「是伊薩克。」艾琳下意識咬起大拇指指甲。「我剛去看他。」

他使勁一撐、踏上池邊，身子仍在滴水，費力地呼吸。「我猜猜：蘿蕊回來了？」

艾琳打量他結實的手臂、寬闊的胸膛，那副健壯的肩膀上散布點點雀斑。三十四歲的他雖不如男孩精瘦，但體格仍在巔峰。沒有大肚腩，也沒有鬆垮贅肉。

這份強健也是兩人初遇時吸引她、讓她安心的理由之一，光看外表就能證明他是個積極主動、有紀律、身心靈都很強壯的男人。他不需要依靠她。

「還沒……」艾琳意識到自己很難把話說出口。「我發現了血跡，就在他們房間地毯上，看起來應該是最近的。」

威爾笑了，眼白因水中的氯微微發紅。「艾琳，別鬧了，你該不會以為——」

「不是，當然不是。」艾琳保持輕快語氣。「他說她除毛的時候割傷了。」

「說不定就是這樣啊。」

「還有別的。後來我進浴室看一眼，但伊薩克似乎把什麼東西藏進了口袋。」

「把東西藏進口袋？」威爾重複她的話，兩眼盯著她。少了鏡片阻隔，他的眼眸更加炯炯有神。

「對。我來不及看清楚是什麼。」

「什麼都有可能，可能是涉及隱私的物品。保險套啦，藥丸啊……」

「也許吧。」

威爾交錯手指、伸展手臂。這個動作看似放鬆隨意，可是她知道他在掩飾情緒。他生氣了。他感到灰心、沮喪。

他不明白她為什麼要蹚這潭渾水。

威爾從不過度思考，他的家人都是這樣。艾琳甚至聽他姊姊說過，他們有條不成文的家族守則：處理問題，不糾結，繼續前進。

她幾乎不曾見過像威爾這樣的家庭。他排行老二，一個哥哥一個妹妹，包括父母在內，一家都是活力充沛、身強體壯。從不大驚小怪、小題大作。

但他們不是嘴硬裝蒜，也不是抱著鴕鳥心態，純粹就是以開誠布公的態度去討論解決辦法。遇到問題時，他們會不眠不休、詳盡徹底地找出個所以然，然後著手處理——擬訂計畫、照本執行。任務完成。不反覆、不後悔。

這種方法之所以可行，是因為他們都是心胸開闊的人，會時時維繫感情。每個星期天一起吃午餐，輕鬆閒聊、互開玩笑，每年也一起過節。有時候，艾琳懷疑威爾是不是覺得這一切——這種人與人之間的愛和情感——全是理所當然。

她忍不住有些嫉妒。不只嫉妒他們的親密，也嫉妒這親密看起來好自然。沒有令人困窘的死寂、沒有祕密、不耍心機。威爾的家庭生活與她至今所知的一切完全相反。

「你知道嗎，」威爾開口，「你們想太多了。這很怪，她也不過是一個早上不見人影罷了。就像我說的，伊薩克完完全全就是反應過度，你別被他影響了，這整齣戲都是刻意搞出來的。她晚點就會出現，你卻浪費了這個假期的第一天……」

他越說越小聲，艾琳知道他想講什麼，可是他決定打住了。即使是現在，他仍不敢單刀直入，仍苦惱著該怎麼告訴她他的想法。

「……滿腦子都是這些事。」威爾把前一句話說完。「我們就好好享受假期不行嗎？你跟我？」他微微一笑，「昨晚不就成功了嗎？是不是？」

「可是不只是這樣。我剛才跟瑪歌——就是那個SPA接待員——聊了一下。她說蘿蕊和伊薩克最近常起爭執，說她擔心訂婚的事。」

威爾聳了聳肩。「這很正常吧？互許終身可是很大的一步。」

「可是我覺得伊薩克一直在說謊。我發現他被大學炒魷魚了——因為騷擾同事。但他跟我說他還在那裡教書。」

「那你又是怎麼知道這些的？」他的聲音很冷靜。情況不妙。

「我……」艾琳遲疑了。她戰戰兢兢，知道說出口的答案會造成什麼印象。「我打電話去洛桑那所大學問了。」

他倒退一步，臉上閃過一絲絕望。「你竟然挖他的私事？」威爾的臉微微抽動。「艾琳，這原本是你擺脫過去糾纏不清的爛事的大好機會，但你……你又走回頭路了。」

「可是萬一蘿蕊真的出事了呢？」她覺得眼睛刺刺的。

「看在老天的份上——」威爾的音量提高八度，「她沒事的。」

「還有，我在伊薩克那邊的時候警察來了。」她知道她這話講得沒頭沒腦，但他為什麼就是看不見她看到的問題呢？她要怎麼把這些碎片湊在一塊兒？「他們發現一具屍體，就在森林後面。瑪歌說，那可能是那個失蹤的建築師。」

「丹尼爾・勒梅特？」

「對。」

「然後你認為這事和蘿蕊有關？」他耙過溼髮，水滴滑下臉龐。

「我不知道，可是感覺就是不太對勁。蘿蕊沒回來，現在又發生——」

「艾琳，聽好，就算真的有事不對勁，就算蘿蕊當真出事，那也不是你的責任。」他說得非常慢，一字一句、清清楚楚。「我知道這很詭異，這種情況確實令人摸不著頭緒，但你已經不再是警——」威爾突然打住，滿臉通紅。

她用力眨眼。她知道他要說什麼。

*妳已經不再是警察了。*這話很傷人，但他說的沒錯。她不是警察，這也不是她的案子——這甚至連個案子也不是。可是這句話還是刺痛她的心，這是第一次有人這樣大聲說出來。

她不再是警察了。

她是從哪個時間點開始不再擁有這個身分，其他人也不再拿她當警察看待？是把三個月休假延長為六個月那時？還是再延到九個月的時候？這感覺好可怕、好殘忍。她的工作就等於她整個人。

山姆死後，她知道這是她唯一且全心全意想做的事：挖掘真相、找出答案。如果她連這件事都做不了，她還能做什麼？她還能是誰？

她壓不住聲音裡的顫抖。「他是我弟弟，我想幫他。」

「你做的已經不僅僅是幫忙了。而且說真的，我不確定你為什麼要這樣做。你需要他的時候他在哪裡？你媽生病的時候他人呢？」威爾堅定地看著她。「在我看來，你願意為他付出的努力遠超過你為我們兩個做的。」

「威爾，你別這樣，這不是競爭，你和伊薩克——」

「這與競爭無關，我是認真的，艾琳。」他口氣嚴肅。「你對這件事、對伊薩克表現出來的熱心程度，比想讓我們倆繼續走下去的態度還要積極。」

「繼續走下去？」艾琳喃喃重複，但這只是她的拖延戰術。她分明知道他在說什麼。上個月，他扔了一疊雜誌在咖啡桌上，就是居家設計那類的。他提到油漆顏色、儲物空間，還問她陽臺和院子哪個好。

「你知道我在說什麼，就是找地方一起住的事。我們在一起快三年，卻還是住在各自的公寓裡。」他垂眼瞥了瞥地面。「我要我們在一起，艾琳，隨時的、一整天的，共享日常瑣事，像一對真的伴侶。」

「我知道，可是那不容易……我還有這麼多事要處理，要我走到那一步真的很難。」

「我認為不是這樣。我知道我說這種話可能有點混帳、沒同理心，可是我認為你在這件事情上是有選擇的。你可以選擇勇敢，艾琳，可以選擇不讓過去支配你的人生。」

「我有選擇嗎？」她聲音不穩，「我幾乎沒有選——」

「你有。」他單刀直入。「你看我爸。他有黃斑部病變，得徹底改變生活習慣，以適應這個變化，但他沒有一句怨言。他做了選擇，艾琳。他選擇不讓疾病整垮他、毀掉他的生活。你也可以。」

「不是每個人都能像你和你的家人一樣這麼堅強。」她緊繃著聲音。「你很幸運，威爾，你們全家都很親近，擁有家人的緊密支持，擁有能把事情聊開卻不互相批判的夥伴，那幫助真的很大。有這樣的親情基礎，你會比較願意冒險，也更容易做出決定。」

「我知道。」他聽起來很疲憊。「可是我們有機會打造這樣的家庭呀——屬於我們的家庭。要走到那一步只有一個辦法：你得打破你在我倆之間豎起的牆。我就是不明白，為什麼你可以為這些事、為伊薩克付出一切，對我們的事情卻……」

艾琳直覺想反駁，想為自己辯護。但他仍然是對的。她在他們之間豎起一道牆，這並非她真心所願，但她確實這麼做了。

「我只是……伊薩克他……」她說不下去。艾琳也想說出來，想把心事告訴他，這樣他說不定就能理解她此行的真正目的。她想向他解釋，儘管她也渴望讓兩人的關係更進一步，但是在她釐清山姆過世那天的真相以前，她做不到。無奈，她就是說不出口。

每次都這樣。她差一點就要告訴他，卻總是迅速打住。這一步彷彿跨得太遠，感覺她不僅得攤開自己的一部分，就連家庭也一併見光。這種親密程度令她害怕。

威爾看著她。「你知道嗎，如果你還要這樣下去，到時候等蘿蕊回來——關於這點我完全不懷疑——我認為得討論一下要不要繼續留下。待在這兒不見得是個好主意。」

「你想回家?」艾琳一時反應不及,驚慌瞬間襲來,她緊張得渾身都痛了起來。

她不能走,還不能。如果現在走了,這趟旅程將變得毫無意義。關於答案她八字都還沒一撇呢!

威爾點頭。「我不想繼續看你這個樣子。我不喜歡你的反應,你壓力太大了,艾琳。我認為繼續待在這裡、跟他在一起,對你並不好。你……你變得不太像你了。」

艾琳想反駁,但他又說對了。現在的她不是她。她的思慮不夠冷靜,好似走鋼索,被一些連她自己都不理解的想法搞得暈頭轉向。

威爾微微張口,似乎想再說點什麼。不過他決定見好就收,以掌根撐地,謹慎地再次滑入池中。

25

艾琳推門進更衣室,威爾的一番話接著閃過腦海。你變得不太像你了。

淚水刺痛雙眼。她套上鞋子,彎腰拾起手提包。當她再直起身,不禁頓了一下。

有聲音。是門,開了又闔上。

艾琳轉身,以為會看見頭髮滴水、手裡抓著泳具袋的人影從推門冒出來。

一片寂靜。

哪有人能輕手輕腳到這種程度?換衣服肯定會製造些許聲響:衣料刮過潮溼肌膚的摩擦聲,頭髮纏住釦子的挫敗嘀咕,將泳衣內面外翻的聲音,等等。

又一聲。喀噠，門晃開。

艾琳等著，以為會有人走出來，可是仍什麼也沒有。

寂靜蔓延，放大了她耳內的脈搏衝擊。她轉身掃視四周，感官隨著緊繃。

安安靜靜，沒有半點聲響。

她舉步前進，走向通往SPA接待櫃檯的門。別傻了，她告訴自己，啥都沒有。

並非如此。

她聽見了，而且不是憑空想像。

艾琳沿著更衣室隔板緩緩前進。

感覺好奇妙。早先她並不知道更衣室的設計竟如此特別：隔間與隔間融合相連，彷彿沒有間斷，形成一條室內廊道，潔淨且毫無修飾，將更衣室一分為二。

不僅如此，門板上並無把手。

那門要怎麼開？

艾琳試探地推了推最近的一扇門——有用——喀噠一聲，門板向內轉開。

她探看內部空間：一條窄凳貼著隔間左側牆面，而且是活板設計，折起時能一併將門拉開，放低時顯然就是條普通長凳，還能把門抵住，令其緊閉。

艾琳走過整條通道，推開每一扇門。

喀噠。

喀噠。

喀噠。

一個人都沒有。

最後一扇門板再關上之前，艾琳踏了進去。

她仔細研究隔間內部，想著，可以從另一邊出去嗎？

她按住對側門板，輕輕一推。

可以。門開了。外頭是更衣室的另一側，這表示隔間兩側皆可進出。

不安感越來越強。剛才有人在這裡，然後從另一邊溜出去。這不無可能，那人離開時肯定沒經過接待櫃檯，因為她始終注意著那邊。不過對方也可能取道泳池區……

所以這傢伙現在在哪兒？

想查清楚只有一個辦法：她脫掉鞋子，光腳回到泳池區，檢查池邊周圍。

艾琳感覺胃裡一沉，而且沉得好深好深。

這裡只有威爾一個人，而他正奮力破水前進。艾琳呆立幾分鐘，才又折回更衣室、回到接待櫃檯。

剛才有人在那裡。肯定有人。而且躲在暗處窺看。

她抬頭對上瑪歌的笑臉。「他還在游啊？」

「對，看樣子是打算破紀錄吧！」她試著用輕快的語氣回答。「我進去以後還有其他人進來嗎？」

「沒有，這裡沒人。我想大家應該都出門去了，因為天氣暫時好轉。不過晚一點人應該就會變多了，外頭又在下雪。」

艾琳點頭，手指緊扣提包背帶。

她其實有點不想理會剛才聽見的聲音，就當是自己憑空想像出來吧，或者也可能是別的聲音。可是她也非常確定，不管是誰躲在那裡，都是為了等她。

為了監視她。

26

艾琳需要讓腦子清醒清醒，遂由後門離開飯店，信步走上通往森林的小徑。小徑不長，跟稍早她和威爾走的那條路遙遙相對。

她的心思仍繞著更衣室發生的事情打轉。

她是被自己的想像力牽著鼻子走嗎？

她不太確定。

雖然仍摸不著頭緒，但她每走一步就覺得更堅定、更能控制住情緒。

她總是這樣。活動筋骨是她解決問題的良方，讓她能細細咀嚼案件中的未解難題，思索山姆、伊薩克和她母親的問題。

但積雪讓這趟路程格外艱辛。在雖剛落下、厚度卻相當深的雪粉底下，還有累積一段時日、更為緻密紮實的冰雪層。

艾琳在小徑盡頭停下腳步，重重喘息。前方就是森林入口。她的夾克點綴白雪，雪粉亦陷入了衣料縫隙。

艾琳呵氣，凍結的氣息化為雲霧。雪停了，不過天空仍是陰沉的鉛灰色。顯然大雪還在後頭虎視眈眈。

即使她已停了一會兒，心臟仍怦怦急跳，發熱衣也漸漸被汗水浸溼。應該是海拔的關係吧。她的身體還未適應。

她扣住口袋裡的吸入器，指頭擦過口含器的粗短稜角。冷空氣對她是個威脅。英國的空氣溫暖潮溼，運動時只要帶著氣管擴張劑（以備不時之需）、抓好速度，通常不會有事。但這裡空氣乾冷、也比較稀薄，她得格外小心，不能輕忽。

艾琳閉上眼睛深呼吸，一、二。然而意識卻在瞬間失去防備，毫無目的地的漫遊、湧上一幕幕宛如快照的連續畫面：

微風拂過潮池水面。水下的岩石扭曲模糊。

一隻手抓住她的手臂。

鮮血有如煙霧，在水中散開。

恐懼猶如死結，緊緊糾結在胸口。她以前不曾這樣：畫面閃現、侵入意識，和現實生活結合在一起。這些畫面通常只會在過渡時期出現——譬如將睡將醒之時，其餘時候從未越界。

她焦慮地深吸一口氣，再往高處走。白雪吞沒大地，厚重的積雪令植被、樹幹、樹枝只能躬身承受。

靴子後緣不斷摩擦腳跟。儘管穿了厚襪子，但她每走一步腳跟就擦過鞋緣一次。鞋店店員曾告誡她這雙鞋太大，不合腳，可是她不聽。

艾琳不喜歡這種太緊密又太貼的感覺。這是氣喘的後遺症。說來奇怪，她心想，她對親密或幽閉的恐懼不僅發生在外在空間，內在也有同樣毛病。被困在自己體內的恐懼感中。

艾琳買下公寓後做的第一件事，就是打掉主臥與客房的隔牆。在塵土混合油漆的煙霧中，牆面最後一部分坍倒，日光大量灌入室內，她彷彿能摸到那股如釋重負的感覺。

艾琳轉身眺望對面的景色，灰鬱無垠的天空朝遠處延伸，間或被崢嶸探入的山脈連峰斬斷，一簇簇山屋落在坡面上，看起來渺小得不可思議。

在山谷這一側，通往右邊城鎮的蜿蜒山路被道路兩旁的雪牆遮住，幾乎看不見。小鎮躲在一座小山脊後方，艾琳頂多能看出滑雪場吊椅的金屬線條，以及一路往上、消失在迷霧中的懸臂及橋塔。

飯店在她左下方。奮力摜破雲層的光束照在大片玻璃上，微微反光。周圍的積雪又厚又高。她就是想欣賞這樣的風景。她需要放寬眼界，卻越看越困惑。

艾琳心底不斷琢磨一個問題：*假如蘿蕊當真是自願離開，她能上哪兒去？*

這間飯店孤絕而遺世獨立，附近沒有任何看似合理的落腳處，沒有能讓蘿蕊安安全全又暖呼呼地待著的地方。

*她肯定不會往上走，*艾琳心想，瞥了瞥森林。伊薩克告訴她，上頭沒有棚舍也沒有避難所，過了樹林就只有高山和冰河。她抬頭遠望，兩者都裹在濃濃的雲霧中。雲霧宛若渦流，又似觸手，緩緩爬上岩石山頭。

這幅景象令她渾身發毛。艾琳掉頭下山。

蘿蕊極有可能往下走，不是往右方的小鎮就是直下谷底的榭爾。可是從飯店到榭爾少說二十公里路程。

所以她是怎麼去的？

在這種天候條件下她不太可能徒步前往。這裡叫不到計程車，而且她身上沒手機、沒皮包、也沒帶行李。

艾琳明白，要想得到答案只有一個辦法：她得先找到蘿蕊認為必須離開的*理由*，找出她離開的動機。

個人因素、工作因素——艾琳確信其中必有線索。

她知道的還不夠，她必須找出是什麼原因促使蘿蕊不得不這麼做。艾琳掏出手機，點開多個社群媒體逐一翻找。儘管她幾乎都有帳號，卻不曾張貼任何內容。她總覺得把自己的隨興想法強加於世界，似乎太自負了些。

蘿蕊大部分的社群帳號都設定不公開，只有一處除外：IG。

艾琳點進蘿蕊的貼文，不確定會看到什麼，但應該不會是蘿蕊真實的一面。她當上警察後學到的頭幾件事，就是我們非常懂得選擇性地呈現自己的生活——履歷、日記、和朋友的閒聊、電子郵件內容皆然。

其中最容易操弄的當屬社群媒體。個性外向的同事和警隊同袍一起吃飯？實情是她可能一個人邊看書邊打發一餐。一張裝模作樣的諾貝爾得獎好書快照？說不定這人翻開第一頁就放棄了。

雖然這些動作看似什麼都沒交代，但行為本身已透漏不少端倪。「選擇性呈現」的人格——也就是裝出來的模樣——能提供許多資訊，讓我們洞悉當事人的渴望與不安全感。

艾琳滑動畫面，蘿蕊的相片組合令她想到威爾的個人頁面：精挑細選，微微過曝的濾鏡風格。自然風景，建築。幾張她和伊薩克或朋友的合照。雞尾酒吧。某時尚公寓裡的讀書會。對著鏡頭搔首弄姿、扮鬼臉。

她瞥見蘿蕊自嘲的文字圖說：**努力不要過份努力**。

這裡沒有單調的每日流水照，沒有激勵人心的名言錦句，沒有抗拒面對鏡頭的家中長輩——沒有一張照片顯露出她柔軟、脆弱的一面。她希望別人眼中的她是個嚴謹、有創造力而且自律的人。這些照片透露了一件事：她的完美無瑕——或是她竭力展現自己除了完美就是完美的人生——明確表示她有多缺乏安全感。蘿蕊信心不足，不確定別人會不會喜歡真實的她，所以她必須故作姿態。

總歸一句話：這人努力過頭了。

但話說回來，沒有任何跡象顯示她心神不寧，或者出了什麼嚴重差錯。看來她得從蘿蕊的真實生活圈下手，才能找到蛛絲馬跡。例如某個她不會過度警戒，親朋好友看不到也無法評論的地方。

她的辦公室。

艾琳循原路下山、走回飯店。無邊無際的廣袤白雪再次牽動她的視線。

一個念頭驟然閃現：

如果蘿蕊是故意鬧失蹤呢？如果這一切都是計畫好的呢？

她覺得她大概能理解這種想法：對於走進這片虛無的渴望。

完美而且永恆的遺忘。

血跡濺在地毯上的畫面突然從腦海冒出。

細小的鏽色圓點猶如星座。

27

綁架她的人架著她從地上站起來。

此刻，愛黛兒平躺在床板之類的東西上，表面沒那麼硬，舒服多了。

她睜開眼睛、眨眨眼，仍無法對焦，也看不清四周的形體及顏色；又過了幾分鐘，景象逐漸清晰。

一面牆，凹凸不平，有紋路，表面潮溼光滑。

愛黛兒試著去理解、去分析，思索自己可能在什麼地方，可是她沒辦法專心。她的臉好燙。她想起來了：面罩。驚慌像泡泡一樣持續湧出，皮肉和厚塑膠之間築起一層汗的薄膜。

她發狂地想摘掉面罩，手卻動不了。

怎麼回事？

愛黛兒稍稍抬頭，想看清楚一點，但這個動作令她頭暈，好像她的腦子跟顱骨分了家，還沒跟上，落後三步距離。

她再試一次。軀幹向右扭動，結果腦袋也跟著轉，連接面罩的黑色C型管形成一道詭異弧線，擋住視線。

愛黛兒試著伸長脖子，盡可能將腦袋向右偏，這樣視線就不會被管子擋住。

成功了，她終於瞄到自己的右手。她的右手腕被綁在床上，幾步之外有張桌子。那是一張金屬桌，跟露營用的桌子很像，可折疊、方便攜帶。

桌面正中央有個小金屬盤。盤子裡整齊排著一列外科器械——手術刀、刀片和一把小剪刀。

愛黛兒心臟跳錯一拍，然後越跳越亂。

這時她聽見了。那聲音直擊而來、將她貫穿。那是一個詭異且潮溼的呼嚕吸氣聲，接著是高頻的咻咻吐氣。

聲音是從對方面罩裡傳出來的。跟她的不同，也更響亮。

儘管她完全動不了，還是再次奮力側過頭、盡可能把距離拉開，想瞄一眼那人的模樣。

對方手裡拿著一樣東西。手機。你的手機，她心想，認出那磨損的藍色機殼。

那人的手指在螢幕上快速移動。

一陣敲擊後，愛黛兒聽見熟悉的嗖一聲，好一會兒才領悟那聲音代表何種意義：這人正在發簡訊——用你的手機發簡訊。

數秒後又是一聲。這次聲音比較沉。

有人回覆了。

這時她驚覺：對方假扮她發簡訊。

她感覺胃裡一空、驟然沉墜。這下不會有人知道她失蹤了。他們會收到簡訊，以為她沒事。不會有人想到要找你。不會有人發現任何異狀。

愛黛兒放聲尖叫，聲音卻罩在面罩裡，微弱不清且十分可悲。

那人轉身，瞪著她好幾分鐘，彷彿在盤算什麼。

這時她聽見對方說：「準備好了嗎？」

愛黛兒反應慢了半拍。她的耳朵先聽見、腦子隨後才對這個聲音加以解讀。愛黛兒瑟縮一下，一陣暈眩。

這聲音，她認得這個聲音。

愛黛兒張開嘴巴，但啞然無聲。她的身體由內而外開始劇烈顫抖，最後一絲希望就這麼消失。

她逃不掉了。

從某種意義來說，她一直都知道這一刻終究會來臨。那件事始終不曾消失。雖然她把往事藏進心底最難以觸及的角落，卻總能意識到它的存在——就像蟄伏在血管裡的栓塊，它只是在等待時機、鬆脫失控，再引發混亂。

愛黛兒動也不動地躺著，靜靜等待。唯一聽見的只有對方的呼吸。

隨時都可能。就在下個瞬間。

手電筒光束甩了一下，再次移動。那人彎下腰、摸索地上黑色小袋裡的東西。翻找一陣後撈出一支針筒。

手臂上一記尖銳劇痛，她的世界慢慢變暗，但速度還沒快到令她錯過那些聲響——小金屬桌拖過地板、朝她靠來。金屬器械震動、鏗鏘撞擊。

28

「她還沒回來？」飯店經理聲音緊張起來，手指緊揪著文件，紙張都起皺了。

艾琳仔細看了一眼別在她深色襯衫上的名牌：**賽西兒·卡洪 飯店經理**。昨天在游泳池見到的那名女子，開發商的妹妹。

他倆的外表確實神似：身材同樣修長瘦高、肌肉結實，頭髮都是沙金色的。只不過賽西兒頭髮比較短，甚至比艾琳還短。她的平頭髮型貼伏臉龐，凸顯其高聳、稜角分明的顴骨。

賽西兒輪廓分明，模樣強勢。她沒上妝，但其實她也不需要，任何裝飾在這張臉上彷彿都顯得愚蠢且沒有必要。

艾琳搖頭。「沒有，伊薩克還是沒她消息。沒人知道她在哪裡。」

賽西兒眼神憂鬱。「你確定每個人他都問過了？」

「對。朋友、家人、鄰居，他們都以為她在這裡，和伊薩克在一起。」艾琳停頓一下，又說：「不曉得蘿蕊有沒有提過今天是他們的訂婚宴。」

「她有跟我說。」賽西兒繞出接待前臺，手裡仍緊緊抓著那幾張紙。「她還說你在英國警界服務。」她沒有表情，艾琳突然覺得很不舒服。

「是的。」她微微臉紅。其實她應該糾正她才是。她為什麼不說實話？她沒有資格被賦予這般權威和地位。

「我弟……呃，伊薩克已經報警了。警方會先備案，持續追蹤，不過他們也覺得現在發協尋通報好像太早。我跟他說我會利用這段時間先問一些問題。」

賽西兒高傲地點點頭，對櫃檯職員低聲交代幾句話，再轉回來對艾琳說：「去我辦公室吧，那裡說話比較方便。」

艾琳隨她離開大廳，轉進主廊，奮力跟上賽西兒跨大又俐落的步伐。

賽西兒跨步的時候褲腳也微微提高，彷彿長褲也想努力跟上她的腳步和那結實的大腿肌肉。賽西兒是她在這家飯店所見第一個不適合穿制服的職員，她看起來如魚離水，不得其所。

黑襯衫、修身錐型褲、灰色平底鞋——這種極簡的斯堪地納維亞風格和她身材不搭。那副寬肩與結實四肢不時拉扯布料，改變制服原本的剪裁設計。賽西兒說不定和她一樣，穿運動服比較自在。

賽西兒打開右手邊第一扇門，兩人轉進另一條較短的走廊。辦公區在走廊盡頭左側，賽西兒推開，順手支著門。

「來，請進，隨便坐。」

艾琳頭一次意識到賽西兒說的是美式英語。或許她在美國唸過書，或者在美國住過一段相當長的時間，因而有了這個習慣。

走進賽西兒的辦公室，她再一次對上整面玻璃牆，但原本清朗的山景已被又厚又黑的雲堆遮蔽。又開始下雪了，碩大的雪片瘋狂墜落，令人眼花撩亂。

賽西兒的辦公桌擺在牆面中央、背對玻璃——恍若活靶，艾琳心想，不禁肩頭一緊。這從屋外一眼就能看見。

艾琳緩緩落坐，視線掃過桌上其他擺設：兩面電腦螢幕並肩立在桌上，一疊文件，一只環保咖啡杯。

眼前有幾幀照片，彼此依偎交疊。

艾琳立刻認出那都是賽西兒。她手握獎盃、獎牌斜掛在脖子上。另一張照片中的她在游泳池裡，一手抓著剛摘掉的泳帽，一手握拳、振臂高呼。

賽西兒順著艾琳的視線望向照片。「想當年，我可是游泳選手呢。」她笑了笑，語調有點急、有點僵硬。

艾琳被對方逮個正著，困窘地漲紅了臉。「轉換事業跑道？」

「只是並不出色。」她微笑。「你也知道，競爭越激烈成績才會越好。」

未竟的夢想。艾琳看著賽西兒的目光在照片之間流轉，最後移開了。這個夢想對她而言肯定意義重大，因此無論回憶再怎麼痛，她還是選擇把照片放在桌上。

話說回來，誰沒有夢想？如果能選擇另一條路，我的人生會怎麼樣？誰不曾有過這種念頭？

她決定改變話題。「你今天沒看到蘿蕊？」

「從昨天就沒看到她了。當時她在交誼廳吃午餐。」賽西兒蹙眉，額頭擠出紋路。「你確定她沒打電話給任何人？」

「沒有。」

「有沒有誰來這裡接她？也許剛好是伊薩克不認識的人？」

「不無可能，不過這還是無法解釋她為什麼到現在都不聯絡，也沒帶走皮包、手機、手提包這類隨身物品。這些東西都留在飯店房間裡。」

「她應該沒回家吧？」

「沒有。她的鄰居有鑰匙，也開門進去看過了。屋裡沒人。」

「不過，她依然可能是自願離開的吧？只是不想讓別人知道？就是突然打退堂鼓、不想訂婚什麼的？」賽西兒聳聳肩，「我就幹過這種事。」

艾琳低頭看賽西兒的手。沒有婚戒。

賽西兒注意到艾琳的視線。「我離婚了。」

艾琳察覺她的嗓音隱約帶著挑釁，不禁有些同情。他人總會不經意問起，然後你還得耐著性子聽那些什麼別擔心，你還年輕，你會遇見更好的人等等陳腔濫調。

雖然艾琳才三十二歲，然而在她遇見威爾以前，這些老話她全聽過了。一旦來到坐二望三，身邊的人便突然覺得有必要為你貼上標籤歸類。

如果不順他們的意，他們即視你為威脅，把你當作難以歸類的對象。

「原來如此。」她委婉地說，再把話題拉回蘿蕊身上。「有人就是會這樣突然不見蹤影，而且這種情況比我們以為的更頻繁。家人會為此緊張得要命，結果卻發現這事老早就計畫好了。有時候，離開的人純粹就只是不想解釋，所以不告而別。」她傾身向前，「所以你有察覺到什麼問題嗎？或者她為了什麼理由不得不出此下策？」

「沒有。蘿蕊相當優秀，她守時，個性開朗。」賽西兒兜弄桌上的筆。「我覺得，如果你要找人問她的事，我也許不是最適當的人選。我們倆關係是不錯，但交情只限工作。蘿蕊很重隱私，除非必要，否則她不太分享私事。」

「方便讓我看看她的辦公桌嗎？我想看看她有沒有留下什麼東西，譬如行程細節等等那類的資訊。」艾琳刻意以輕快的語氣說道。

「她的辦公桌？」賽西兒臉上閃過某種表情，艾琳一時無法解讀。

「要不你跟我一起去吧？」艾琳補充，「我無意刺探工作方面的事。」

賽西兒似乎鬆了口氣。她推推右側的霧面玻璃門，「沒問題，就在這裡。」輕輕一聲喀噠，玻璃門向外打開。

這個房間只有賽西兒辦公室的一半大小，但格局相同。賽西兒守在門口，低頭看手機。

艾琳掃過蘿蕊的辦公桌，桌面擺設井井有條：筆電、筆筒、電話，還有一盆多肉植物，盆子是萊姆綠色。手機充電線沒精打采地垂掛桌緣，整張桌子看起來單調乏味，毫無個人色彩。什麼線索也沒有。

她瞄瞄桌底，拉拉右邊抽屜。抽屜沒鎖，一下子就拉開了。裡頭東西不多：一份簡報，會議紀錄，一只文件夾。她翻了兩下，覺得不重要，隨手拿起藍色紙夾。紙夾裡有幾張對折的紙：一篇從網路印下來的文章，標題以法文寫成，Dépression（憂鬱症）。右上角的迴紋針夾著一張名片。

艾蜜莉・法蘭西斯　心理醫師　洛桑街二十四號

艾琳斜眼偷瞄賽西兒，她正在講電話。

於是她把名片塞進口袋，轉向左邊抽屜。

抽屜裡只有一個紫色信封，裡頭是過去一年的手機帳單，收件人是蘿蕊，收件地址卻是飯店。

「有什麼發現？」賽西兒抬頭。

「還不確定。」艾琳想了想，「飯店提供公務手機嗎？」

「沒有，我們偶爾會用自己的手機聯絡工作，但主要還是用這裡的電話。」她指指桌上的室內電話。

那麼這應該是蘿蕊的私人號碼，對吧？如果是私人號碼，通訊地址為何是飯店？這時艾琳注意到帳單上的電信公司名稱：橘子通訊，但稍早伊薩克拿給她的手機不是「瑞士通訊」嗎？

這表示蘿蕊還有另一支手機。

她抽出最近一期帳單，視線跳至下方的通話明細，有個號碼多次出現。

簡訊也是。這應該是伊薩克的號碼吧？她掏出自己的手機確認。

不是。她持續聯絡的對象不管是誰，都不是伊薩克。艾琳繼續找：這份明細不曾出現過伊薩克的號碼。她渾身一緊。這肯定有隱情，但她肯定不會喜歡。

為什麼把帳單收在這裡？

可是艾琳也知道答案：她不想讓伊薩克知道。她的心思跳向下一個問題：蘿蕊劈腿嗎？伊薩克發現了嗎？

她突然想起昨晚目擊的通話場景。蘿蕊用的可能就是這支手機，而她通話的對象極可能就是使用這個號碼的人，亦即她在蘿蕊另一支手機上沒找到的通話紀錄。

她的手機突然震動，艾琳瞄瞄螢幕。

威爾發來簡訊。**新聞一直在報天氣的事。山谷這邊的飯店要開始撤離了。**

「你要的資訊都找到了嗎？」

艾琳的目光轉向賽西兒，留意到她失去耐性的表情。她快受不了了。她想回去工作。

「找到了。」她指指帳單信封，「我可以帶走這個嗎？」

「當然。」賽西兒說。「如果還有什麼我能幫上忙的，儘管跟我說。」她的語氣十分真誠，表情卻教人看不透，怪得不得了。艾琳很難判斷她究竟是真心想幫忙，或者純粹只是冷漠外加職業性的禮貌態度。

「我是說真的，」賽西兒彷彿察覺她的心思，又補上一句，「什麼事都可以找我，蘿蕊一直是這個團隊很重要的成員……」她的音量變小，盯著窗外。

艾琳順著她的視線望向屋外的停車場。稍早她看見的其中一輛警用四驅車正加速駛離，輪胎噴起一堆雪。

艾琳將目光轉回賽西兒，愣了一下：她一臉緊張又憂心忡忡。艾琳不太明白。

接著她想起蘿蕊曾經說過：卡洪兄妹和丹尼爾．勒梅特從小一起長大。

艾琳正打算說幾句安慰的話，卻突然打住。她看著賽西兒，不太確定對方會否給她坦率的回應。

29

「網路印下來的資料？」伊薩克拔高音量、語調緊張。但沒關係，交誼廳裡滿滿都是人，他的聲音隱沒在嗡嗡交談與杯觥交錯的清脆聲響中。背景音樂是低柔的現代爵士，非常適合白天的氛圍。

這種天氣沒人想出門。艾琳瞥瞥窗外，天色一片鬱灰，偌大的雪花被狂風吹得朝四面八方飛。

她點點頭。「在蘿蕊的辦公桌抽屜裡。」

「所以你才支開威爾，好當面質問我？」

艾琳惱了。「我沒那個能耐支開他。他只是剛好吃完午餐，想上樓去收信什麼的。」

伊薩克重重放下餐叉，推開盤子，雞肉沙拉幾乎沒碰半口，堆在盤邊上。

他整個人一塌糊塗。艾琳望著他冒青髭的臉頰和皺巴巴的衣服，心裡暗忖。

「那到底是為什麼？」他語氣粗魯不耐。

「憂鬱症。我找到一張名片，心理醫師的名片。」

艾琳的手指劃過水杯邊緣，視線定在他身後的壁爐上，火焰跳耀舞動，映著玻璃繚繞又盤旋。

「心理醫師？」伊薩克瞪大眼睛，好一會兒才恢復鎮定。「那……那就說得通了。」他打量著她，彷彿想預測她的反應。「蘿蕊這幾年深受憂鬱症所苦，過去幾個月變得更嚴重了。她的藥……我從架上拿走的就是她的藥。我不確定你有沒有看到。」

「我看到了。」她對上他的眼神。「你為什麼要藏起來？」

「我不想在還未得到她同意前就透露她的隱私。我以為她會回來，這樣我就不需要——」伊薩克甩甩頭，低頭看向地板。「結果全泡湯了，不是嗎？」他清清嗓子。「我一一打電話聯絡、取消……你知道的，就是蘿蕊的朋友、我的朋友。即使天氣不像氣象預報說的那麼糟糕，現在叫他們來也沒多大意義了。」

「你確定？」

「準新娘不在場，訂婚宴還能叫訂婚宴嗎？」

他語氣憤怒，如遭烈焰灼燒，艾琳連忙改變話題。「她的憂鬱狀況持續多久了？」

「好幾年了，時好時壞。蔻萊莉死後她就這樣。她爸不在她身邊，也不管她——蘿蕊一滿十八歲他就拍拍屁股飛回日本了。」

「蔻萊莉……過世了？」艾琳支支吾吾，腦中想起她的模樣：細窄的臉，貓一樣的雙眼。蔻萊莉是個言出必行、充滿幹勁又滿腔熱血的人，很難想像她不已在人世。

「車禍，肇事逃逸。在日內瓦湖附近。」

「蘿蕊沒告訴我。」她為何沒提？艾琳不解，心裡稍稍刺痛，但也瞭然於心。當年她沒一句解釋就斷了聯繫，蘿蕊為何還要信任她？

「她習慣假裝堅強。為了不讓自己倒下，她非常辛苦地對抗憂鬱症。而且她也承擔不起再失去工作了。」

「再？」

「她的上一份工作或多或少算是被資遣吧。不過因為她不吵不鬧、安靜走人，他們幫她寫了一封還算不錯的推薦信。不過終歸是被請走的。」

「怎麼回事？」

「工時太長、負擔太大……把她壓垮了。她睡不好，常常請病假，再不然就是對同事、對顧客失控吼叫。」

艾琳試著將她對蘿蕊的零散記憶片段湊在一起。不可能呀。這和伊薩克描述的彷彿是兩個不同的人。她突然猶豫起該不該提接下來要說的事。「伊薩克，我……我另外還找到一份電信帳單，不是你手上那支手機的號碼。我想她可能還有一支手機。」

「還有一支手機？如果她有，照理說我應該會知道呀……」他的頸子一片紅。

「她有，是她的名字，帳單地址是飯店。」艾琳拿起一塊麵包，旋即放下。她的湯……油脂浮在熱氣氤氳的表面上，搞得她胃口盡失。太膩了。

「好吧，就算她有，應該也不常用吧？」

「通話滿頻繁的，伊薩克，簡訊也是。過去幾個月她常常打一支號碼，是瑞士的手機號碼。」

伊薩克舔舔門牙，有點激動。「你手邊有那些帳單嗎？」

艾琳探進手提包，把最近一期帳單遞給他。他緩緩掃過帳單明細，動作磨人且痛苦。他不認得這個號碼。

「我現在就來打打看。」伊薩克從口袋掏出手機，幾綹髮絲落下前額，在他臉上拂過淡淡陰影。

「打什麼？」

「蘿蕊這支手機，就是明細頁首的號碼。」

艾琳看著他撥號，下意識抬手啃咬拇指指甲，驚慌與顫慄蔓延全身。她的視線望向兩人頭頂的大型吊燈——抽象風格，數百片尖銳玻璃懸在空中，高高低低、夾雜錯落。這吊燈乍看之下很漂亮，但過度複雜與不對稱風格稍微過頭了。以室內中央裝飾來說，這盞燈太冷硬、太刺眼。伊薩克放下手機。「直接進語音信箱。」他又拿起帳單，用力得紙都捏皺了。「我來試試她常打的這個號碼。」

撥通後又響了幾秒對方才接起來。「哈囉？」伊薩克有些遲疑，「喂？」他接著說，「請問你是？」然後他把手機從耳邊移開、放回桌上。艾琳只見他滿眼疑惑，而非憤怒，表情平靜但深受打擊。

蘿蕊騙他。他完全被蒙在鼓裡。

她心痛地低頭盯著自己的手。他不會想要她的同情的，他從來都不要。

「對方一接起來，聽見我的聲音就掛斷了。」

「再試一遍。」

這一回，他還沒來得及將手機貼上耳朵就放下。「這次連響都不響。」

「對方鐵定是關機了。沒關係，伊薩克，如果當真出了什麼事，我們可以請警方進一步追查，連同她的另一支號碼一併處理。電信公司會提供她過去六個月撥打和接聽的完整明細。」

伊薩克掄指敲打桌面，不發一語。她不確定他是否聽了進去。

一名深髮女服務生上前擦拭他們隔壁的桌子，艾琳聞到清潔液的檸檬香氣，清理妥當之後，她轉身對他倆微笑。

「兩位還需要什麼嗎？」

艾琳正打算開口，伊薩克卻搶先一步回答。「不用了。」他語氣緊繃。「東西難吃得要命。」

「伊薩克……」她帶著歉意向服務生微笑。

「幹麼？我只是實話實說。」

女服務生尷尬地站直，臉色微紅。「先生，我們很樂意為您更換餐點。當然，我也會將您的意見轉達給我們的團隊知道。」

「沒關係，沒事的。」艾琳警告似的瞪了伊薩克一眼。「真的沒事，謝謝你。」

女服務生離開後，艾琳皺起眉頭。「你為什麼每次都隨隨便便對別人發脾氣？蘿蕊失蹤又不是服務生的錯。」

伊薩克最愛遷怒，習慣把氣出在別人身上。她記得有一次，他弄丟父親送給他的玩具（為了嘉獎他考試第一名，父親特別送他一組長腿金屬機器人；只要摁一下天線，機器人就會說話：**我會服從你的命令，但你不能隨意使喚我！**）結果山姆成了他的出氣筒。他房間被翻得一團亂，伊薩克還搶走他的摩比人海盜作為報復。

接下來幾個星期，山姆緊緊黏在艾琳身邊，他們成為彼此的盾牌。每次伊薩克發飆，他倆便尋求彼此的慰藉。

尷尬的沉默持續了好一會兒。伊薩克撓撓頸背，「你說的對。」他終於承認。「我只是不喜歡這種狀況，因為感覺很不對勁。如果她到晚上還沒回來，我會再聯絡警方。」

「也許到時候她就回來了。」她說，但十分心虛。「最後搞不好只是虛驚一場。」

「看過這個你也許就會改變主意了。」伊薩克探進袋子，拿出一疊照片往桌上一扔。「你自己看，看完再跟我說這是不是虛驚一場。」

艾琳把那疊照片滑到自己面前，接著呼吸急促起來。每張照片都不一樣，但主角都是同一個人。

盧卡斯．卡洪。「飯店老闆？這照片哪兒來的？」冰冷的恐懼滲入體內、到處移竄。*不對勁。*

伊薩克專注地看著她，臉色蒼白、幾近發青。他焦躁地點踏地板。「我在蘿蕊的滑雪袋裡發現的，你自己看。」

盧卡斯走向飯店、低頭看手機，羊毛帽拉下蓋住耳朵。盧卡斯走向站在交誼廳入口的某位職員。

盧卡斯和一群人坐在露臺上喝紅酒。

看起來有人在監視他。彷彿蘿蕊一直在跟蹤他、盯著他的一舉一動。

「是不是很詭異？」伊薩克緊迫盯人，踏腳的速度變快，膝蓋頻頻撞上桌板。「別跟我說你覺得這沒什麼。這些可不是度假出遊的照片，是不是？而且他看起來似乎不知道有人偷拍。」

艾琳深呼吸。「除非能掌握事發背景和前因後果，否則一切都很難說。這說不定有什麼理由。」艾琳不自在地扭動，深知這番話根本毫無說服力。

還能有什麼理由？蘿蕊為什麼會有這些照片？

「比方說？」伊薩克的目光嚴厲且精明，手不斷撓著眼皮。

艾琳拉開他的手，用手掌按住他。這個動作純粹出於本能，再自然不過。而那隻被她覆著的手逐漸放鬆、展開。

霎時間他們彷彿回到從前：小時候，她做噩夢，伊薩克會哄她入睡。他倆因此有好些年都睡同一間房。他會伸出手、將她的手握在手裡。山姆很小的時候他也曾這樣照顧過他。

有段時間，山姆頻頻做噩夢，情況比她還嚴重。那全是她的錯。那時他們常玩裝扮遊戲，山姆會扮成士兵或武士，如果艾琳遊說成功，他偶爾還會扮成綿羊，把身體塞進毛絨絨的全白自製玩偶服裡——這是艾琳的「創意」，靈感來自納尼亞。

但後來，山姆漸漸做起和玩偶服有關的噩夢。他想像這些衣服突然有了生命，從床尾站起來、繞著他的房間跳舞——但每一個都沒有腦袋。艾琳還記得母親機智地進行一場「驅魔」、扔掉玩偶服，然後喃喃碎念「最近不准玩裝扮遊戲了」云云。

山姆。

這兩個字狠狠拉回她的思緒。艾琳恐懼不安地抽回手，她又感情用事了，沒想清楚就衝過了頭。伊薩克在她面前展現的那一面、對她說的每一句話，全是做給她看的，只是如此。艾琳伸手去拿水杯。她好氣自己，氣得猛眨眼睛。都吃了他這麼多苦頭，她竟還如此鬆懈、卸下防備。為何她就是學不乖呢？

她都忘了，從了解變成完全陌生有多簡單。人就這麼一點一滴，漸漸變了模樣。

30

艾琳回房，疲憊感驟然襲來。她揉揉眼睛，後頸開始隱隱抽痛。這是頭痛的前兆。

她拿起瓶裝水，扭開瓶蓋。氣泡滋滋上竄，衝至瓶口。她給自己倒了一杯，慢慢喝完。她需要休息，心緒卻無法抽離方才伊薩克給她看的照片。

到底怎麼回事？

她頹坐在窗邊皮椅，拿起手機、打開 Google，鍵入「盧卡斯・卡洪」。艾琳正打算點開搜尋結果，卻看見總督察安娜寄來另一封信。

艾琳，因為你沒回覆我前一封信，我想確認一下你是否收到了。我無意打擾你，不過我們真的得在月底前做出決定。如果你需要找人談一談，打給我。

她反覆看著螢幕上的幾行字，然後才縮小視窗、返回搜尋頁，繼續研究盧卡斯・卡洪。

螢幕上顯示一大串搜尋結果：維基百科人物介紹，還有無數篇來自商業和友好媒體的報導。艾琳滾動至下一頁，見到更多條目。其中不少是運動成績，列出他參加馬拉松、越野滑雪競賽的紀錄。

他對運動的熱情顯然和投入事業的程度不相上下，艾琳心想，不過後者的報導數量顯然更加驚人：

品牌祕辛：近十年來，盧卡斯・卡洪一躍成為瑞士媒體寵兒

帝國崛起：盧卡斯・卡洪重塑簡約主義，再造豪華地景飯店

嬉皮老闆：飯店經理人盧卡斯・卡洪如何透過每日瑜珈保持巔峰狀態

比較近期的則有：

山巔：揮別山屋，探究新簡約主義

盧卡斯．卡洪何以偏好從過去汲取靈感

艾琳點進第二篇報導。一張照片占去螢幕大部分篇幅：盧卡斯翹著腿坐在山巔交誼廳的一張沙發，臉上綻開大大的笑容，神情自若，看不出一絲不自在。

不過，即使是這種偏正式的照片，他還是比較像登山或野外健行雜誌的封面人物，而非房地產開發商。照片中的他穿著褪色牛仔褲，以及能強調肌肉線條的灰色科技布料夾克。暗金色頭髮亂糟糟地蓋住臉龐，鬍子幾乎沒刮。

艾琳焦躁地抖著腳。這說不通啊？他的一派從容與這間飯店的設計格格不入。她掃過底下文字，跳到報導的引述內容：

「我習慣挑選有歷史的建築物、尤其是會呼喚我為它們訴說故事的那種，而『山巔』的故事始於我曾祖父——他將這裡規劃為療養院——這個契機使得本次開發案對我別具意義。改造建物始終是我的夢想。我從小就喜歡盯著建築物看，想像它們重生後的嶄新模樣。」

報導繼續：**盧卡斯從九歲就開始蓋房子，凡是能到手的素材都被他拿來利用。「我會用積木、棍子或家人送來醫院的食物蓋房子。事實上，我想我對房子、對建築的喜愛，就是在住院期間養成的。那時我發誓，等我康復，我每一天都要活出每一天該有的樣子。」**

住院期間？她掃過報導後半部，找到一段說明：盧卡斯出生時即患有先天性心臟病，「心房中膈缺損」，也就是心臟中間破了個洞。儘管這個病可經手術成功治療，但年幼的盧卡斯仍因手術和多種併發症在醫院裡待了很長一段時間。

於是艾琳漸漸明白：盧卡斯・卡洪想證明自己，無論心理上或生理上皆是。他也是想掙脫窠臼的人，那句「我每一天都要活出每一天該有的樣子」尤其反映了這一點。

看得出蘿蕊何以受他迷惑——商業人士與白領階級的綜合體。但是這依然無法解釋她手上那些照片。

艾琳回頭繼續過濾搜尋結果。她在這一頁最下方看見一條部落格連結，是英文網頁，摘要的措辭極其挑釁：「瑞士房地產開發商如何親手毀掉自己的家園」。

艾琳點進瀏覽。該文內容和標題一致，點名批評多位房地產開發商，也包括盧卡斯。底下的討論區引起她注意：不少人批評盧卡斯・卡洪與山巔飯店，言詞尖酸刻薄。有些針對飯店設計、有些是人身攻擊。**他才不管別人死活。他是那種「我想做什麼就做什麼，誰敢擋我的路就去死吧」的傢伙……**

這裡也有人提到丹尼爾・勒梅特失蹤之事，還有他和盧卡斯的私交及職場關係。絕大多數都是捕風捉影，譬如指控他安插自己人，或謠傳盧卡斯想把丹尼爾擠出重建計畫云云。

艾琳的好奇心仍未得到滿足。她打開推特，輸入盧卡斯的名字，卻嚇了一大跳：包含他名字的推文少說數百條，大部分都是負面批評。

她聽見房門關上的聲音。威爾。

「你在看什麼？」他走向她，順手擱下手機。

「盧卡斯・卡洪。就是那個房地產開發商的一篇報導。伊薩克剛拿了一些他的照片給我看，是在蘿蕊袋子裡找到的。」

「然後呢？」

「他似乎不知道自己被拍了。」

「艾琳，這根本不關你的事啊。如果她到晚上還沒回來，你得讓伊薩克再去報警，然後把這件事留給他們去處理。」

他的語調多了某種情緒，不帶感情，反而有種認命的感覺。不僅如此，他的眼神看起來驚慌又寂寥。空洞，她心想。他在拉開距離，而這全是她的錯。最糟糕的是，她明知道自己有辦法解決、能說他想聽的話，告訴他她原本就有意進入兩人關係的下一個階段，也準備好了——可是她知道這不是真話。

她根本還沒準備好。

在釐清山姆出事的真相以前，她的人生無法繼續。她的內在有某種東西、某個重要的部分卡住了，卡在山姆死去的那一天。就像身上的繩子勾住樹枝，導致她不斷被往回拉、無法脫身。

威爾伸手拿浴袍，將汗衫掀過頭頂脫掉。「你知道嗎，剛才換衣服的時候，我又想了一下稍早我說的那些話。艾琳，拜託，我想走了——」

「可是——」

「我想盡快出發，現在再加上這個，」他把手機秀給她看。「我實在不想繼續卡在這裡了，根本沒必要。超級暴風雪就快來了。」

艾琳細讀螢幕上的資訊。**規模空前的超級暴風雪正逼近阿爾卑斯山區。由於強風造成纜車劇烈**

搖擺、幾近失控，義大利當局已關閉切爾維尼亞高山纜車。預估未來四十八小時的積雪量可能超過兩百公分。

「我不能走，威爾，現在不能。」

「你是不能還是不願意？」威爾一屁股坐在床上。他瞇起眼睛看她，滿臉不可置信。「艾琳，我覺得你沒有認真聽我說話。」

驚慌鋪天蓋地而來。她必須告訴他了，她得告訴他此行真正的目的，否則極有可能就此失去他。「我不能走。」她放下水杯。「我之所以來這一趟，不只為了修補和伊薩克的關係，我還想查明真相。」

「查明真相？這到底是怎麼回事？你為什麼沒告訴我？」

「這和伊薩克有關。」她的聲音有些不穩，「我認為是他殺了山姆，這也是我擔心蘿蕊的原因。我知道他可能做出什麼事來。」

31

「他殺了山姆？」威爾重複她的話，兩眼緊盯不放。「你不是說那是意外？」

艾琳在他身旁坐下；她口好乾。「那是官方判決。他們推測他跌進潮池，頭撞到石頭、溺水身亡。這也和我的記憶相符。可是，過了幾個星期，我開始斷斷續續想起一些畫面。」

「事發經過？」

「不是，但這才是重點。我記得的、也就是我告訴爸媽和警方的說詞，和我後來看見的畫面不一樣。」那天的事她記得非常清楚，於是她抽絲剝繭、層層檢視，直到剩下最重要的幾個畫面。她仔細探究，左思右想，試著導出真相，但是這些真相——或她原本以為的事發經過——跟這些畫面總是有兜不攏的地方。

「所以你當時跟警方說了什麼？」

艾琳閉上眼睛。「我們在潮池玩水，我們三個。」她彷彿能清楚看見那天的景象：熾熱灼人的六月驕陽斜斜高掛天空，熱力刺痛肌膚。山姆紅通通的，脖子脫了皮；伊薩克還穿著灰色T恤，但好些地方已被海水濺溼。「我們比賽看誰能抓到最多螃蟹，我們在沙灘小屋的外牆上釘了一張計分表。」她盤起腿、腳底貼著腳底，「那兩個男孩好認真，他們不管什麼事都要比賽。」

「小時候我跟我弟也一樣。」

「但……但還是有點奇怪。那種執著、以彼此的失誤為樂的模樣……說不通啊。他倆幾乎完全不像。山姆像一本打開的書，和伊薩克完全相反。媽總說山姆像她，是個好相處的孩子。」他甚至連長相都像她，艾琳心想，同樣白皙的皮膚、同樣細柔的金髮，若是頭髮溼掉，你甚至能直接看到底下的頭皮。

「所以你小時候不好相處？」威爾挑挑眉毛。

「嗯，不像山姆那麼好相處。大家都說老么最無憂無慮，這是真話。讓我們哈哈大笑的向來是他，我們吵架也都是他扮和事佬。現在回想，我覺得他各自擁有我和伊薩克最好的那部分：他和我一樣活力充沛，也擁有伊薩克那種絕對專注力。他能好好坐下來專心做一件事，這我從來辦不到——不管是玩樂高、寫功課或看書，似乎沒有什麼事能擾亂他……除了伊薩克之外。他很懂得怎麼激怒山姆。」

「他常去惹他？」

「對。他跟我和山姆不一樣。我們……個性差很多。我媽大多時候都很冷靜，但伊薩克偶爾會惹得她神經緊張。」艾琳捏扯著床單。「我也有這種感覺。他這個人很難捉摸，我想部分原因是他特別聰明吧。他喜歡耍人，製造一些小狀況，因為他想知道其他人為什麼會有這些反應。」

「聽起來挺冷血的。」

「嗯，他是可以很冷血。有時他似乎缺乏跟其他人一樣的反應，好像某種程度早已頓悟『說到底發洩情緒根本無濟於事』的道理，他已經超越這個境界了。」

威爾瞥瞥她。「又或者，他察覺你媽最疼山姆？也許他只是封閉自我、為了保護自己。」

「我沒這麼說過，」她語氣尖銳，甚至嚇了自己一跳。「我從沒說過她最疼山姆。」

「可是你剛才描述的方式，聽起來……」威爾打住，聳了聳肩，「算了。後來呢？」

「伊薩克很生氣，因為山姆贏了，我也受夠他們倆，所以去另一個池子玩，想讓他們自己解決。結果我才離開幾分鐘就聽見有人在大叫，我回去，然後看見山姆的桶子翻倒在地，」艾琳眨眨眼，「他的螃蟹一隻隻溜回水裡，山姆邊喊邊揮拳打伊薩克。我看事情一發不可收拾，就走過去叫他倆住手。」

「換你當和事佬。」

「他們和好、伊薩克道歉，雙方看起來都沒事了，所以我就走得更遠一點，走到峭壁那頭。我真心以為他們會自己解決。」她縮了一下。即使到了今天，這份回憶仍有如刀割劃過心頭。「我不知道過了多久，也許有個十五、二十分鐘吧，就聽見伊薩克的聲音——他在尖叫，所以我立刻跑回去。」

現在她感覺到了：驚慌一如警鈴，在她體內大鳴大放。「我看見伊薩克在潮池，水淹過他的肩膀，旁邊——」那兩個字卡在喉嚨說不出來。「山姆。山姆在他身旁，他架住了他的腋下、想把他從水裡拖出來，可是一直站不穩。伊薩克不斷大叫說『他還有救！他還有救！』可是我知道他已經死了。他的臉色……」她破碎不成聲。「我們試過了，一直試到救護員來……但他已經走了。」

威爾包覆住她的手，捏了捏。「事情發生的時候，伊薩克在哪裡？」

「他說他去上廁所，回來的時候山姆已經落水。他猜他滑倒了，頭撞到石頭。」

「沒人發現嗎？」

「那邊的潮池都是分開的，而且位於海灘盡頭，除非有人正好經過，否則不會有人看到。」

威爾神情專注，額頭擠出細紋。「那你為什麼覺得伊薩克應該負責？」他用拇指揉搓著她的手背。

「事發幾個月後，我腦子裡開始閃現一些畫面。」

「是回憶嗎？」

「不完全是，比較貼切的形容是『做夢』。我夢見的那一瞬間很清楚，但醒來後很難明確描述。有點像快照，只有輪廓，卻來不及填滿整個畫面。我大部分都會忘記，直到下次回憶閃現才又再想起來。」

去年她看了心理醫師，對方告訴她這很正常，表示這是心靈自我保護的一種方式……為了保護她。

「你能清楚回想起這些畫面嗎？」

「只有一個，唯有這一幕我忘不掉。伊薩克，他站在峭壁旁邊，他的手……」剩下的話語黏在舌尖……「他的手上沾滿了血。」

威爾換個姿勢。「但這完全不可能呀。你不是發現他在池裡、正努力想把山姆拉上岸？那時他身上有血嗎？」

「沒有，這也是我想不通的地方。」

「你找人聊過嗎？」威爾扭過身子、手往後伸，去搆桌上的瓶裝水。「就是聊你記得的事。」

「除了心理醫師之外沒有。媽、爸……他們已經失去山姆，跟他們聊這個……好像也會害他們失去伊薩克。我不能這樣對他們。」

「伊薩克呢？你什麼都沒跟他說？」

「沒有，因為我知道會怎麼樣。他會變得防衛心很重，認為我指控他傷害山姆。」

「但你確實是這樣，不是嗎？」威爾扭開瓶蓋，仰頭喝了一口，視線固定在她身上，眼神專注，眨也不眨。

她稍稍畏縮。「可是——」

「艾琳，不要裝傻，你明明就是這麼暗示的。」

她沒答腔。是沒錯，可是向別人承認為何會這麼難？

「有一件事我不明白：你為什麼不告訴我？」他擠出笑容，但眼中的哀傷十分明顯。「這可是件大事，你卻瞞著我。」

艾琳咬住下脣。「說真的，如果你知道這件事，你會願意牽扯進來嗎？如果我在我們第一次約會的時候就說：『威爾，我認為我弟弟可能殺了我另外一個弟弟，我可能看見事發經過，但腦子不知為何卻壓下了這段記憶。』這也未免太沉重了。」

「可是你還是應該告訴我；我不會評斷你。」

「我不能冒這個險！我喜歡你，威爾。從我們相遇的那瞬間，我就在你身上看見我們倆的未來。」她的聲音沙啞。他一**定要**明白，明白她並非故意欺瞞。「你不曾經歷這種事。你很正常，你家也很正常，」她微笑，試圖放鬆心情，「雖然你妹有時候實在很難搞，但除此之外……」

威爾回她一笑。「可是你為什麼這麼篤定地認為去問他就能問出真相？」

「因為我媽過世了，現在正是時候。我們不能再這樣下去。」

「你會告訴他你想起來的事嗎？」

「我不知道，我還沒認真思考過。我以為如果我們聊到媽、聊到山姆，他說不定會鬆口透露點什麼。」

威爾搓搓指關節。「如果你是對的，如果這些零碎畫面確實來自真實記憶，那麼蘿蕊失蹤這件事……」

艾琳點點頭。他們誰也不需要把話挑明。「所以我才說我現在不能走。」她想起蘿蕊昨天的模樣，關於她母親那些致哀、慰問的話語，突然一陣內疚。這是她欠蘿蕊的。

她別過頭，手按前額。

「你還好吧？」威爾湊近端詳她，一臉擔憂。

「只是累了。我想我大概頭痛快要發作。」

威爾往行李袋裡亂搜一陣，將一個小紙盒扔給她。是止痛藥。「先吃這個，然後我們去ＳＰＡ。現在離晚餐時間至少還有一小時。」

艾琳默默順從，只要能紓解一下她腦袋裡的死結，做什麼都好。

她把手機放回桌上，感覺方才那些念頭、那些未解疑問，一個個都像石頭一樣沉甸甸卡在腦子裡。

32

「來嘛，小艾。」

「等等……再給我一分鐘。」艾琳把重心從左腳換到右腳，很是緊張。通往室外池的棧臺極冷，木板上覆了一層薄雪。寒風疾撲，薄薄的泳衣布料被吹得更貼緊肌膚，她抖個不停。

雪花如槌，不斷從空中墜下，在兩座戶外池和小桌躺椅周邊迅速堆積。離她最近的大池升起滾滾蒸氣，和雪花交融，形成溫暖潮溼的霧氣、遮去大部分池面，令隱約可見的池水化為一方方虛幻發光的蒼藍島嶼。

威爾牽起她的手，拖著她繞過大池。「你又不是沒泡過。就當是泡熱水澡，而且不會很深。」他的皮膚泛起一粒粒雞皮疙瘩。

他溜進木板圍起的封閉圈內，艾琳尾隨在後，望著這圈淺色木板不禁緊張起來。

威爾先爬上去，再讓身子沒入水中。他低頭，挑釁似地瞅著她看，「來不來？」他沒戴眼鏡，眼眸顏色更為深邃。

艾琳瞪著池水，水面蒸氣來勢洶洶，大片白霧遮蔽幽暗，飄忽且游移。那些畫面閃現，而她不想面對：模糊朦朧的臉孔，海水陣陣撲打洞穴側緣，劇痛劈過胸口。

她用力眨眼、抹去畫面，登上通往按摩池的階梯。艾琳滑入水中，來到威爾身邊，敏感地察覺到自己凸出的髖骨正抵著威爾，但他似乎渾然未覺。他探出手臂，摟住她的腰、輕捏一下。「還好吧？」

她點點頭。水溫燙到發疼，不過她已能感覺到暖意逐漸紓緩四肢的緊繃，拉開並放鬆了肌肉。威爾說的對。她是該放鬆，伸展一下也好。「我需要的就是這樣。」她倚著他。

「就跟你說吧。」他按下她身後的一枚按鈕，低沉的隆隆聲響起，池水泛起漣漪。不出數秒，漩渦便湧現，池水用力攪拌、迴旋，連連撞擊她的背部和大腿。「你得學會放鬆。人人都需要偶爾停機檢修一下。」

她端詳他的臉，他也看著她，深色眼眸十分溫暖，黝黑皮膚上點綴細細水沫。你很幸運，她心想，他在乎你，而且也不怕讓你知道他的在乎。你不該覺得理所當然，因此不當一回事。

「想不想來點親密接觸？」威爾如往常那樣戲謔地頻送秋波，一隻手滑上她的大腿。他微微低頭，吻上她。他的嘴唇柔軟溫暖，她卻突然抽身——有聲音。她分神聆聽。

風這麼強，水聲也大，她很難聽清楚聲音打哪兒來。門聲？腳步聲？

她隱隱不安、轉身察看。四周的幽暗彷彿在白霧中飄移變形，靜靜地、不動聲色地窺看。毛骨悚然感瀰漫全身，就像稍早在更衣室一樣。她再次覺得恐怖，覺得有人在偷看她。

她瞥向另一邊，屏風木然回視——空空蕩蕩、沒有表情，覆蓋茫茫白雪。

沒有人。

「你聽見了嗎？」她轉回來看著威爾。「好像有人在我們後面？」

「沒有。」

她察覺他語氣緊繃，不敢再多說一句，兩人不發一語，彆扭地端坐池中。泡泡擊打在她的身體上。

威爾渾身釋出緊張訊號，僵硬地抵著她，艾琳暗暗斥責自己。她毀了這一刻，不是嗎？又來了。兩人本該一起開開心心、放鬆心情，她卻把氣氛搞得難堪尷尬。她就是有這種能耐。戳破泡泡，把事情搞得一團糟。

她母親說，這是因為她害怕放手，怕自己控制不了這些無法自在表達的情緒。「你會在人家過生日時捅簍子。我認為你不是故意搞破壞，可是每次都會出差錯，不是跌倒就是打翻飲料。有一次伊薩克過生日，你蛋糕吃太多，結果吐得整身都是。」

好幾分鐘過去，威爾起身，皮膚上沾了綿密的小氣泡。「你說的對，」他語氣僵硬，「泡SPA

大概不是什麼好主意。」他不看她的眼睛。「我要去試試別的池子，要不要我先陪你走回去？」

「不用，沒關係。晚點房裡見。」艾琳聲如蚊蚋。她不喜歡這樣，他的聲音和語氣皆冷漠得不太尋常。

威爾爬出按摩池，艾琳也跟著離開、走向室內池。不出幾秒，她已開始發抖，冷冽寒風無情奪走池水留下的餘溫。

繼續走了幾公尺，她來到分岔路，頓時猶豫了起來。棧臺通往兩個方向，右邊這條能直接回剛才她和威爾泡的池子，左邊則連至一個方形小池。

那個小池是唯一沒有冒煙的水池，艾琳有些好奇。池面映照天空，泛著灰黑、磨砂玻璃似的微光。

結冰了。

她走向小池，停步，離池邊還有幾步距離。這個池只有一座約一公尺寬的窄梯架在池邊。

冷水池。

她已有好些年沒看過這種冷水池了。上次見到是她和蘿蕊及蘿蕊的媽媽去康瓦爾度週末那次，那是紐奎附近的一間寒傖的臨海旅店。那座冷水池比這座更小，有如水井。當時她和蘿蕊對彼此使出激將法：要是你敢下去，我就和你一起泡。

艾琳凝望池水，恐懼在體內醞釀、緩緩擴散——就和那時一模一樣：池身極窄，除非手臂緊貼身體，否則在下水過程中一定會擦過池壁。

但今昔仍有一處不同。當時她下水了。蘿蕊挑釁她，所以她硬著頭皮上；她想證明自己做得到。

但那時山姆還在；她的世界還沒改變。

她正準備轉身走開，卻忽地感覺到背後有人。威爾。

「我研究過了，但我就是膽小鬼。你替我下去試試吧。」

沒人接腔、沒有笑聲，沒有人扶住她的手臂——她只聽見呼吸，以及棧臺上悶悶的腳步聲。艾琳嚇得動彈不得。

不是威爾，艾琳在暈眩中領悟。她才正要轉身，一股力氣突然襲上背部——就在後腰上方——接著是猛地一推。

艾琳的心臟漏跳一拍。

她踉蹌前撲，蜷起腳趾、竭力勾住地面，但棧臺上又是冰又是雪的，實在太溼滑。

艾琳努力將重心向後，試著抓住什麼穩住自己，但什麼都沒得抓。兩條手臂徒勞地在空中畫圈。

整個過程不到幾秒鐘就結束。艾琳重重向前撲倒，水面的薄冰撐不住，劈啪爆裂。

33

根本來不及大叫——她瞬間被冰冷的池水吞噬，肺部脹得有如緊握的拳頭。耳內猶如火燒，眼裡嘴裡都是水。

她正在下沉。

艾琳逼自己睜開眼睛，但池水一片漆黑，光線無法穿透。她感到胸肺越來越緊，因驚愕而滾燙熾熱。

快動啊！快做點什麼！

她抬腿踢轉、努力踩水，下沉的衝勢幾乎瞬間逆轉，她開始向上浮。

艾琳的口鼻終於衝出水面，她奮力吸氣。

她忙亂地摸索窄梯位置，然後緊緊攀住結凍般的金屬，一把將身體帶向最近一級橫擋。她的兩隻腳都麻了，每踩一級就滑出去一次。

她沒時間檢查探看或確認推她的人還在不在這裡、對方接下來想做什麼。此時此刻，本能勝過一切：她得快點上去。

好熟悉。一年前，海勒在岩洞裡抓住她、出手揍她，她腦中也不斷重複同樣一句話，拚了命要從急速上漲的潮水逃脫。

她得快點上去；她得快點上去。

一踏上池邊，她拔腿就跑，彷彿自動導航般奔向大池。「威爾！」她大喊著，在池子左側的步道停下來。

她什麼也看不見，幾乎連池水也見不著；水面的氤氳熱氣滾滾流動，沒有任何規律。「威爾！你在嗎？」

風一吹，蒸氣散開，一對年輕男女站在池子另一邊眺望，但她幾乎沒注意到。

她看見他了。他在池邊、正朝她走來。

「怎麼了？」

「有人把我推進冷水池。」她的聲音聽起來好抽離。真是怪了。「我還以為是你來找我，然後有人——」她說不下去，「有人推我、有人推我、有人推我下水。」

威爾嚇了一跳，連退數步。「你確定？棧臺積了雪，走起來很滑，也許你只是絆倒了？」

艾琳狂眨眼，他說的每一個字都打在她身上，每一句話都像背叛。他當真說出這種話？他竟然質疑她？質疑她的遭遇？

「我沒有。」她語氣僵硬，眼窩發熱，淚水盈眶。「有人故意推我，有人想嚇唬我。」對方也確實嚇到她了。剛才在水裡經歷的種種無以名狀的恐懼瞬間湧上——水漫過頭頂、她栽進水裡、踩不到底。她孤絕無助。

此刻的她就像山姆一樣孤單。

這一切終歸要回到山姆身上，不是嗎？永遠都和山姆有關。

威爾看著她，張口想說點什麼，最後還是閉起了嘴、握住她的手。過了好一會兒，他終於開口，但不是他原本要說的話，她看得出來。威爾的措辭不慍不火，彷彿已先在腦中削去犀利的稜角。「我們不要一下子就跳到結論。你得先進屋去，你在發抖。」

兩人並未在更衣室逗留。艾琳匆忙套上乾衣服，迅速和威爾在接待櫃檯會合。

回到房間，威爾推著她躺上床，在羽絨被上又疊了幾張薄毯。艾琳倒進枕頭，突然沒了力氣，但這樣動也不動地靜靜躺著，反而讓紊亂猛烈的心跳更加明顯。

他遞上一杯冒煙的熱咖啡，靠著她在床緣坐下。「低咖啡因的。我想你在晚餐前應該不需要更多刺激了。現在感覺怎麼樣？」

「好多了。」艾琳輕啜咖啡一口。好燙，但她需要轉移注意力。「我嚇到了……我知道我這樣說很蠢，可是我真的以為我上不來了。」她聲音啞掉。「我甚至覺得去年的事怎麼再度重演……」

威爾蓋住她的手，捏了一下。

「不只這樣……」艾琳扯扯毛毯，「剛剛你在游泳的時候，有人躲在更衣室偷偷監視我。我聽見門開了又關上的聲音，可是沒人出來。」

他僵在原地。「監視你？你認為是同一個人嗎？」

「也許吧。」

他的表情籠罩一層陰霾。聽完她告訴他的話以後，他也覺得是他，對不對？

伊薩克。

威爾清清嗓子。「艾琳，我真的覺得我們應該離開這裡。」他的語調不太穩。「我能理解山姆的事件，以及你為什麼要到這裡來，可是經過剛剛在SPA發生的一切，我覺得太冒險了。你不能再繼續這樣下去。」

他說的有理。留在這裡繼續跟伊薩克打交道、被拉進這團混亂……艾琳還沒做好準備。不論她為了什麼理由來到這裡，這件事都必須再等等。

「我認為你說的——」她打住，注意到房門那邊似乎有動靜。「威爾，好像有什麼東西從門底下塞進來。」

威爾走過去，彎腰拾起。那是一張對摺的紙。

他打開它，迅速瀏覽。

「怎麼樣？」

「飯店要撤離了。我們明天就得離開。」

34 第三天

上午十一點。第三班、同時也是倒數第二班接駁巴士即將出發。艾琳坐在交誼廳看著大廳裡的職員拉行李箱、幫忙提東西、高聲引導指示，忙得團團轉。

房客大部分都下山了，只剩幾個人還沒走。他們靜靜站在一起，眼前的噪音與混亂彷彿已超出他們的理解範圍。

「我們不走不行了，艾琳。」威爾滿臉憂懼。「不能再拖了。」

「我知道，可是我想跟伊薩克說幾句話再走。」她倒了一杯咖啡，輕點幾滴牛奶，望著杯中的混色漩渦。

他們是最後一批下樓吃早餐的房客。這地方瀰漫著一股荒涼、遺棄的感覺：自助餐檯上只有一個籃子裡還躺著幾塊可頌，另外就是幾片火腿，一些茶與咖啡，果汁也只剩半瓶。

「你看外面。」威爾兩眼盯著窗外。「我們一定要趕上下一班車，艾琳。」

她順著他的目光看出去，外頭很難分辨是黑夜或白天。天空烏雲密布，陰沉晦暗，大廳前臺彷彿罩著微微銀光，玻璃上鑲著冰柱冰條，但還是看得見霜白雪片自天際重重落下。停車場、飯店後方的樹林全堆滿了雪，鬆軟的雪粉層分分鐘積深變厚。

這間飯店彷彿遭到外力入侵，而發動攻擊的正是四周的崇山峻嶺。

艾琳輕啜咖啡，室內一片寂靜。她望向大廳，職員差不多都散去，巴士肯定開走了。

「你看。」威爾把手機拿給她。「我們上新聞了。」

她細讀報導。

雪崩迫使瑞士當局撤離飯店遊客

強烈暴風雪在阿爾卑斯山區造成大範圍破壞，迫使瑞士某五星級山中飯店於今日以巴士撤離遊客與職員，總計達兩百多人。

根據席昂的瓦萊警局發言人凱瑟琳·雷昂表示，山巔飯店海拔約兩千兩百公尺，位於雪崩的極危險區域內。

「目前雪崩示警已達五級中的最高級（第五級），但本次暴風雪的主要結構尚未完全抵達該區。由於部分遊客仍不願配合離開，市長與地方政府官員決定強制撤離。」雷昂表示。「該區隨時可能發生雪崩。」

該飯店排定週日早上展開撤離行動。每班巴士應可運送五十名遊客入住克雷恩蒙塔納鄰近地區的其他旅館。

飯店經理賽西兒·卡洪表示，等待撤離的旅客態度平靜，秩序良好。

「我就知道你在這兒。」

艾琳抬頭。

伊薩克。

他整個人亂糟糟：頭髮油膩，鬈髮幾乎平貼在頭上，左眼上方破皮，發紅發炎。

他低頭瞄一眼他們的行李。「要走了？」他的語氣淡然冰冷。

「不能不走，伊薩克。我們沒有選擇。」艾琳和威爾對看一眼。「就算不是因為強制撤離，眼下也沒有我能做的了。」

「我不會走的，」他粗暴地說。「我一早就打給警察，他們說今天會上來。我正在等他們。」

「你確定他們會來？當局都已經下令強制撤離了。」

「我不知道，但我不能離開。」伊薩克看著她，眼睛眨也不眨。「萬一她突然回來了怎麼辦？萬一她受傷了呢？如果我走了，說不定要好幾天以後才會有人再上來這裡。」

「他們不會讓你一直留在這裡，你得把這事留給警方去處理。」

「警方？」伊薩克笑了，笑聲空洞。「你覺得他們會怎麼做？如果暴風雪繼續惡化，他們才不會冒險出去找她。在這種天候條件下都是這樣處理的，這你也知道，艾琳，他們不過會打幾通電話，評估風險。」

「你聽我說，天氣再過幾天應該就會穩定下來，你可以等到那時候再上來……」但他倆都知道不可能。如果暴風雪的進展真如氣象預報所料，那麼公路可能要花好幾天才能清理和修復，屆時就太晚了。「伊薩克，我們不會走太遠，我們會待在鎮上，只要天氣一轉好，就馬上回來。」

「所以你真的要走，」他皺起臉。「你跟爸比起來也好不到哪兒，是吧。只要事情一變得棘手，你們就逃。」

艾琳眨眨眼，被他這番話的嚴厲指責嚇到。他沒再開口，頭也不回轉身走遠。

憤怒像火花一樣爆開，她氣他也氣自己。艾琳大動作地把椅子往後一頂。

威爾按住她的手臂。「讓他冷靜一下吧，他只是需要——」

但他沒能把話說完。

尖叫——連聲尖叫。有人在大聲呼喊。

那聲音悶悶的，有些微弱，彷彿從隧道裡傳出來。

一張臉突然貼上窗戶，五官扭曲，表情只能以驚恐形容。

31

咖啡杯失手滑落，哐噹落在餐盤上；液體濺過桌面，形成一片薄薄的深色潑跡。

這名男子——應該是**職員**——他穿著制服，灰色羽絨外套繡著「山巔」二字。

男子掄拳捶打窗戶，力道重得令玻璃頻頻震動。雪片被風吹得斜斜，模糊了他的面容。艾琳只能依稀辨識出對方極短的深色頭髮和凝重的表情。

咚、咚。

她心跳加速，快了兩倍。

威爾站起來，絆了一下即奔向窗邊，艾琳緊跟在後。

男人的臉龐益發清晰，表情極度扭曲；他瞪大雙眼，瞳孔明顯擴大。

他的嘴型彷彿在說「La piscine……」其他話語全被狂風和厚厚的玻璃牆蓋住。「La piscine……」男人又重複一遍，這回音量較大，所以即使隔著玻璃，她也聽懂了。他說法文：游泳池。

「我去叫人。」威爾嗓音沙啞。

她無言地點點頭，腎上腺素狂飆，她摸索通往露臺的門把，找著之後用力壓下。推不開。

艾琳再試一次，卯足氣力。

終於開了。冰冷的空氣伴隨雪粉狠狠襲上臉頰。

男人奔向她，全身發抖：「La piscine!」他尖聲急喊、咬字不清，幾近歇斯底里。男人不斷重複這個法文字，音節都黏在一起了。他指著SPA的方向。

艾琳跨一步出了露臺，看看他手指向何方，卻什麼也看不見。SPA在露臺左側，卻被一道植栽和籬柵組成的複雜結構遮住。

「麻煩讓一讓，拜託——」

艾琳立刻認出賽西兒．卡洪的聲音，威爾跟在她後面。

「借過。」賽西兒已套上夾克。她聲調冷靜、散發權威感，不過艾琳仍聽出潛藏在聲音裡的恐懼和驚慌。

「埃索，帶我去看。」賽西兒跟上男子，同時轉頭對艾琳說：「麻煩你先進去。」

艾琳站著沒動，看著埃索沿露臺往飯店後方走，他走得很急，但腳步不穩、難以控制，數次在結冰的雪堆上打滑。

「我得跟他們一起去。」

「不行。」威爾按住她的手臂。「你又不知道是怎麼回事。」

她聽見他說的話，但她聽不進去。萬一是蘿蕊怎麼辦？

艾琳回到屋裡拿起她的托特包、一把抄起椅子上的外套。她穿上外套就往外走。賽西兒和那名男子已走下幾級階梯，消失在露臺盡頭。

艾琳迅速跟上。儘管她穿著厚厚的抓毛絨外套，疾風仍穿透布料，刺痛她的喉嚨和胸膛。

艾琳來到露臺盡頭，發現梯階頗陡，梯級也覆了一層冰。她抓緊欄杆，一步步小心翼翼、謹慎地往下走。

來到梯底，眼前有一道木籬隔開SPA和庭院。

埃索推開柵門，SPA池旋即映入眼簾：滾滾蒸氣從池中溢出，扭曲盤繞、冉冉上升，迎向飄落的白雪。

艾琳加快腳步來到兩人身後，感覺棧臺木板在腳下震動。

埃索加速繞過大池，來到位置低了一級、較小的SPA池。他停下來。「*Ici.*」（這裡）。他指著水池，手臂顫抖。這裡。

埃索的身影擋住視線，艾琳遂往旁邊挪了一步。天色忽明忽暗，眼前的場景不時落入幽影中。

一陣風突然劈開蒸氣、扯開水霧，霧氣頓時消散，SPA池現身：蓋子遮住三分之一的池面，蓋子上高高低低積了不少雪。

然後，她看見了——俯臥池底、了無生氣的人形。池底探照燈朦朧發光，照亮水中徐徐漂動的髮絲。

長度及肩，髮色極深。

女的。膽汁湧上喉嚨。難道是她？會不會是她？艾琳在腦中反覆吶喊。

艾琳踏近一步，再看一眼。是她。她立刻認出來——黑色羽絨外套，深色牛仔褲。蘿蕊。

36

艾琳的肌肉動彈不得，這整個場景奇異地遙遠，時而清晰、時而模糊。

「我們得把她從水裡拉上來、做心肺復甦。」

她好一會兒才意識到這是自己的聲音，是處於自動導航模式的她。冷靜自持，與她的內在感受截然不同。

她還來不及動作，突然有隻手猛拽她手臂——有人擠進她和賽西兒之間、踢散棧臺上的積雪。雪散開來，形成髒兮兮的半圓弧。

「是她對不對？」那聲線又尖又細，驚恐慌亂。

伊薩克。

「讓開！都給我讓開！」他仍抓著她的手，狂扯猛拽。「我要看看是不是她！」

他擠過她身邊，歐斯底里，臉頰泛著兩片紅。

艾琳腳步不穩地跟上去，試圖抓住他；「伊薩克，等等——」

她還是慢了一步，連他的夾克都沒搆著，只抓住一把空氣。他大步走向池子、開始繞著邊緣走，每走幾步就滑一下，他離池水已不到數公尺。

「伊薩克，拜託……」

他不理她，逕自動手扯掉外套、笨拙地踢掉鞋子，在響亮的潑濺聲中破水潛入水池。水花潑散劃過空中，形成水弧。

天光依舊忽悠變化。

一會兒亮。

一會兒暗。

艾琳只能瞥見伊薩克在水中扭曲、放大且模糊的蒼白身影，看著他奮力泅水、游向池底。

她幾乎無法呼吸。驚慌使得喉嚨閉鎖，威脅著要奪取控制權。

大概過了好幾秒鐘，伊薩克緩緩游向水面。他胸口朝上，手臂環著蘿蕊宛如幽影的軀體。

拜託要沒事。拜託，她要沒事。

伊薩克終於浮出水面，平貼在前額的頭髮猶如深色鋸齒。他大口吸氣，胸口劇烈起伏。

「我去幫忙。」威爾的聲音從後方竄出，她甚至忘了他也在這裡。

威爾坐在池邊、伸出上半身，從伊薩克臂彎中撈過蘿蕊，順勢將她拉上一旁的棧臺。

艾琳首次看見她面朝上仰躺。

她倒退一步。那是一種出於本能的全身反應。

蘿蕊臉上綁了一只黑色防毒面罩。

不對，這不是防毒面罩，前方沒有過濾器，只有一條連接口鼻的黑色羅紋管。

威爾在蘿蕊身旁蹲下，一把扯掉面罩、將她的身體轉成側臥。他的動作精準又確實，絕望而急切。

面罩摘掉了。

艾琳瞪著這張沒有面罩遮蔽的臉，細小水珠徐徐滑過蒼白臉龐。她猛地倒抽一口氣，一時無法呼吸。

不是她。

這名女子——不論她是誰——她的髮型、骨架、衣著雖然像蘿蕊，但不是她。

威爾將她的額頭往後壓、調整姿勢，準備進行心肺復甦，但艾琳當下就知道為時已晚。

女子兩眼半睜半閉，綠眼眸木然朦朧，嘴脣微微分開。

但艾琳還是蹲下來，探向女子頸側。沒有脈搏。

「威爾，」她輕聲說，「她死了。」不過艾琳確定她死亡的時間不會太久——屍僵通常在死後二到六小時出現，而她的軀體尚未變硬。

艾琳並非專家，但她知道溫水可能大幅縮短屍僵發生的時間，故她推測女子死亡的時間不會超過一到兩小時。

伊薩克動也不動，全身溼透地蹲在毫無生氣的軀體旁。

她細心觀察他的反應：他真的以為女子是蘿蕊。這種反應是裝不來的。

而這層意義再清楚不過：伊薩克確實不知道蘿蕊在哪兒。他不可能和她的失蹤有關。

艾琳把目光轉向女子手腕，她的手被一條編織繫繩緊緊綁在一起。

她無法自由行動。

然後她又注意到另一件事：女子有幾根手指不見了。左手一根，右手兩根。艾琳不自覺打了個寒顫。

威爾循著她的目光望去，一時驚呆。「我帶伊薩克進去，讓他把溼衣服換掉。」

艾琳正要答話，旁邊突然有人開口。

「她是愛黛兒。」賽西兒站在她身後，語調平靜，不帶情緒。「房務組的。」

艾琳越過她的肩膀往後望，發現圍觀職員已增加至四、五人，其中一人正在啜泣，其餘則竊竊私語，眼光不時瞟向屍體。

她得做點什麼。她必須控制現場。

這裡……這地方說不定就是犯罪現場，卻已經被搞得一團糟：池邊雪堆印著坑坑巴巴的足印，有些模糊不清、有些已覆上新雪。

艾琳回過身、面對屍體。女子的臉上、衣服及身旁的面罩也積了不少雪。這幅景象再次抽光她體內的空氣，彷彿眼前這名女子只是暫停呼吸、全身每一束肌肉皆處於靜止狀態。

艾琳隱隱有種想逃的感覺，不想接收這些訊息，但她心裡明白，這一刻正是她的轉捩點。如果不把握現在，往後可能就沒機會了。鑑於情況如此危急，現場也沒有人比她更能勝任。如果她不出手幫忙，那麼她可能永遠都幫不了了。

艾琳穩定地轉過身，面對眼前的一小群人。

「我可以處理。我是警察。」她略有遲疑。

沒人理她。

艾琳給自己一分鐘整理思緒。

她清清嗓子，提高音量。「我是警察，麻煩各位退後，這裡可能是犯罪現場，我們不能破壞任何證據。」

37

「我已經聯絡警察了，他們在路上。我——」賽西兒停下來，視線瞟向屍體，整張臉皺成一團。「——我們也許不該就這樣放棄急救。我沒辦法不這麼想，可是感覺不太對……如果連試都不試。」

「這種情況任何人都無能為力。」艾琳溫柔地說。她看著愛黛兒的遺體——僵直的下巴和頸部、呈藍灰色調的五官——她已然逝去的事實更為明顯。

艾琳彎身近瞧。這名女子年紀與蘿蕊相仿，也許年輕幾歲；黑色羽絨外套拉鍊沒拉，T恤被撕開，露出纖細、結實的軀幹。

艾琳的初步推測應該沒錯。愛黛兒的體內臟器肯定還未進入屍僵狀態，這表示她待在水裡的時間並不久。

她深色頭髮的表面結了一層半透明的霜，白霜上還有片片雪花，嘴角溢出一道白沫，因冷空氣而凝固。

艾琳明白這道痕跡的意義：白沫是唾液、空氣和水在人體呼吸時形成的混合物，而嘴邊出現白沫，即暗示她在沉入水中時仍有呼吸，不過還是不足以確證她是否淹死。

她看一眼她的雙目，那對眼眸仍熠熠發亮，彷彿還擁有生命，此外也沒有死後才接觸空氣的跡象。

艾琳的目光移向一旁地上的面罩，感覺肌膚一陣刺麻。黑色橡膠管雖已積了不少雪，仍絲毫不減其造型的怪誕詭譎。

這究竟是什麼玩意兒？

艾琳討厭任何形式的面具或面罩——萬聖節面具、外科口罩。面罩散發的隱蔽感令她害怕，讓人猜不透底下藏著什麼。

「那面罩……」賽西兒順著她的視線看過去。「我在檔案裡看過，以前這裡用過這種東西，在療養院時代，是某種呼吸輔具。」她下意識把手伸向脣邊，開始啃指甲。

艾琳點頭。*這代表什麼意思？玩過頭？某種性愛遊戲？*

她再次研究她的手腕：繩子顯示受害者行動遭到限制，可能被關在某個地方好一陣子，而且時間長到足以切下她的手指——她恐懼地想到這件事，目光移向指關節上方那不超過半公分的殘肢。

不過，現場依然找不到相關線索，無法得知她如何落入水中、以及在水裡發生了什麼事。所有跡象都顯示她是溺死的，可是何以並未引發騷動？如果她是生前溺水，為什麼沒人聽見？就算手被反綁，她應該還是能上浮、踢水，讓自己有足夠的時間呼救，再不然也會有潑濺的水聲……

就算有人壓制她——目前看起來不像，因為她身上沒有瘀傷——照理說還是會發出聲音吧？那麼為何大家什麼也沒聽見？

這時艾琳看到了——池底，剛才愛黛兒陳屍處旁邊幾公尺有塊小小黑影。她內心不安劇增。艾琳起身，拿手電筒直照水底。

沙包。

艾琳震驚吸氣。*愛黛兒是被沙包帶下去的。*

難怪沒有人聽見任何聲音。有人想讓她死得又快又有效率。

先前在腦中徘徊的疑點一掃而空。這份領悟猶如尖刀，狠狠往她肚腹一捅。

這絕非意外。有人殺了她。

這是一宗謀殺案。

她心裡開了好大一個口子，冒出恐懼的黑色泡泡。

艾琳感同身受，彷彿明確感覺到疼痛。一條性命竟如此殘暴地遭人掠奪。世上有千種更快、更不痛苦的死法，凶手卻刻意折磨她。

艾琳再一次望向愛黛兒的臉，端詳她的表情。那個眼神頓時有了新意義：恐懼，她心想。是極度恐懼。

愛黛兒很害怕，因為她知道接下來即將發生什麼事。

她肯定能感覺到沙包拉著她往下沉，感覺池水包圍面罩、鑽進塑膠、漫過口鼻和雙眼。她鐵定曾經在池底瘋狂掙扎，利用僅存且珍貴的空氣嘗試掙脫束縛，拚命憋氣，直到再也憋不住，被迫吸入池水，一點一滴，直到完全取代肺裡的空氣。

艾琳倏地轉過身，險些站不穩。她試著整理思緒。

誰會做出這種事？為什麼？這其中必定有非常強烈的動機。

她的腦子開始高速運轉，思索接下來的步驟：該找誰談、該問哪些問題——可是現實迎面賞了她一巴掌，而她不得不提醒自己：這不是你的案子。警方馬上就到了。她得把這些留給他們處理。

艾琳聽見身後有人輕咳。「拜託，」她不做多想，脫口而出，「請退後。我們必須保持現場不被汙染。」

腳步聲仍未停下。

她轉身、擺好架式，準備端出更強硬的態度。

盧卡斯．卡洪。

他的目光嚴謹專注，令她已到嘴邊的憤怒警告剎時全部溜走。

他比照片上看起來還高，科技材質黑夾克緊緊包覆寬肩，但他並非大塊頭。這身健壯並非健身房重訓成果，而是每天花好幾個鐘頭在戶外運動累積出來的。她又一次想像他登山或懸吊在崖壁上的畫面。

盧卡斯的視線穿過凌亂瀏海、望向女子軀體，神色一凜。他搓搓沾了雪花的鬍子。近看細瞧，此人和賽西兒的關係不言自喻：兩人根本是一個模子印出來的。

「盧卡斯．卡洪。」他伸手。

艾琳握住。他手掌粗糙，覆著厚繭。

「艾琳．華納。」她指指地面。「很抱歉，但您不該踩這裡，我正在設法幫警方維持現場。」

盧卡斯的灰眼珠與她的視線相對。「這正是我要告訴你的事。警察……他們不會來了。」他的聲音低沉且急迫。「剛才發生雪崩，道路中斷，他們過不來。」

38

「雪崩地點在下方半公里左右，有駕駛目測雪堆大概五公尺高。清是清得掉，但可能得花上好幾天。」盧卡斯豎起兜帽，這個動作短暫遮住他的臉，但艾琳已然瞥見他眼中的驚慌。

「清除工程不能再快一點嗎？」

「不容易。」他一臉嚴肅。「這次發生的是乾雪崩，組成物不是只有雪而已。山坡幾乎被滾雪剝了一層皮，樹木、石塊、植被全被帶下來，簡直跟怪物一樣。」

「乾雪崩為何這麼難清除？」

「這種類型的雪崩……破壞力十分驚人。崩落的力量跟磨床差不多，能把積雪磨得越來越細、磨成小顆粒，等到最後終於停下來，包裹各種殘骸的雪團會緻密得無法用除雪機剷除，機器會被它卡住。」他輕咳一聲。「這也跟雪崩行進的動作有關。崩雪移動時會加熱表層薄雪，先液化再結凍，導致這團冰雪不只結構緊密，根本硬得像水泥。」

「從這裡到鎮上沒有其他便道可走？」

「沒有。唯一的替代方式是直升機，但今天風太強了，他們不會在這種天候出勤，不安全。」

艾琳消化盧卡斯提供的訊息，終於領悟他這番話的嚴重性：他們只能靠自己了。

她轉身，低頭看著屍體，一股持續不斷的顫慄直下肚腹。

「所以可以麻煩你幫忙嗎？在他們上來以前？」盧卡斯不自在地變換重心。「雖然遊客只剩幾位還沒走，但留下來的飯店職員很多，我不能冒險。」

艾琳察覺他已在評估情勢，評估她的能耐。艾琳頭一次在他身上看見商人與生俱來的自信：儘管表面一派輕鬆，內心卻精明幹練。他習慣掌控，她細細觀察他，他擅長下指令。

「恐怕不行。我在這裡沒有調查權。」在英國也一樣沒有。艾琳咬住下唇，她已經開始後悔撒謊了。

「可是在等待警方到達的這段期間你肯定能幫忙吧？」盧卡斯掃視一圈，神色堅定——太堅定了，好似在掩飾驚慌。「這種事……這實在不是隨便誰都能做的……」盧卡斯音量漸弱，彷彿此刻面對的事件規模已超出他能負荷。

艾琳突然十分同情盧卡斯。他麻煩大了。殺人犯極可能還躲在他的飯店裡，而這裡才開幕不久，名聲因此岌岌可危。他想用正確的方法處理，把傷害降到最低。

「我真的不知道能幫上什麼忙。瑞士警方辦案的程序、步驟和英國完全不同。」

「但應該不會差太多，是吧？」他的語調隱約透著憤怒。「基礎原則應該都一樣。」

「或者讓我先跟他們聯絡看看？」艾琳語氣微顫。「如果他們願意讓我介入，我再看看在這種情況下我能做到什麼程度。」她終於讓步。

盧卡斯點頭。「你直撥一一七，那是瑞士警方報案中心的號碼。所有報案電話都會先接到那裡去。」

艾琳從包包裡撈出手機，照他的指示進行。電話幾乎立刻接通。

「*Bonjour. Police. Comment vous appelez-vous? Grüezi, Polizei, Wie isch Ihre name bitte?*（報案中心，您好。請問尊姓大名？）」一名男性以法德雙語說道，字正腔圓。

艾琳霎時臉紅，必須以外語溝通的恐懼瞬間湧上（雖說這反應有些幼稚）。「哈囉，我——」

「您好，您說英語也沒問題。」男子迅速接話。「請問需要什麼幫助？」

「我叫艾琳．華納。我人在克雷恩蒙塔納近郊的山巔飯店。這裡的主事者應該已經跟你們提過大致情形了，我只是想問問看我能幫上什麼忙。」

「幫忙？」男子語氣急促卻謹慎。

「是的。我是英國警部的警探，由於瑞士警方目前還沒辦法到這裡來，所以卡洪先生請我幫忙。現場情況惡化得很快，我滿擔心的。我不知道我能救下多少證據，但會盡力試試看。」

短暫沉默之後，對方說：「好，請稍候。」

盧卡斯看著她，眉頭深鎖。「他們怎麼說？」

艾琳挪開手機，「還不知道，他們要我等一下。」

「華納女士，您還在線上嗎？」方才那位警官接通電話。

艾琳將手機貼回耳邊，「我在，請說。」

「我已經向長官報告您有意提供協助，但我們必須進行內部討論，一有結果會馬上回電給您。」

艾琳掛斷電話，將手機塞回口袋。「他們會再聯絡我。不管怎麼樣，我直覺認為我們必須馬上行動，這應該不會干擾警方辦案。」時間寶貴。即使被害人已經死亡，融雪仍然可能沖掉證物、布料纖維或毛髮，記憶也會逐漸失真。「首要任務是盡可能保持現場不受破壞，保全證據非常重要。」

她這幾句話聽起來比真正的她還要有信心。艾琳盯著煙波浩淼的池水，內心一陣絕望。這肯定是件苦差事。警察碰上最糟糕的辦案現場莫過於此——干擾因素不斷，風加雪，雪上又積了更多的雪，證據一點一滴慢慢遭到毀損；此外還有好幾個人踩過池邊，腳印根本亂七八糟。

「你需要什麼？」盧卡斯輕咳一聲問道。

艾琳側瞄他一眼、偷偷觀察。盧卡斯的視線已再度回到屍體上。這一回，她注意到他臉上閃過某種她不曾見過亦無法解讀的神情。

困窘？

不無可能。死亡的殘酷現實可能以各種各樣、效果各異的方式影響每一個人。

「我們需要一些繩子，在池邊大致圍出封鎖線。雖然房客幾乎都離開了，但仍有必要提醒這裡的員工。」艾琳開始認真回想辦案步驟。「我會先用我的手機拍照，然後我需要仔細搜索水池周圍，將所有可能證物裝袋保存。」她想了一下，又說：「如果你們有塑膠手套、可密封的塑膠袋和消毒過的工具——譬如小鑷子之類的，那就更好了。」

「你需要的東西我們幾乎都有，但可能比較陽春，不過——」盧卡斯話沒說完，直接揮手招來幾名飯店職員。

「我還需要一份目前仍留在飯店的完整人員名單。房客、職員，統統都要。」

「沒問題。」盧卡斯答道。「名單原本就準備好了。」

艾琳從口袋摸出手機。眼下要從哪裡開始拍起？

愛黛兒的遺體。

陣陣強風正在改變現場狀況，扯動她的衣服，吹起細雪沾在她臉上。但艾琳還沒來得及動手拍照，便聽見有人喊叫。只是風聲太強，聲音依稀難辨。

「這裡！快來！」

39

艾琳轉身尋找聲音來源，看見數公尺外有一名女職員，她的手舉在半空中，不斷發抖。

艾琳抄起手提包，小心繞過池邊走向那名女子。待她走近，才發現對方年紀頗輕，頂多二十出頭；女子頭髮往後紮，露出不安的棕色雙眸。

她來到女子身邊，女子向下指著地面。

艾琳視線隨之下移，旋即看見她腳邊的玻璃盒，大概有一半被雪遮住。恐懼倏地流過心頭。艾琳從女子的表情猜到，不論盒子裡有什麼，肯定不是什麼好東西。

「我剛剛往回走的時候看到的。」女子聲音細啞，一隻手摀著嘴巴。

艾琳把包包放在一、兩公尺外的地上，蹲下來檢視盒子。這只盒子跟飯店裡隨處可見的展示盒一模一樣：每一面都是玻璃，長度不超過五十公分。

玻璃盒表面覆著一層薄雪，但有一處角落的雪已被清掉，應該是這名女子所為——指尖在薄薄粉雪上留下抹過的痕跡。

盒內若隱若現的內容物令她嚇了一跳。胃部一陣痙攣。

手指。三根手指。

三根手指呈現恐怖的灰白色，沾附斑斑深色血跡。

她的手開始發抖。

深呼吸。她叮囑自己，敏銳察覺幾步之外盯著她看的好幾雙眼睛。艾琳把心一橫，蹲得更低，小心吹開殘雪。

現在她完全看清楚了，鉅細靡遺。這整體畫面令人極度反感，然而，玻璃盒原本就是為了滿足窺探心態所設計。

每根手指都以一根小釘固定於盒底，每根手指都套上一只細銅環。

三根手指；三只手環。

她微微側頭，勉強看出手環內側似乎刻了字。數字？

艾琳湊近細瞧，她猜對了。一排共五個數字：87499……她掃向下一只手環，同樣也有：87534。

她一邊拍照，腦子一邊消化、分析她看見的景象：有人切掉愛黛兒的手指，再把手指固定在盒裡、套上銅環。

也就是說，這並非衝動之舉，而是有所預謀，每一項元素——監禁，截肢，沙包，以及這個……都是事先計畫好的。

這一切明顯經過悉心策畫，都是故事的一部分。想到這裡，她突然覺得一陣作嘔：故事。對方正試圖傳達某種訊息，而這些訊息全都指向一宗有計畫的罪案，這是一名心思縝密的凶手。

這人鐵定非常聰明，亦熟知警方辦案程序。這表示接下來她應該不會找到太多證據，也很難找到這個人。

艾琳感覺腋下滲出汗水。這已經超出她的能力範圍。這裡不是她的國家，而她現在做的事有一半不屬於她的專業領域。

視線再轉回玻璃盒，那股不適任感譏笑她、嘲弄她，她曾犯下的錯誤隱隱近逼、暗影逐漸擴大。

胸口好緊，視線好模糊。艾琳用力眨眼，赫然發現盒子的內容物變了：手指開始膨脹，越脹越大、越來越血腥。上頭沾附的血漬不再是乾涸的，甚至從指尖徐徐滲出，漫過盒子邊緣、流向雪地。

血。

大量鮮血在雪地上鑿出渠道，眼看就要觸及她的鞋尖——

艾琳驚恐地瞪著地面，踉蹌後退，努力將空氣吸進肺裡。

她用力轉開視線，從口袋掏出氣管擴張劑，用力吸了兩、三下。

「你沒事吧？」

艾琳抬頭看。盧卡斯・卡洪俯視著她，面無表情。狂風吹襲他的夾克，掀起薄薄皺褶。

「沒事。」她把藥劑塞回口袋，又做了幾次深呼吸，才感覺呼吸逐漸平順。

「我把你要求的東西拿過來了。」盧卡斯遞給她一只小箱子。「手套跟袋子，其他器材等等送到。我們的職員正在確認所有器材都經過消毒。」

「謝謝。」艾琳抽出一雙手套和一只袋子，再把她的托特包抓過來、將其餘物品收進包包。

她偷瞄一眼玻璃盒，發現鮮血和膨大的手指都不見蹤影，彷彿她是頭一次見到盒裡的東西。

她驚悸猶存。那是一種只會因這種狀況而起的恐怖感受。

眼前發生的一切都不合邏輯。沒有道理、無法解釋。艾琳深知這起事件肯定有著黑暗不祥的根源，深沉而縝密，彷彿觸手能及。

40

艾琳走進SPA更衣室，剝掉塑膠手套。她不斷搓著雙手——她的手好冷，指尖紅通通，但幸好沒凍僵。

這是她維持跑步習慣的好處之一。她在濱海公路、達特穆爾山間、在各種惡劣天候下投入的每一分鐘都值得了。她身強體健，即使離開舒適圈，也能迅速調整適應。

她瞥瞥手錶，時間是下午四點半，自從發現愛黛兒的屍體至今已過五個小時。屋外一片漆黑，天候又惡化了。大雪瘋狂飛旋，彷彿被扔進離心機裡高速旋轉；燈光照亮雪花，襯著墨黑的夜空，更顯雪白。

狂風不時捲起地上的積雪，將之送入空中狂舞，再拋向某處。如果這裡是英國，刑事鑑識組的人肯定會抓狂。艾琳想像同事黎昂眉頭深鎖、整張臉皺成一團，每次呼吸都跟著爆出一連串嘀咕詛咒。

她能做的只有這麼多了。她已拍下數百張照片，有系統地蒐集任何可能的證據。她最初的直覺完全正確：不論這是誰幹的，那人都心思縝密，做事有條不紊。

這幾個權充證物袋的塑膠袋裡沒裝幾樣東西：幾根毛髮，數個空糖包，幾段菸屁股，一件半埋在雪地、纏結在一起的比基尼褲。艾琳把這些東西全部裝袋收好，卻不抱希望。

她動手整理手邊的物品，這時，口袋裡的手機震動起來。艾琳撈出手機，瞄瞄螢幕。她不認得這個號碼，不是英國的。「哈囉？」

「午安，請問是艾琳．華納嗎？」男子一口濃濃的外國腔，不是輕快的法國口音，聽起來比較像德國人。短促清晰，還帶著喉音。

「我是。」

「我是瓦萊邦警察局的烏里．伯恩特探長。」他清清嗓子。「據我所知，您想找人談談如何協助處理山巔飯店命案的事。」

艾琳一時遲疑了。她被他直截了當、拘謹正式的口吻嚇了一跳。「是的。您需要我先簡報現場細節嗎？」

「卡洪先生已經跟我局裡的人講過大致情形，不過——好的，麻煩您了，我還是想從您的角度了解一下。」

艾琳結結巴巴地描述現場狀況和她的觀察，探長靜靜聆聽。她聽見筆尖刮過紙張的聲音，他緩慢、有節奏地呼吸。在傳達訊息的過程中，艾琳不禁強烈意識到自己有多生疏。她的用詞極不精確，語氣也缺乏說服力。

她說完後，他並未立刻接話。艾琳仍聽見紙筆窸窣、以及探長身旁的模糊低語。最後他終於開口，語氣斟酌而慎重。「好。這個情況……確實不尋常。一般來說，我們的人必須到場勘查蒐證，才能配合檢察單位正式展開調查。」

「我明白。」艾琳把手機貼緊耳朵，舉步穿過更衣室走道。「但你們真的沒辦法派人過來嗎？」

「沒辦法。」伯恩特不帶感情地說。「我問過憲兵隊、也問過克雷恩蒙塔納警局，他們都沒辦法派人上去。」

「所以我們現在該怎麼辦？」艾琳轉個方向，繼續踱步。她覺得身體越來越熱，但不是因為走動，而是他道出的現實硬生生擊中了她，令她心底不斷冒出恐懼。

真的只能靠自己了。他們徹底與世隔絕。

「我們剛剛也在討論這件事。這種情況……很微妙，我們從來沒想過會碰上這種事。我們已經成立專案小組來決定接下來的辦案步驟，我本人是調查指揮官，其他成員包括克雷恩蒙塔納憲兵隊、特勤組和一名檢察官。」

「目前有結論了嗎？」窗外狂風怒號，雷聲像炸開似的震耳欲聾。

「有。由於您是英國警察，瑞士憲法明定您在本地沒有調查權；但我們討論之後，檢察官表示若您願意代為執行一些特別指示，他樂見其成。」伯恩特的語氣柔和了些。「在這種情況下，如果我們還拒絕藉助您的專業，那就太愚蠢了。」他停頓數秒。「不過我們必須先確認一件事：卡洪先生願意讓您參與協助嗎？」

「他願意——其實是他先來問我的。您可以直接聯絡他確認。」

「好，」伯恩特答道，「那麼，請您告訴我現在還有多少人留在飯店？」

「總共四十五人。卡洪先生已經先把名單給我了。」

「員工和遊客各有多少人？」

「員工三十七，房客八人，絕大多數的房客都在雪崩前及時撤離了。本來最後一班巴士會把還留在飯店的人全部載走，但現在下不去了。」

「情況比我想像好得多，這個人數還算好控制。那麼，我確信您一定知道，眼前安全第一。請您依照標準程序穩住現場情勢，盡可能把全部的人集合在一起；如果實際執行上有困難，也請您務必確認能掌握每一個人的位置。」

「好。」目前的指令還在她的預期範圍內。

「接下來，我們需要您拍攝現場和證物的所有照片。您可以把照片直接傳給我。」他輕咳兩聲。「下一個步驟是取得完整名冊，包含每個人的出生日期和現居地址，另外也請查明他們今天早上的行蹤。」

「您需要我跟發現屍體的人、或是其他可能的目擊者談一談嗎？」艾琳往身後的長凳一坐，突然覺得體力被搾乾。過去幾小時累積的疲累來討債了。

伯恩特想了一下。「好。雖然這部分肯定不會列入正式調查紀錄，也不會被承認，但多少有點幫助。」

「嗯，合情合理。」艾琳嘴上這麼說，不過她心知這些紀錄毫無疑問非常重要。瑞士警方擔不起任何閃失，只能謹慎再謹慎，至少這個階段是如此。她猛地想起另一件事，猶豫了一下。蘿蕊。她得讓他知道她失蹤了。

「還有一件事。」她開口。「飯店有人失蹤。她是這裡的職員，剛好在這裡辦訂婚派對，我弟弟伊薩克昨天已經報案了。」

「有人向我簡報了。」伯恩特答得乾脆。「蘿蕊．史特瑞，對不對？」

「是的。」

「您方便把情況再跟我說一遍嗎？」

艾琳逐一交代她蒐集到的資訊，同時意識到她知道的其實不多：沒人看見她離開，故艾琳也只能從伊薩克口中得知她的最後行蹤。

「她有沒有可能是自己決定離開的？」她一說完，伯恩特就提問。

「不無可能，但是就實際狀況來看，我認為不是。她沒帶走任何行李，也沒回家。我確認過了。」

「我們可以調閱克雷恩和樹爾車站的監視畫面，看看她是否曾經出現在那裡。」伯恩特對他身旁的人低聲交代幾句。「現場沒有任何暴力打鬥或綁架跡象？」

「沒有。可是在發現愛黛兒以後，我擔心——」

「我能理解。」他重重呼吸。「到目前為止，您還知道任何有助於我們釐清她去向或遭遇的資訊嗎？」

「沒有了，至少都還不夠明確。不過倒是有幾件事值得你們調查一下。我在她辦公室找到一張心理醫師的名片。我弟說，她一直有憂鬱症方面的問題。那位醫師說不定能對她近期的心理狀態提供一些看法。」

「還有呢？」

「我發現她有另一支手機，非公務用，而且我弟也完全不知情。她失蹤前一晚，我碰巧聽見她在外頭講電話。內容我聽不懂，因為她講的是法文，不過當時她的情緒明顯焦躁又憤怒。」

「您認為她當時用的可能是這支電話？」

「對，但也可能是她留在房裡的那支。」

「我會請這兩支號碼的電信公司提供通話明細，也會聯絡那位心理醫師。那就麻煩你把資料傳給我。」

艾琳切換擴音模式，將他唸出的電子郵件信箱輸入手機。

「謝謝。」伯恩特說。「還有，如果情況有變，請務必跟我們聯絡。另外，關於天候狀況、我們何時能派人上去、以及根據您提供的線索查到任何消息，我們也會隨時提供最新資訊。」

雙方又繼續討論了幾分鐘才結束通話。儘管她精疲力竭，卻隱隱有些驕傲：她辦到了。

她曾多次感到那股害怕遭人攻擊的恐懼猶如陰影，步步近逼、無處不在，但她仍成功克服，暫時忘卻憂懼。

這份狂喜稍縱即逝。

愛黛兒的遭遇使得尋找蘿蕊一事添上更多壓力。假如兩件事互有關聯，那麼蘿蕊極可能遭凶手囚禁，就像愛黛兒生前一樣，而且隨時可能遭遇不測。

蘿蕊遭綁的情況可能跟愛黛兒一樣，都是事先策畫好的。艾琳望著愛黛兒的遺體，想到下一步該怎麼做了。

41

艾琳在交誼廳找到埃索。他跟鄰桌同事們隔了一段距離，獨自望著漆黑夜空。飄落的飛雪被室外燈照得閃閃發亮，他面前的咖啡看起來完全沒動過，表面浮著一道奶白色細沫。

埃索臉色蒼白，面無表情，對室內的驚慌緊繃和竊竊私語渾然無覺。但艾琳見過這種表情很多次了，她知道那是怎麼回事。*驚嚇過度*。

艾琳輕碰他手臂。「埃索？」

「*Oui?*」他應道，並未抬頭。待他緩緩將視線轉向艾琳、對上她的眼神，艾琳才發現埃索兩眼充血，眼睛浮腫。

「我是艾琳．華納。」她說，但聲音被猛劈的雷聲壓過，一道閃電呈鋸齒狀劃破夜空。

她繼續說。「埃索，我是這家飯店的客人，不過在英國的職業是警察。在等待警方抵達的這段期間，卡洪先生請我先幫忙調查。這件事和愛黛兒有關，你方便用英語溝通嗎？」

「可以。」他把手擱在腿上，十指交扣。

「能不能請你告訴我，你發現愛黛兒的前一刻正在做什麼？我們必須趁你記憶還清晰時把細節記下來，這點非常重要，這樣我才能在警方抵達後把這些資訊告訴他們。」

「我……我盡量。」他答得斷斷續續，伸手拉開身旁的椅子給她坐。

艾琳坐定，拿出手提包裡的筆記本。「麻煩你從發現她之前的事開始說。當時你在外面做什麼？」

「我剛清完大池，要去清理第二座池，我就是在那個時候看見她的。」埃索聲音微顫。「當時我正準備蓋上池罩——那是電動的，自動蓋起。罩子大概走到三分之一的時候，突然吹來一陣風，把水面的蒸氣吹走。」他扭絞著手指，「起初我根本沒想過那是個人，但後來我看見她的頭髮……在水裡漂啊漂的。」

一片沉重的靜默籠罩兩人。

「然後我就跑了。」埃索停下來，手蒙住臉。「我曉得你會說什麼。你會說，我為什麼不先跳進去把她拉上來？我也一直問自己這個問題，不斷回想那個畫面。假如我當時跳下去救她，她說不定還有機會……」

艾琳按住他的手，不理會鄰桌掃來的目光。「埃索，每個人的反應都不一樣。」她溫柔地低聲說。「這種事沒有所謂的正確處理方式，而且撇開這點不談，我真心認為你其實什麼也做不了。我非常確定在你發現她的時候，她已經死了。」

艾琳從他的表情看出他不相信她。這份遺憾會跟著他一輩子。每天每天，在他腦中上演千百遍。要是、如果、假如我……

「在發現她以前，你在水池區有沒有看到什麼可疑情況？」

「沒有，不過那時我也才剛出去而已。我原本在接駁巴士那邊幫忙。因為積雪的關係，停車場有些狀況要處理。」

「你有看到誰嗎？飯店職員、或是客人？」

「沒有。當時只剩幾位客人還沒走，其他同事也都在幫忙撤離。」

艾琳好喪氣。沒有目擊證人。沒有一個人注意到任何跡象。凶手應該是利用飯店忙著撤離客人這一點來做案，因為不會有任何房客、員工留在室外。時機完美。

艾琳將筆記本翻過一頁。「你跟愛黛兒熟嗎？」

「不太熟，大概就是見面會打招呼的程度吧。」埃索聳肩。「我有家庭，有三個孩子要養。除了工作，我跟這裡的同事不太來往。」

「所以，你大概也不會察覺她最近是否遇到什麼煩心事囉？」

「不會。不過她應該會知道比較多。」他指指鄰桌一名深髮女子。「她叫費麗莎，房務組組長。愛黛兒是她的組員。」

「好，謝謝你。」艾琳起身，拿起包包。「如果你想起任何事、再小再不重要都沒關係，請務必跟我說。」

「等一下，」埃索蹙眉。「還有一件事。雖然可能沒什麼關係，不過愛黛兒……我看到她跟別人吵架。」

艾琳的好奇心被挑起。她又坐下。「最近嗎？」

「上禮拜。當時我在SPA，在大池那邊清理溢出的池水，愛黛兒在飯店後面。我繞過轉角的時候，聽見有人大聲講話——呃，他們吵得很兇。我還記得她跟對方專心吵架，幾乎沒注意到我。」

「那你有沒有聽到她跟對方吵什麼？」

「我沒留意，我直接進屋去了。」他笑了一下，卻不是真的笑。「我常說別人的閒事少管、少惹麻煩。」

艾琳認真思索他補充的這幾句話。「她跟誰吵架？你認識嗎？」

「認識。飯店的營運副理蘿蕊。蘿蕊．史特瑞。」

42

這兩人認識，艾琳心想，緩緩走向費麗莎。蘿蕊和愛黛兒不僅認識，而且關係顯然密切到足以大吵的地步。

這是否跟命案有關？

艾琳暫時推開這個念頭，來到一公尺外的餐桌，停下腳步。「費麗莎？」

女子瞄了艾琳和她手上的筆記本一眼。她的五官尚稱精緻，完美的彎眉末端變細、收成兩個小點，頭髮盤成複雜的辮子，肌膚是橄欖色調。也許是西班牙人？還是葡萄牙？

「愛黛兒的事？」

艾琳點頭。「方便換個地方說話嗎？比較不受干擾。」她指指不遠處的一張空桌。

「當然。」費麗莎拿起水杯、起身，仔仔細細打量她：她先望向艾琳塞在耳後亂糟糟的金髮，再瞄瞄她的螺旋耳環。費麗莎肯定聽說她是警察了……吧？也許她期待她會和一般人不太一樣？

不過艾琳習慣了。她很清楚別人在背後都怎麼議論她。

*男人婆。太專注於事業，沒空打扮自己。*誰知道這話什麼意思。

反正她才不在乎。「女人味」這檔事，對她來說始終困難。

雖然她從小就知道世上還有一個與她截然不同的世界——那些女人個個秀髮閃亮、十指纖纖，她們都很清楚該怎麼梳編頭髮、打理成繁複的形式。這些女人會上YouTube看影片自學，嫻熟駕馭正確的上妝技巧，讓顴骨看起來更高、更凸出。

她朋友海倫警探也屬於這一類。有一回，她在兩人暢飲紅酒、大啖咖哩之際，找了一支「如何善用陰影妝」的影片給她看。海倫反覆播放數次，彷彿認為艾琳多看幾遍就能更熟練，殊不知這對她而言根本是外星語言，她永遠學不會。

艾琳移向費麗莎對面的座椅，但沒來得及坐下，一名房客就快步走上前。她年近四十，個子嬌小、曲線玲瓏，深色頭髮盤成一個鬆鬆的髻。女子焦慮疲憊，艾琳則謹慎地看著她。

女子又向前走了幾步——太近了。她已侵入艾琳的私人空間。

「打擾一下，你是警察吧？是不是？」她口音很重，也許是義大利人。

「我是。但——」

「我們很擔心。」女人打斷她，瞄瞄她左後方的桌子。「我爸媽……他們年紀大了，他們……」她遲疑著，額頭因為專注擠出細紋，彷彿正竭力思索正確用語，「現在的情況讓他們很不安、很害怕，我想我們有必要再問清楚一點。」

艾琳點點頭，輕咳一聲。「我明白目前的情況的確有點嚇人，不過一切都在控制之中。我們已和本地警方討論過好幾次、正在擬定計畫，所以——」她意識到自己的回答頗不著邊際，連忙打住。

女人蹙眉，臉上多了一種情緒。憤怒，艾琳心想。這是一般人感到害怕無助時的正常反應，卻往往令她更擔心。

憤怒通常會讓情況變得無法預測、不易掌控。

「控制之中？」女人重複她的話，兩手一拍，聲音拔高尖銳。「這我還真不敢說。大家都很害怕，不只遊客，這裡的職員也怕。我聽到有幾個人在那邊討論，就在那邊——」她猛地將手臂一甩，指著那個方向，「他們在討論警察到底什麼時候才會來。」她臉頰通紅。「如果連在這裡工作的人都怕成這樣，那我們……我們這些觀光客作何感想？」

艾琳和費麗莎對看一眼。「再給我幾分鐘，我會向大家完整報告目前的情況。」她語調平穩。「我們正在執行一些必要程序，控制情勢，今晚就會把大家移到較低的樓層，那裡的房間通常是給員工用的。我們也會請飯店職員協助維安，巡邏每一處公共區域。」

「維安？」

「是的，每條走廊都會安排一名保安人員，我們會盡一切力量，保障大家安全。」

女子仔細消化、思考艾琳說的每一句話，沉默無盡蔓延。

最後，她終於放鬆肩膀。「我會跟他們說的。」她再一次指向她父母所在的桌位，艾琳鬆了口氣。「不過，我還是覺得你們的溝通要再積極一點。萬一情況有變，你們一定要讓每個人都知道。」

「一定會的。」

艾琳等到女子離開後才落坐。「抱歉。」她低喃。

「沒關係。」費麗莎答道，「意料中事，不是嗎？畢竟大家都很擔心。」

艾琳把筆記本放在桌上。「嗯。我想多了解一下愛黛兒最近幾天的狀況，看看能不能找到引發這起事件的原因。」

費麗莎拿起水杯、小啜一口。「她星期五傍晚下班，要到下週二才有班。」

「所以你最後一次見到她是星期五，她離開飯店以前？」艾琳動筆飛快，字跡潦草隨性，但她盡力了。方才在更衣室感受到的疲憊正排山倒海而來，令她的每一個動作都變得有氣無力、慢慢吞吞，猶如涉過泥濘之地。

她得吃點東西。

「一下子而已，她趕時間，想趕在兒子被他爸爸接走之前到家。他下星期跟他住。」

「他們分居？」

費麗莎點點頭。「不過不是最近……其實他們也不算真正在一起。我認為他們不是沒試過，好歹為了孩子。」

「你覺得她當時看起來怎麼樣？」

「還好。壓力一定有，因為她不想遲到，不過——」她突然停下。「你覺得……她有回到家嗎？」她遲疑地問。

「我不知道，但我相信警方會查明的。」

不過艾琳十分篤定，愛黛兒肯定不曾踏進家門。因為她知道愛黛兒被綁起來了，也假設她直到遭殺害前都被囚禁在飯店裡或附近某處。

費麗莎的雙手緊扣水杯，指節因壓力而泛白。「誰會做出這種事？沒道理啊。」

艾琳趁機追問。「愛黛兒最近有沒有什麼煩心的事？個人或工作方面？」

「沒有。不過愛黛兒是瑞士人——我知道這聽起來可能很奇怪，但瑞士人通常比較……有所保留。」她虛弱一笑。「我在日內瓦住了兩年，鄰居整整花了兩年才從 *bonjour*（日安）進步到對我說 *bonjou, ça va?*（日安，你好嗎）」此時，費麗莎突然猶豫了一下，彷彿不確定該不該再多透露。

「不只這樣。愛黛兒這個人……她有時候……挺疏離的。」

「怎麼說？」

「她在房務組算是比較特別的人物。房務組流動率很高，外籍員工也不少，所以像愛黛兒這樣的本國籍員工是很罕見的。我認為她並不討厭這份工作，可是總給我一種認為自己『高成低就』的姿態，不太願意融入大家。她經常都是一個人獨處。」費麗莎笑了。「她會這麼想也無可厚非。畢竟她很聰明，所以我倒是有點訝異她竟然會願意做這種工作。」

「那她為什麼要做這份工作？」

「我問過她，她說她別無選擇。沒有學位證照，還有個小娃兒要養。」

艾琳細細琢磨費麗莎的話。愛黛兒有難言之隱。而且不是她這種人一般會遇到的事。

「還有一件事。我想問問蘿蕊·史特瑞。你知道她失蹤了嗎？」

「我知道。」費麗莎把手肘往桌緣一放。「你是認為……？」

「目前我們什麼都還不知道，就是因為這樣，我們才需要釐清這兩個人之間是否有關聯。你認為愛黛兒和蘿蕊算得上朋友嗎？」

「算呀。」但她臉上閃過某種艾琳無法解讀的表情。

她鐵定知道一些事吧？她知道，但不確定該不該說。

「那她們親近嗎？」艾琳探問。

費麗莎大吁一口氣。「直到幾個月前她們確實很親近。以前我常常看見她們倆同出同入，但後來就沒有了。我猜頂多就是吵架了嘛。結果前幾個禮拜，我和愛黛兒跟蘿蕊擦身而過，她卻直直往前走、連聲招呼都不打。」她蹙眉，「那感覺很怪。當時，愛黛兒她……她看起來很害怕。這是我唯一覺得貼切的形容詞。」

「怕蘿蕊？」

「對。」她就事論事。「我是不覺得有啥好驚訝。說了你別誤會，不過蘿蕊這人有時候還挺……挺嚴厲的。她把自己逼太緊了。開會的時候，她是在場唯一不笑的人，而且她會把每一件瑣事都仔仔細細記下來。」費麗莎壓低音量。「賽西兒——就我們經理——她也是這種人。」她皺起眉頭，「不過我認為賽西兒的理由可能不太一樣。她沒有家庭、沒有伴侶，所以把精力全部投注在這裡。但我還是覺得過頭了。」

艾琳點頭，反覆思索費麗莎提供的消息，其中有一點尤其令她心煩：蘿蕊和愛黛兒鬧得不愉快。等她有機會跟賽西兒談話時，她得問問她知不知道這件事，或是有沒有其他人注意到。

艾琳擔心兩人之間的不合可能使情況變得更混亂。每一次聽人說到蘿蕊，她印象中的蘿蕊就會改變一些些。剛開始她形象還算清晰，現在卻越來越模糊。

讓人怎麼看也看不清。

43

「我們的員工什麼都沒看到？」盧卡斯拽下身上的羽絨外套，順手掛上椅背。他捲起袖口，露出黝黑粗壯的前臂，右手腕有兩條磨舊的棉手環，一條藍色，一條萊姆綠。

「沒有。我跟他們每一位都談過了。當時他們都在協助房客撤離，而準備要走但還沒離開的房客也都在大廳。他們全部都有——」艾琳猶豫了一下，不想用「不在場證明」這個詞。「他們都妥善交代了自己的行蹤。」艾琳回想她和每一名員工的對話，每一位都提出可靠、可驗證的不在場證明。幾位房客也一樣。

怎麼可能？

她伸手拿咖啡，牛飲一口。滾燙苦澀的汁液狠狠刷過喉嚨，可是感覺真好。咖啡因瞬間沖散她腦中的迷霧。

「兇手挑了最完美的時機行動。」賽西兒用面紙反覆抹著鼻子。她面容疲憊，眼睛浮腫。

「好，既然我們已經確定沒有人看見任何可疑跡象，那就只能檢查監視畫面了。SPA池和附近區域有監視器嗎？」

「有。我會跟安全組組長交代一聲，應該不會花太久時間——」賽西兒似乎想再多說什麼，卻突然改變心意。

盧卡斯走向窗前。「你還需要什麼，儘管開口。不論是誰幹的，我都要抓到這傢伙……越快越好。兇手竟然這樣對她……」艾琳見他下巴顫動，反感和厭惡看來是如假包換。

盧卡斯從頭到腳都散發著緊張。腋窩、下背亦冒出彎月形汗漬，顯然壓力極大。但即便如此，艾琳還是能拼湊出他這個人的幾項特質。她在這段時間觀察到、不經意瞥見的盧卡斯，全都不是裝出來的。

這裡——也就是他的私人空間——反映出她先前注意到盧卡斯「精明幹練生意人」和「從容隨興運動家」這兩種矛盾面向。

辦公室設計簡樸：白牆，一張拋光的木製辦公桌，角落有臺銘黃色咖啡機。咖啡機上方的架子擺了一排書，左邊以登山為主，另一邊則和室內裝潢、建築有關。

右手邊這面牆完全獻給藝術：一幅風格復古的心臟解剖說明圖，細膩精緻。白色外框。

艾琳想起她讀過的那篇報導：在醫院度過的童年時光。

儘管這一切全都符合他的兩個面向，艾琳仍隱約覺得，這種視覺上的矛盾仍有些許不協調之處。就某種意義來說，如果其中一面不是真的，他這個人說不定還比較好解讀。這個念頭令她心煩不已。

賽西兒把玩著見底的咖啡杯，指頭繞杯緣畫圈。

「你能判斷愛黛兒的實際死亡時間嗎？」她發出連珠炮的詢問，速度過快、語帶驚慌。「這樣我們才能確定殺她的人究竟是還在這裡，或者已經搭接駁車逃走。」

「我沒辦法斷定死亡時間。」艾琳平靜地說。「這部分得等法醫確認。」

「但你總有辦法知道吧？」賽西兒音調高了些。「你的工作不也是會碰到死人嗎？你應該會知道吧？」

「賽西兒！」盧卡斯走向她，口氣嚴厲。

「怎麼了嘛？」賽西兒已有些歇斯底里，「她應該要知道啊？不是嗎？至少得有個概念吧？」

盧卡斯看著自己的妹妹，嘴脣抿成一條線。她這樣任性妄為，令他尷尬不已，艾琳感覺得出來。「拜託，」他握住她的手臂，警告似的瞪她一眼。「我們必須保持冷靜。」

艾琳注意到這個舉動洩漏出的親密性，還有他略為高高在上的語氣。看得出來這種轉折應該是他倆都熟悉的行為模式——他們已經習慣扮演這種角色，也繼而影響接下來的對話方式。

盧卡斯的舉止令她聯想到伊薩克。伊薩克在這種時候總會刻意表現和善，唯獨，此舉不僅無法化解緊張局面，反而會加以放大。

「冷靜？」賽西兒揚起下巴看著他。「盧卡斯，你的員工被殺了，而且還是在你的飯店裡。

換作是我，我不可能這麼冷靜，我根本會嚇壞。凶手現在極有可能還在這裡，好整以暇地挑選下一個——」

艾琳輕咳一聲。「聽我說，」她打斷她的話，「目前我們無法證明凶手——如果這個人還在這裡——會繼續殺人，也不清楚這和愛黛兒的私生活有沒有關係。這種事通常是熟人犯案，動機也將非常明確，譬如伴侶、朋友、家人等等。」

「那蘿蕊呢？」賽西兒不耐煩地點踏地板，節奏時快時慢。「她還是不見蹤影。對愛黛兒做出這種事的人也有可能把她抓走了，不是嗎？」

「她還沒回來？」盧卡斯臉色一凜，但是立刻改回原先不冷不熱的表情。

艾琳旁觀他的反應，好奇心被挑起來。「你跟蘿蕊很熟嗎？」

盧卡斯坐下來，不自在地改變姿勢。他反覆挪動桌上文件，似乎想藉此沉澱情緒。

他有事沒說。

「我跟蘿蕊就像和其他職員一樣熟。」他終於擠出答案。

艾琳決定直接單刀直入。「我之所以這麼問，是因為我們在蘿蕊的私人物品中找到一些你的照片。」

「我的照片？」盧卡斯重複道，聲音不穩。他伸手摸到桌上有枝筆，遂拿起來轉個不停。

「是的，你的照片。我認為這應該是在你不知情的狀況下拍的……」艾琳停頓一下。「你知道她為什麼會有這些照片嗎？」

盧卡斯沉默片刻，這才抬頭看她，表情無奈。「蘿蕊和我……我們有過關係。」

「男女朋友？」艾琳意識到自己倒抽一口氣。照理說她不該這麼驚訝，因為這是照片的唯一合理解釋，但她始終希望這不是真的。

「我不會這樣形容；我們都不是認真的。」

賽西兒發出一聲短促輕笑。「當時我可不覺得你有考慮這麼多。」

艾琳瞄瞄她，對她的語氣感到好奇。「這是什麼時候的事？」她問，轉回來看盧卡斯。

他繼續轉筆。「飯店開幕之後不久。這很蠢，我比誰都清楚不該跟自己的員工攪和在一起，但事情就這麼發生了。當時飯店辦了一場活動，我們糊里糊塗……總之，我明明知道不應該，卻還是繼續。我們睡過幾次，然後我決定結束，她氣瘋了，但是——」筆喀啦一聲落在桌上。「就我個人而言，事情就是這樣。我很確定她也是這麼想。」

一年半以前，艾琳仔細玩味。當時蘿蕊肯定已經跟伊薩克在一起，所以毫無疑問是偷吃。她的思緒飄向伊薩克。她要怎麼告訴他？他又會有什麼反應？

「這段關係結束的時候你說蘿蕊很不高興？」

「對。好幾個星期以後，她跑來辦公室質問我，說我利用她，還給她錯誤的期望。」他一臉懊悔。「當時簡直一團糟，但我不想讓她心裡不舒坦，或者覺得必須放棄工作什麼的，所以我道歉。我告訴她，如果我讓她會錯意，那麼我非常抱歉。」

「就這樣？後來你們就沒再聯絡了？」

「對，除非工作需要。」盧卡斯繃著臉。「聽著，我認為這件事……我跟她的事應該和她失蹤無關，這都是好久以前了。顯然她已經拋開這一切，和你弟弟在一起。」

艾琳察覺他的不自在，決定改變話題。「我還有一件事想問你：關於蘿蕊和愛黛兒。費麗莎說她倆曾經是好朋友，但最近鬧翻。你知道是為什麼嗎？」

「不知道。」

她轉向賽西兒。「你呢？」

「一無所知。」

「那麼，最近飯店內部有沒有什麼問題？有沒有其他員工起衝突、或者抱怨什麼的？」

兩人都沒回答。死寂靜靜延展，漸漸稀薄，直到尷尬起來。

艾琳看見盧卡斯迅速朝賽西兒的方向偷瞄一眼，快得難以察覺。

他們倆還有什麼事沒說？

44

「是有這麼一件事。」盧卡斯開口，他傾身打開桌面下的抽屜，抽出一張紙，推過桌面遞給她。「好幾個月前，我開始收到這個。」

「*Il faut bonne mémoire après qu'on a menti.* 撒謊的人得有好記性。」盧卡斯直接翻譯出這句法文，聲音飄忽。「剛開始我不以為意，但現在出了這件事……」

「你知不知道對方是指什麼？」艾琳仔細審視，覺得口好乾。這幾個字尺寸頗大，幾乎占滿紙頁。

是恐嚇。她想不出其他解讀了。

「我原以為和飯店有關。早在工程開始以前，我們就收到不少抗議。起初只有當地人，後來環團加入，於是就從小規模抗議變成網路大爆炸，結果一些大型團體也來湊熱鬧，不只是瑞士，也有從法國來的。」

「花錢請的走路工？」

「那一類的吧，但內容變得越來越針對我個人。」他低頭望著手，臉頰泛紅。「對方似乎懷恨在心，不光針對飯店。感覺這人想藉此製造仇恨、惹大麻煩。」

「其他的呢？」艾琳追問，繼續研究這張紙。上頭的墨跡不算特別清晰銳利，所以應該是用噴墨而非雷射印表機印的，而且她幾乎可以斷定是普通的家用印表機。換言之，要找出恐嚇信是誰寄的，成功機率微乎其微，非得等警方介入不可。

「我只留了兩張，抱歉。」盧卡斯手再探進抽屜拿出另一張紙給她。「本來還有一張，而且是第一張，不過被我扔了。當時我以為對方只是一時興起、挾怨報復……後來又冒出這些。」

艾琳瞄了瞄第二張紙。「*Chassez le naturel, il revient au galop.*」

「什麼意思？」

盧卡斯耙梳頭髮。「用你們的話來說就是『江山易改，本性難移』吧。」

艾琳點頭。「字條是怎麼送到你手上的？」

「直接郵寄給我。」暴風雪狠狠撲打著他身後的玻璃窗，他們全都因此轉頭看。

「除了那些抗議人士，你覺得還有可能是誰寄的？」

「我不知道。」盧卡斯的迷惑不像裝的。他指指那兩張紙。「你認為恐嚇信跟飯店發生的事有關嗎？」

「現在言之過早。」艾琳繼續琢磨。

假如這兩件事當真互有關聯——那麼關聯為何？愛黛兒的死為何會和恐嚇信有關？

「這兩封信可以給我嗎？」

他點點頭。耳後的幾綹髮絲鬆開、落下，稍微遮住五官。

艾琳把筆記本放回手提包，起身說道：「最後一件事。昨天有人告訴我，山上發現一具遺體。」她刻意打住，等待兩人反應。

「是……」盧卡斯表情一僵，「但還不曉得身分。根據警方的說法，不太像是最近過世的。」

他這番話令艾琳臂上細毛根根豎立。「所以他們完全不知道那人是誰？」艾琳盡量措辭謹慎，避免提及她聽到的消息。她想知道他會隱瞞到什麼程度。

問題就這麼懸在那兒。盧卡斯張嘴又闔上，態度遲疑，最後說：「不知道。」

艾琳琢磨著他的答案。為何瑪歌知道他卻不知道？警方應該告訴他了啊。

那麼他肯定在說謊。被發現的可是他的童年好友、也是在事業上與他憂戚相關的人，相關到他的失蹤直接導致飯店延後開幕。

所以他為何撒謊？他到底想隱瞞什麼？

她才剛踏出盧卡斯的辦公室，手機就響了。

「艾琳，我是伯恩特。方便說話嗎？」

「可以，請說。我身邊沒人。」她順著走廊往電梯走。「發現什麼了嗎？」她對自己的猶豫語氣感到難為情，好像她也在質疑自己似的。

她到底怎麼回事？

然而她知道為什麼。因為盧卡斯說謊，而這削弱了她的信心。她不明白自己為什麼會這樣，無法理解這個反應代表什麼意義。

「不盡然。」對方聲音疲憊。「我們用RIPOL、也就是瑞士的警務搜索系統，按您提供的名單徹底搜過一輪，但沒人特別有嫌疑——至少在瓦萊邦這裡沒有。」

「您說『特別有嫌疑』是什麼意思？」艾琳改變著力點，也滿心疑惑。他指的是背景調查嗎？還是任何進行中或已結案的調查資訊？

「礙於個資保護法，我沒辦法透露太多。不過就像我剛才說的，針對目前還在飯店裡的人，我們並未發現任何可疑資訊，因此我認為這份名單上的人應該不會對您或其他人造成危險。不過——」伯恩特短暫停頓，「我想再麻煩您一件事。在個資搜尋這方面，瑞士的程序比英國複雜太多。我們雖然有全國資料庫，但不能跨邦搜尋。」

「不能跨邦搜尋？」艾琳不解，掌心出汗、臉紅起來。自我質疑彷彿正一點一滴削弱她的信心，腦中亦不斷響起那些負面與嘲諷的聲音：你這門外漢。你離開這圈子太久了。假警察。

「對。」伯恩特繼續，「意思是說，也許有人在鄰近的邦或郡有犯罪紀錄，但是在我這裡——

也就是瓦萊邦的系統——看不到。」伯恩特停頓，艾琳聽見他那邊有電話響起。「我是可以向各邦申請調閱資料，可是前提是我手上必須有嫌疑人的特定資訊。」

艾琳在電梯前數公尺處停下來消化他剛才說的內容。「也就是說，我得向你示警、再指出必須調查某人的證據，你才能申請、然後取得更多資訊？」

「沒錯。另外還得告訴您，每一筆申請資料都必須獲得檢察官核准。我會設法讓程序跑快一點，不過還是需要一點時間。」

「好。那蘿蕊呢？還有監視畫面跟通話明細？」艾琳試著不讓對方聽出她的不耐。她不喜歡這種無力感——既不能掌控全局，也不知道這一切究竟是怎麼回事。

「我們確認過火車站的監視畫面了。不論是從巴士下來或搭乘纜車的人，沒有一名符合蘿蕊的外型描述。失蹤當晚或隔日一整天都沒有。我們也問過幾家計程車公司，他們這個月都不曾去山巔載過客人。然後我們還在等電信公司回消息。」

「那位心理醫師呢？」

「我們留言了，應該很快會有回覆。」

「我知道了。」艾琳盡可能表現得堅定有自信，可是某種程度也覺得自己顯得驚惶失措。此刻，她手上沒有任何跟蘿蕊失蹤、愛黛兒死亡有關的情報。

沒有證據。沒有目擊證人。沒有動機。她什麼都不曉得。

艾琳說了再見、切掉電話，螢幕跳出威爾發來的簡訊，表示他和伊薩克正在交誼廳吃晚餐。

她凝望夜空，視野先是模糊、復又清晰。一幕幕鮮明畫面浮現眼前。

愛黛兒。

她滿腦子都是愛黛兒驚恐的眼神。假若自己即將沉入水底、心知再也不可能浮出水面，究竟是什麼感覺呢？

45

「蘿蕊和……盧卡斯？」伊薩克眼神陰沉，「他們在一起過？」

「對。飯店開幕後不久。」艾琳不自在地調整坐姿，拿起餐叉，將一小片馬鈴薯放進嘴裡。雖是晚餐時間，而她是該餓了，現在卻得逼自己進食。她完全沒食欲。

艾琳的視線掃過交誼廳。少數留下的房客圍著幾張桌喝酒、聊天。大家都很焦慮，她心想，並注意到那些誇張的手勢，還有裝出來的、過於響亮的笑聲。她從工作中學到，也知道這都屬於正常反應：假裝什麼事都沒發生。如果我們裝得夠認真，說不定就真的什麼事都沒有了。

然而這片幻影迅速崩解。她看見一名飯店職員站在門邊，左右張望。那是保安人員，正按照她的建議持續監控眾人。

伊薩克的表情瞬間放鬆。「那剛好是我們分手期間。那時候我們經常為了一些無聊的事吵架……」伊薩克拿起啤酒、喝了一大口，再將餐盤往旁邊推。他點了義大利麵，卻一口也沒吃。乳白色的奶油醬汁變得黏稠、逐漸凝固。

儘管他說得頗有信心，艾琳仍聽出他明顯壓抑的語氣。他被這消息嚇了一跳。他不知情。

「分手？」她邊重複邊對上威爾的視線，止不住地心揪。她還以為他們這對很幸福呢。

如果沒發生這件事，他會告訴她他們曾經分過手嗎？

他不可能會說的。這個想法刺痛了她的心。曾經，她熟悉他的一切。

他最喜歡哪一輛玩具車，他趾間那個裂成兩半的胎記精確是什麼形狀。他喝巧克力牛奶喜歡加幾匙雀巢巧克力粉。

艾琳突然極度渴望時間倒轉，渴望他倆不曾斷了聯繫。小時候，她和伊薩克經常聊起：以後他們買的房子要連在一起，一大家子熱熱鬧鬧吃飯。他們的小孩也要一起玩、和彼此當朋友。

那已經是好久以前了。艾琳突然哽咽，甚至得用力咳嗽才能平復。她伸手拿水、小啜一口。

伊薩克揉揉眼睛，疹子擴散開，一小塊紅疹已延伸至眼睛邊緣。「如果情況沒那麼簡單呢？」

「怎麼說？」

「她手上的照片──那根本不正常不是嗎？」他掄指敲桌，表情扭曲。「有沒有可能他們之間發生了什麼我們不知道的事？」

「比方說？」

「我哪知道。也許情況變得很糟，又或者──」

艾琳清清嗓子。「伊薩克，我們不能做任何假設，現在不行。眼前最糟的莫過於妄下論斷，我們必須根據事實說話。愛黛兒被殺、蘿蕊失蹤，目前我們只知道這麼多。」

「嘿，老兄，她說的對啊。」威爾把麵包撕成好幾塊，「不要把事情想得太糟糕，還不到那個時候。你什麼都不知道的時候更不能這樣想。」

艾琳望著威爾，淺淺一笑，感激他伸出援手——這也是威爾擅長的：搭橋。好讓事情進展更順利。

「老天，我覺得自己超沒用。現在我們發現了那女人……看到她那樣子——」伊薩克聲音啞掉。「艾琳，蘿蕊有危險對不對？我們浪費的每一分鐘都可能讓她——」

她感受到他的壓力，那力道正沉沉將她往下拖。她的心臟跳得好快。

「萬一警方晚上到不了怎麼辦？萬一明天也上不來怎麼辦？你得做點什麼啊，得想辦法找到她。」他轉向窗外，望著被燈光照亮的紛飛白雪。「得去外頭找找看。」

「伊薩克，我正在努力。我一直跟警方保持聯絡，可是如果沒有完整的團隊，我能做的真的有限，而且現在出去不安全——」

「萬一失蹤的是威爾呢？」他打斷她，扭頭望向威爾。「你一定會想去找他的，不是嗎？你會想知道到底出了什麼事。」他瞇起眼睛，視線固定在她身上，彷彿試探著她。

艾琳眨了眨眼，被他的氣勢震懾。「可是就像我說的，我們還不曉得這兩件事有沒有關聯呀。」

伊薩克瞪著她，一臉不可置信。「你真的認為愛黛兒的遭遇是偶發事件？跟蘿蕊毫無關聯？這不可能是巧合。她們都在這兒工作，愛黛兒生前和她也是朋友。」

艾琳並未立刻接話。她同意他的看法。稍早和盧卡斯談完後，她更堅信兩者之間必有關聯。

「聽著，我——」

「怎樣？」伊薩克壓著桌面靠近，眼神閃閃發亮。「你有消息對不對？」

他呼出的啤酒味和微酸的汗味令她直往後退。他的眼神……有點嚇人。

她想起過去他發飆暴怒、脾氣失控前的模樣。他會亂摔東西，像灑碎紙花那樣弄得整個房間都是。即使現在，她仍清楚記得母親在這種時刻是什麼表情：無法掩飾的畏縮和懼怕，還有失望——奇怪的是，母親是對自己失望，而非伊薩克。好像他會出現這種行為都應該怪她。

母親過世後幾個月，艾琳在閣樓找到一只蒙塵的紙箱，裡頭塞滿暢銷心理學書籍，還有從報章雜誌撕下來的文章，主題全都差不多：**你的教養方式如何影響你的孩子、如何讓孩子打開心房**。發現這些東西令她陷入難以言喻的悲傷：母親竟然選擇責怪自己，而非伊薩克，她為這個性格走偏的男孩找到一個最無可反駁的藉口。

「我只是想告訴你，」她趕走腦中雜念，繼續說：「我跟愛黛兒的上司費麗莎談過，她說她跟蘿蕊鬧翻了。蘿蕊跟你提過嗎？」

伊薩克搖頭，深色鬈髮拂過臉龐。「沒有，就我所知，她們一直是好友。」

艾琳挫敗地咬咬嘴脣。她要怎麼做才能查出她倆之間出了什麼事？然後她靈光一閃：蘿蕊的筆電。

上次她看得並不仔細，所以沒什麼收獲，但那是因為當時她還不相信蘿蕊確實失蹤了。

「我們再看一次她的筆電吧。」她轉向伊薩克。「上次說不定漏掉了什麼，或許跟目前這條線索有關。」

伊薩克點點頭，立刻站起來。「我去拿。」

待他一離開視聽範圍，威爾立刻轉向她。「你當真覺得筆電裡藏了東西？」

「我不曉得，不過值得一試。我也想再檢查一次她的社群網頁，看看是否漏掉什麼資訊。」

「你知道嗎，我覺得這起事件已經替你做出決定了，是吧？」

「你到底在說什麼？」

「就是回到工作崗位。之前你還猶豫不決，現在看起來卻相當篤定。」他一臉認真。「做這些調查工作時你又活過來了，艾琳。」

「是他們要我幫忙的。」

「但你大可拒絕呀。妳可以找藉口推辭。」

艾琳聳聳肩。「或許吧。」她不知道該怎麼回答，因為他說對了——某部分的她確實活了過來。然而，在這裡伸出援手跟真正重返職場，兩者仍有極大差距。她還沒做好決定。艾琳想起安娜那幾封電子郵件，而她鐵了心放著不管。

艾琳往後倒向椅背，拿出手機，再一次翻看蘿蕊的IG。

這一回，鑑於她已經找到一些線索，便決定搜尋蘿蕊和愛黛兒的友情證據。

她捲動頁面，沒看到愛黛兒，這坐實了費麗莎「兩人鬧翻」的說法。她得往前滑動好幾個月才能看到愛黛兒的照片，也符合她倆近期才不合的事實。

她終於找到兩人合照：第一張在吧檯，蘿蕊穿著細肩帶薄上衣，一臂懶洋洋掛在愛黛兒的裸肩上。第二張是在一間燈光幽暗的餐廳，她們和一群人在一起；有人在桌邊稍遠處拍下這張團體照。

艾琳繼續滑動頁面、往前翻找，來到四個月前的紀錄。有一張特別吸引她注意：照片是在這裡拍的。飯店交誼廳。她認出畫面中央那盞充滿未來感的大型吊燈，抽象風格的玻璃片反射燈光，導致照片有好幾處過曝。

「你看這裡。」她把手機遞給威爾。

蘿蕊和一名男士站在畫面前景。她支著裝滿粉紅酒液的玻璃杯，對鏡頭舉杯，仰頭大笑；滴滴水珠凝結在杯上，看起來有些模糊。照片背景有幾張桌子。艾琳認出坐在其中一張桌的兩人。他們都低著頭、腦袋靠很近，距離不到幾公分。

兩人聊得十分專注，但光線不足，臉都是暗的。

儘管照片有些失焦，艾琳卻一眼看出是誰。

愛黛兒和盧卡斯。

46

從兩人親暱的肢體語言和姿勢研判，這應該不是一般寒暄交談。

「原來愛黛兒和盧卡斯私底下也有往來……」

艾琳有種不祥的預感。他們肯定認識，而且關係比盧卡斯暗示的還要密切。

她們是為了他才鬧翻？

可能性極高。艾琳不禁沮喪又失望。

「你們在看什麼？」

伊薩克。他站在她肩後探看。她再一次聞到他呼出的啤酒苦味。

「我發現這個。」她把手機螢幕打斜、遞向他。「盧卡斯和愛黛兒在一起的照片。」

伊薩克在她身旁坐下，從她手上拿過手機，點拉畫面、放大影像。「看起來挺自在的，不是嗎？」他大笑一聲，聽來刺耳，眼神一如往常灼熱專注。「說不定他和她也有一腿？」

「現在言之過早。」艾琳不讓聲音透露出自己想法。

伊薩克繼續翻看蘿蕊的ＩＧ相片。他手指移動的速度和乖戾的表情令她煩躁起來。她按住他的手。「別看了，伊薩克。我們先看一下筆電。」

他張口想抗議，最後仍悻悻然閉上嘴巴。

艾琳把筆電拉過來，掀開螢幕。這回她決定採取有條理一點的方式。她從桌面上排列整齊、幾乎蓋住整個螢幕的資料夾開始檢查。

她茫然地望著這片檔案夾之海，發現每個檔名都好像：日期和名字。絕大多數看起來和工作有關——衛生保全，員工訓練，行程。她逐一點開確認。

看過近半數的檔案夾後，她發現一個感覺很普通的檔案夾：Work.doc。

點進檔案夾後，螢幕上並未跳出一大排檔案，而是另一個檔名相同的檔案夾。艾琳挪動滑鼠、在檔案上繞兩下，點開。

又是檔案夾。不過艾琳總算看出點眉目了。

她脈搏狂跳。

這些都是加密檔。

為什麼？自己筆電裡的檔案為何要加密？

「找到什麼了嗎？」威爾越過桌面、湊近瞧了一眼。

「她存在桌面的檔案夾，加密了。」

「能開嗎？」伊薩克瞄了瞄螢幕。

「開不了。不過我知道誰有辦法：我的老同事諾亞。」

諾亞是數位鑑識組的頭頭。在她參與過的幾件大案子裡——不論是擔任偵查佐時期的案件，或升上警探後唯一也是最後的一案——諾亞都是關鍵要角。

「我來發簡訊給他，看看他有什麼辦法。」艾琳抓起手機、鍵入訊息：**加密檔……方便露兩手嗎？又，十萬火急。**

螢幕左下出現三個小點。他正在回覆。

我猜不是局裡的事兒？

不是，所以……方便嗎？

他沒回。艾琳低頭盯著手機螢幕，懷疑這個請求是否越界。畢竟他們已經好幾個月沒聯絡了，他會願意幫忙嗎？

最後，他回覆了。

好，我信你，但我超好奇你是有新工作了嘛？拋下我們去哪兒高就？

說來話長。我現在把檔案寄到你私人信箱。

艾琳把檔案轉寄給諾亞，然後轉頭看伊薩克。「檔案打開以後……」她停下來，注意到賽西兒正朝他們走來。她的短髮蓬亂，眼睛紅腫，神情疲憊。

「抱歉打擾。監視器的錄影片段準備好了，你想看看嗎？」

艾琳看了伊薩克一眼，以眼神致歉。「抱歉，不介意我先離開一下吧？」

他瞇起眼睛，但還是讓步了。「去吧。」

艾琳起身，捏捏威爾的手。「待會兒見囉？」

他露出微笑，但表情不太自在。他憂心地看看四周，再望向交誼廳敞開的大門。

艾琳知道她理應與他有同樣心情。不過，當她跟在賽西兒身後，艾琳感覺自己心臟怦怦跳。而且並非出於恐懼，是某種更原始的反應。是興奮。腎上腺素飆升。

威爾說對了：她確實活了過來。她都忘了這種感覺——生活不光是承受，還包括參與。讓生活真正成為自己的一部分。力挽狂瀾，採取行動。

47

「在開始看監視畫面之前，」賽西兒指指桌上的平板，「我想先跟你聊一下盧卡斯。剛才他說的那些話……和蘿蕊有關的事……我希望你別誤會。」她對上艾琳的視線，一臉尷尬。

「誤會什麼？」她聞到賽西兒的香水味：爽朗的柑橘系，意外女性化。

「就是他們之間的事。」賽西兒將一綹鬆落的髮絲撩向耳後。「我不確定你知不知道……盧卡斯是我哥。」

「我猜到了，因為你們的姓氏。」

「我想也是。」賽西兒微笑，拉開她那一側的椅子，移到艾琳旁邊。「他說的話、還有聽在旁人耳裡是如何，他在刻意掩飾。這是他保護自己的一種方式。」她自顧自地說下去。「有段時間，盧卡斯過得很不好。他的婚姻……以非常糟糕的方式結束。從那時候起，他的感情狀態就沒穩定過，都是這種露水姻緣。因為他害怕。」

「怕什麼？」

「怕敞開自己、怕受傷。」賽西兒緊咬下唇，把玩著裙襬。雖是就事論事，她聲音裡的感情卻十分明顯。「因為他小時候常動不動就住院，其他人——尤其是我爸媽——簡直把他當易碎品對待。我認為他總想要『證明自己』。所以海倫離開——就是他前妻——更強化了這種『自覺不如人』的心情。」

「分手造成的破壞不容小覷。」艾琳想起她的上一段感情，結束時她有多驚慌失措，開始質疑自己的一切。

「可不是嘛，我離婚以後也是這樣。腦子一直轉個不停、想個不停，不斷責怪自己。」賽西兒眼神茫然而疏離。「本來我有好多計畫，就跟盧卡斯一樣：孩子、家庭生活……結果全成了一場空。心理上真得花好一段時間才能調適過來。」

「那麼丹尼爾・勒梅特……飯店還沒開幕他就失蹤了，這事肯定讓他很難熬。」

「確實如此。飯店的每個環節都受到影響：財務、公關、各項規劃，工程延宕將近一年。」她頓了一下。「不過盧卡斯的壓力不只和錢有關。丹尼爾和盧卡斯……他們很親。」

「你也認識他，不是嗎？」艾琳反問。

「認識，但不像盧卡斯跟他那麼熟。丹尼爾的爸媽跟我爸媽是朋友，以前我們幾乎每個週末都會一起去滑雪。後來我們漸漸大了，就變成晚餐、派對之類的。」賽西兒表情微微改變，可是艾琳無法解讀。然後她笑著說：「不過他跟盧卡斯比較要好。盧卡斯就像團體裡的老大，不論我們跟誰做朋友，經常都是由他發號施令。你也有弟弟，你應該很了解那是怎麼回事。」

艾琳思索她和賽西兒的相似之處：兩個堅強、有能力、卻無法擺脫男性手足箝制的女人。她們必須拚了命抵抗，爭取呼吸的空間。

賽西兒拿起平板，短促笑了兩聲。「我這樣談論盧卡斯的私生活，他應該不會太高興吧。」倏地，她臉紅起來，有些困窘。艾琳頗為感動：不只因為她想保護哥哥的那份心意，也因為她的樸實樣貌。她看見賽西兒的另一面，努力克服突破、開啟不同話題，表現出真誠的情感。

賽西兒低頭閃避艾琳的目光，手指飛快輕觸平板螢幕，輸入密碼。「我們的保全系統……十分先進。這是一套商用ＩＰ系統，你可以透過飯店的任何電子裝置直接播放錄影畫面。」兩人頭頂的燈光照亮螢幕上的模糊指紋。「這個主螢幕會顯示每一顆鏡頭的錄影畫面，只要點選你想看的那一個，再找到對應的時段就好。所有畫面都有聲音。」

「好。」艾琳將前臂抵在桌面上。「你先操作一遍，讓我看看怎麼使用。」

「你想從哪裡開始？」

「就從SPA開始吧。外池也有監視器嗎？」

賽西兒作了個鬼臉。「有，不過我不確定畫質夠不夠好，因為有蒸氣還有暴風雪……」她快速拖曳螢幕捲軸，倏地停下，然後選擇底部某一格畫面。「這裡。這是即時畫面。」

確實不太清楚。艾琳看著影像，有些灰心。透過鏡頭大致可見池區輪廓，但大部分的景象都被蒸氣和陣陣飛掠的大雪遮住了。畫面看起來有種流動的、虛無飄渺的感覺。

「不太理想，」賽西兒說。「不過白天畫面可能會好一點。你想找什麼？」

「從今天早上一直到發現愛黛兒屍體的所有畫面。」

賽西兒往回拖曳時間軸。在她倒轉的同時，畫面並未中斷。

「好，那先回到早上九──」她話還沒說完，螢幕便瞬間變黑：時間軸顯示是接近下午五點。

「肯定是哪兒出錯了。」她咕噥皺眉，重複剛才的動作。「都是黑的。整個早上、整個下午，畫面全不見了。」

「你確定？」霎時間不安如漣漪擴散。

賽西兒又試了一次。這回她放慢動作，但結果還是一樣：整段紀錄全部消失。她看著艾琳的眼睛。「有人把它刪掉了。」

「刪掉，或者從一開始就確定畫面不會被錄下來。」而艾琳赫然明白，這極可能是計畫的一部分。她肚裡一陣翻攪。

對方比我們快一步，艾琳心想，望向窗外無盡的漆黑。她的推理確實站得住腳，這是一樁有計畫的謀殺案。艾琳突然害怕起來。

她把椅子往前拉，心裡一陣急迫。「有人刪掉畫面，系統卻沒發出警告。這有可能嗎？」

「是有這種可能。畢竟這年頭什麼都可能被駭，不是嗎？」

「誰有權登入系統？」

「安全組組長，還有他手下幾名組員。」

而他們都有不在場證明。艾琳開始焦慮，回想筆記本上的筆記內容。「試試別的鏡頭。ＳＰＡ入口那邊有沒有？」

「有，我記得在走廊。」賽西兒輕點螢幕，手指有些緊張慌亂地滑動。「這裡。」

監視器鏡頭正對走廊：光潔的水泥地面、毫無裝飾的白牆，全拍得一清二楚。

這回換艾琳出手。她把時間軸從現在朝中午的方向拉動——又來了。才剛過下午五點，畫面又變黑。

艾琳繼續往回拖曳，下一段正常畫面出現的時間是昨日凌晨。她不發一語，靜靜坐了好一會兒，腦中緩緩浮現一個念頭。「可不可以讓我看一下昨天的紀錄？」

「當然。」

艾琳繼續倒轉，輕鬆找到她想要的時段；不出幾分鐘，她就在監視畫面上看見自己——她正沿著走廊走向ＳＰＡ，要去按摩池找威爾。

她繼續拖曳時間軸，想釐清她到底在ＳＰＡ區待了多久。

她跟瑪歌聊了多久？五分鐘？十分鐘？跟威爾也一樣嗎？

她看完整段紀錄。時間從進去到離開ＳＰＡ館、再到返回走廊朝大廳去為止。艾琳盯著螢幕，突然想到：瑪歌說的沒錯。在她走出SPA館以前，確實沒有其他人進來過。如果當時更衣室裡除了她還有別人，那人肯定是從其他出口離開的。

艾琳轉向賽西兒。「SPA館還有別的出入口嗎？穿過更衣室的？」

「有，更衣室後面還有個門，通往機房，發電機、水泵等等都在那裡。雖然那個門也可以進入更衣室，不過只供維修人員使用，」她頓了一下，「而且還要有專用通行證。」

「監視器拍得到那扇門嗎？」

賽西兒咬住嘴脣，臉又紅起來，紅潮一路從頸間向上蔓延至臉頰。「門外是有一支監視器，就在對面的屋頂上。可是……可是員工並不知道那裡有監視器。」她稍稍瑟縮。「我跟你說，其實這裡到處都是監視器。因為盧卡斯在蘇黎世的飯店有員工手腳不乾淨……」

「你能找出那支鏡頭的畫面嗎？」此刻艾琳根本不在意所謂隱藏攝影機的道德問題，她只想看錄影畫面。

「只有幾個人有權限，和這不是同一個系統。」賽西兒拿過艾琳手上的平板，返回主螢幕再開啟另一個畫面，鍵入密碼。她把平板還給艾琳。「這兒。」

艾琳已經從剛才那支鏡頭掌握到大略時段：三點半左右，就在她跟威爾說完話以後。

她找到目標時間，按下播放鍵。最初的幾分鐘毫無動靜，畫面彷彿定格在門上，靜止不動。期間只有飄飛的白雪從鏡頭前方掠過，就算有聲音，也全被風聲蓋住了。

艾琳屏息以待，指尖連續掄擊桌面。她希望自己的直覺沒錯。

身旁的賽西兒也凝神緊盯螢幕。

還是沒動靜。

艾琳重重吐出一口氣，滿心挫折。不論這人是誰，肯定利用了這扇門進出更衣室——除非這傢伙比她先進去。

「有沒有——」她才開口就僵住。

有人。

螢幕左下角出現人影。

高個子，身材勻稱，一身黑色防水風衣；兜帽拉起，遮住整張臉。寬鬆的深色長褲看不出腿部線條。

艾琳喘不過氣。她自始至終都是對的。

那人早就躲進更衣室裡了。有人在監視她。

她緊盯著那個人影。這人顯然並未意識到附近有攝影機，一次也不曾往鏡頭的方向看。此人走向門口，似乎意有所圖。

這人到底是誰？是誰在監視她？

除非對方轉身，否則她沒有一丁點認出此人的機會。這人衣著毫無特色，臉還被兜帽遮住，無疑是最完美的偽裝。她連這傢伙是男是女都看不出來。

艾琳瞪著螢幕，看著那人拿磁扣貼近門上的電子感應器，伸手推門。

轉過來！艾琳在心底吶喊，快轉過來！

這時，那人彷彿聽見她的心聲，先是側頭瞥了一瞥四周，再朝監視器的方向轉，顯然在確認有沒有人看見自己從這裡進去。

艾琳看得太拚命，眼淚都給逼出來了。畫面中的人實在太模糊，她狂眨眼；一次，兩次，還是看不清。

她按下暫停鍵。畫面剎時停住。

艾琳的手微微顫抖。她先用兩根手指按住螢幕，再往兩旁拉開，影像逐漸放大，畫質之清晰，她幾乎能細數那人臉上的毛細孔。

血液在耳中隆隆作響，震耳欲聾。

她知道這人是誰了。她非常清楚隔著螢幕與她對望的人是誰。

48

「這是蘿蕊。」艾琳說。她口好乾。「是她沒錯。」她清清喉嚨，轉向賽西兒。「昨天我在SPA更衣室的時候一直覺得有人在看我。我聽見隔間門打開又關上，可是沒人出來。我把隔間全部檢查一遍，卻沒看見半個人。但是現在就說得通了。她可以從這扇門進出更衣室。」

賽西兒的手懸在平板上，有些猶豫。「你認為她在偷偷監視你？」

「如果沒有這個監視畫面佐證，我也無法那麼肯定，但除此之外她還有什麼理由非去更衣室不可？」艾琳再將時間倒回幾分鐘，心頭狂顫，彷彿遭無數蟲蟻啃咬肚腹。

當我們談論恐怖時我們在談論什麼？

小異出版緣起 & 定義

小異始於 2008 年，在當時，市場流行溫馨療癒大衆路線，小異卻反其道而行，祭出血腥重口味，挑戰讀者的接受度，並獲得不凡迴響。作爲編號 SM001 的作品《禁入廢墟》，介紹文案是這麼寫的——「人類在面對死亡的威脅時，除了心生畏懼、驚慌失措、極力掙扎、陷入絕望之外，還有什麼是不可能發生？」

這便是小異出版的宗旨。恐懼會將人推到極限，恐懼能讓人卸下僞裝。
恐懼，能使人看見眞相。

2022 年復活重啓 & 全新樣貌

隨著讀者口味不斷改變，文字的載體日新月異，小異也力圖改變，以持續陪伴在讀者身邊。重新復活的小異仍要探索未知之恐懼，但也要擴大收集更多獨特的故事。除了懸疑、恐怖、驚悚，小異將收納奇幻、科幻、傳說等等類型；我們依舊熱愛小說，但也想蒐羅非小說作品，如紀實文學、社科議題、文化史料。我們挖掘了許多優秀的歐美、日本作家，現在則要拓展韓文與華文領域。小異的「異」不但代表特異獨行，也代表多元和異質。

如她所料，蘿蕊再度現身。

這畫面對她又是重重一擊。

乍見蘿蕊尚在人世，且毫髮無傷，她本能地鬆了口氣。可是劇烈的痛楚立刻摜破這份釋然，令她滿心失望。

她為何這麼做？

這時她又想到。「我想再確認一件事。昨天有人把我推進冷水池。」

賽西兒臉色驟變。「你認為是她？」

「我不知道。」艾琳的視線轉回螢幕。「那附近有監視器嗎？」

「官方說法是沒有，實際上在圍籬左側有一個。」賽西兒找出畫面給她。

拜鏡頭溼氣所賜，每張臉都模模糊糊，僅能看出用手臂環抱遮掩、一閃而過的半裸身影。

從這裡看不到兩座主池，只能看見冷水池和上方一小部分的棧臺步道。剛開始，畫面一連好幾分鐘都沒有動靜，後來出現一小群人，大概五或六個。他們走出畫面，返回室內池。

仍舊不見她自己的身影。

畫面再度歸於平靜，唯一的變化是蒸氣團團升起、飄過空中。

又過了兩分鐘。

終於，她出現了，從螢幕下方走上棧臺。艾琳看著自己向左轉，髮尾有如蒼白的箭頭，朝下指向頸背。

她打了一記冷顫。看著螢幕中半裸且毫無防備的自己。這感覺好怪。在她心裡，她始終認為自己像男人一樣強壯可靠，從畫面上看來卻恰恰相反。

她看著自己停在冷水池畔。由於鏡頭角度太低，沒拍到她的頭，所以她只能看見自己身體的部分側影。

畫面中除了她沒有別人。沒人走向水池。

艾琳挫折地咬住嘴脣。不可能是錯覺啊。她非常確定。

這時她注意到畫面突然有了動靜。

她身後出現一道人影。

艾琳不敢呼吸。她好想對自己大喊：別杵在那兒！轉身！快跑！

但是，除了眼睜睜看著畫面持續進行，她什麼也做不了。

她看見自己向前栽倒。當時，她覺得一切都發生在一瞬間，此刻卻覺得慢得不可思議。

時間彷彿一格一格慢速播放。

她恐懼地看著自己栽進水中、激起水花。

直到這時她才看見推她的人是誰，於是一陣反胃。

蘿蕊。

再看一遍。她對自己說。她得百分之百確定。

艾琳倒回錄影片段。這回她鎖定人影，放大來看。

此人和機房監視畫面那人的裝束一模一樣：同樣的兜帽，帽尖下垂。雖然臉孔不若機房畫面清晰，但她敢說這人就是蘿蕊。

艾琳瞥瞥賽西兒，按著桌面的雙手止不住發抖。「是蘿蕊。」她的嘴好乾好黏，聲音沙啞。「推我的人是蘿蕊。」

她心裡明白，她已無路可退。

在這種時刻，事實強大到足以掃除先前所有猜疑和推論。

艾琳不敢也不願意相信，但她知道這就是真相。

蘿蕊在暗中監視她。推她的人也是蘿蕊。

這領悟無情而冷酷，令她心緒煩亂，卻也帶出另一種可能：也許蘿蕊根本不是受害者，她極可能牽涉其中——而且是加害者的角色。

49

電梯來到她住的樓層，抖動一下旋即停住，門扉滑開。

艾琳踏出電梯、進入廊道，兩腿癱軟如果凍。她無法冷靜思考。她想過各種可能性，卻獨漏這一項：殺害愛黛兒的凶手並未綁走蘿蕊，而且她還推了她。是蘿蕊把她推進池子裡的。

她思緒紛亂，反覆質問自己，並且一再繞回無法閃避的問題點：*她為何推她？如果蘿蕊的動機並非出於惡意，又為何要讓伊薩克承受「誤以為她失蹤」的痛苦？*

儘管她竭力想漠視這種可能性，最明顯的結論仍是——蘿蕊極可能涉案。

她殺人的能力。

目前的情況、剛到手的情報、以及艾琳所知的一切，全指向這一點。

艾琳腦中閃過許多畫面：蘿蕊腋下夾著滑沙板在海邊邁步奔跑；蘿蕊噘著下唇，專注閱讀；蘿蕊縱身躍下凸入海中的峭壁。

不可能，這不可能。可是……

伊薩克是否忽略了某些跡象？此外，她的同事、朋友呢？

這並非毫無可能。她幽幽想起三年前偵辦過的案子：一名四十多歲女性坦承犯下兇案，殺死前男友的新伴侶。

那是一樁殘忍且暴力至極的情殺案。女子朝被害人頭、頸、胸部狠刺十七刀。被害人鄰居發現她倒臥血泊，就在花園中她兒子的遊戲小屋旁。

嫌犯在埃克賽特的銀行上班，負責房貸業務。在同事、友人眼中，她一直是安靜、不愛出風頭、溫和的人。

艾琳和辦案小組發現，嫌犯花了兩年時間策劃這起兇殺案。數位鑑識人員從她的筆電撈出大量網路搜尋紀錄，內容都和如何殺人與規避偵查有關。

不過最令艾琳背脊發涼的是她身邊沒有人察覺任何異狀。她與被害人關係良好，兇案發生數個月前，甚至還找她一起度假。

她從結伴小酌雞尾酒的友人變身為冷血殺人犯。

所以他們也錯判了蘿蕊嗎？

推開房門，艾琳的思緒彈回另一個方向。

也許她太早下定論了。雖然她把她推進冷水池，但這並不表示她就一定和愛黛兒之死有關吧？不過艾琳仍舊心煩。若非如此，她為何要這麼做？

艾琳往桌前一坐，拿出筆記本。若想釐清這些念頭，唯一的辦法就是全寫下來。於是她急急地列出至今發現的資訊摘要。

蘿蕊有心理／精神問題。網路文章。心理醫師名片。

蘿蕊和盧卡斯的關係。她手上有他的照片。

蘿蕊有另一支手機。她經常用這支手機撥打一個不明號碼。

失蹤前晚那通憤怒的電話。

蘿蕊和愛黛兒爭執、鬧翻。

寄匿名信給盧卡斯的人可能就是她。兩人之間還有什麼關聯？

艾琳細細琢磨這幾行字。這些資訊組成一幅鮮明畫面，令她想忽視也難。這些字眼描述出一個行為無法預測、心理狀態極不穩定的人物。

可是，難道這足以得出「蘿蕊有能力參與或犯下殺人案」的結論嗎？另一個更耐人尋味的問題再度跳出來折磨她：為什麼？

蘿蕊為什麼要傷害愛黛兒？

艾琳想到愛黛兒遭殺害的手法：沙包，面罩，玻璃盒，斷指。每項元素都非常極端，卻都不是殺人的必要手段，這意味這並非隨機殺人案。這些元素有各自的含意，說不定事關私人因素——而且關聯極深。

但那個關聯是什麼？她已經知道蘿蕊和愛黛兒吵了架。那麼，不論她倆為何吵架，導致兩人起爭執的理由，是否足以成為蘿蕊殺害愛黛兒的動機？

再者，這一切皆無法解釋丹尼爾．勒梅特的屍體何以在這時候出現。兩宗命案是否相關？如果有，關聯是什麼？

手機響起。艾琳從口袋撈出手機，瞄見來電的是諾亞。

檔案有眉目了。

50

「我是說過十萬火急，」艾琳訝異地發現她握著手機的手竟然在發抖，「但沒想到會這麼快，而且都這麼晚了。」她看看錶，八點十分。

「我一向工作到很晚，你又不是不知道。」

「我知道啊。」她輕聲回答。再次和諾亞搭上線感覺有些怪，但她知道這份不自在全是她的錯。休假期間，她不曾和局裡任何一個人私下見過面，頂多發發簡訊。她把他們全部隔開、擋在生活圈之外。

諾亞大笑出聲。好熟悉啊，他低沉微啞的笑聲。幾秒鐘後，「華納，」他說，「我想念你的好聽聲音。」

「我也是。」艾琳忽然湧上一股強烈的鄉愁。不對，她糾正自己，不是鄉愁，她是想念她的工作。不管她再怎麼對威爾強烈否認，她的確想念這一切：不只是工作上的連繫，還有辦公室的擁擠吵鬧、重案調查室，開會、訊問。每天每天，不再局限在自己的腦中，而是踏踏實實過生活。

「真的？」諾亞說，「但我怎麼聽說你的退休日子過得挺愜意？」他促狹地說，但艾琳留意到他講話有些抖，原本開玩笑的語氣也變得嚴肅。

「我也不好過啊，諾亞，」她的聲音微微顫抖。「很難決定要不要回來，我不想讓你們失望。」

「你知道我們全都挺你吧？關於那件案子，我們沒有一個人認為是你的錯。你只是憑直覺、依本能行事。我們都會做出同樣的選擇。」

艾琳沉默了好一會兒。

她意識到自己的腳尖還在敲著地板，拿手機的手也在發抖。她突然一陣哽咽，又得逼自己開口回應。「我知道。」

諾亞重拾原本的話題。「那些檔案我寄給你了，應該都打得開。幾乎都是電子郵件還有幾封信的備份檔。」

「所以加密程序不複雜？」

「不複雜，挺陽春的。十六位元金鑰。事實上我得說，找我這樣的高手來破解這種——」

艾琳大笑。「好啦諾亞。謝謝你幫忙救急。」

「早習慣了。你每次都這樣壓榨我。」

「那怎麼賠償你呢？」

「等你回來煮咖哩給我吃。」

「一言為定。」她一邊說掰掰，同時打開筆電。

諾亞寄來的第一個是 word 檔，內容是一些英法夾雜的剪貼訊息。另外還有一篇文章，跟她昨天在蘿蕊抽屜找到的那篇很像。

文章標題是法文：Dépression psychotique。

這兩個字不難：精神病型憂鬱症。她掃過底下內容：

「精神病型憂鬱症」是一種重度憂鬱症。除了一般憂鬱症狀，患者還會出現妄想和幻覺。

艾琳反覆讀了幾遍。蘿蕊有這種困擾嗎？她是不是意識到、或擔心自己哪裡不對勁，發現自己的心理狀態越來越糟，所以找資料研究？

下一個檔案也是 word 檔。第一頁只有一行字。雖然還是法文，但艾琳馬上就認出來了。

這是盧卡斯收到的那封匿名信。艾琳心頭一震，瞬間想撇過頭不看。

那幾封信是蘿蕊寄的。

本來這只是她的假設，現在得到證實：蘿蕊對盧卡斯．卡洪的確懷有某種意圖，而這份意圖令人擔憂。

她逼自己轉回螢幕，繼續打開下一個。

還是 word 檔。這個檔案有好幾頁長，集合多封電子郵件副本。全是蘿蕊和「克萊兒」這名女子的往來信件。檔案不見電郵地址，只有內文。艾琳逐頁細讀。

蘿蕊，

附檔是你要的那篇報導擬稿。消息來源絕不能追到我這兒來。

克萊兒

貪腐之巔？

前身為「普魯瑪奇療養院」的豪華飯店「山巔」於日前舉行破土典禮，即將展開大規模擴建與翻修工程。

療養院原所有人的曾孫，盧卡斯．卡洪，已投入數百萬瑞士法郎資金，進行這項醞釀九年的改造計畫。完工後，此地將成為結合新型會議中心和七千平方公尺「阿爾卑斯天然ＳＰＡ」的豪華度假飯店。

然而，這項改造計畫卻持續遭受阻礙和干擾。最初的計畫藍本引來不少環保團體激烈抗議，擔心過度開發將破壞國家公園。瑞士在這類地區的建築法規尤其嚴格，相關團體接連抗議，持續多年。

環保團體亦展開線上宣傳，取得超過兩萬份連署書，策畫多場工地抗議行動。

當地執業醫師皮耶．迪朗從一開始就反對這項計畫。「飯店和山景格格不入。建築立面……過於摩登，跟原本的建築物相比，變得太突兀了。」他說。

但「旅客安全問題」才是最大隱憂。高山嚮導史提芬．施密德曾於二〇一三年向市政府提出警告，表示飯店主幹道上方的區域極容易發生雪崩。

洛桑大學地質系教授在勘查該區後指出：進出該飯店的主幹道位於峽谷底部，直通貝拉魯山（Mont Bella Lui）天然降雪通道，然而當初興建療養院的團隊並未標註此一重要事實。

這項擔憂引發外界指控，懷疑政府收賄、質疑卡洪何以未釐清安全疑慮即取得土地變更許可，獲准擴建飯店；然因缺乏證據，該指控最後仍不了了之。

另一位本地居民嚴詞批評：「飯店改造計畫充斥貪腐惡臭，令人作嘔。」

艾琳瞪著螢幕。

這位「克萊兒」顯然是記者。但蘿蕊為何向她索取這份報導副本？從對方提及這只是擬稿、以及要求蘿蕊確保消息來源不會和她扯上關係這兩點研判，這是一篇未公開的報導。既然如此，這些文字何以透過檔案加密的方式保存下來？

她稍稍舒展筋骨，繼續閱讀下一封郵件。

蘿蕊，

隨信附上進一步的調查和相關資料。消息來源不願具名，但我們認為可信度足夠。

克萊兒

第一個附檔是工地現場抗議報導，篇幅較短；第二個是當地市議會的計畫書副本。艾琳法文不算好，不過這看來應該是針對工地規劃公告所提出的反對意見。

她絞盡腦汁想找出合理的解釋。

蘿蕊拿這些資料在計畫什麼？

她想起盧卡斯收到的匿名信。信上說的就是這件事？所以那些匿名信某種程度算是黑函？還有這篇指控行賄、官商勾結的報導也令她不安。這是她首度知悉有此內幕，故而心煩。在她上網搜尋盧卡斯的時候，照理說這類新聞應該會跳出來呀？

也許用英文搜尋不到，她心想，說不定得用法文才能查到相關報導。艾琳利用 Google 翻譯轉換關鍵字，譬如「山巔」、「官商勾結」等等。

搜尋無果，沒跳出半篇報導。所以她猜對了：一則是這些報導都沒放上網，所以沒留下紀錄，再不然就是這些報導始終不曾公開。不論這裡頭有什麼故事，都被搓掉了。

然而蘿蕊卻因此和這家飯店、和盧卡斯．卡洪又多了一層關係。

蘿蕊是否為了什麼事耿耿於懷？這件事跟愛黛兒的死有關嗎？

不管怎麼樣，就算事實再難以接受，蘿蕊已經有了嫌疑。她得聯絡伯恩特，告訴他她認為蘿蕊可能涉案。

51

「蘿蕊‧史特瑞？」伯恩特嚷道，「那位失蹤的女士？」

「對。」艾琳撥弄筆記本邊角，有點希望他聽錯，這樣她就不必成為把蘿蕊拖下水的人。

「好。我先轉擴音，專案小組的成員都在這裡，大夥兒都在加班。」她聽見切換的聲音，接著是一陣雜訊和嗡嗡低鳴。「你那邊聽得清楚嗎？」

「可以，很清楚。」深呼吸。她叮囑自己，靠向椅背。無論情況有多困難、多離譜，你一定得做不可。你必須找出真相。

「艾琳，麻煩你說明一下——」伯恩特刻意放慢速度，「關於史特瑞女士，你有沒有哪些特定問題需要我們協助查詢？」

聽見他以如此正式的方式稱呼蘿蕊，艾琳不禁臉頰發燙。

她清清嗓子，逼自己開口。「我主要想釐清的是，蘿蕊有沒有什麼紀錄可能和這件事有關？」

「這沒問題，不過我們先報告一下那位心理醫師的最新資訊。」她聽見紙張摩挲聲。「蘿蕊不是她的病人。沒有任何紀錄顯示蘿蕊曾經去過那間診所。」

艾琳思忖伯恩特提供的資料。若真是如此，蘿蕊抽屜裡為何會有她的名片？還有筆電裡的那篇文章？她反覆琢磨：她也可能決定去找其他心理醫師，或是一直挪不出時間打電話約診。

「了解。」她說。「所以現在我覺得我們應該查查她的紀錄——犯罪紀錄、就醫紀錄等等。」

背景傳來模糊的交談聲。

「艾琳，我是本案檢察官雨果．塔帕瑞。要想登入資料庫、查詢這類資料，我們必須提交相當程度的證據才行。」他冷淡而權威的語氣令她一陣心煩。「所以，能不能請你詳細說明你手上有哪些資訊，讓我們判斷是否符合規定？」

艾琳陳述她的發現，然而說得雜亂無章，同時敏銳地意識到，取得這些資訊時，她的行為似乎已經越權。但她實在別無選擇。

電話另一端陷入沉默。最後還是伯恩特先開了口。「我想再問清楚一點。那些加密檔顯示蘿蕊涉嫌寄黑函給盧卡斯．卡洪，而且還包含一些跟記者往來、與某件新聞爆料有關的電子郵件？」

「對。我——」

檢察官直接打斷她的話。「艾琳，能否請你確認是哪一位警官指示你搜查筆電？我認為這應該不是專案小組下的指令……」他的暗示十分清楚：他認為她越界了。

她渾身緊繃。這群人無疑是在疊床架屋，何必讓整件事難上加難？

「針對檢察官提出的問題，我想我們就繼續跟進吧。麻煩你把檔案寄過來，如果有什麼新發現，我們再跟你說。」伯恩特沒讓雨果說完，頗有緩頰意味。

「謝謝。」艾琳切斷電話，拿起水杯猛灌水。事發至今，她的每一步都走得極度艱辛，然而這和她接下來要做的事相比，全不值一提。

她得跟伊薩克說蘿蕊的事。把她的懷疑告訴他。

她揉揉眼睛，雙眼又痠又澀，眼皮沉重。艾琳倒向椅背，閉上眼。她聽見窗外狂風怒號，沉悶地擊打飯店建築。

——還有別的。人聲迴盪，清晰得彷彿那人也在房裡。

伊薩克。

他正在急迫咆哮。

「我們得把他拉上來！我們得把他拉上來！」

接著是一聲尖叫。野蠻、淒厲、低沉又粗嘎的哭嚎。

水聲。水花瘋狂潑濺。

她的視界縮到只剩一個小點：山姆。水波扯動他身上的T恤。衣服彷彿不再是他的一部分，而是其他不相干的事物；彷彿山姆已憑空消失，無權主張衣服為他所有。

52

艾琳猛地睜開眼。一記響亮的敲門聲令她的身子一顫、突然驚醒。

她就這麼睡著了？

她瞥瞥手機螢幕上的時間，確認了此事：她睡了至少半小時。

敲門聲再度響起。這回更大聲，也更堅定不移。

威爾？不對，威爾沒必要敲門，他有鑰匙。

「艾琳？」

艾琳走向房門。門一開，只見瑪歌站在外頭，一身深色牛仔褲和無腰身船領白上衣；然而她的站姿、彎駝的肩背——她對自己身體的意識再次令艾琳訝異。從來沒有人告訴她應該為自己的身高感到自豪嗎？艾琳湧上強烈的同情，想像她在學校承受怎樣的冷嘲熱諷——被取綽號、各種惡意。

「怎麼了？」

「我只是想問問你有沒有蘿蕊的消息？」瑪歌往後撥了撥頭髮。油膩的髮絲伏貼平順，再以幾枚星型髮夾牢牢固定。這種髮型使她的五官有種鷙鷹般的強硬感，明顯而凸出。

艾琳遲疑片刻，旋即意識自己犯下錯誤。

瑪歌連退數步，一臉震驚。「我的天！」她尖聲說道，「她死了對不對？」

「不是——」艾琳急忙要解釋，舌頭卻乾得黏在上顎。「她沒有……我們還沒找到她。目前什麼都還不知道。」

瑪歌眼泛淚光，一閃一閃。「我還以為……」她語不成聲，「她失蹤好久了。」

「進來吧。」艾琳柔聲說道，「站在這裡不好說話。」

瑪歌跟著她進房，臉龐蒼白消瘦。她瞄了手機一眼，然後在指間把玩著。

艾琳深呼吸，望向窗外：雪越下越大，玻璃上的積雪越來越多，眼看就要積滿整個窗框。

瑪歌回過身直直盯著她。「抱歉剛才失言了。」

「沒關係。我知道現在的情況很嚇人，很容易妄下結論。」

瑪歌繼續轉動手機。

兩人再度安靜，氣氛變得沉重。

瑪歌終於把手機擱上桌，卻又立刻摳起指甲。灰色指甲油碎屑飄落地面。

肯定有什麼。艾琳心想，打量她。不光是蘿蕊的事，還有別的。

「瑪歌，出什麼狀況了嗎？」

她想了一下，點點頭。「我心裡一直有件事。先前你找我聊時，我沒有完全坦白。」

「什麼事？」

「蘿蕊和伊薩克的關係。知道愛黛兒出事以後，我覺得應該要讓你知道。上次之所以沒提，是因為這件事還牽扯到別人。」她的視線從艾琳身上移開，再轉回來。

「說吧。」艾琳催促。

「盧卡斯．卡洪，他和蘿蕊，他們在一起過。」

「這我曉得，盧卡斯告訴我了。」

瑪歌訝異地看著她。「那他有沒有說後來怎麼了？」

「他說他們早結束了。那只是蘿蕊和伊薩克短暫分手期間發生的插曲。」艾琳盯著瑪歌，「你覺得不是這樣？」

「對，不是。幾個禮拜以前，我在ＳＰＡ前面的走廊看見他們。當時我在看監視畫面，因為蘿蕊要來找我吃午餐。」

「結果發生什麼事了？」艾琳追問。

「蘿蕊看起來應該是不想理他、打算直接走過，盧卡斯卻抓住她的手臂，把她攔下來。」瑪歌靠在桌上，扭曲著嘴脣。「她的臉……她的表情好像很害怕。她想掙脫，但他就是不放。」

「結果呢？」

「他們講了幾分鐘的話，盧卡斯就走了。」

艾琳竭力維持面無表情，但思緒有如萬馬奔騰。

盧卡斯完全沒提起這件事。

「蘿蕊後來有進ＳＰＡ找你嗎？」

「有，怪就怪在這裡。她完全沒提起剛才的事，就是這樣我才覺得他們可能舊情復燃。她之所以不告訴我，可能是因為這次她身邊已經有伊薩克，而且還訂婚了……」

「當時她看起來怎麼樣？看起來在擔憂什麼嗎？」艾琳探問，「或是焦慮？」

「不算有，沒什麼明顯異狀。」瑪歌咬了一下嘴脣，「真希望我當時有說點什麼，好歹問一下。」

「她原本就會和你聊她的感情生活嗎？」

「以前是這樣沒錯，但那時她單身，才跟伊薩克分手不久。說實在話，起初我還以為蘿蕊只是意思意思玩一下，後來這段關係結束，我反而不太敢確定了。因為她真的很傷心。」瑪歌聳聳肩，這個動作卻和她強烈的眼神形成反差。「當然，這也很合理。假如你被別人當垃圾一樣隨便拋棄，肯定會生氣。沒人喜歡被這樣對待，不是嗎？這樣受人利用。」

「她是這麼說的嗎？受人利用？」艾琳意識到自己呼吸不順。這些事、這一切指涉的種種可能性……她不太喜歡。

「對。她多少算是被盧卡斯甩了吧，我覺得她好像以為這不只是露水姻緣。你懂吧？」

艾琳點點頭，思索著這些訊息代表何種意義。這使得盧卡斯在她心中的形象變得更加明確、篤定：他是個騙子。他不承認知道山上那具屍體是丹尼爾；他和愛黛兒的合照暗示他倆的關係比他表面說的還要親近。現在再加上這一項。

他曾經明確表示那段短暫戀情結束後，他和蘿蕊幾乎沒有聯絡。

他為何說謊？

但艾琳早有答案：他說謊的唯一理由就是有事隱瞞。

53

艾琳在交誼廳找到伊薩克和威爾。他倆坐在窗邊的小桌位。

兩人並未交談。威爾正低頭看手機，伊薩克凝視墨黑的窗景。

艾琳拉開他們中間的椅子，直接坐下。

她的心臟狂跳。她接下來要做的事很可怕。她一直不擅長傳達壞消息，不知道怎麼降低衝擊性。她的用字遣詞總是不夠委婉，常常說錯話。

威爾抬頭，表情木然。「你消失好久了，艾琳。現在很晚，都九點半多了。」

「沒有那麼久吧？」

「我有發簡訊給你、也去房間找過你，但沒找到。後來我回到這裡，碰到伊薩克。」他語氣帶有責備和批評，不太尋常。「我想他也許需要有人作伴吧。」

「那我大概是跟你錯過了。」她刻意不理會他的暗示。「我和賽西兒去看監視畫面，然後回房和諾亞通電話。他把解開的加密檔寄給我了。」

「這麼快？」伊薩克這才抬頭看她。

「對。」她有些緊張結巴地把她的發現告訴他倆。一說完，她便敏銳察覺伊薩克的目光定在她身上，眼睛眨也不眨。

三人沉默又嚴肅，整個氣氛教人喘不過氣。

艾琳不敢看他，只好轉頭去看其他桌位；有一桌在用餐，另一桌是飯店職員，正在玩牌。

終於，伊薩克開口說話。他靠著桌緣，前臂壓在木桌面上。「你真心認為蘿蕊涉案？你瘋了嗎？」

這樣尖銳激烈的語氣令她畏縮。「至少……她沒有被關在什麼地方，不像你擔心的那樣被誰關起來。我們從監視畫面得知她一直在飯店裡。如果她在這裡，為什麼不跟你聯絡？讓你知道她平安無事？」

伊薩克一僵。「我不曉得，不過總會有其他理由吧？不是嗎？」

好幾分鐘過去，她聽著他急促的呼吸聲。

艾琳猶豫了。她掙扎苦思，不曉得該不該往下說。「蘿蕊常和你聊她憂鬱症的事嗎？」

「或多或少吧。」伊薩克表情封閉，滿滿的防衛。

「蘿蕊筆電的加密檔……裡頭有幾篇文章跟精神病型憂鬱症有關。」她小心斟酌用詞。「就是憂鬱太嚴重，以至於出現類似精神病發作的症狀。」

伊薩克脹紅了臉，表情越來越憤怒。他怒不可遏。

「這事你知道嗎？」

「不知道。」他語氣生硬。「她從沒告訴過我。」

艾琳伸手按住他的手臂，但他馬上抽開。「伊薩克，也許她是不想讓你知道。也許她不知道你會怎麼解讀這些……」

「我會怎麼解讀？艾琳，我們訂婚了呀！」他握緊拳頭。「可是這都沒道理。她犯不著扯謊，而且還在這個關頭。」

「這種病本來就沒有道理——這才是重點。一旦症狀發作，病人會逐漸脫離現實，累積錯誤認知和錯誤信念。這都有可能導致偏執、幻覺，出現妄想行為。」

伊薩克瞇起眼睛，兩眼窄如細縫。「你說這些——」他鎮定地表示，「只是想讓我對號入座，是不是？你已經認定她跟命案脫不了關係。」

艾琳察覺自己臉頰發燙。「我們還不知道，還不能確定。我只是想——」

「你才不是！我們現在應該在外頭找她才對，你卻一直往錯的方向找，做出錯誤推論。蘿蕊和這件事沒有關係，艾琳。我就是知道。」伊薩克低頭看手，十指交叉。「看看愛黛兒那個樣子。你認為蘿蕊有可能、或有辦法做出那種事嗎？」他用力咬住下脣。「老天，艾琳。她曾經是你朋友啊！」

威爾擔心地瞄她一眼，隔著桌板用膝蓋頂她：他希望她別再說了，她感覺得出來，但她不能。伊薩克必須面對現實。如果蘿蕊涉案，他必須有所警覺。

「伊薩克，現在下定論言之過早，但我認為你應該做好心理準備。蘿蕊說謊，而且是一再的說謊。」

伊薩克搖頭。「你就是不想放過她對不對？艾琳？我們都會說謊。只要是人就會。我們只是想掩蓋一些討厭、醜陋、讓我們看起來很差勁的事。」他轉頭看她。「看看你——你又誠實到哪裡去？你的人生是怎麼回事？你為什麼休長假？」他緊咬不放。「看看你現在在做什麼？你甚至沒跟盧卡斯和賽西兒坦白，說你目前根本沒有工作，不是嗎？」

艾琳深呼吸、打算反駁，卻一個字也說不出來。她沒辦法解釋自己為何不告訴他們。她的理由太複雜、太難拆解釐清，就算在自己腦中也一樣。

這團糾結纏亂的理由包括心理反射、拒絕面對——她甚至不願對自己承認她已不是警探，未來也可能不會再重返崗位。還有就是最令她困窘難堪的「自尊」。她仍希望自己在別人眼中有份量。

伊薩克盯著她，一臉得意。「即便如此，這也不代表你做了什麼壞事，不是嗎？」

艾琳以手掌支著桌緣，感覺心裡有什麼東西啪地一聲斷裂，彷彿有條看不見的絲線被拉得太長，超過了極限。「好啊，那我去跟他們坦白。這就是你要的嗎？要我把每一件事都攤在陽光下？」

「不是。」伊薩克粗聲反駁。「如果你不想說就別說。我只是希望你理解，沒有人是完美的。每個人都有缺點，就連你也是。至於蘿蕊，她或許真的搞砸，做出什麼該死的蠢事，但不表示她會動手殺人。」

「我知道，可是——」

「可是什麼？」伊薩克頂開椅子站起來，臉脹得通紅。「你到底有沒有仔細聽聽自己在說什麼？艾琳？你和媽一樣每次都睜眼說瞎話。你們以為這個世界非黑即白，每件事都有他媽的完美解答。蘿蕊只不過是做了某件事，可是不代表她一定做了另一件事。這個世界沒有道理，不是每件事都能解釋說明。」

「我沒有那樣說。」她講話的聲音渾濁不清，並意識到自己正在冒汗，腋下肌膚發熱刺痛。

「我知道你沒那樣說，但我們都感覺到了。」他轉向威爾。「不要告訴我你沒有——你應該也有過不被她認同的感覺吧？」

她拚命眨眼，被他刻薄的言詞震懾退卻。

「總得有人把話說出口，艾琳。你覺得我為什麼一直不跟你聯絡？因為跟你相處實在太累了。你要求每件事都得清楚正確，不能有一絲偏差，這讓我非常難受，也是我離開的原因之一。我離開媽也是因為這樣。」

「伊薩克，拜託——」

「這是真話。雖然我們原本是在討論怎麼找到蘿蕊，可是現在情況不一樣了，」他眼神熾熱。「從你踏進飯店的那一刻我就知道，你不只是來玩的。你想證明某些事。」

艾琳寒毛倒豎。「你這話什麼意思？」

「你一直都是這樣。每次都背負著什麼……任務。」

「任務？」

「拯救別人、逞英雄，而且一再重複。你現在做的、還有你的工作，全是同一個模式，每次都一樣。」

威爾站起來、伸手按住伊薩克的手臂，下巴緊繃。「嘿，老兄，你不覺得該適可而止了嗎？大家都累了。」

伊薩克甩開他的手。「不行，她必須知道這些事情。」

艾琳感到脖子開始發燙，熾熱的憤怒在體內糾纏拉扯。

他怎麼回事？為什麼他就是不明白？

她之所以變成這樣，唯一的理由就是山姆。

他對山姆做過的事。

「伊薩克，」她開口，聲線顫抖。「隨你怎麼說，但答案……答案很重要，真相也一樣。你怎麼能就不問事實真相、得過且過？就好比山姆。我一直沒辦法走出來，不斷、不斷地回想起那一天，因為我們沒有答案。我們不知道那天到底發生了什麼事。」

伊薩克愣住，一抹詭異的紅暈爬上臉頰。他張口欲言，復又闔上。

死寂蔓延，沉重不已，算是給了她她所需要的答案。

她藏在衣兜裡的手微微顫抖。「你不想談嗎？」

他盯著地板，拒絕和她對上眼神。

「別這樣，伊薩克。我想知道你想說什麼。這些年來你始終避而不談，但我想知道答案。」

「艾琳，別說了。」威爾伸手按住她的手。

伊薩克猛地望向她，眼裡滿滿的情緒。

罪惡感，艾琳心想，她直勾勾地望著他。他深受其折磨。

伊薩克轉身。「我要去睡了。我不想在這裡說，不想現在說。」他仍不願看她。

「好啊，」她朝他的背影開口，「現在逃避的又是誰？」

威爾和艾琳看著他離開，又坐下。兩人都沒說話。他就那樣離開……彷彿一巴掌打在臉上，彷彿他又一次欺騙了她。

威爾盯著她瞧，表情微妙。「我們要不要先回房間休息一下？我覺得你應該是累了。」

「累了？我不——」

「好吧，那大概是我累了。你剛才說的那些實在是太……」他搖搖頭。

艾琳看了一下四周：那幾位職員還在玩牌，屋外依舊大雪紛飛。事情太多，全擠在一起。她覺得腦子快爆炸了。

「太怎麼樣？」她還是開口了。「你想說什麼？」

威爾掄指敲桌。「你提起這整件事的方式、還有你告訴伊薩克的方式，我不確定這是不是——」

「這是不是最好的方式？我沒別的辦法了。他必須知道這一切，威爾。他得知道蘿蕊做了什麼。」

話一出口，艾琳就知道威爾說對了。她的做法太差勁，措辭太嚴厲，而且也沒必要如此逼迫伊薩克。更何況，她手上甚至沒有蘿蕊涉案的確切證據。

她心裡突然閃過一個令人不愉快的恐怖念頭：難不成她是故意的？用那種方式告訴他？她是否因為山姆，下意識想懲罰伊薩克？

「不光是這樣。」威爾不放棄。「你也選在這種時候挑釁他，問他山姆的事。」

「我不懂你的意思。」

「你才剛告訴他蘿蕊的事，再提山姆就有點過份了。」威爾下巴一抽一抽。「你知道嗎，我實在忍不住回想起伊薩克說的那句話。」

「哪句話？」艾琳逼自己笑出聲。「他說得可多了。」她一把抓過瓶裝水，裝模作樣地為自己倒一杯。

「逞英雄，執著於找答案。」他定睛看她。「你覺得現在是不是這樣？想利用這件案子證明某些事？」

「我是要向誰證明？」

「你自己。」他突然臉脹紅。「你想向自己證明，因為你救不了山姆，只好嘗試去救別人，藉此驅逐心魔。」

艾琳瞪著他，血液咻咻衝上耳際。「你認為我滿腦子只有這件事嗎？你以為我不在乎愛黛兒、不在乎蘿蕊嗎？」她拿起水杯大灌一口，卻喝得太多，她好一會兒才嚥下去。

「我只知道你逼自己全心投入這件案子，根本沒給其他人留餘地，無暇顧及別人的感受。」他暫停片刻，臉頰更紅。「就像我之前說的，你這麼投入飯店的事，實在很沒道理。你好歹也得想想別人，想想你的決定可能造成什麼影響。」

艾琳沒答話。她並非不想回答，而是不知道該如何回答。

也許威爾是對的，但她不知道該怎麼停下來。

她只知道，自山姆過世，她好像一直在尋找什麼，彷彿她只能不斷、不斷地奔跑、奮力跑向終點線，然而那條線卻怎麼搆也搆不著。

54 第四天

艾琳被刺耳的簡訊鈴聲吵醒。她瞇起眼睛，望向漆黑的室內，再瞥向床頭櫃上手機發出的微弱螢光。

大大的粗體數字顯示現在時刻：早上六點〇二分。她伸手搆手機，撈了一陣卻只抓到空氣。艾琳又試了一次。太陽穴開始有節奏地抽痛。

理由很明顯：缺乏睡眠。昨晚她總覺心裡不踏實，過了三點才睡著，翻來覆去地想著她找到的那些跟蘿蕊有關的線索。此外還有她和伊薩克、威爾的爭執。

艾琳揉揉眼睛，抬眼瞪著螢幕。有則簡訊，不認識的號碼。她點開，螢幕跳出完整訊息：

我想解釋。早上九點到閣樓碰面。閣樓有獨立電梯，不會有人看見你。請不要告訴任何人、也別帶人來。我很抱歉。蘿蕊。

她一時喘不過氣。這鐵定是用另外那支手機發送的訊息。艾琳側身緊貼床緣，將手提包拖過來擱在薄被上。她取出包包裡的手機帳單，仔細比對訊息顯示的號碼。

沒錯。這是蘿蕊的另一支手機。

伊薩克試撥的時候手機不是關機了嗎？蘿蕊肯定又打開了。

艾琳盯著螢幕，先是一字一字分開看，再把字與字組合成句子，重看一遍。

其中兩句最為顯眼：

我想解釋。我很抱歉。

她思忖琢磨。解釋，這代表她確實有事需要說明。那句抱歉想必也有同樣的意思。

冰冷的事實堵上胸口：蘿蕊真的跟命案有關。

塵埃落定。

艾琳躺回枕頭，試著將零碎事實及推論拼湊起來。但她仍激動焦躁，腦子沒法正常運作。

她奮力逼自己下床，走向窗邊。

她左思右想，心中百轉千迴，一次又一次做出相同的結論。眼下只有兩種選擇：

其一是知會賽西兒和盧卡斯，不要隻身赴會；另一是她自己偷偷溜上樓，一對一單獨見蘿蕊。

兩個選項都不完美。

若選擇前者，她怕嚇到蘿蕊、說不定還會逼她做出什麼不智之舉。如果蘿蕊真心相信她，她卻帶別人一起去，蘿蕊也許會覺得她背叛她，證明艾琳不信任她。假如蘿蕊的妄想和感知失調症狀已發作，情況可能會變得相當危險。

另外還有一種可能。雖然她認為很難想像，但這簡訊也有可能是陷阱。至少可能性不是零，她無法完全忽視這種可能性。畢竟蘿蕊在冷水池推了她一把，試圖嚇她。

話說回來，如果她想傷害她，當時她在ＳＰＡ就可以動手了，不是嗎？

艾琳在腦中反覆切換場景，思緒奔騰。窗外疾風猛撲，奮力將飛雪扯向四面八方，白雪紛亂落在陽臺上，恣意堆積、有起有落，被風吹得凌亂不堪。

她知道她應該叫醒威爾，徵詢他的意見。不過經過昨晚那場對話，她知道他會給她什麼答案：

放手吧。別自找麻煩。

她來回瞟著窗外成堆的白雪。

回憶湧現。她想起蘿蕊寄來的那些信。

山姆死後，蘿蕊每個禮拜都給她寫信。每封信都像朝她伸出的援手——起初是慰問，後來只寫一些關於學校、男孩們、還有她母親蔻萊莉的逗趣糗事。她努力想把艾琳拖出悲傷、重建關係。但艾琳選擇無視，因為她嫉妒，她無法面對蘿蕊不像她這樣天天過得一團糟的事實。

她奮力眨眼，眼眶發熱。她得去見她，給她自證自清的機會。

這一次，她要好好聽她說。

55

上午八點四十五分。艾琳再次確認刻在玻璃板上的房名。**莫特平原套房**。應該就是這裡了。根據官網上的資料，這是飯店唯一的閣樓套房。

然而，當艾琳隔著玻璃門往裡瞧，她並未看見任何套房設施，只見一條小迴廊，通往左側盡頭的電梯。蘿蕊說的沒錯：這間套房不僅有自己的電梯，聯絡通道也是獨立的。

她才握住門把，口袋裡的手機隨即震動。幸好她開了靜音模式。艾琳撈出手機，瞄瞄螢幕。

是蘿蕊嗎？

不，是另一個號碼。伯恩特。

我們查到蘿蕊．史特瑞在沃邦有紀錄，正在申請RIPOL調閱許可，會盡快把詳細資料寄給你。

*紀錄？什麼意思？*艾琳考慮直接回電給他。她瞥瞥螢幕時間：八點四十八分。沒時間了，先擱著吧。

她把手機放回口袋，側身閃進玻璃門。

然而艾琳已經開始緊張，她越走越急。儘管只穿了薄汗衫，她仍感到肩胛之間冒出一層汗，她微微刺痛。

這條廊道是飯店內少數沒有玻璃牆的通道，走來讓人格外緊張。兩側是乳白色大理石壁，淡粉紅色的紋路恣意在石面上蔓延。

儘管大理石壁能保護隱私，卻讓整體空間變得局促壓迫，有窒息感。

來到走廊中段，她注意到牆上掛著好些小型畫作。

這幾幅鑲著黑色方框的作品全是速寫，墨黑線條糾結纏繞，她費了好些工夫才認出這一團團模糊形體的真實樣貌。看出來後，艾琳下意識後退一步。

人，她心想。不自覺摀住嘴巴。

人體部位：臉，腿，膝蓋。

這些視覺效果十分暴力，看起來頗像是肢解，被分割的肢體和軀幹。

她轉身快步通過。走廊好安靜，令人神經緊繃。她清楚意識到自己發出的每一個聲響。每一次呼吸。每一個步伐。

如果不巧碰見別人，她要如何解釋自己為何出現在這兒？怎麼說才合理？這條走廊鐵定有監視器，萬一有人看到她上樓怎麼辦？萬一被賽西兒或盧卡斯發現怎麼辦？

走廊盡頭牆面安裝了一面大鏡子，艾琳注視著自己步步逼近。她的頭髮亂糟糟，牛仔褲鬆垮垮地包住兩條腿。山姆的項鍊順著汗衫領口下垂，穩穩靠在鎖骨中央。頂燈照亮她上脣的傷疤，帶出一條從嘴脣延伸到鼻尖的淡灰線條。

她繼續往前走了幾步，即將來到電梯口。這座電梯想必直通閣樓套房。

這時候，從眼角餘光，她見到鏡中似乎有什麼動靜閃過。一抹灰影。

艾琳呆立不動，確信自己有看到。可是她再回頭看時暗影卻消失了。她心知這極可能只是她的動作反射頂燈所致，還是壓不住持續湧上胸口的冰冷恐懼。

她是不是瘋了？竟敢獨自前來、隻身犯險？

走完最後幾步路，她終於來到電梯口。艾琳深呼吸，暗斥自己：可別在這時候退縮。謎底即將揭曉。

片刻之後，艾琳踏出電梯，來到閣樓套房入口。她定神看著眼前頗為寬敞的空間：起居室，壁爐和大片玻璃窗。

她看看錶，八點五十分。她早到十分鐘。

蘿蕊到了嗎？

艾琳左右張望，沒看見半個人，心裡仍無法排除蘿蕊早已悄悄潛伏某處的可能性。她說不定是想確認艾琳並未帶人同行。

她再往套房內深入幾步，停下。雖然她不確定前方會有什麼等待著她，但絕對不是這一種——大片玻璃環繞整個空間，將降雪之猛、之急呈現得一清二楚。大地是一片原始而無垠的白，將所有地標全部掩蓋。

艾琳把手提包靠沙發椅腳擱下，繞著室內走了一圈，將東南西北看個清楚。套房的起居和用餐空間為開放式設計，巧妙以區塊分隔。右手邊遠處是小廚房，廚房對面則是另一小塊休憩區。一條走道朝右方直通到底，艾琳猜想，那兒應該是臥房的位置。

她所在的主要起居空間有座壁爐，還有一套三件式巨型組合沙發，圍著一張咖啡桌擺放。餐室的位置較起居室低了幾階。一面巨大的橡木桌占據中央位置，呼應右方牆上的巨幅藝術作品。又是猶如肢解過程的詭異畫作，顏色從鮮藍過渡至墨黑，將肢體分成四等份。

套房走極簡風，質樸簡約，甚至有些粗糙感，眼見之處沒有半點閣樓套房該有的氣派排場：沒有亮晶晶的裝飾品，沒有時髦俗氣的布織品，沒有金漆，沒有插滿鮮花的大花瓶。每一處線條皆乾淨俐落，用色沉穩、深具品味。

然而奢華就藏在光鮮亮麗的細節裡：大理石牆面，體面皮椅，一看就知道所費不貲的各式家具，還有地上那一大張白色羊毛地毯。

艾琳突然打住，猛地回神。*別分心。*

蘿蕊可能已經到了，或許就躲在某個房間裡。艾琳壓低音量，輕聲喊道：「蘿蕊？」

她靜立不動，未聽見任何回應。四周一片死寂，她的聲音僅僅在腦中迴盪。

艾琳走向右邊走道，五感高度警戒，敏銳地偵測任何動作或聲響。她進入第一間房，那裡看起來像圖書遊戲室；對面則是酒吧。每間房外都有陽臺。

她迅速掃視每個房間：都沒人。房裡的一切看起來像沒人碰過，一塵不染。

儘管如此，艾琳仍繼續走向最後幾間臥房。她的上衣全是汗，溼透的布料在背上反覆摩擦，感覺很不舒服。

她還是可能躲在某個地方。

艾琳謹慎地走向第一間臥室，*主臥*，她心想。大床凸出壁面，露臺上還有私人游泳池和熱水浴缸。

檢查完另外三間房、確認同樣空空如也後，艾琳返回起居間。她感到四肢肌肉糾結扭絞，正有節奏地抽動。她好想趕快結束這一切。

還是沒人。

她低頭看錶：八點五十七分。還有三分鐘。

就在此時，她聽見聲音——某種摩擦聲，好像有什麼東西被拖動、刮過地面。

她倏地轉身，一時之間只聽得見自己的呼吸。她望向窗玻璃，看見自己的倒影，還有——

人影？

就像上次在ＳＰＡ更衣室，艾琳感到有人在偷看她，對方的視線在她身上移動。絕對錯不了。

驚慌猛地撲來，她飛快掃視整個空間。

什麼也沒有。她只聽見自己的心跳聲，聲聲摜耳。

她又瞥了一眼手錶。兩分鐘。時間拖沓緩慢得教人痛苦。

又有聲音。

這聲音聽起來很耳熟——電梯啟動的金屬呼呼聲，接著又立刻被門扉滑動的拖曳聲蓋過去。艾琳感覺自己呼吸越來越快。她曲起手肘、貼近肋骨，這是本能的防禦姿勢。

冷靜。深呼吸。別慌。

電梯門已完全打開。沒人走出來。

空的。

她只聽見電梯復位時發出的悶響，機械式的低鳴。

艾琳抖了一下，視線向下。地上好像有東西。

她腿一軟，跪了下去。

56

蘿蕊。蘿蕊死了。

這兩句話在她腦中輪流播放，這個領悟也一再重擊她的意識。但她不願承認，她無法接受。

電梯持續發出恐怖的噪音。她反覆進出，門扉闔上又開啟，和她腦中轟隆隆的脈搏節奏幾乎完全一致。

一種機械式的恐怖效果，與她眼前的駭人景象兩相映照。

彷彿電梯本身亦遭重創，那兩扇門扉像剪刀一樣將她剪碎再吐出。

蘿蕊倒在左側角落，頭扭向右，拐成一個不自然的角度，深色髮絲披散在臉上。

她戴了面罩。

黑色橡膠管，和愛黛兒的一模一樣。儘管面罩完全遮住她的臉和五官，艾琳還是能認出她的頭髮、纖細的骨架。她腳上還穿著前天那雙平底鞋。鮮血浸透灰T恤，頸部周圍的顏色更濃更深。

艾琳視線往下移動。

蘿蕊的頸部——面罩正下方——有一道頗深的切口。看起來應是從後方下手。凶手將她的頭往後拽，再持刀由左至右劃開頸子。

她像動物一樣任人宰割。

艾琳上前檢視。左側傷口較深，然後向右拖拉。刀痕始於耳下，往斜下方直直劃過頸中線。

凶手是右撇子。

她的頸動脈和靜脈可能都被切斷，失血量極大。傷口雖然致命，卻還有時間讓蘿蕊意識到發生什麼事。她活生生感覺自己的血和生命正汩汩流失。

艾琳奮力嚥下事實。膽汁湧上喉頭。

怎麼有人做得出這種事？

儘管傷口十分明顯，艾琳仍顫抖地伸出手、將指頭按在蘿蕊頸部另一側，尋找脈搏。

沒有動靜，肌膚已然冰涼。蘿蕊應該已死去好一會兒——但沒有太久。她的身體還算柔軟，還未出現屍僵。

她赫然領悟，頓時一陣暈眩：不論是誰殺了她，應該還沒走遠。

呼吸，她告訴自己，呼吸。

艾琳逼自己轉身，盯著電梯旁的木椅，專注研究細節，諸如椅背的簍空曲線，椅身的環形木紋。她用眼睛描摹著木椅結構，用力吸氣，她的腎上腺素奔竄，艾琳持續換氣，等待眩暈消褪。待呼吸終於恢復正常，艾琳再次回過身，全身上下每一顆細胞都不願相信眼前這一幕是真的，她希望只是這想像出來的扭曲投射。可是並非如此。蘿蕊的屍體、毫無人性的殘暴手法，這些全是真的。

艾琳心知，這一次，她不能再被恐懼打倒。她必須仔細調查，取得最關鍵的第一印象。

但電梯門仍持續開開闔闔，因她前後移動、觸發感應器而不能停歇。她得找個重物卡住門，保持開啟狀態。

艾琳狂亂地掃視電梯外，視線落在那張木椅上。她拿起椅子，掂掂重量；夠堅固，應該抵得住。便將椅子橫在門口、抵住左側的門。電梯門終於不動了。

艾琳退進電梯，屈膝蹲在蘿蕊身邊。

她微微側過腦袋，打量蘿蕊的雙手。

部分手指被切掉了：右手食指。左邊她看不到，除非移動她的身體。

從切口研判，凶手使用的工具十分銳利。可能是鉗子，也可能是園藝剪或裁縫剪刀。蘿蕊的傷口周圍都是血（這點跟愛黛兒不同），有血跡掠過手背。

她的視線再次移向浸透鮮血的上衣。血量不少，但也不夠多……

艾琳左右瞧瞧電梯內部。牆上有一道搬運屍體擦出的血痕，除此之外乾乾淨淨。地上沒有血，牆壁或天花板也都沒有飛濺的血跡。

所以她不是在這裡被殺的。

蘿蕊的屍體被人從第一現場移到這裡，就在她搭電梯上來後沒幾分鐘。艾琳是這麼想的。凶手按下這一層的樓層鍵，然後迅速離開電梯內。

艾琳站起來、退後一步，腦袋發暈。這並非反感或噁心使然，而是她竟如此輕信表象，有愧她的專業。

她的所有推論、想法，全是錯的。要嘛蘿蕊想警告她，要嘛這根本是凶手設下的陷阱。

艾琳撈出口袋裡的手機，發簡訊給威爾。

我在閣樓套房找到蘿蕊。她ㄙㄌ

手指在螢幕鍵盤上抖了幾下，打出錯誤符號。

她深呼吸，振作精神，刪掉錯字再輸入——**她死了**。

艾琳按下送出鍵。退出電梯。

這時，她感覺後腳跟碰到某種東西，響起感覺空心且輕微的撞擊聲。她嚇得往旁邊挪，腳下一個踉蹌。她連忙扶牆穩住自己。站妥之後，艾琳低頭看了看究竟。

玻璃盒。

她心頭一驚。可是讓她震驚失措的並非盒裡的東西，而是她意識到：幾分鐘前，這盒子並不在這裡。

剛才電梯門打開、她用椅子頂住時地上並沒有東西。

這只代表一件事：在她檢查蘿蕊屍體的時候，凶手就在套房裡，就在她身後幾步距離。

凶手設法進了閣樓套房，再趁機將玻璃盒放在這裡。

這時她聽見聲音——某種奇特又陌生的聲響。不是呼吸，更像哨音。接著是沉重、吃力的吸氣聲。

艾琳倏地轉身，瞥見身旁站了個人。

她認不出對方是誰——因為這人沒有臉。她只見到面罩。

57

艾琳眨眼。恐懼貫穿肚腹。

她暈眩不已，認為這全是她想像出來的，一定是發現蘿蕊屍體造成驚嚇，誘發幻覺。但面罩傳出的聲音彷彿狠狠甩了她一巴掌。

這呼吸聲放大且變了樣，感覺好荒謬。

她動不了，思緒奔騰盤旋。接下來會發生什麼事？她想起愛黛兒和蘿蕊身上的恐怖傷痕。

這人會怎麼對付她？

各種駭人念頭癱瘓她的行動力。

她試著移動四肢、擺出防禦姿勢，但實際做起來卻像在泥濘中行動，做任何動作都很困難，充滿阻力。

直到腎上腺素開始發揮效果，她的身體才做出確實的反應：先是狠狠抽動一下，接著她抬起右腿、踢出去。

她可以的。她是很累，但她夠強壯。她身手矯健，而且年輕。

但是來不及。

攻擊她的人比她更壯、速度更快，而且還比她多了一項優勢：*先機*。對方知道自己下一步要做什麼。

凶手抓住她、一個扭轉讓艾琳背對了攻擊者；她的右手腕被猛地往後拽，連著帶動整隻右臂、就這麼扭靠在她的背上。她的嘴被對方摀住，脖子順勢被向後壓。

艾琳側瞥一眼，那人的臉離她不到幾公分，讓她清楚看見面罩上的細節。橡膠管的微裂痕，細細的白色條紋。

這一刻，恐懼生了根，這種感受非常原始，至今她只有過一次經驗：海勒。那天，她和他在水中搏鬥，那段記憶激起她的憤怒，剎那間給了她力量。

她用腳跟抵住地面，身體一扭向前、左腳往後踹，正中對方大腿。

這一踹似乎奏效。對方一時放鬆箝制，艾琳感覺到空檔。

這時，遠方傳來一記聲響，是鐵門碰的關上的聲音。

是誰？

威爾？

幾乎在同一瞬間，攻擊她的人鬆開手。對方猛撞向她後迅速退開。

艾琳向前仆倒，額頭重重撞到地面，衝擊力道穿透全身，令她發出慘叫。太痛了，痛到令她視線模糊、眼冒金星。

不到數秒，她便感覺有人來碰她的臉，再以手指扣緊，將她的臉頰用力摁向地面。由於距離很近，艾琳聞到對方身上的汗味、香皂及某種氣味的混合。很熟悉，可是她想不起來。

有東西擦過她的臉頰。粗糙，塑膠感很重。

面罩。

她驚恐地想將它扯掉，卻只抓到空氣。

又一記悶聲重擊。她聽見有人喊她的名字。

是威爾。

寂靜無聲。這回對方遲疑的時間拉長，摁住她臉的手稍微鬆開。

艾琳等待著，火大地瞪著幾步外的玻璃盒，看盒中手環在聚光燈下閃閃發亮。她繃緊身體，準備接受這命運，卻只感覺到一個動作、一陣風。

對方不再壓著她了。

她扭過頭，試圖想看一眼那個戴面罩的人是否還在，但她身邊空無一人。

重重的腳步聲，奔跑的節奏。沉悶、帶著韻律的重踏。

那人跑了。

艾琳撐起身體，坐起來，剛才摔那一跤令她渾身激烈抽痛。她的心跳既重又急，有如擂鼓貫穿耳中。

淚水刺痛雙眼。是恥辱的眼淚。她的無知輕判又害了她一次。

她怎會錯得這麼離譜？她為什麼會認為蘿蕊跟命案有關？

這並非一時衝動犯下的罪案，也不是一時偷歡變調衍生的報復情殺。

這件事絕對超出蘿蕊的個人恩怨，肯定更嚴重。而今她又回到起點了。

58

「你確定沒有哪裡痛嗎？」威爾傾身握住她的手。他的額上全是汗，眼中滿滿的情感。

「我沒事。那人來不及——」她說到一半打住，重新組句。「那人一定是聽見你來了。」可是這個回答仍無法令她自己安心。她不時瞟向套房，儘管威爾就在身邊，房中寬闊的空間彷彿仍危機四伏。

到處都能躲藏。

窗外狂暴的飛雪無疑加深這份恐懼。犀利的雪箭頻頻瞄準玻璃，不時被模糊的白霧漩渦覆蓋，失了準頭。

艾琳察覺威爾臉上一閃而逝的驚恐，遂緊緊抓住他的手，感受著包裹她的溫暖。她禁不住想：她極有可能失去這一切。失去她自己，還有威爾……如果凶手得逞。

「真的，我沒事。」然而她一靠上沙發，立刻感到急速搏動的心跳，於是暫時閉上眼睛。

她又看見了。面罩，還有連接口鼻的橡膠管。

不行。她不能放任自己陷進去，不能被它控制，現在不可以。蘿蕊死了。她得查出是誰幹的。

「把這個喝了吧。」威爾遞給她一瓶水，用食指推推鼻梁上的眼鏡。

艾琳小啜一口，雙手微顫，瓶口抵著她的嘴唇一歪、敲到牙齒。她轉移視線，下意識去看著電梯。

瞥見蘿蕊的屍體像是另一記尖銳猛烈的頓悟：蘿蕊死了。這是真的。

這一回，她看見的不是癱軟破敗的屍體，而是以前那個蘿蕊。小時候的蘿蕊。關於蘿蕊的回憶持續湧現。她前臂上那條小皺痕，蔻萊莉編在她頭髮上的彩珠，還有她邁步走過沙灘的細瘦長腿。

淚水刺痛雙眼。

「艾琳，沒關係的，你知道你可以……」威爾沒再往下說。

兩人好一會兒沒開口。

「我只是嚇到，沒事的。」她終於出聲，逼自己迎上他的目光，可是淚水並未消退，仍緩緩滴落。她硬生生吞下這個事實，吞下哽在喉間、沉重又黏滯的情感。

威爾仍望著她，用力咬住下唇。「艾琳，雖然我很不想在這時候跟你說這種事，但你一個人偷偷跑上來實在太危險、太莽撞了。」

熱氣衝上喉頭，她摩娑著瓶口。「我想給她解釋的機會。我覺得……」她有些畏縮，「我覺得我想拿出誠意。但我的確輕忽了。」

一陣尷尬的沉默。艾琳拿起水瓶又喝了一小口。

「你有沒有想過這有多危險？如果有個什麼萬一，我們怎麼辦？」他抖著腿，「特別是我們昨晚才聊過這些事。」

「我知道。可是我一直在想，如果她想傷害我，早就有機會動手了，可是她沒有。」

威爾臉色緊繃，雙手緊扣大腿。

她傾身靠過去輕輕吻他。「對不起。」她對著他低聲說道。「我不該找藉口，不該拿自己的命開玩笑」

他先是抗拒，然後才回吻她。過了一會兒，威爾退開，輕撫她的臉頰，露出有些勉強的淺笑。「這好像是你第一次承認自己錯了。」他聲音沙啞。「說真的，如果那時候你沒發訊息給我，真不知道我會……」

但她沒聽清楚他接下來說了什麼，這半句話突然讓她想起一件事。

簡訊。

照理說她應該沒機會發簡訊。凶手原想逮她個措手不及，不給她時間跟其他人聯絡、向外界示警。

所以這就表示，如果照時間來看，凶手的計畫肯定哪裡出了錯。難道凶手在上樓時被什麼人或什麼事絆住了嗎？

「威爾，」她突然開口，「你怎麼上來的？」

「電梯沒反應，所以我問飯店職員有沒有其他通道可以上閣樓。他們帶我到樓梯口，出口在套房的酒吧包間裡。」

「那麼凶手肯定是從那裡進來的。」她把瓶裝水放在一旁桌上，喃喃說道。「凶手走樓梯上來，把蘿蕊拖進電梯。」

說不定就是因為這樣才拖到時間。

凶手因為某個理由，在樓梯或樓梯附近耽擱了。

因為這樣，凶手必須臨時改變計畫。因為計畫改變，導致凶手犯了一個錯誤：讓她有時間發簡訊。

艾琳順著這個思維往下推理：如果凶手已經犯下一個錯誤，那就可能再犯更多錯誤。她朝電梯的方向瞄一眼。她得再檢查一遍。

她要檢查蘿蕊的屍體。

威爾循著她的視線、落在蘿蕊身上，微微一縮。「不行。」他的聲音顫抖。「不論你現在在想什麼，都不可以。警方再過一天就到了，把這些事留給他們吧。」他看著她。「但你得告訴伊薩克，艾琳。你得先做這件事。」他不自覺又瞄了蘿蕊一眼，「他必須知道出了什麼事。」

艾琳不自在地移動身體。威爾說的有理，但眼前情況相當棘手，她不能再冒險，不能置之不理：這事不僅和誰殺了蘿蕊有關，也和她自己有關。

「凶手找上她」說明了一項重要事實：**警告她別礙事**。對方之所以這麼做，肯定是因為還有別的計畫。

59

艾琳俯身對著蘿蕊的遺體拍照。

每一個快門聲、螢幕上閃現的每一幅定格畫面，都讓她發現更多線索：一道血痕，一枚印漬，她先前沒注意到蘿蕊臉上的微表情。

艾琳深呼吸，甩開回憶。幸好她們中間還隔著手機螢幕。艾琳感激有它拉開這段小小的距離。她注視頸部的刀痕，從不同角度拍下多張照片，確認已保留這道傷口的所有細節。可是傷口的深度和精確度仍令她膽戰心驚。

殘忍無情，毫無猶豫。就像拿刀切肉，毅然決然。宛如行刑。

她的視線掃過蘿蕊身上可見的部位——手、手腕、前臂，這些地方都跟愛黛兒一樣，沒有一絲掙扎跡象。沒有割傷、擦傷或瘀傷。

沒有任何明顯痕跡。

凶手想必是以鎮靜劑制伏了她。如果對方用強，至少會留下些許瘀青。

艾琳放下手機，勾來手提包。她拿出筆記本、迅速記下一些想法。然而，就在她稍稍低下頭時，她的太陽穴突然一陣刺痛。

眼底好像有什麼奇怪的影跡閃過。不是光，而是某種景象，或說記憶片段。這些影像彼此融合，清晰明亮。

過往回憶。又來了。

艾琳眨眨眼，試圖阻止畫面繼續湧上。但是沒用。

回憶持續閃現，一幕接著一幕：

伊薩克的臉。那天。他微張著嘴，滿臉驚恐，表情定格不動，卻清晰地令人毛骨悚然。好像機器人一樣，怪異而陌生。

陽光照拂頸背，燙得幾乎要剝去一層皮。

漁網漂浮在水面上。

艾琳取來威爾給她的瓶裝水大大灌了一大口。幾秒鐘後，這些畫面的細微特徵、基質紋理瞬間消融，徒留空白。某種清晰的觸覺流過指尖。

「和她一樣，」威爾從後方走來，「和愛黛兒一樣。」

威爾近距離瞧了個仔細。艾琳發現他不自覺扭曲雙脣。威爾瞪著屍體，眼神木然，然後轉開視線。

「不完全一樣。」她佯裝沒看見他的反應。「下手方式不同。愛黛兒可以斷定應該是溺死的，但蘿蕊……」她忍不住嗆咳，「凶手劃開她的喉嚨。你從這個角度可能看不到，不過她的手指……也不一樣。愛黛兒的傷口被縫起來，她的沒有。」

但這些不同又代表什麼意義？

雖然她還無法確知實情，不過這可能代表凶手是在倉促之間殺害蘿蕊，手段也更瘋狂。但艾琳又想到，兩宗命案其餘的元素完全**相同**：面罩、指頭被切掉、玻璃盒，手環……全都一樣。這都不是殺人的必要手段，所以她敢肯定應該是某種符碼：凶手想藉此傳遞一些訊息。

那人到底想說什麼？

她決定將這些元素逐一拆解分析。首先是面罩。面罩有兩項疑點：倘若只有凶手戴面罩，一般人很容易假設這是凶手掩飾身分的方式。然而，若是連被害者臉上也有面罩，那麼肯定有其他含意。除非能掌握更多資訊，否則她實在說不準面罩究竟是何意義。斷指也是：可能的解釋很多，但目前她完全摸不著頭緒。

她唯一比較確定的就是玻璃盒了。就像飯店大廳那兩個裝著痰盂和頭盔的盒子，主要功能是展示。

為什麼？

凶手的首要動機是關鍵所在，但鑑於她先前關於蘿蕊的推論已不成立，此刻她再度回到起點。她得把一些看似獨立的元素擺在一起重新審視。

艾琳將注意力轉回蘿蕊，再次拿起手機拍照。這時手機響起，抵在掌心嗡嗡震動。她瞄了螢幕一眼。

伯恩特。

他的語氣相當緊急。「艾琳，不曉得你有沒有收到我的訊息，不過我們已經取得蘿蕊‧史塔瑞的最新資料，檢察官也同意我把資料提供給你。」

「說吧。」艾琳嗓音有些濃濁，意識到自己犯下了什麼錯，淚水再度刺痛雙眼。

最新資料。他講蘿蕊的口吻彷彿她還活著似的，但她沒有糾正他。

「我認為蘿蕊不是危險人物，她本人應該也沒有危險。我們在她的檔案裡找到告發紀錄，不過那是她和別人……呃，或說室友？她和室友起爭執之後被告的。」

「室友。」她小聲應道。

「蘿蕊推了她室友一把，對方撞上玻璃門，玻璃破掉，導致她室友被割傷，身上也有瘀青。」伯恩特頓了一下。「蘿蕊運氣不錯。雖然對方送醫治療，不過最後還是撤訴。」

「我——」

她還來不及說什麼，伯恩特又繼續。「至於其他幾個問題，我也設法找到了些答案，不過可能不是你想要的。首先是電話紀錄。她的第一支手機，結果如你所料，沒什麼特別，聯絡對象都是家人、朋友，還有你弟弟。至於第二支手機，紀錄顯示她固定只打給一個號碼，但這個號碼用的是預付卡，我們查不到使用者。」

「好，」艾琳說，「但如果可以的話，我想看看那些紀錄。」

伯恩特遲了數秒才咕噥答應。

現在她非告訴他蘿蕊的事不可了，她得清清楚楚說出來。告訴他吧。告訴他。

「謝謝你搜集到這些資料。不過，有件事得跟你說……」她清清嗓子，在腦中排列組合接下來的句子。「蘿蕊……蘿蕊她死了。我剛發現她的屍體。」

伯恩特猛抽一口氣。「我——怎麼會？我不明白——」

「蘿蕊是被人殺死的。」艾琳回頭望向蘿蕊癱軟的軀體，像機器人一樣吐出這句話。她用手背揩去淚水。「凶手應該是同一人，手法類似。而且對方……對方試圖攻擊我。」

「艾琳——」伯恩特的聲音又低又急，「先告訴我——其他事都先不管——請你告訴我，你是否平安無事？」

「我沒事。剛好有人進來，所以凶手計畫被打亂、人也跑了。」

「你確定？」警探呼吸急促。

「確定。」艾琳望向威爾，手滑進他掌中。「有人陪著我。」

「你有沒有受傷？」

「沒有。」

伯恩特重重吁了口氣。「很好。」他好一會兒沒說話。「艾琳，你能詳細說明來龍去脈嗎？在你發現屍體以前和遭到攻擊時，到底出了什麼事？」

艾琳詳細交代事情經過，他則靜靜聆聽。

「關於那個攻擊你的人……你記得些什麼嗎？」

「都沒有。」她短暫閉上眼睛回想。「因為對方戴著面罩。我只知道攻擊我的人力氣很大，大到能輕鬆把我撂倒……」她聲音不太穩。「抱歉，一切發生得太快了。」

「沒事的。如果你之後又想到什麼，請務必告訴我。」她聽見窸窣紙聲以及背景中的朦朧交談聲。「艾琳，目前最重要的是保障你、員工和滯留旅客的人身安全。等等拍完照片，請你立刻回到安全的地方待著。」

「我會的。請問你們有最新安排了嗎？何時能派人上來？」她的語調有些驚慌。「顯然我一個人能做的有限。現在，鑑於凶手已預謀殺害兩人，我擔心這件事還沒結束。如果變成連續殺人案——」

「我明白。」伯恩特打斷她的話，微微流露某種她不曾聽過的奇怪語氣。「聽著，艾琳，因為天候還是很糟，我這邊依然無法確定何時能支援。讓我跟調查小組討論一下，我會盡快回覆你。」

「好。」艾琳緊抓著手機，甩不掉聲音裡的沮喪情緒。

他們不可能找不到方法上來吧？一定還有其他辦法可想吧？

雙方道別，她又一次聽出伯恩特微妙的語氣。這次不僅更明顯，艾琳也聽明白了。恐懼。刻意壓抑的恐懼。

這實在教人心煩意亂。他是不是知道什麼卻沒告訴她？也許他們真的找不到方法上山支援，故剛剛的安撫說詞也只是為了讓她安心、冷靜一點。

她把手機切回相機模式，將雜念逐出腦海。

專心。不為別的，只為蘿蕊。

這一回，她把注意力放在浸透蘿蕊衣裳的血漬。她從上衣開始，慢慢往下朝牛仔褲移動。牛仔褲的血漬比較稀薄，主要是從上衣流淌過來，而且大多集中在口袋四周。

這時，她停下動作，發現蘿蕊的口袋微微鼓起，使得布料繃在大腿上。

打火機？

艾琳從手提包掏出手套戴好。她移向蘿蕊右側，謹慎地將指頭鑽進口袋、勾出那玩意兒。

「威爾？」

他轉過身。

「你看，我找到這個。」她拿給他看。

「打火機？」

「應該是。」艾琳拿著它在指間翻轉，想起那晚看見蘿蕊在她房外抽菸講電話，當時她壓根兒沒想到幾天後竟然會變成這樣。

威爾看著打火機，瞇眼思索。「就打火機來說好像大了點？」他蹙眉。「老式打火機是很大沒錯，但造型完全不同。你手上這個似乎不怎麼常見。」他想了想，「要不要點個火看看？」

艾琳撥動輪鈕，卻倏地倒抽一口氣、瞪著打火機頂端——冒出來的不是火焰，而是一小段金屬。

「隨身碟。」威爾目瞪口呆。

艾琳手抖個不停，她不敢相信凶手會故意留下這東西——說不定凶手不知道蘿蕊身上有這玩意兒。抑或是凶手知道這東西在蘿蕊身上，卻來不及拿走。她認為後者的可能性更高。

說不定，這就是導致凶手延遲抵達閣樓的主因。說不定凶手在把蘿蕊的屍體放進電梯之後，才想起隨身碟在她身上，想掉頭來取，電梯卻走了。

不管怎樣，這是個錯誤。*凶手犯錯了。*

60

「你認為……剛發生不久？」賽西兒語聲破碎，而且她也和剛剛的威爾一樣，兩眼忍不住瞟向電梯、蘿蕊的屍體，還有斜遮住她整張臉的黑色塑膠面罩。儘管每個人都下意識想避開那個方向，但電梯敞開的大口仍頻頻吸引眾人目光。

「對。我大致檢查了一下屍體，我想，她極有可能是今天早上遇害的。雖然我不是專家，不過我認為這是個合理推測。」

賽西兒眼神愴然，兩眼噙淚。「對不起，」她從口袋掏出衛生紙、擦擦眼淚，「愛黛兒出事以後，儘管我知道結果可能是這樣，還是很難接受。」

艾琳覆住她的手。「我明白。」

「你真的一點概念都沒有，完全不知道是誰幹的？」

「對，尤其在發生這件事之後。」艾琳在沙發上不自在地動了動，卻引發背脊一陣刺痛——剛才凶手撞她、害她倒地撞擊部位正隱隱作痛。艾琳手上還有一條線索：隨身碟。但是在她找到機會讀取檔案之前，她不想跟賽西兒或盧卡斯提起這件事。

截至目前為止，她還沒訊問每一個人的不在場證明，所以他們都還是嫌疑犯。就連這對兄妹也不例外。

她的目光轉向盧卡斯。他離她只有幾公尺遠，此刻站在廚房區，正聚精會神地講電話。他把頭髮整個往後梳，再在後腦杓紮成一個鬆鬆的結。艾琳頭一次清楚看見他整張臉和他臉上的表情。

——而她不喜歡他的表情。十分封閉，讀不出情緒。

盧卡斯彷彿感應到她的視線，抬眼看她，並未點頭致意。他按著耳麥，繼續說話。

賽西兒交疊手臂、抱住自己。「鐵定是這裡的某個人幹的，對不對？」她聲音緊繃。「你得找大家再問一次。飯店員工——還有客人。問清楚他們今天早上的行蹤。」

「當然，」艾琳淡然回答，「不過也請兩位交代一下你們早上人在哪裡。」

她的提問就這麼懸著好一會兒，賽西兒才怏怏答道：「可以啊，」她語氣僵硬，「沒什麼特別，我大多時候都一個人待在房裡，後來跟飯店的一名職員去——」

「這我稍後再請教細節。現在我想先問一下監視器的事：你有電梯那條走道上的監視畫面嗎？」

「沒有。」賽西兒回答。「照理說應該要有，但是監視器剛好故障。」

「攝影鏡頭呢？」

「整套系統掛掉，就前一天的事。我們正在請人從遠端協助修復，但軟體好像有問題，看起來整個掛了，外部技師說可能要花幾天才能修好。」她神色一凜。「之前我以為只是意外，但現在……」

艾琳思忖她的答案，胸口好沉。

肯定是凶手幹的好事。

凶手把閣樓的監視系統給毀了，因為這是唯一能指認身分的證據。沒了監視畫面，艾琳就跟瞎了一樣。

艾琳才要開口，就看見盧卡斯邁開大步朝她倆走來。他握著手機，神情嚴峻。「警方那邊……他們有事要跟你說。」

艾琳從他手裡接過手機，貼近耳際。「喂？」

是伯恩特。他的聲音有點模糊。「艾琳，最新消息。今天我們還是沒辦法派人上山，抱歉。調查小組的人去問了直升機駕駛，駕駛說，他們拿到METAR的更新預報——」

「METAR？」

「航空例行天氣報告。雷達資料顯示，接下來幾個小時的能見度都不到五十公尺，持續風速達到六十節，陣風超過八十。」

窗外狂風彷彿收到暗示，呼呼怒號起來。大風好似想拉動整棟建築物，連根拔起。「所以你們不來了？」

「來不了。」伯恩特有點尷尬。「艾琳，我們沒得選擇，出勤會違反規定。天候太差了，差到他們得把直升機拖回停機棚，以免遭不明飛行物擊中、造成損傷。而且從山腳這邊看上去，情況確實不妙。」

「不能走陸路嗎？」

「雪崩附近的區域還是過不去，我們已經派人徒步上山，不過大概要好幾天才走得到。」

「真的沒有其他辦法了？」艾琳不死心。緊繃的情緒使她咄咄逼人。

伯恩特沉默數秒。「安全的辦法……沒有。」他頗為困窘。「雖然調查小組成員都受過專業訓練，但他們並非合格的高山嚮導。目前最理想的狀況就是明天我們上山支援，除非氣象預報有變。」

「所以我們只能靠自己了。」她語聲顫抖，再度遭受自我懷疑鞭笞：你辦不到。你沒這能耐。

「恐怕是了。」伯恩特猶豫了一下才又開口，音量很低。「艾琳，請聽我說。現在因為又有一個人被殺，所以我們建議的辦案程序就變得非常重要。請務必讓所有人都待在一起，不能有例外。」

「好。」艾琳語氣不穩。她好想哭，想讓眼淚放肆奔流。事情不該變這樣。她希望每件事都在控制之中。

「氣象預報一更新我就馬上聯絡你。」伯恩特輕咳一聲，道了再見。艾琳的視線再次飄向電梯，望著蘿蕊。

現實猶如門扉一般狠狠甩在她臉上。

沒有人會來支援你。現在沒有，再過幾個鐘頭也不會有人來。

蘿蕊死了，而他們全被困在這裡——裡頭的人出不去，外頭的人進不來。沒有人知道接下來會發生什麼事。

以前她經常想像這種場景：偏遠地區發生兇殺案，當地人該有多驚慌失措、多無能為力，而事件本身又會在短時間內造成多大傷害。

艾琳突然想起二〇一一年發生在挪威的恐怖攻擊：激進右派人士安德烈・布雷維克潛入烏托亞島，開槍射殺參加夏令營的青少年。由於該島位置偏遠，導致警方趕到時島上已有六十九人遭屠殺喪生。

艾琳禁不住想：如果飯店裡的凶手有機可乘，不曉得還會做出什麼事來？

但她的思路突然被盧卡斯的聲音打斷。「嘿！你們看！」

艾琳一抬眼就看見盧卡斯蹲在電梯旁，彎腰檢視玻璃盒。

「怎麼了？」她走向他，焦急且敏銳地意識到他也許不經意碰到了證物，毀了證據。「麻煩你，」她邊走近邊說，「不要直接碰盒子。」

「裡頭的手環……上面有字，滿模糊的，但我想應該是數字。」盧卡斯歪著腦袋研究，「刻上去的。跟愛黛兒屍體旁邊的手環一樣。」

艾琳單膝跪在他身旁。

「這裡。」盧卡斯指向左邊的手環，「你看。」

他說的沒錯。

五個數字，淺淺地刻在金屬環上，顏色很淡，很容易不經意忽略。

艾琳瞇眼細瞧，瞬間頓悟，她不禁心頭一震。

這表示這些數字是有意義的，是不是？

「你認為這些數字很重要嗎？」

「一定是這樣。」她將目光轉回玻璃盒，看看旁邊那只手環。

她得把這些數字拍下、抄起來，再跟愛黛兒屍體旁邊那三只手環的數字比對。

艾琳調整手機位置。當她正準備按下快門，眼角餘光突然捕捉到一個動作：盧卡斯越過她的腦袋、望向賽西兒。

他倆交換眼神，爾後盧卡斯立刻移開視線。他看起來困惑不安。

61

「確定該拿的都拿了？」威爾推開通往樓梯間的鐵門。

「應該吧。」艾琳短暫遲疑，最後一次望向電梯，望著蘿蕊。「我想已經沒有我能做的了。」離去前，艾琳拍下最後幾張涵蓋完整場景和玻璃盒及手環的照片，也確認電梯門已關閉。不過她意識到自己仍流連徘徊，拖延得久了一點。

這完全是出於本能。她不想把蘿蕊一個人留在這裡，孤伶伶的。

威爾帶上鐵門。內疚感再一次擊中她的心。她無論怎樣都甩不掉自己「辜負蘿蕊」的感覺。本來她說不定能阻止這件悲劇，卻錯失攸關生死的某個關鍵徵兆。

「我等等會再拿一些膠布，把這地方圍起來。賽西兒會堵住閣樓走廊的通道……」艾琳停下來，注意到威爾臉上的表情。他看著她，但目光十分遙遠，一副若有所思的模樣。「哪兒不對勁？」

「你怎麼看他們兩個？盧卡斯和賽西兒？」他壓低音量。「這兩人之間的氣氛怪怪的。」

「怎麼說？」

「說不上來，也許是我誤解了，不過他們彼此說話的方式……有點壓抑。」他走下第一級階梯，一手牢牢握住金屬欄杆。「兄妹在同一個職場工作，這種感覺肯定很奇怪——」

他沒來得及把話說完。

艾琳也聽見了。樓梯間的水泥牆宛如回音室，形成一種狹管效應，將聲音一逕往閣樓的方向傳，因此他們無法分辨聲音究竟打哪兒來。可能來自下方兩層樓，也可能再低兩層。

艾琳探過欄杆、瞇眼窺看。樓梯間很黑，暗影中的水泥階梯更是昏暗。她看見兩個人站在樓梯最底層，儘管只見頭頂，但艾琳一眼就認出來。

她僵住身子，顫慄直竄背脊。*盧卡斯和賽西兒。他倆二十分鐘前就離開了，所以這麼長一段時間，他們一直都在這裡？*

艾琳僵硬地靠向威爾，舉起一根手指、抵在脣上。

艾琳從欄杆退開，背抵著牆。沒了兩人的腳步聲，盧卡斯和賽西兒的交談便變得更清晰、響亮。他們講法語。句子短、語速快。她完全聽不懂。

艾琳轉向威爾，壓低聲音：「你法文比我好，他們在說什麼？」

「有幾句是某種俚語，」他低語，「不過賽西兒告訴他這件事很嚴重，他應該說出來，還有蘿蕊的事……並非巧合。」

「盧卡斯怎麼說？」

「他不太高興……他說『他們什麼都不確定』。」

她漏了什麼細節？這兩個人之間到底有什麼祕密？

艾琳不敢呼吸。

「*Vous devez lui dire.*」（你必須告訴她。）

「*Non, non. Je n'ai rien à faire, Cécile. Ne pas oublier, je ne suis pas l'un des équipe ici. Je suis le chef, votre patron.*」（不要，我不說。我什麼都沒做，賽西兒。別忘了，我不是這裡的員工，我是老闆。你的老闆。）

盧卡斯的語氣令她不解。原本懶洋洋的語氣消失無蹤，此時此刻，他說的每一句話都散發挑釁與霸道意味。艾琳望向威爾。

「賽西兒說他應該說出來，但他有點被惹毛，提醒她他才是老闆。」

艾琳往前跨一步，再次窺看樓梯間。他們換了位置，從最底層的階梯往上踩一級，盧卡斯把手放在賽西兒的手臂上。

盧卡斯迸出更多氣話，兩人如此來回兩三句。

接著一切歸於平靜，噠噠的腳步聲響起，兩人離開樓梯間。

威爾看著她，一臉不解。「賽西兒剛才說，如果他不講，那她就要說了。」

「說什麼？」

「她沒明講。」威爾重重嘆息。「你怎麼看？」

「我也不知道。」她回想放在賽西兒臂上的那隻手，想起盧卡斯憤怒灼熱的眼神。她需要時間思考，把腦袋裡的東西好好整理一下。

不過在這之前，她得先去做自己一直在拖延的事：找到伊薩克，告訴他蘿蕊出事了。

「我想一個人去找伊薩克，可以嗎？」艾琳說出她的想法。

「好。」威爾點頭贊同。「那我去忙別的事。」

兩人繼續下樓。來到最後一級階梯，某種模糊、難以明確描述的氣氛刺激了她的感官，但她還來不及弄清楚，那感覺已然消失。

62

「可你不是說……你不是以為……」伊薩克想問，卻找不到表達的詞彙。他臉頰脹紅，瞇起眼睛，眼瞼上的疹子皮開肉綻、滲出組織液。

「我知道，是我想錯了。」艾琳挪開床上一疊衣服，坐在他身旁，深刻意識到自己有多不會講話。她讓提包滑下肩膀，順手擱在地上。

伊薩克坐近些，她甚至能看清他額頭上的薄汗。

「監視畫面呢？」他說，「蘿蕊推你的那個？」

「我不知道。」艾琳撥開前額的一縷髮絲，感到自己的皮膚同樣溼溼黏黏。*怎麼這麼熱？*「也許她只是想警告我，也許她知道出了什麼事、也知道有危險……」

他搖搖頭，面孔離她好近。「可是你認為蘿蕊和命案有關，你懷疑她。」他把手裡的衛生紙折成歪歪扭扭的四方形，眼裡滿是指責。「艾琳，她一直很期待能重新認識你，你也曉得的，不是嗎？她始終不明白你為什麼就這樣斷了聯繫。她試著寫信給你，打電話給——」

艾琳不自在地後退，熟悉的罪惡感再度沉沉壓上胸膛。她又讓別人失望了。「伊薩克，我也很震驚。我們都一樣。」

一滴汗珠滑下背脊，艾琳起身走向壁爐，橘紅火焰抵著玻璃跳躍。

屋裡都這麼暖了，他為何還要開暖爐？

「你不能找藉口，艾琳，」伊薩克不接受。「她是你朋友。你拋下她，就像媽拋下了蔻萊莉。」兩人突然陷入一陣沉重、尷尬的沉默。艾琳明白他的怒氣從何而來：他不只對她生氣，也對眼前的狀況感到無能為力。但她就是克制不住、硬是要回嘴。

「這跟誰拋下誰無關。人生……我們的人生都停在那一天了。受牽連的不只是蔻萊莉，媽基本上和所有人都斷了聯繫。」

「才不是。」伊薩克無意識地將衛生紙撕成細條。「當時媽只能想到她自己，想著她的悲傷，她有多痛多悲，想著這一切有多重要。她不願意替別人著想。」他對上她的視線，毫不退卻。

艾琳察覺他話中有話——他其實也在指責她，不過搬出母親來講比較安全。畢竟她不在這裡，不能為自己辯護。

他說對了嗎？

她反覆咀嚼伊薩克這番話，視線跟隨窗外飄忽的飛雪。也許吧，失去山姆的悲傷吞噬了一切，她也放任不理、耽溺其中。十二歲的她或許情有可原，但現在的她已找不到藉口。

伊薩克轉開身子，曲背拱肩；「蘿蕊受的這些苦——」他心碎不已，「都是我的錯，我應該更認真保護她的。」他頹著肩膀，對抗的力氣也一點一滴溜走。

艾琳看著弟弟，見他已無力繼續對她生氣、和她爭論。不知怎麼，她突然有些哽咽。她向前挪一步，對他伸出手，動作卻十分笨拙，好像太不常這麼做。於是她的手懸在半空中好一會兒，悻悻落下。

她知道言語無法止住悲傷，搞不好會越說越糟，而這一切不過才剛開始。悲傷就像炮彈般連番炸開，一個接著一個，每小時都來，震驚、錯愕，一次又一次。

「伊薩克，你什麼也做不了。不論是誰犯下這些案子……這人非常聰明。總是超前一步。」

她覺得他似乎沒聽見她說什麼，只是凝神望著窗外狂落的白雪。伊薩克無聲揩去淚水，眼白布滿血絲。

艾琳猶豫且為難，不確定接下來該怎麼辦。伊薩克需要時間，好消化這一切，所以她不需要刻意說什麼或分析這一切。「我得走了，」她站起來，「得去看看隨身碟裡有什麼，我晚一點再過來看你，好嗎？」

沒有回應。

艾琳走向房門口，眼角餘光瞄到壁爐裡的細微動靜——爐子裡好像有東西，隨著火焰舔舐玻璃。她停步細看。不是木柴。那東西質地較薄、微微捲起。是紙嗎？

「那是什麼？」她指著壁爐，輕聲問道。

「什麼？」他抬頭。

「壁爐裡在燒些什麼？看起來好像是紙？」這一次，艾琳確定自己瞧見一些端倪。在紙上的是影像，而非文字……也許是人？

難道是照片？

「只是一些收據。」他匆忙回答。「我從袋子裡撈出來的垃圾。」可是他不看她的眼睛。

伸手握住門把之際，火舌上竄，橘紫色的閃焰暫時獲得自由，就算方才的畫面真的存在，亦轉眼消失。紙張蜷曲扭轉，收束成拳頭般的灰燼。

艾琳明白那張紙可能什麼也不是，但疑心已然生根。

這份疑心和她鎖在腦中的畫面緊緊相連：伊薩克伸出手，而指尖沾滿鮮血。

63

艾琳回到房間，發現威爾並不在房裡。

他不是說有工作要做？她撈出手機，這才看見訊息。

我去覓食。

艾琳微笑。威爾工作的時候總得持續補充能量。如果他帶工作去她家過夜，她每次都得替他準備宵夜。炒蛋、燕麥粥、起司或餅乾之類的東西。

她回覆：**好**。**我回到房間了**。**待會見**。

艾琳取來手提包，戴上手套，再拿出袋子裡的隨身碟。她把隨身碟插進筆電卡槽，螢幕立刻跳出小視窗：開啟 (F:) 槽。

她點開檔案夾，隨身碟內容瞬間塞滿整個螢幕：少說有二十甚至三十個文件檔，檔名格式都一樣，僅最後一碼不同。

她打開第一個檔案。掃描檔，文件角落微黃，文件上的字並非電腦輸入，而是用打字機打的。視線移向頁面最上方的德文：GOTTERDORF KLINIK（哥特朵夫診所），左側有年份：一九二三。

下方有幾處欄位：Namen，Geburtsdatum，Krankengeschichte。姓名、出生日期——前兩個德文字還在她的理解範圍內，不過第三個就看不懂了。

艾琳開啟新視窗、進入 Google 翻譯。答案揭曉：病史。

她最初的直覺完全正確：這是病歷檔。

但問題來了。除了標頭，文件其餘部分被塗掉了——三個粗體黑字斜跨檔案內頁：**已刪節**。

她點開另一個檔案，一模一樣。

已刪節。

相同的模式一再出現，艾琳十分挫折。沒有一份檔案能真正提供完整、有意義的資訊。看不出是誰的病歷，也不知病歷內容。

這時，艾琳突然瞄到文件右上角——病人姓名欄位正下方。

病歷號碼。

然後是一排數字，非常完整。她怎會漏看這一項？

她的心臟越跳越快。這排數字和屍體旁邊手環上的數字形式相同。

都是五碼。

她跳起來，抓過手提包、撈出筆記本，找到記下愛黛兒屍體旁手環數字的那一頁。

她再點開手機螢幕，找出蘿蕊屍體旁的手環照片。照片上的手環數字跟病歷不符，她回頭比對筆記。

往下數四行，她找到了：87534。

艾琳直愣愣瞪著那幾個數字，直到影像彼此重疊。她試著消化這個新事實：這份檔案、那些手環，兩者有所關聯。這表示這間診所某種程度跟這兩起命案有關。

它們是怎麼扯上關係的？

艾琳再開一個視窗，搜尋這間診所。第一條搜尋結果即是該診所官網連結。

網址上方有一段德文簡介：

Die Klinik Gotterdorf beschäftigt sich mit der Diagnose, Behandlung und Erforschung psychiatrisher Erkreankungen.（哥特朵夫診所從事精神疾病診斷、治療與研究）

即使她完全不懂德文也猜得出來：這是一間精神醫療機構。

在哪兒？

艾琳點開聯絡資訊頁，診所地址在柏林。

她回到首頁。首頁的介紹文章連綿數頁，她選取、複製，貼進 Google 翻譯小方格。

哥特朵夫診所致力調查精神疾患病因，設計更符合個人需求的治療及預防方法。本診所前身為精神病院，創立於一八七二年，目前以治療精神疾病為主。

艾琳的推測立刻獲得證實：這間診所曾經是、現在也還是精神疾病醫療機構。

蘿蕊身上為何帶著這間德國精神科診所的病歷檔，而且還是塗改過的檔案？

艾琳心知只有一個方法能找出答案。她向下捲動網頁，找到聯絡資訊，拿起手機撥號。電話響了幾聲即接通，一名女子以德語說道：

「*Guten Tag. Gotterdorf Klinik.*（哥特朵夫診所，您好。）」語調簡潔而專業。

艾琳再次詛咒自己不諳外語，異國語言始終是她的剋星，雖然她有普通中等教育（ＧＣＳＥ）的法德文修業證書，閱讀還算上手，可是要她開口說話簡直比登天還難。

「您方便說英語嗎？」

「沒問題。」女子流暢切換。「請問您需要哪方面的協助？」

「我叫艾琳．華納，英國警察，目前正在處理一件案子，找到一些貴診所在一九二〇年代左右已刪節的病歷檔，我想再多找一些資料，請問能幫忙嗎？」

對方思考了好一會兒。「抱歉，我雖樂意幫忙，可是您若想調閱病歷資料，就得正式提出申請。您大概也知道，我們有為病患保密的義務，不能任意分享資訊。」

這個答案完全在她意料之中。「我明白，不過，不知您是否方便告訴我病歷上大概都記載哪些內容？」

「請等我一下。」艾琳聽見翻動紙張的聲音，還有模糊的交談聲。

「可以。」女子回答。「這方面的資訊可以告訴您。我們手上會有每一名患者從首次出現病徵、初步診斷，以及轉送本診所以前的所有診療和治療紀錄。患者到院後，我們會建立我們自己的病歷檔，內容包括用藥、治療方式、患者的反應等等。」

艾琳輕輕吐氣。「那麼，我們手上這些檔案是在一九二〇年代建檔的，當時的病歷是紙本還是電子檔？」

「兩種都有。只要是紙本紀錄，我們都會做電腦備份。」

艾琳決定碰運氣。「能不能麻煩您幫我確認一下，診所的電腦系統裡是否還有這幾份電子檔？我手邊有幾個數字，我猜是病歷號碼。」她保持語氣中肯，不露情緒。「我不需要知道病歷內容，只是想確定這些檔案是否屬於貴診所、來源是否可信。」

女子猶豫片刻，「好吧，」她終於答應。「麻煩您把號碼給我。」

艾琳點開檔案視窗，唸出號碼：「LL87534。」

「好，請稍候。我來看看能不能找到這個病歷檔。」

她聽見輕敲鍵盤的聲音。

女子突然尖銳地倒抽一口氣。

艾琳一僵。她發現什麼了。

過了好幾秒鐘，女子終於開口。「確實有一個病歷檔的號碼跟您剛才唸的一模一樣，可是，很抱歉，檔案——」她頓了一下，「檔案被移除了。」

64

「紀錄不見了？」艾琳無法掩飾訝異的語氣。

「對。但我相信應該是哪裡出了錯，應該是這樣沒錯。」女子清清嗓子。「抱歉，我就只能幫這麼多了。」

喀嗟一聲刺耳掛斷。

電話倏地結束，但艾琳已先一步察覺對方警戒的語調。她緊抓著手機。這絕非巧合。

不論病歷記載了什麼內容，顯然有其意義，足以讓某人大費周章地確保這些資訊不會落入他人之手。

但究竟是什麼內容？蘿蕊又是怎麼拿到這些資料的？

艾琳按了按太陽穴。她左思右想、揣摩斟酌，最後總是回到同一個問題：她居於劣勢，只能東一點、西一點地蒐集答案，拼湊問題，而她甚至無法確定自己是否問對了問題。

艾琳心知這麼做根本無濟於事。她不能一個人悶著頭想，需要有人給她回饋、一同腦力激盪。如果能和伯恩特通上話，應該會很不一樣。若是小組行動，不僅有人負責速記整理，團隊強烈的化學效應更能激發有助調查的好點子，而且經常成為破案關鍵。在團隊裡，任何問題或觀察就算看似簡單，卻能誘發一連串不同想法，將案件導入完全不同的新方向。

艾琳掏出手機，找到伯恩特寄給她的電子郵件。那封信上有蘿蕊兩支手機的通聯紀錄。她打開第一個附加檔仔細研究。蘿蕊幾乎算是定期撥給固定幾個人：伊薩克，她的母親和妹妹、表親，還有幾個經確認是朋友的人。從這份明細上看不出導致她失蹤的異常模式。

艾琳打開第二個檔案（蘿蕊另一支手機的通話紀錄），旋即感到挫折放棄。這份明細的模式確實值得玩味：過去幾星期持續、大量撥打同一支號碼，其中還包括艾琳抵達那晚旁聽到的那通電話。然而卻又完全派不上用場。假如他們無法追蹤這支號碼，也不知道蘿蕊打給誰，根本無計可施。

她把筆記本拖過來，逐條細讀她在愛黛兒遭謀殺後，從飯店職員和房客口中問到的陳述。

她是否漏掉了什麼關鍵資訊？這些人之中有沒有誰和蘿蕊、愛黛兒有關聯？

仔細檢視筆記後，她又卡住。這些陳述實在直白得可以。每個人的不在場證明都清清楚楚、有條有理，沒有哪個人特別值得注意，或者令她懷疑和愛黛兒之死扯上關係。

目前她唯一能做的是按照已得出的推論繼續思考。她得把這些想法寫下來、整理清楚才行。她先從犯罪事實著手：

- 兩件命案，受害者皆為女性。兩人都在飯店工作，年齡相仿。

接著是列出目前蒐集到所有跟蘿蕊、愛黛兒有關的資訊。她從愛黛兒開始：

- 未與親友、前任發生齟齬。目前沒有交往對象（無明顯動機）。
- 工作方面，除了和蘿蕊的友誼出現裂痕，沒有其他問題（埃索碰巧聽到她倆爭執，費麗莎確認兩人關係生變）。

接下來，她仔細思考她所知道的蘿蕊。這份清單就比較長了：

- 抵達的第一天晚上，她偷聽到電話爭執（可能撥給預付卡號碼）。
- 蘿蕊的另一支手機——她撥打的那個預付卡號碼，使用者是誰？
- 蘿蕊和盧卡斯的關係。特別是她寄給他的那些信、以及她手上那些偷拍他的照片。他倆最近是否舊情復燃？
- 她和記者往來的電子郵件，內容提及跟飯店有關、但未經證實的行賄與貪腐問題。
- 蘿蕊和愛黛兒有過爭執。

下一步，她再回到罪案本身。

- 遭殺害前，兩人極可能被施打鎮靜劑。
- 兩宗案件犯罪手法不同（溺死／頸部刀傷），但屍體皆呈現相同特徵。

艾琳咬起筆，瞪著自己寫下的線索，細細思考，視線不斷繞回特徵二字。她得好好想想、拆解分析。犯罪案件不見得都有特徵，但如果有，那麼肯定為其意義所在，也是凶手的個人印記。

特徵並非犯案的基本要件，也不是實際作案的必要元素，所以其目的純粹為了滿足凶手的情感或心理需求。這種需求源自靈魂深處，也許還反映凶手投射在被害人身上的幻想。特徵的關鍵元素是「相同模式」。這種模式根植於凶手在首次犯案的許多年前即萌生的幻想或渴望。

所以，眼前兩宗命案的犯案特徵能告訴她什麼？

艾琳抽絲剝繭、挑出四項重要因素、逐字記下：

- 玻璃展示盒。
- 斷指（放在展示盒裡）。
- 套在斷指上的手環。
- 以面罩覆住被害人的臉（凶手本身也戴面罩），而且這種面罩似乎是以前肺結核療養院的常用器材。

艾琳瞪著這幾行字，思緒百轉千迴，這時腦中突然迸出一個念頭。靈光乍現。她有沒有可能抓錯了重點？

她一直把重點放在人際關係上，關注這幾個人的互動模式，萬一忽略了其他更重要的因素該怎麼辦？

譬如醫療因素。

如果把這些病歷檔套入犯罪特徵的脈絡中——面罩、斷指、展示盒——意義昭然若揭。腎上腺素急竄全身，艾琳精神一振。就是這個，不是嗎？她始終沒想到、始終遺漏的部分。命案壓根兒與飯店無關，應該是它的過去。是這棟建築過去的身分。療養院。

65

艾琳仍盯著筆記本，沒注意到門打開、威爾已來到她身後。他伸手擱在她肩上，輕輕一捏。「嘿，你沒收到我的簡訊？」

「我回了吧？」

「不是那個。我又發了一封和天氣有關的。」

「抱歉，我沒注意。」她側頭靠向他，吻了一下。「天氣怎麼了？」

「我跟飯店職員一起看氣象報導。本地的降雪量……未來幾小時可能繼續變糟，雪崩的機率很大。」

艾琳望向窗外。大雪毫不留情當頭落下，早已超越暴風雪的程度，根本是突擊猛攻，玻璃上的積雪每一分鐘都在暴增。這種視覺衝擊令她肚腹一陣扭絞。

「所以隨時都可能再來一次雪崩，像前一次那樣？」

「他們說很有可能。」威爾語氣焦慮。「畢竟短時間內降下這麼大量的雪……」他靠著桌緣，「所以，你和伊薩克談得怎麼樣？」

「很糟。他先怪我，然後怪他自己。」她看回桌上的筆記本，紙頁上的字又開始浮動，她的眼睛又痠又澀。艾琳揉了揉。「你可不可以幫我去看一下他的情況？看看他在做什麼。讓別人去關心他說不定好些。」

威爾凝神注視她。「那你呢？回房以後，你自己吃過什麼、喝點什麼了嗎？」

她藏在桌底下的雙腿蹺起又放下。「還沒。和伊薩克談完以後，我本來要去吃飯，不過又被這個卡住，沒時間吃。」

威爾嘆了口氣，撓撓後腦杓。「嘿，我知道你打定主意要調查這件事，但還是得好好照顧自己。這裡發生的事……」

艾琳迎上他擔憂的目光，迅速一點頭，表達順從。

「來杯茶？」

「不用了。」

「咖啡？」威爾挑挑眉毛，艾琳看見他堅決的眼神。威爾相當頑固，從不輕易妥協，這也是他設計的建築之所以廣受讚譽、頻頻獲獎的原因。他就是有辦法一坐坐上好幾個鐘頭，琢磨設計圖的某個小細節，調整到分毫不差、完全正確為止。

「好，謝啦。」她擠出笑容。

威爾走向咖啡機，把杯子放在管口下方。「你剛剛在忙什麼？」

「我在看蘿蕊身上的那個隨身碟。」

威爾按下咖啡機開關，拉高音量、蓋過沸騰的水聲。「有什麼發現？」

「裡頭是德國某個精神科診所的病歷檔，一九二〇年代那時候的。」

「檔案裡有什麼？」水煮開了。熱水受壓穿過咖啡機內部，發出低沉呼嚕聲。

「這部分就有意思了。」她看著咖啡液斷斷續續淌入杯中。「資料被塗改過。姓名、病史、治療處置，全都沒了。」

威爾蹙眉，將咖啡放在她面前。「蘿蕊為什麼會拿到這玩意兒？」

「我也不知道。我打去診所，想問出病歷檔到底記了些什麼——但有意思的就在這裡：診所的這些檔案全被刪了。接我電話的那位女士飛快掛掉電話，聽起來她也慌了。」

威爾對上她的視線。「所以這應該不是巧合？」

「我覺得不是。」她小啜咖啡。威爾又對了，她確實需要吃點或喝點東西。苦燙的液體徐徐推開她腦中的迷霧。

「你跟伯恩特說了嗎？」

「我連找到隨身碟的事都還沒跟他說呢。我原本要說的，只是……」聽著自己薄弱的藉口，她沒把話說完。她其實沒打算告訴伯恩特。她不想。她希望自己追這條線索——由她主導、採取行動。「但現在我覺得我不能說，因為我沒先知會他們就打給那間診所……」

威爾蹙眉。「你覺得他們會阻止你調查？」

「不無可能。查案必須按正確程序進行，他們只授權我做最基本的調查工作。」她頓了一下。「說真的，我覺得我不太可能向他們交叉確認我的每一項行動。我們沒有那個時間。」

「你沒別的辦法查清楚檔案裡有什麼嗎？」

「是沒有。不過我倒是發現一些重要線索。」她揚起一根手指，指向螢幕上檔案邊角的病歷號碼。「每個檔案都有一個號碼，這是少數沒被刪掉的資訊之一。」

「病歷號碼？」

「對。這個號碼跟愛黛兒屍體旁那展示盒某一只手環上的號碼一致。」

「所以，這些檔案——」他揚起一邊的眉毛，「跟命案有關？」

「對。」她壓不住興奮的語氣。「我認為這些號碼能告訴我們一些訊息，把事情兜起來。」

「但是，如果你不知道病歷上寫了什麼——」

「那倒沒關係。重要的是我們已經知道這些檔案和命案有關，也知道這代表什麼意思。」

他蹙眉。「我被你搞糊塗了。」

「也就是說這些都是病歷。這一點肯定非常重要。直到剛才以前，我始終在飯店本身和僱員的人際關係上打轉，尋找可能的殺人動機。但我認為我想錯了。現在我覺得命案跟飯店本身無關，而是跟這個地方的過去有關。」

「療養院？」威爾拉過一張椅子。現在他也感興趣了。

「對。你想想這兩宗命案是怎麼呈現的，想想那些道具——面罩、展示盒、手環。凶手似乎想利用這些東西引導我們去注意某件事——」艾琳再次戳戳螢幕，「也就是飯店的過去，不是嗎？身為醫療機構，療養院的過去。病歷建檔時間就是線索。」

「聽起來挺合理，」威爾謹慎表示。「接下來你打算怎麼做？」

「我得再重新檢查每個人的不在場證明，看看有沒有衝突或不一致。可是我沒辦法靠監視畫面確認，因為系統壞了。」

「如果大家的不在場證明都沒有破綻，那怎麼辦？你手上還是沒有其他可靠的線索呀。」

艾琳端起咖啡杯，喝了好一大口。「我剛剛也在想這個。這些檔案肯定是蘿蕊從某個地方拿到的，是吧？」

「你是指這裡嗎？」

「這裡的檔案室。那兒是整間飯店唯一沒翻修過的地方，假如這整起事件跟飯店的過去有關，我想我有必要再去那地方瞧一瞧。」

66

艾琳走向檔案室，賽西兒已經在門口等了。她神情緊張，眼下陰影變得更深，有如瘀青。

她還穿著飯店制服，效果卻與制服想呈現的抖擻精神恰恰相反：這身制服非但沒有給人「飯店仍正常運作」的印象，此刻時髦又帶點隨性的正裝風格看起來甚至有些諷刺。那塊突兀的名牌更如敲響喪鐘的最後一擊。

「你確定這麼做沒問題？」

賽西兒迅速點頭。「如果你認為有幫助，那就沒問題。」

「我認為我們別無選擇。這是唯一的線索了。」這是實話，艾琳心想。

她才剛跟這裡的所有人談完前晚和今早的行蹤。他們的不在場證明要不紮實牢靠，要不暫時還無法驗證。如果有人表示他們單獨待在房裡，眼下艾琳根本沒辦法證明他們說的是不是實話。

艾琳彷彿被矇住眼睛，她為此十分氣惱。可是她身邊既無團隊、也無監視畫面、更沒有一般可供交叉比對、驗證細節的任何工具，實在無能為力。這已經是她個人能力的極限了。

「好。」賽西兒聲音不帶情緒，一副就事論事的口吻，但艾琳聽得出她頗緊繃。賽西兒拿起磁釦感應，門喀噠一聲開啟，艾琳隨她進入室內。

這裡聞起來和印象中的氣味一模一樣，那種發黃紙張和積塵已久的特有霉味。她又再一次被眼前的混亂嚇一跳：成堆紙箱蓋住另一堆紙箱，髒兮兮的瓶罐，一臺老式微縮膠片放映機。檔案櫃裡塞滿紙張文件。

儘管一團混亂狼籍，艾琳仍禁不住覺得這房間好像有哪裡不一樣。

賽西兒看著她。「怎麼了嗎？」

「我不知道。不過，你覺得最近有可能有誰偷偷進來過嗎？」

「會嗎？這房間幾乎沒人在用啊。」

「蘿蕊說，起初你想規劃這裡作為飯店的展覽空間，設計成資料館什麼的。」

「沒錯，當時蘿蕊也確實和檔案管理員著手進行，直到被迫撤案。」

「為何撤案？」

賽西兒並未立刻接腔，彷彿仍在琢磨該怎麼回答。最後她終於開口：「盧卡斯沒辦法確定這麼做好還是不好。後來他拍板定案，認為資料館這項規劃不適合飯店。他覺得客人應該不會想親眼目睹這地方的歷史細節。」

「你說親眼目睹是什麼意思？」

「這麼說吧。以前有些治療結核病的方法實在相當原始。大家都以為結核病患到這兒來只是坐在露臺上呼吸新鮮空氣、享受日光浴，但這只是其中一部分。」

「可是蘿蕊跟我說，這裡主要是利用環境進行治療？」

「不完全是，」賽西兒緊張地笑了笑。「譬如有一種療法叫『人為氣胸』，就是把肺臟弄塌：他們不是把氣體直接灌入胸腔就是移除部分肋骨，造成胸腔塌陷。另外還有一些做法比這個更原始、更不思議，其中之一是直接用棍子擊打胸部。」

「我都不知道……」艾琳忍不住去想像那些駭人而逼真的畫面。

「大多數人都不知道。」賽西兒語氣謹慎。「這些方法不一定有效。儘管病患被送來這裡治療，還是有不少人在數年後過世。我在想，盧卡斯應該是覺得有些賓客可能不太能接受吧。」

「那你同意嗎？」她的語氣稍微尷尬，有些介懷。艾琳介意的不是賽西兒說了什麼，而是她陳述的方式。盧卡斯說、盧卡斯認為。一切都得回到他身上，由他做決定。

「同意。我認為他是對的。房客應該會喜歡住在舊療養院的構想，可以打卡拍照放上社群媒體。至於歷史細節和這裡真實發生過的事？」賽西兒聳聳肩，「還是算了吧。」

「所以最後否決這項規劃的是盧卡斯？」

「對。」然而賽西兒表情高深莫測。

「大家向來照他的話做？」艾琳來不及阻止自己，這句話就這麼蹦出來。

她真蠢。盧卡斯想當然耳有權否決。這地方是他的呀，重大決定當然他說了算。

賽西兒嚴肅而敏銳地看著她，眼睛瞇成兩條縫。「什麼意思？」

艾琳在心裡踹自己一腳，決定直接問。她們沒時間窮攪和了。

「從閣樓套房下來的時候，我不小心在樓梯間聽到你們說話。你似乎試著說服盧卡斯把某件事告訴某個人？」她短暫停頓，緊張得胸口繃緊、擔心這樣會逼過頭。「但他聽起來好像不太高興。」

賽西兒沒說話。好幾分鐘後，她終於開口。「這和他們在山上發現的屍體有關。那是丹尼爾。」

67

「盧卡斯有個朋友在洛桑大學法醫中心工作。丹尼爾的遺骸被送到那兒去了。據他朋友說……丹尼爾的狀況和這兩件命案好像有些相似之處。」

「被殺的方式？」

賽西兒點頭，用腳輕刮地毯，地面揚起團團迷你塵霧。待塵霧消散，艾琳低頭看，心頭突然一驚。又來了。她腦中再度閃過模糊的念頭，可是僅有輪廓，她還來不及領會就消失。

「丹尼爾他……被肢解了。」賽西兒表情凝重。「情況比蘿蕊和愛黛兒還嚴重，但很相似。他的屍體有一部分因為冰雪而保存下來，不過他們認為他應該不是最近才喪命的。」

艾琳沒答話，陷在自己的思緒裡。這件命案十之八九和蘿蕊、愛黛兒的遭遇有關，但她仍有一事心煩：丹尼爾極可能是在數年前遇害，就在失蹤後不久。既然如此，如果當年的罪案和飯店命案有關，凶手為何拖了這麼久才再度犯案？

她對上賽西兒的視線。「盧卡斯為什麼不讓你把這事告訴我？」

「官方說法肯定是『因為調查結果還未正式公開』，但說真的，我認為他只是還沒想通。他想隱瞞，但這根本不可能呀。」她嗓音變尖細，滿滿的挫折。「這麼做太過分了。」

「你是指隱瞞事實？」

「對。對他來說那是場災難，工作上是如此，對他個人也是。這地方對他來說不僅是工作，而是他從小就夢想要打造的飯店。他的病、反覆進出醫院……這些都是他的動力。」

「他的心臟毛病？」

「就像我之前說的，他經歷過多次手術、併發症，還得熬過長時間的休養復原。他不曾有過正常的童年，所以剛開始回學校上課的時候，他並不好過。」

「霸凌？」

「嗯。他就是看起來不對勁，你懂嗎？」她苦澀地說，「瘦巴巴又病懨懨。班上有一半的同學會調侃他，另一半則可憐他。」

「他始終沒走出來？」

「對。這個地方……雖然他沒明講，但我想他蓋這間飯店是為了驅逐往日幽魂。這是一項不可能的計畫。大家都說這地方根本不可能起死回生。」賽西兒聳了聳肩，「就像他，當初也沒人看好他。」

「他想證明自己。」艾琳點點頭。「伊薩克也是這樣。他總需要證明自己是最好、最棒的那一個。」她蹙眉。「這說不定也是不安全感造成的。」

「我倒不覺得只有他們有這個問題。想證明自己、想做大事的大有人在。」賽西兒嘴角微揚。「你知道嗎，我曾經讀過一篇文章，上頭說絕大多數的男人都想為自己立一座紀念碑呢。我前夫就是這樣。他認識下一任妻子之後就立刻搬去澳洲，在中部某個地方蓋了自己的房子。」她轉身比了比四周，「這不也是嗎？盧卡斯的紀念碑。巨大、美麗、他媽的全玻璃紀念碑，他就是要做給那些說他不行的人看。」

艾琳沒答腔，卻被賽西兒強烈的態度和保護欲嚇一大跳。艾琳那天在樓梯間得到的印象徹底改觀。她得從不同角度——讚許、認同的角度重新看待盧卡斯。

然而，賽西兒談論盧卡斯的方式仍令她感到一絲心煩。她在檢視自己對伊薩克的感情時也有這種感覺。儘管她們願意維護自己的兄弟，可是這些人每次都有藉口、每次都為那些討人厭的行為找理由，可是也許根本不該有理由。

「我想，這可能是他縮手的原因。」賽西兒瞥了瞥房間。「一想到這個企劃可能會失敗……我覺得他大概連想都不敢想。」

艾琳思索她這番話。儘管推論合理，感覺還是不太有說服力。如果他真心想保護這間飯店，照理說最先想到的應該是把知道的說出來才對呀？

內情應該不單純。

「可之前我們聊過，你說他跟丹尼爾很親近？」

「對，」她清清嗓子，「所以我才覺得你或許該找他談談。」

「好。」艾琳注意到賽西兒結束對話的暗示。到剛才為止，賽西兒態度坦率，也很健談。她肯定有事。

「但他們一直是好朋友吧？」

賽西兒猶豫了一下，臉紅起來。「不是。」她擠出答案。「我不會用『好朋友』形容他們。這兩個人過去幾年的關係幾乎都以工作為主，丹尼爾的公司接了好幾件盧卡斯的飯店設計案。」

「但你不是說他們以前很親近？」

「小時候是的。後來盧卡斯生病……兩人關係就變了。丹尼爾變得和我父親比較親近。丹尼爾在滑雪方面相當有天份，我爸媽經常去看他比賽。我認為盧卡斯始終覺得爸媽拿他們做比較，甚至覺得有些地方必須表現得跟他一樣好，滑雪只是其中一項。隨著年紀增長，兩人也就漸行漸遠了。」

「不過他倆的關係應該夠穩固，足以讓兩人都想和對方合作吧？」

「對。不過說實話，我認為他們兩個都後悔了。」

「你的意思是？」

「他們有過幾次爭執，就在丹尼爾失蹤前那幾個月。那些申訴抗議、反對興建飯店的種種意見，讓他們的關係變得非常緊繃。」她臉色有些蒼白。「而且就在丹尼爾失蹤前幾天，他還跟盧卡斯打了一架。」

「為什麼打架？」

「我也不曉得。他不曾詳細說過。」

艾琳陷入沉思。姑且不論賽西兒這番話背後的意義、還有她對盧卡斯童年遭遇的同情，就算理由再怎麼薄弱，若艾琳因此無視盧卡斯懷有殺人動機的可能性——不只是蘿蕊，還有丹尼爾——那她就太蠢了。

「所以你想找什麼？」賽西兒改變話題。「我——」

有人重重敲門，接著又敲一下。

賽西兒上前開門。一名女性站在門外，年近三十。她穿著飯店制服，頭髮鬆鬆盤成髮髻，髮絲凌亂散落整張臉。她的呼吸很急促。

「抱歉，」她講話帶了濃濃的法國腔，「我不想打擾兩位，只是……」她的嘴脣止不住地顫抖。

「沒事，莎菈。」賽西兒踏前一步，輕觸她的臂膀。

艾琳看著她，強烈的不安與驚恐一路直沉胃底。

「只是……只是……」莎菈的臉一陣紅、一陣白，「瑪歌……我找不到她。」偽裝的堅強就此出事了。

瓦解，她大哭起來，粗重刺耳的啜泣使她的胸口劇烈起伏。「我覺得她應該是失蹤了，我從昨天晚上就沒看見她。」

68

「失蹤？」賽西兒重複她的話，對上艾琳的視線。

莎菈壓抑點頭，仍止不住啜泣。「我到處都找過了，找不到她。」她無措地反覆扭折雙手，「一想到愛黛兒的事，我就……」

賽西兒重重吐氣。她向前跨步、上了走廊，動作有些僵硬。艾琳感到她力圖振作。「莎菈，我知道這不容易，但還是得請你把知道的都告訴我們。」

「我盡量……」她努力控制抽噎，呼吸不太平穩。「瑪歌和我共用一個房間。今天早上我醒來，她不在房裡，我立刻往壞處想，擔心是不是出事了，但我又告訴自己別傻了，不要胡思亂想，說不定她只是比較早起床罷了。」莎菈停下來，像打嗝一樣吸了一口氣。「雖然我不是很確定，可是房裡……她用的那一邊……看起來好像有掙扎的痕跡。」

「你問過其他人了嗎？有沒有人看到她？」

「我問了，我一整個早上都在問人找她——沒有人看見她。留下來的職員就只有我們幾個，如果她在飯店裡，照理說一定會有人看見她。」

「她的手機呢？」賽西兒問。

「不見了。而且她也沒接電話。」

「但我們不是安排人守在通往客房的走道上嗎？」賽西兒聽起來有些懷疑，「任何進出客房的人應該都會被看見吧？」

「我知道，」莎菈眼神黯淡，「可是她就是不見了，我知道她不見了。」聲音變得尖銳、驚慌，「我到處都找過了！」

艾琳靜靜站著，吸收並消化她的每一句話。

又一件命案。八九不離十。

她不喜歡這種情況，這個時機點。蘿蕊才剛出事……整件事似乎越來越瘋狂，疾速失控。盤據肚腹的恐懼逐漸擴散。她望向莎菈。「我們得去你房間看看。現在就去。」

莎菈的房間在她旁邊第三間。內部陳設完全相同，只有床改成兩張單人床。

「她睡這邊。」莎菈指指靠近門的那張床。

艾琳順著她的視線看過去，和賽西兒交換眼神。

莎菈說的沒錯，掙扎的痕跡相當明顯：象牙白床單纏扭成結，扯離床面。一只玻璃水杯倒在床邊地板上，杯緣附近有一灘灑出的水。水杯旁還有一本口袋書，書脊顯示是本法文作品。

看來她似乎被人從床上拽下來。

「都是我的錯。」莎菈摸摸嘴唇，摳搔嘴角乾裂的皮膚。「我不容易入睡，所以我會吃藥、戴眼罩和耳塞。換作是別人，一定早就聽見聲音了……」

「這不是你的錯。」艾琳說，同時掃視房內各處，在瑪歌床畔發現更多物品：一張帶摺痕的書籤，離床單大約五十公分，還有一只側倒在地的郵差包。「我們不知道發生了什麼事。還不知道。」

莎菈揉揉她紅腫的雙眼。「才不是這樣，」她聲音尖細，帶些指責意味。「殺死愛黛兒的人一定也抓走瑪歌了，對不對？」

艾琳盡可能讓聲音不帶情緒。「就像我剛才說的，我們不能妄自揣測。」

然而，這話就連她自己聽來都顯得空洞，毫無說服力。她望著眼前的景象，十分確定出了事。凶手若不是昨晚綁走蘿蕊前就抓走瑪歌，就是緊接在蘿蕊之後。不論是哪一種，情況看起來都不太妙。

莎菈轉身，肩膀劇烈抽動。

「莎菈，我知道你現在很難受，不過我想請你詳細說明你們昨晚上床以前的行蹤。」

莎菈深呼吸，讓自己平靜下來。「我們跟其他人一起吃晚餐，在晚餐室，接著又多坐了一會兒，聊聊天什麼的。」莎菈虛弱一笑。「在這種時候，大家就只想喝酒、聊天，沒人想上床睡覺。」

「然後呢？」艾琳催促。

「我們上樓回房。我上網看劇，瑪歌看書。」她說得很快，腔調也很重。艾琳得十分專注才能聽懂她在說什麼。「我們大概十一點半左右關燈睡覺。」

「隔天起床，你就發現房裡變成這副模樣？」

莎菈點頭。「我什麼都沒碰，穿好衣服就立刻下樓找她。」

「那時候大概幾點？」

「快十點了。我睡得有點晚。」

艾琳在腦中整理一遍。十點。這表示瑪歌極有可能是在閣樓出事，也就是蘿蕊的意外發生之後才被綁走的。雖然可能性不高——因為在這個時間點，飯店裡的人大多已經開始活動——仍不無可能。

另外還有一種可能：瑪歌前一晚就被綁走。但有一事可能導致這個推論不成立，那就是房間外整晚都有職員兼任的保安人員守著。

凶手如何閃過保安人員？

艾琳拉開房門，走向走廊上的保安。這人年紀頗輕，有點嬰兒肥，鼻子、臉頰散布著淡淡的痘疤。

「沒事吧？」他問道。不過，他雖刻意佯裝不知情，卻被頻頻瞄向莎菈房門的焦慮眼神給拆穿。

他知道出了什麼事。他知情，而且很害怕。

「昨夜你整晚都在這兒？」

「幾乎都在。」他舔舔嘴唇。「我十一點以後才接手。我在的時候，沒有人經過這條走廊。」

他指指身旁的銀色扁瓶，「這玩意兒和火箭燃料一樣有用。」

「你確定？沒聽見什麼異狀？」

「沒有。只有房客和同事們的聲音，都是從房間裡傳出來的。」

艾琳用食指按壓掌心。*動腦筋想，艾琳。快想。攻擊者要怎麼進入房間卻不被人發現？*

艾琳謝過對方，返回莎菈房間，再一次掃視整個空間。

她漏了什麼？

視線落在落地窗上。

她小心翼翼走向落地窗，在非常靠近窗門的位置停下來，彎腰，歪著頭仔細打量地面。脈搏加速。她看見猶如鬼魂的淡淡鞋印抹痕，是溼鞋底踩過、變乾所留下的痕跡。

她直起身，檢視窗框。木框上有小印痕——有人曾設法撬開這扇落地窗。

艾琳突然覺得好挫折。他們為了保護眾人安全所採取的預防措施，竟然讓歹徒有機可乘：留下來的人都被移往低樓層客房，但低樓層更好攀爬、也更容易逃脫。

「發現什麼了嗎？」賽西兒在房間另一頭喊道。

艾琳點頭。「我認為歹徒是從這裡進來的。」

她拉開落地窗，冷冽的空氣立刻灌入室內。尖銳呼嘯的狂風和猛烈疾寒的冰雪隨之襲來。眼見所及淨是無垠的白，遠方樹林也覆上一片雪。

艾琳轉向陽臺，立刻看出積雪擾動的痕跡——有一處感覺較緊實，表面起伏不均。儘管新雪持續鋪蓋、填平部分痕跡，雪堆上的壓痕仍十分明顯。

此刻她很難辨別那是什麼痕跡，至少不是鞋印，應該是某種更大、更寬的東西。

她仔細分析壓痕的模糊輪廓，研究那形狀。

痕跡逐漸消融瓦解。

這個印痕應該是某個很重、很大的物體留下的。人體。

瑪歌是被拖走的。

艾琳繼續思索：假如她遭人拖出窗門，這代表她可能也被施打鎮靜劑。

她猛地領悟：他們應該還沒走遠。

要想找回瑪歌，他們恐怕得加快動作。依照前兩件命案及情勢惡化的趨勢研判，凶手很可能加速犯案，下手更殘酷無情。

艾琳深呼吸，轉過身子面對賽西兒和莎菈。她甚至還沒開口，莎菈已開始不斷搖頭、發出哽咽啜泣。

「你認為她被綁走了對不對？」她把臉埋進掌心，「被那個綁走……」她劇烈啜泣，肩膀不斷抽動。

賽西兒伸手環住她。「嘿，我們下樓去交誼廳坐一下吧，你嚇壞了。」她瞄了艾琳一眼，用嘴型問她。這樣可以吧？

然而艾琳的視線早已轉向窗外的大雪，還有逐漸填平的可疑壓痕。

如果凶手帶著她從這裡離開，應該不會只有這一處痕跡。

但這個做法太明顯，簡直可說顯而易見——反而令她不解。

凶手應該不會蠢到留下足跡吧？任憑他人一路追下去？

除非凶手別無選擇。

也許凶手必須臨時變更計畫，就像在閣樓套房一樣。說不定，這傢伙原本打算從走廊帶著瑪歌離開，當下卻出了差錯。

另外還有一種解釋，而且可能性也比較高：凶手越來越粗心大意。但不管怎麼說，這仍是條線索，依舊能引導他們找到瑪歌。

69

艾琳多花了點時間才回到房間。她穿上外套，摸索房卡、拉鍊，思緒專注在別的事情上。

這麼做好嗎，獨自外出搜尋？這個念頭她是否連想都不該想？是不是應該先跟伯恩特報備一聲？

艾琳立刻否決。如果打給伯恩特、再和他討論該怎麼行動，不僅浪費時間，到頭來伯恩特說不定還不准她去找瑪歌。如果不和他聯絡，至少她不必承擔蓄意抗命的指責。

她拿了盧卡斯給她的幾雙手套、幾個塑膠袋，推開落地窗、踏出陽臺。

她一瞬陷入屋外的世界：靴子陷進厚厚雪粉中，狂風拉扯她的頭髮、包圍臉龐。

她把頭髮往耳後塞，打量眼前的玻璃欄杆。

她爬得過去嗎？

欄杆不算太高，但也不好爬就是了。

她抬起腿、試著攀上去，旋即卡住，一條腿掛在欄杆上，另一條懸在半空中。

艾琳決定再試一次。這一回，她用手臂和大腿的力量一鼓作氣將自己往上抬、越過欄杆。

凶手要怎麼把瑪歌弄過欄杆？在失去意識的狀態下，她身子鐵定很沉。她安全落在欄杆外側，可是用力過度，讓她重重吁了口氣。她做出一個推論（雖然或許意義不大）凶手必須夠強壯才行。她一邊思考、一邊看著自己的呼息化為白霧，徐徐消散風中。這人必須有辦法迅速且輕鬆地舉起另一個人。

大雪沉沉落下，壓迫感極大，令人窒息。她幾乎看不見一公尺外的景象。除了結冰的樹木輪廓和山巔飯店標誌性的幾何形狀，茫茫雪白中什麼也看不見。

氣象預報說的沒錯：暴風雪越來越大了。

艾琳踩穩，向前跨幾步，復又停下。她聽見某種低鳴。

低鳴之後是一聲巨響，在空中反射迴盪。

突然間，伴著一陣怒吼，吹來極冷寒風。

她隱約想起威爾稍早跟她說的：雪崩。

她讀過相關報導：你會先聽見雪崩、然後才看見它——當冰雪從山上滾落，那股巨力會強烈擠壓空氣，形成恐怖低嘯。

現在艾琳聽見了：摜破耳際的尖銳聲響直衝而來，彷彿要將她劈成兩半。驚慌襲來。她拔腿衝向飯店，打算沿著來時足跡往回跑。但這根本毫無意義：她壓根兒不知自己是朝雪崩的路線奔去抑或逃離。

不出幾秒，艾琳就知道自己賭對了。

雪崩不會往她這兒來。她仍然好好的。

不過她卻被雪崩餘波給包圍：冰雪滾滾而來的力量鏟起萬噸白雪，瀰漫空中。細小冰晶不斷撲打她的臉。又刺又痛。

她眨眼，揩掉臉上細雪，卻什麼也看不見，只見更多白雪。

幾分鐘後，雪塵大致落定，艾琳也終於能看清雪崩地點。

她心臟跳得又急又快，恐懼地等待下一次的不祥音聲，等待可能更近的下一次震動。

結果一事也無。空中只見雲霧般的白雪和閃爍的冰晶，慢慢飄飛、緩緩落下。艾琳慢慢吸氣、吐氣，但感覺很怪，腎上腺素仍在四肢激烈流竄。

又過了幾分鐘，盤據空中的雪霧逐漸消散，視野清澈了些。艾琳再一次深呼吸，轉身，試著釐清雪崩路徑——在右手邊，她一眼就看見了。約莫數百公尺外，在公路那個方向。

過去幾天她日夜眺望、平滑無瑕的雪原已然消失，取而代之的是一大片、一大片崎嶇猙獰、彼此堆疊、高度超過三公尺的巨大雪塊。

雖然隔著一段距離，她依舊能看見雪堆轟隆滑下山坡時挾帶的巨石和樹木，它們一個個突兀地從雪塊探出。

艾琳稍稍揚起頭，將這回雪崩破壞的範圍一次收進眼底。彷彿有人用耙子順著山坡往下刮，將沿途一切全攪個稀爛。大自然竟能如此殘暴，實在令人難以置信。

艾琳轉身探看。不知雪崩激起的飛雪是否掩蓋了凶手早先留下的痕跡，害她無法繼續追查。

她權衡目前的可能選項：最理智的做法是立刻掉頭回飯店。但假使她這麼做，就再也不可能有機會——不論那機會有多渺小——追蹤凶手足跡。尤其氣象預報表示接下來會降下更多的雪，屆時任何蛛絲馬跡肯定都會被大雪覆蓋。

再者，因為剛才這場雪崩，艾琳心知瑞士警方在短時間內派員上山的機率更為渺茫。這表示她控制情勢的能力至關重要。

她立刻做出決定：她要繼續前進，她得試著找回瑪歌。

艾琳向前跨步，狂風即起，持續剝掃空中的殘雪。

她拉起圍巾遮住口鼻，左轉朝莎菈和瑪歌共用的房間走去。她小心保持數公尺距離，以免誤踩足跡或拖痕，破壞跡證。

在雪中行走相當吃力，她氣喘吁吁。雖雪深及膝，但她仍繼續前進，最後終於來到與瑪歌房間陽臺平行的位置。

停步，大口喘息，吐出團團白霧。艾琳鬆了口氣。雪崩激起的飛雪確實填蓋部分印痕，但陽臺周圍仍有一圈寬而平坦的滑順區域，追下去應該不成問題。

艾琳低頭細瞧，發現她的推論完全正確：雪地上還留著某人被拖行的痕跡。她拍下幾張照片，鎖定雪地上的印痕，繼續追蹤。就目前所見，地上沒有血跡，也沒看見衣料纖維或其他殘跡。拖痕繼續朝飯店前方延伸。

這道痕跡很整齊，也證實了她先前的推測：不論拖走瑪歌的人是誰，肯定力氣夠大、強壯到能順暢地拖著她行走。

拖痕繞過飯店側緣，繼續推展十至十五公尺，最後突兀地停在飯店大門口。

艾琳反覆查看，確認拖痕並未繼續往前或掉頭往回。她在門口來回探查幾公尺範圍，卻沒瞧出任何端倪。積雪很厚，也很平整。

這讓她只能得出一個結論：凶手把瑪歌帶進飯店裡了。她想不出其他解釋。

艾琳走向飯店大門。大門感應到她、自動朝兩側滑開，她的視線掃向大廳。

太遲了。

這裡看不到任何乾掉的足印，譬如她剛才在房裡發現的那種痕跡。光可鑑人的水泥地面閃亮潔淨，有人清理過了。

艾琳差點就笑出來。儘管發生這麼多事，飯店職員竟然還記得擦地板。例行公事、老規矩，深深印在每位員工心裡。*工作就是工作。*

所以，凶手能帶瑪歌上哪兒去？

蘿蕊失蹤後，他們已經搜過整間飯店了。飯店裡並沒有隱蔽性夠、能讓凶手躲藏的獨立空間，更遑論還帶著被害人。

艾琳鮮明地感覺到自己沉重的心跳，敏銳察覺落在肩上的重擔。她必須找到瑪歌，而時間正一點一滴流逝。

如果她猜測正確，凶手的衝動和暴力傾向也持續升高，他們剩下的時間就不是幾個鐘頭——而是幾分鐘。

所以她接下來該怎麼做？

他們可以把整棟飯店從上到下再徹底搜過一遍，不過不能保證會找到她。

艾琳突然想到了。蠢啊！明明這麼明顯。

瑪歌的手機。

莎菈已經確認瑪歌的手機不見，那麼她暫時可以斷定手機就在瑪歌身上。若真是如此，她說不定能利用手機找到她的行蹤。

艾琳轉身走進飯店，忽地瞥見一樓窗玻璃上似乎有動靜，遂定睛細瞧。

有人站在那裡，低頭往下看，臉龐微微傾向窗玻璃。

艾琳換個位置、找到更好的角度，讓反射光不會太強太刺眼。

現在她看清楚了。確實是個人影，深色上衣，一頭蓬亂金髮。

盧卡斯。

他正在看她。視線鎖在她身上，堅定不移。

70

「瑪歌的手機？」莎菈將鬆脫的髮絲塞進耳後。「你認為手機在她身上？」

艾琳倒向椅背。「不無可能。如果手機在她身上，說不定就能追蹤到人。」她知道蘋果有個應用程式叫「尋找我的手機」，即使在電源關閉或電量耗盡的情況下，該程式也會顯示手機最後發出訊號的位置。

艾琳瞥瞥交誼廳。一群飯店職員和她們隔了幾桌，正圍在一起聊天。不過她能察覺他們盯著她的目光，以及沒問出口的問題。

賽西兒看著她，表情高深莫測。「萬一凶手把手機給扔了呢？」

「那就沒轍了。」艾琳擠出微笑。「但是不管怎麼樣，我們都得試試看。」她換了姿勢、不慎踢到桌子，咖啡向外潑濺，棕色液體迅速漫過白色桌巾、朝桌緣延伸，一滴滴落在地上。「該死……」

賽西兒一下子跳起來、走向吧檯，拿著抹布回來。她用抹布蓋住咖啡液，坐下來仔細盯著艾琳瞧。「沒事吧？」

「你說我嗎？」艾琳蹙眉。「我很好，只是受了點驚嚇。雪崩的位置離我不算太近，我想應該跟上一次崩落的路徑差不多吧。」

賽西兒擺弄抹布，動作彆扭。「我知道。但我們離開莎菈房間以後，我不知道你竟然在這種天候下直接跑出去，這實在——」

艾琳渾身一緊。「很冒險，我知道，可是我必須這麼做。」她臉龐泛起一陣熟悉的燥熱，「我想去外頭看看、搜查現場。」她的聲音出乎意料地犀利、嘹亮。

一旁的莎菈突然咬住下唇，撇過頭去。

「我……」賽西兒欲言又止，反覆抹著桌子，但咖啡液已完全滲入桌巾。「我只是不曉得這樣做對不對。」她皺了皺鼻子。

艾琳看著她，不確定她什麼意思。

她始終覺得不太舒服，好像自己漏聽了什麼，沒掌握到兩人對話某一層重要含意。

然而，她沒來得及問出口，賽西兒就突然站起來，拎起溼答答的抹布走回吧檯。

艾琳決定暫時擱置這層疑惑，轉向莎菈。「你知道瑪歌雲端硬碟的帳號跟密碼嗎？」

「我不知道，但應該有辦法找出來。我很確定她把密碼都存在日記裡。」

「她的資安觀念不太好，是吧？」

「是啊。」莎菈虛弱地笑著。「前兩天我們才拿這件事開玩笑。她的蘋果帳戶被駭，所以她得改密碼，可是改新的又太難、記不住，所以她只好寫下來。」

「你知道她把日記放在哪兒嗎？」

「誰的日記？」賽西兒在她倆身旁坐下。

莎菈猶豫了。她對上艾琳的視線，兩人閃過會意的眼神。

「瑪歌的。」她朗聲說。「她都收在包包裡。我拿給你看。」

「感覺好怪。」莎菈把瑪歌的包包放上床，伸手翻找。「好像在侵犯她的隱私。」

「我知道。」艾琳柔聲安撫。「但是為了找到她，該做的我們都得做。」她看著莎菈掏出手提包裡的東西、攤在床上——皮夾、髮夾、喝了一半的瓶裝水，口香糖。最後冒出來的是一本皮面筆記本。

「就是這個。她用的不是一般日記本。」

莎菈從前面開始翻，沒幾頁便停下來。「這裡。」她指指頁面上方。「我想這應該就是密碼。」

艾琳掏出手機，點開「尋找我的手機」功能。「她的電子郵件你知道嗎？」

「等我一下。」她拿出手機、迅速查找。「MarMassen@hotmail.com。」

「然後是密碼……」艾琳一邊唸出筆記本上的密碼、一邊敲進螢幕中央的第二欄方格。

藍色起始頁面先轉成淡淡的羅盤輪廓，再變成白色座標格；地圖浮現，迅速移動、放大、顯示路名地標。不出幾秒，地圖上冒出一顆綠色圓點。

有了。

艾琳心跳加速。感覺心臟快速且有力地收縮。她伸出手指、移向綠點，輕輕點一下。

螢幕跳出一行字：**瑪歌的 iPhone**。接著是：**四十分鐘前**。

「你們定位到她的手機了？」

「對。」

莎菈瞪著螢幕。「好像在這裡，是不是？就在飯店裡。」

71

「你能明確指出位置嗎？」艾琳瞇眼研究螢幕上的地圖，設法和腦中的飯店方位重疊比對。

「應該可以。」賽西兒指著畫面正中央。「雖然地圖上看不到樓層細節，不過這一區在ＳＰＡ附近，機房那邊。」

艾琳精神一振。*有進展了*。「我需要特別通行證才進得去嗎？」

「不用，我給你的那張涵蓋這棟建築的每一處空間。」賽西兒語氣微微緊繃，艾琳察覺她似乎有話要說，卻天人交戰、猶豫不已。

最後她妥協了。「你確定你要現在去？」賽西兒的眉宇間閃過某種情緒，艾琳無法判斷是什麼。

「對。」艾琳看著她，有些沮喪。還有什麼好拖的？

賽西兒緊咬下脣，「那，你介不介意我打給盧卡斯先跟他說一聲？」

艾琳聳聳肩，壓抑心裡的不耐煩。她知道自己掩飾得不太好，但她一向不善交際。她總是有辦法把情況搞得對自己不利，任情緒在內心深處惡化發酵，然後表現在臉上。

她藏不住情緒。

賽西兒對著手機說起法語。一會兒之後，她轉過來、將手機滑進口袋，神情苦惱。

「盧卡斯認為你不該一個人去。」她抿脣，「最好不要讓自己身處險境。」

「什麼意思？」艾琳心頭一震。

「他認為這樣做太冒險。」賽西兒的口氣彷彿在跟笨蛋講道理。「我——」她倏地打住、臉紅起來，「聽我說，雖然很難啟齒，但我同意他的看法。你真的幫了我們很大的忙，可是在蘿蕊出事、以及你本人也受到攻擊之後，你目前的心理狀態可能不適合繼續行動。我認為我們應該等警察來。」

「等警察來？」艾琳難以置信地重複。「但我們都知道警察根本來不了，至少不會在短時間內上來。」桌面下的手握緊拳頭，緊得能感覺到指甲戳進手心。她警告自己：別發脾氣。不要說出任何會讓你後悔的話。

「所以你已經聯絡伯恩特了？跟他說了瑪歌的事？」

艾琳搖頭，「還沒。」

賽西兒回望她，眼神沉靜、不帶情緒，但這一眼似乎有某種含意。「對不起，」她抱歉地舉手合掌，「我得實話實說，雖然我個人很不願意，可是盧卡斯……他發現你工作的事了。」

「我工作的事？」她嘴巴好乾。

賽西兒點頭。「先前，盧卡斯發現你正在休長假，所以他不太希望你繼續參與這件事。你始終沒提你的狀況，如果你可以先告訴我們、解釋一下——」

「可是我的情況並不影響我的能力，我還是能幫你們呀。」艾琳覺得心臟猛擊胸口，又沉又重。

他們發現了，發現她是冒牌貨。

「我很抱歉，」賽西兒又說，垂下視線，「但盧卡斯說了算。」她淡淡流露某種已成定局的殘酷語氣。

艾琳低頭看地板，試圖撫平怒火，熟悉的自我懷疑再度鑽進腦袋，占據思緒。

他們會不會是對的？她的判斷有問題嗎？

她拉開椅子站起來。「我回房間去了。」

艾琳慢慢走開，專注於腳下的每一步，彷彿只要踏錯一拍，就可能粉碎她的自制力，迫使她變回滿心憤怒、怨懟自責的自己。

72

艾琳想狠狠反手甩門，卻沒達到她想要的戲劇效果——緩衝裝置在門板離門框半公尺處卡住絞鏈，讓門緩緩闔上。

「別生氣，」威爾低語，「告訴我發生了什麼事？」

她走向窗邊，再折回來。「她認為我不該繼續查下去、不該去找瑪歌，說我目前的心理狀態不適合查案。」她想起賽西兒的話，一時語塞，臉又紅又燙。「他們發現了，威爾，他們發現我在休假。」

威爾握住她的手臂。「也許他們說的對。」他說得很慢、很小心。「或許等警察來會比較好。」

「警察？」她重複道，試著讓自己聽起來足夠冷靜，「不久前才又發生一次雪崩，他們短時間之內根本到不了這裡。除非風速減弱，他們或許才能搭直升機上來。」

「伯恩特怎麼說？」他依舊回得慢條斯理。

「我沒打給他。」艾琳不看他。「他大概不會准我在沒有支援的情況下去找瑪歌吧。不過我也不曉得盧卡斯是不是已經打給他了……」她略為遲疑。「總而言之，等他們來根本行不通，到時候凶手搞不好已經對瑪歌下手。而且這麼做也很冒險，因為凶手說不定會看見警方上來，這樣我們就不能逮他個措手不及了。」

「你說的對。」威爾捏捏鼻梁，把眼鏡往上推。「我一直在想閣樓套房的事，還有你僥倖閃過雪崩……」他顫抖著說，「要是你出事了——」

「我會很小心的，我不會有事。」艾琳拉他過來。「威爾，我不會貿然行動。眼前的情勢已經超出我的預期，我不會冒不必要的險。」

「好。」他語氣生硬，令她訝異地抬起頭。「不論是去找她、或者做你在計畫做的事，都不可以單獨行動。你從早上到現在都沒休息，什麼都沒吃。你累了。」

她抽身，後退一步。連他也質疑她？就像賽西兒和盧卡斯那樣？

「威爾，我受的訓練就是為了應付這種狀況。現在跟一開始不同，那時事態完全出乎我意料，而我和蘿蕊的關係也導致我判斷偏差。但現在換成我主動出擊，我知道要注意哪些事，知道如何防患未然。」

「艾琳，到此為止，好嗎？我只是不想再讓你隻身犯險。」

她沉默了好幾秒鐘才開口，語氣聽起來不太確定。「你的意思是……你要陪我一起去？」

「沒有我，你哪兒都不准去。這回不行。」

艾琳逼自己微笑，心裡卻湧上不祥的預感，她感覺得出來，凶手離他們不遠。緊張感逐漸醞釀，就快了。

73

「看到什麼了嗎？」威爾壓低音量，大理石地板迴盪著兩人的腳步聲。

「目前還沒有。」艾琳走進SPA接待櫃檯，不過裡頭似乎沒人在。櫃檯收拾得乾乾淨淨，一切井然有序，就連桌底下的雜誌都疊得規矩整齊。

艾琳傾身掃視櫃檯。桌面幾乎是空的，只有電腦鍵盤、平板螢幕和左手邊的長莖盆栽。

空氣中依然瀰漫著她初次造訪時聞到的氣味——薄荷、尤加利樹混合清潔用品的消毒味。

回憶閃現：蘿蕊帶她參觀SPA。艾琳想起她的臉、她的笑容。她用力眨眼，忍住淚水。然而憶起蘿蕊也賦予她新的意義：她這麼做是為了蘿蕊，也為了瑪歌。

「我們去更衣室看看。」威爾走過她身邊，左右張望，看起來心神不寧。

手機定位顯示的位置就在這一帶，在SPA池和機房附近。然而，當他們一推開通往更衣室的門，立刻發現這裡同樣冷清。白瓷磚光潔閃亮，隔間拉門全數緊閉。

但這並未阻止兩人推門檢查。他們從左邊開始，有條理地逐一搜索隔間，最終仍一無所獲。這裡沒有人，不見一絲凌亂。

「接下來呢？SPA池？」艾琳試著在言談中灌注些許活力，但她實在懷疑他們能找到任何蛛絲馬跡。

凶手可能只是隨手把手機扔在附近。他們透過軟體追蹤到的位置或許毫無意義。

威爾走在前面，沿著池邊仔細搜尋。「沒看到。」他大聲嘆氣。

他說的沒錯。池水平靜無波，水面閃耀細線般的微光。地面全乾，沒有溼腳印也沒有潑跡。這地方只剩最後一處能試試運氣了：機房維修室。

艾琳帶頭走回更衣室，威爾跟在後面。她從監視畫面得知機房入口在較遠的那座牆。蘿蕊肯定是從那兒進入更衣室，暗中觀察她。

兩人一下子便找到入口。後牆中段有道白色金屬門，她舉起磁扣、靠近感應面板：喀噠一聲，門開了。

才進門，她首先望見越過天花板那一大綑亂七八糟的電線，接著是地上的大型機器和鍋爐管線。這個空間比她想像的大上許多，像座迷宮，縱深說不定包含更衣室和池水區。耳邊持續傳來低悶的嗡鳴。這種陰森森的機械心跳再配上似有若無的化學氣味，氣氛更顯恐怖。

她望向威爾。「我們一起行動。我先——」

但她沒來得及把話說完。

屋裡瞬間變暗。兩人陷入伸手不見五指、宛如流體的黑暗中。

艾琳摸索尋找大門（她記得電燈開關就在門邊），用力按下，感覺開關被手指扳動，卻毫無反應。燈沒亮。

恐怖感啃咬著她。

她轉身，一時分不清方向，腦中警鐘大響。

「你的手機，」威爾催促她，「打開手電筒。」

艾琳探進口袋、撈出手機，手一滑即喚醒螢幕。她找到手電筒功能鍵。燈亮了，但光線微弱，連她的手都看不清楚。

威爾將她往後拉。「艾琳，我們沒辦法繼續了，這裡什麼都看不見。」他語調緊繃。「應該是有人故意把燈關掉。我不喜歡這樣。」

她把手機貼近他的臉。狹窄的光束照亮他眼睛下方的陰影，還有額頭上微微閃耀的薄汗。

她不該帶他來的。他慌了。

「你回去，我繼續。」她壓低音量，猶若耳語。「假如真有人故意關燈，就代表我們很接近了。」

威爾脖子上的肌肉明顯繃緊。「你不走，我也不走。」

他們小步小步貼著牆壁移動，步伐輕而謹慎。然而占據空間的大型機械讓人很難直線前進。他們必須隨時保持警戒，調整路徑。

每一座機器似乎發出不同的聲音，有的像攪拌器呼嚕呼嚕響，有的像昆蟲高速撲翅飛行。

他們繼續走，空間寬敞了些，但仍不好走。艾琳發現機件之間有幾條迂迴狹窄的通道。

她高舉手臂，拿手機繞了一圈。微弱的光線照亮近處一座座金屬盒般的機器。

什麼都沒有。

她決定繼續往前。就在這時，眼前某處突然發出聲響，那聲音嚇了她一跳，害她失手將手機掉在地上。

艾琳屈身摸索，撿起手機。機身無損無傷，繼續發光。

她轉身想對威爾說話，卻再度聽見聲響：是某種微弱的搔抓聲。

艾琳調整手機方向，讓光束落在前方。在朦朧光芒中，她依稀辨識出地上的不規則形體——是人。

她穩住光束，倒抽一口氣。

瑪歌。

她蜷縮在地上，呈現胎兒的半曲姿，雙腿曲起壓在身下；她的頭微微側偏，艾琳因此看不見她的臉。

這會兒艾琳沒再聽見聲音、四周也沒有動靜，但她仍舉高手機繞一圈，再往前幾公尺，確認沒有其他人躲在瑪歌後方的陰影中。

確實沒人。

艾琳重重吐氣，如釋重負。

這裡極可能只是歹徒暫時扣留她的地方。若真是如此，他們應該可以在凶手回來以前順利帶走瑪歌。

艾琳快步往回走，縮短距離——兩公尺、一公尺，光束持續定在瑪歌身上。走近之後，她發現瑪歌的手腳都被綁住，嘴上也緊緊繃著粗布條。

威爾站在後方陰影中，留意四周動靜。

艾琳把手機放在地上，光束朝上，彎身湊近瑪歌，好看清楚她的臉。「瑪歌？我是艾琳。」

瑪歌抬眼看她，眼神空洞茫然。她的臉沾染泥汙，前額和臉頰都有髒髒的黑痕。

「瑪歌，你安全了，我們來帶你出去。」

瑪歌仍舊沒反應。沒有任何跡象顯示她聽見她的話，只是繼續睜著那雙空洞無神的眼睛看著艾琳。

驚嚇過度，再不然就是鎮靜劑還沒退。

艾琳拾起手機，朝瑪歌腳邊照探，研究她腳踝上的繩結。「我先幫你鬆綁，再帶你上樓。」

就在這個瞬間，瑪歌突然有了動作。在雙手雙腳被縛的狀態下，照理說不太可能這樣。

但瑪歌腿一伸，踹中艾琳的膝蓋。

艾琳瞬間腿軟。

她來不及撐住自己，重摔倒地。撞擊的力道爬上大腿、臀部、再到脊椎，手機也應聲落地，塑膠碎裂，但燈光未熄，微弱的光束仍隱約照亮她倆之間的空隔。

艾琳痛喊出聲、試圖抬頭，但尖銳的劇痛貫穿下半身，令她頭昏眼花、眼前一片迷茫。待視線清晰，艾琳嚇了一跳：瑪歌竟然站在她面前，弓著身體、擺好架式。繩頭鬆垮垮掛在她的手腕和腳踝上。

艾琳好一會兒無法理解發生了什麼事。

瑪歌把她誤認成別人了嗎？那個攻擊她的人？

她驟然領悟。真相清楚明白，甚至令她作嘔。

74

艾琳設法站起來，驚惶地連退數步。

她又錯了。*她的推理、想法，她對盧卡斯和伊薩克的估判，全都錯了。*

她瞟向垂在瑪歌手腳上的繩結。繩結並未綁緊，故她能輕易掙脫、扯開。

整件事都是計畫好的。

「你，是你幹的。」艾琳幾乎說不出話，神智沉重如鉛，無法振作。

瑪歌並未回應，只是愣愣瞪著艾琳，眼神空洞，令人費解。

恐懼填滿胸口。她在這個人身上完全看不到幾天前初識的模樣。當時的她態度彆扭、毫無自信、駝背拱肩，對自己的身體感到羞恥。然而，此刻的瑪歌抬頭挺胸，身高看來彷彿超過六呎；她的力量和肌肉線條教人無法忽視。

也不是不可能，不是嗎？她的確可能犯下這些罪案。綁架，殺人。

瑪歌彎腰，拾起地上的手機對準艾琳。燈光強烈，令她睜不開眼。

威爾呢？

艾琳拚命眨眼，想擺脫這灼人的光亮。

「對，」瑪歌終於開口，「是我。」她語氣冷酷，不帶情緒。聲音裡的暖意消失殆盡。

「根本沒有人綁架你對不對？這是陷阱，就像蘿蕊發的那封簡訊，整件事都是你策畫的。」艾琳開始回想，過去幾天的事件猶如拉開的卷軸，一件件攤開，呈現出全貌。她努力思索其中關聯。

瑪歌對她說的話有哪一句是真的？

伊薩克和蘿蕊的關係？蘿蕊和盧卡斯的口角爭執？她太輕信此人，毫不質疑就吞下瑪歌餵給她的每一句話。

瑪歌看出她的猶豫，冷冷揚起嘴角。「別擔心。你犯的錯跟其他人一樣，這是人性，人總會敗給自負，每個人都有這種毛病，他們都想當那個知道最多的人，喜歡逞英雄，喜歡以寡敵眾。你也是基於這些理由才這麼做的吧。」

雖然她震驚又恐懼，胸口仍湧上一股怒氣。

她怎敢任意批判她？說得一副很了解她的樣子？

瑪歌又向她跨近一步。

這時艾琳才看見她手裡握著刀，刀鋒映著光，微微發亮，她感到背上冒出汗滴，緩緩流過肩胛之間、淌下背脊。

她發狂地想：威爾在哪裡？他在做什麼？

「我不明白。」她想爭取一點時間。「這一切到底是為了什麼？」

「真相。」瑪歌的語氣恍若機器人。「這地方有毒，根本不該重新開放。」她再向前跨一步，現在離艾琳不到幾十公分。「我很抱歉，你不該牽扯進來的。」

艾琳一僵。瑪歌雖然情緒亢奮，但就事論事的口吻令艾琳背脊發寒。她十分冷酷，像機器一樣不帶感情，視艾琳為必須移除的阻礙。

「瑪歌，你不需要這樣。你不一定要傷害我或其他人，我們可以在這裡解決這件事。」

但瑪歌似乎充耳不聞。她一個流暢的動作揚起手臂、高舉刀刃，臉上沒有表情，空白無感。此刻的瑪歌猶如某種自動裝置，任誰也無法阻止她。

艾琳縮身閃避，呼吸淺促。她的頭又開始暈了。

「拜託，瑪歌，不要——」

瑪歌傾身往前衝，動作乾脆俐落。刀鋒犀利地劃過空中。

艾琳扭身側閃，刀身只差一點點就劃過她的臉頰。

但瑪歌並未失去平衡，她往前一跳，再次輕易縮短兩人的距離。

就在這時——人影模糊晃過，威爾有了動作。

他一躍向前，從側面衝撞瑪歌，手機從瑪歌手中彈出，摔在地上。

這一次，他們一同墜入全然的黑暗。

寂靜中，艾琳聽見令人不舒服的碎裂聲，還有物體撞到地面的重擊。

有人在扭打掙扎、踢踹拉扯、悶哼低吼。衣料撕裂，有人低聲呻吟，接著又一聲，一記輕擊。

某個東西滑過地面。

不一會兒又響起另一種聲音：腳步。沉重地在黑暗中迴盪。還有吃力的喘息。

艾琳心跳漏了一拍。某種難以抓握的滑膩恐懼感包圍肚腹。

她當下明白那不是威爾的腳步聲。

威爾不會逃跑。他不會扔下她不管。

不論剛才她究竟依靠什麼才撐到現在，這一刻，那股力量瞬間瓦解。一陣搆不著邊、踩不著底的恐懼突然攫住她。

「威爾？」她失控尖喊，「你聽得見嗎？」

他沒回答。

艾琳立刻知道他不是不願回答。

*他沒辦法回答。*他答不了，她滿腦子只剩這個念頭：*他沒辦法回答。*

瑪歌說對了。艾琳是想解決這件案子，因此打腫臉充胖子，卻將威爾推入險境。

艾琳手撐地跪著，不斷摸索著尋找手機。短短幾秒鐘無盡延長，好像過了好幾分鐘。

她終於摸到那個塑膠物體，緊緊抓住手機殼。

手電筒還能用嗎？

她翻轉螢幕，再一次按下手電筒功能鍵。燈亮了，威爾立刻出現在她眼前——他離她不過一公尺，側倒在地，手摀肚子。某種暗色物體在他身旁緩緩散開。

但那不是什麼暗色物體。

她的胸口彷彿破了一個洞。那是血。

艾琳連忙爬向他，復又停住。萬一瑪歌還在這裡怎麼辦？她會不會躲在什麼地方？

她舉起手電筒繞一圈，沒看見半個人。

瑪歌走了。

艾琳覺得四肢沉重，彷彿爬了好幾公尺才來到威爾身邊。「威爾？」她的舌頭好笨拙，「我在這裡。」她把手機放在他身旁，旋即看見他身上的傷，肚臍下方有一道長達數公分、窄而深的切口。

她雙手顫抖地壓住傷口，試著止住汩汩流出的鮮血。「你不會有事的，威爾。不會有事的。」

75

床榻上面容蒼白的人不是艾琳認識的威爾。這個威爾沒有一丁點活力，沒有他對生活一貫的熱情，沒有總是叫囂著要掙脫束縛的無窮精力。艾琳不確定她是不是被自己的想像矇騙，但威爾的呼吸聽起來斷斷續續、有氣無力。

她欠身，蓋住他的手。他沒動，似乎對她手指的力量渾然無覺。艾琳看著他，呼吸一窒。

他的頭微微朝左偏，暗金色髮絲散在枕頭上，臉上毫無血色。他的輪廓彷彿變得柔和，原先熟悉的稜角已不復見。除了幾處小挫傷外，他臉上還有青紫瘀痕。

薄毯拉高蓋過腰際，遮住傷處。傷口很深，幸好未傷及重要器官和血管。

威爾一被送進樓上房間，曾有護理經驗的莎菈立刻用極高效率仔細處理傷口。她進行消毒包紮，再讓威爾服下他們從滑雪巡邏小屋找來的止痛和鎮靜劑。儘管如此，威爾仍需盡快送醫、接受適當治療，給予抗生素，並監控生理狀況。

艾琳傻傻地看著。他的呼吸頻率再次改變，先是一聲沉重粗嘎的吸氣，再變回先前不穩的節奏。這種恍若野獸的狀態使她內心一陣驚慌。*都是她的錯。是她害的。*

雖然賽西兒和盧卡斯一起安慰著她，說誰能預料到瑪歌涉案？但艾琳知道自己錯在哪兒：她一開始就不該把威爾扯進來；她讓他置身險境。

艾琳稍稍退離床邊，瞇起眼睛，希望能換個觀點和角度，看見不同的全貌。

這招奏效。時間滴滴答答往回走——但並非走向威爾，而是朝著山姆而去。

她記憶中山姆也曾經像這樣躺著，癱在潮池旁的岩石上。他看起來就和平時一樣：蒼白，乾瘦，白金色頭髮亂七八糟。可是他整個人呈現某種木然、空洞的狀態，彷彿有什麼東西飢餓地在他體內恣意流竄，將他掏空。

她憶起當時似乎很熱，接著感到憤怒。她幼稚且自私地期盼不只這樣——她希望山姆好歹能有點表情，表現出難過，因為他竟然拋下她走了。但他臉上什麼都沒有，只剩空虛。現在也一樣，威爾也是一樣。

她的肩膀開始劇烈抽動。

「他不會有事的。」伊薩克握住她的手。「我們及時趕到了。」

千鈞一髮。畫面閃現。她看見手上、地上的血跡。她打給伊薩克，溜滑的手指摸索手機。接下來的細節她全記不得了，只剩一些片段——莎菈在髒兮兮的地上處理傷口，飯店職員圍在他身邊。一圈圈的人一聲聲呼喊各種指示。

「艾琳，等醫護人員到了以後，他們會立刻送他去醫院。他會沒事的。」伊薩克試圖和她眼神交會，但她不看他。

威爾會躺在這裡都是她造成的，因為她的行為。

這句話一遍又一遍在她腦中打轉，她沒法兒不去想。

他想陪她去，想保護她，她卻辜負了他。「都是我害的，伊薩克，我太急了。他警告過我——」

「艾琳，別說了。你根本不會知道是瑪歌。她不只愚弄了你，也把大家都給耍了。」

「我知道，可是威爾是我親手帶進來的。我親手把他推進這個無法預測的局勢裡。我真是不合格的女友……不只是這樣，從我們在一起開始我就不斷把事情搞砸，我應該跟他保持距離的。我不該讓他靠近……」她泣不成聲。「萬一他有個三長兩短怎麼辦？萬一他傷口惡化了怎麼辦？我還沒告訴他我的想法，還沒機會好好跟他說……」

艾琳打住，緊按太陽穴。

她覺得腦袋有點不對勁。悶悶的，有一股混亂煩躁的情緒和感覺，而且無從宣洩。

伊薩克盯著她，局促不安，一臉恐懼。他從來不曾詞窮，這會兒卻欲言又止。他的哀傷與她的兩相映照，情緒太滿，他應付不了。伊薩克和艾琳一樣滿心挫折又悲痛。

他動了動嘴、想說點話，最後卻沒擠出半個字——要不就是她聽不見他說話。這是一種很奇怪的距離感，彷彿世界驟然消失，只剩一小點，只剩一絲絲熟悉且流動的黑色。艾琳感到肺裡的空氣被換成另一種更緻密、更沉重的事物：在胸口滾動的一塊巨石。

「我做不到，伊薩克，我沒辦法——」她的呼吸亂掉、卡住，她吸不到氣。艾琳看著前方牆上的掛畫，努力專注於那些率性揮灑的抽象線條，可是這些線條也幫不了她。

「艾琳，你的藥呢？」

她閉上眼睛。黑暗。她感覺到一陣忙亂的動作，有隻手探進她口袋，再湊向她嘴邊。一塊硬梆梆的塑膠抵著嘴唇和牙齒。

「用力吸。」一道空氣急匆匆通過口腔，涼涼的，乾乾的。

僅僅數秒，她的胸口開始放鬆，呼吸也緩了下來。

但她仍十分暈眩。艾琳轉向伊薩克，「對不起，我——」

「沒關係。」他扶起她的手臂，輕輕攙著她往後退向沙發。「我不知道你氣喘這麼嚴重。」

艾琳直起上身、設法坐挺。有那麼一瞬間，她考慮撒謊，可是知道自己不能這麼做。她不能在謊言上堆疊更多謊言，再也行不通了。

「伊薩克，我……我不是氣喘，不完全是。我還是有氣喘，但控制得不錯。剛剛那個……其實是恐慌症發作。過去這一年，自從媽過世，還有我跟你提過的那件案子，讓症狀更嚴重了。」她指指他手中的氣管擴張劑，「那個藥顯然很有用。某種程度算是一種支持，類似精神安慰吧。」

他直勾勾地看著她，目光沉穩，彷彿能將她穿透。「從什麼時候開始的？」

「山姆，你是對的。上次你說我總是想找答案，你說的沒錯。正是因為山姆，這一切都要從他說起。我追的每一件案子、尋找的每一個答案，都和他有關，我不斷不斷地回到他的事情上，只想知道當時到底發生了什麼事。我要知道真相。這樣我才能繼續走下去。」

她就這麼一股腦兒全說出來。她從好久好久以前就想說了。伊薩克挫折地發出嘀咕，望著她，眼中充滿血絲。

「艾琳，停手吧，拜託別再這樣了。」

「我怎樣？」

「一直重回那一天。即使是現在——」他突然伸手指向威爾，「即使躺在床上的是威爾，你還是這樣。山姆死了，我們已經無法再多做什麼了。這段時間以來，你以為我從沒回想過那一天嗎？你以為我沒有一次又一次地回想嗎？我看著他的照片，想把他從照片裡拉出來，我想實實在在地抓住他，讓他再一次變成有血有肉的人，可是他再也回不來了。他不在了。你得接受，你得繼續向前走。」

「伊薩克……」她嚇了一跳。他怎能說出這種話？怎麼可以這麼自以為是？明明這一切都要怪他呀。

「怎麼了？我說的是真話。我受不了看見你這樣，一直糾結過去的陰影。沒有人怪你，艾琳，沒有一個人怪你。我不想說這種話，可是我認為應該要有人說給你聽。」

艾琳瞪著他。「怪我？為什麼怪我？」她尖聲質問。「這一切不都是因為你嗎？伊薩克？你那天到底對山姆做了什麼？我就是因為這樣才沒辦法好好過日子。」

「我？」伊薩克詫異一縮。

「我不時會看見一些畫面，關於真相的片段。你，還有你沾滿鮮血的手。是你幹的對不對？你殺了他。你們起了爭執，結果一發不可收拾。」這些話就這麼輕易地從她嘴裡溜出來，不但醜陋，更充滿憤怒與悔恨。她忍了這麼久。

「不是我。」他幾乎說不出話。伊薩克和她四目相對，緊繃著臉。「我說過了，不要在這種時候討論這件事。」他望向床鋪。「不要在威爾還受傷躺在床上的時候。」

「不行。我知道這不容易，可是我得弄清楚，伊薩克，我要你明明白白告訴我那天到底發生了什麼事。」

死寂。沉重的幾分鐘過去，艾琳感覺喉頭頻頻抽動，她有好多話要說，有好多問題想問。

「說啊，」艾琳粗魯地拽他手臂，「你可以從第一個謊言開始。那天你根本沒去上廁所對不對？你就在那裡，和山姆在一起。」

艾琳這時才注意到伊薩克怪異的眼神，猶如一盆冰冷的恐懼當頭澆下。

不對啊，她心慌了。他應該悲傷，或心懷歉意，甚至帶著防衛才是。不應該是這種眼神……他憐憫。

不該憐憫她。

伊薩克抬眼與她對望，眼神黯淡而哀傷。

「好啊，」他終於開口，「你要知道真相嗎？他死的時候我不在那裡，艾琳。當時和他在一起的人是你，不是我。」

76

艾琳失神晃了一下。「我不懂你在說什麼。我不在那兒，我在峭壁那邊。」

伊薩克猛抓眼睛。「不，你早就回來了。我請你看著山姆，讓我去上廁所。我回來的時候，他人在水裡，你口齒不清地不斷重複一些話，說你看著他掉下去、但什麼也做不了……」他停下來。「醫生說你受到驚嚇，說你嚇呆了。」

「不對，不是。」她彎下腰，手臂緊緊護住身體。她聽不進去。「不是這樣的。」

伊薩克繼續：「他們說其實你根本無能為力，驗屍結果顯示他當場死亡，因為撞擊造成腦出血致死。他剛好撞到不該撞的位置，只是這樣。運氣太差。」

艾琳突然噁心想吐，一陣劇烈暈眩，彷彿她所認知的世界正裂成碎片、變成不一樣的東西。時間一分鐘、一分鐘過去。

艾琳再次開口。「把事發經過告訴我。」她低喃著。「我要知道細節。」

「你確定？」

她點頭。

伊薩克轉過來面對她。「我離開的時候，你把你的釣魚線放在他的旁邊，那是我最後看到的畫面。」

「然後呢？」她的聲音幾不可聞。

「我回來，看見山姆在水裡，我跳進去把他拉出來。我……」他沒再說下去，而艾琳知道為什麼。他不想說出那幾個字，他不想讓她知道，不想告訴她他看見她站在那裡，卻毫無反應。

想到這裡，她開始劇烈抽氣，掙扎且痛苦地呼吸。

這麼長一段時間，她一直都在怪他，認為他傷害了山姆，傷害蘿蕊……

「但是血呢？」她問，「你手上有血呀？」

「那是我把他拉出潮池的時候沾到的，他頭側有一道傷口。」

艾琳沒說話，意識到自己的手指正緩緩移動，這個動作彷彿不受大腦控制。她的手指繃緊、縮回，卻只抓到空氣。

「所以……你的意思是，我人在那裡……卻沒有幫忙救他。」她說得斷斷續續。

「對。可是醫生說那是因為你驚嚇過度。」伊薩克按住她的手。「遇到這種事，每個人的反應都不一樣，這點你肯定從工作中了解到不少。艾琳，當年你只有十二歲。後來我常常去思索，也讀了不少人在經歷創傷時可能會產生哪些反應的文章。當時你目睹了非常恐怖的意外，嚇壞了，這很正常。」

「不，不對，事情不是這樣。不能是這樣，不是這樣的。」她的聲音淒厲刺耳，像是失控的動物。「伊薩克，不要——」她猛捶沙發扶手，「拜託你告訴我這不是真的，你剛才說的都是錯的。」

「艾琳，」伊薩克說，「我本來不想告訴你，至少不是用這種方式說。但現在你知道了，也許就可以接受。向前看吧。你這些年來的恐懼……說不定已經在你心裡種下病根。」

「病根？」

「對。我們早該讓你去做心理治療，把這些都說出來，可是媽怕你會怪罪自己。所以，我認為你的大腦當時就築起圍牆，將那天發生的事擋在外頭。」

「這不是真的。」她不要他憐憫，她不需要這些陳腔濫調。艾琳覺得自己彷彿被掏空。她腦袋好脹，感覺快要爆炸。她不記得自己曾這麼疲累過，此刻她只想一個人靜一靜。

「拜託，伊薩克，你走吧。」她的聲音聽起來好奇怪、好空洞。

他猶豫了一下，張口似乎想說點什麼，最後還是離開了。

艾琳看著他走，然後緊緊閉上雙眼，努力把全世界阻擋在外、隔絕一切。可是這麼做仍無法阻止回憶襲來。回憶鋒利，一如刀刃。

她沒有幫他。山姆，她的山姆，她的寶貝弟弟。那個愛聽童話、愛聽故事的小男孩。她的小士兵。

她的武士。

儘管他萬般不願，仍為了她穿上那件白色羊毛裝。

艾琳把臉埋進掌心，感覺腦中的齒輪開始轉動、一一就位。

這樣一切都說得通了，不是嗎？

母親絕口不提山姆。每當艾琳說到他的名字，她總是繃緊著臉，拚命壓抑自己；父親選擇離開，對保持聯絡意興闌珊。

因為他們都怪她，他們認為她應該有辦法救他。

回憶片段緩緩浮上心頭：山姆過世一周年，她母親窩在他房裡，坐在他床邊，手裡拿著童書《皮波！》（*Peepo!*）。那是山姆年幼時期最喜歡的一本書，他愛它簡單、重複的文字和語句。母親會屏著氣息細聲朗讀，身體微微搖擺。當艾琳走過去輕捏她肩膀，母親卻閃身避開碰觸，動作之激烈，連手裡的書都甩了出去，飛向山姆的樂高太空船。

繪本砸中太空梭基座，解體成好幾塊。母親撲跪在地（仍不理她），慌亂地拾起碎件。在那個當下，艾琳確實覺得母親迴避的舉動很奇怪，卻從來不曾真正理解其意義。

直到現在。

她倒在枕頭上，熱淚溢出眼角。

現在一切都解釋得通了。

母親一直都知道。

他們全都知道。

是她害的。

77
第五天

艾琳醒來，搞不清楚現在幾點。她摸索手機想確認時間，頓時一個皺眉，下背僵硬得不得了，全身痠痛。原因不僅是昨天和瑪歌的激烈扭打，還包括睡行軍床。飯店搬了一張行軍床給她，讓威爾獨自睡床，才能好好調養。行軍床又窄又不堅固，美其名為「床墊」的玩意兒幾乎無法緩和底下硬梆梆的彈簧。

清晨六點〇一分，室內光線足以讓她仔細端詳威爾。他依舊蒼白，不過呼吸規律穩定多了。艾琳鬆了口氣，倒回枕頭，她腦袋很沉，又開始抽痛，全身上下每一條肌肉無不熱切渴望睡眠。她翻身趴臥，感覺眼皮緩緩闔上。

這一回睡意來得既快又猛，迅速將她逮住、帶入夢境。不出幾秒，她的意識逐漸模糊——糟糕。她心裡明白，這麼一來，這回閃現的記憶不會再像過去那樣片段而瑣碎，將會是完整的連續畫面。

——山姆傾身懸在潮池上，網子深深插入布滿海草的混濁水中，接下來的一切變成慢動作：山姆轉身，說了幾句話，也許是「沒有螃蟹」，或「我脖子好燙」。就在扭身朝水面轉過去時，他失去平衡。

艾琳放聲大笑，笑他滑稽的表情，卻在瞬間明白，那不是滑稽而是恐懼。恐懼使他的五官扭曲，因為他即將以仰姿落入水中。

沒有什麼比這更糟的了，對吧？不曉得自己要往哪兒去，也無法控制。

他掉進水裡，沒有一絲多餘的動作。

現在她明白了，那應該是第一個警告。山姆應該狂拍水面、應該發出聲音——落水時要大喊大叫、激烈掙扎，然後大笑，把姿勢調整過來。

但這些都沒發生。當下只有擊中水面令人不安的聲音，接著水花飛濺。

山姆動也不動，只有池水對剛才的衝擊作出反應，形成圈圈漣漪、向外擴散。

岩石邊緣染了顏色，帶光澤的深紅沾到灰白藤壺。

山姆的臉看起來不像他。他瞪大了雙眼、身軀毫無生氣，四肢卻緩緩漂動，像個骨頭還沒長好的小娃兒。

他頭上有道傷口，比割傷更嚴重，裂口既寬又大。艾琳想移動身體。她還記得當時自己想潛進水裡、想做點什麼不同的舉動來幫他，兩條腿卻偏偏動彈不得。

她的腿卡住了，好像黏在岩石上，半圓形的帽貝卡住左腳後跟。

動啊！她對她的腳說，快動呀！

但它們就是不動。眼睛也是。她的眼神無法移開。

艾琳的視線定在潮池裡的山姆身上。那件白T充水浮漲，風吹拂過，使他像顆浮在水面上的恐怖氣球。

山姆的雙腿順著水流搖擺，一排起伏的海草勾住他的腳踝，她手上的水桶落地，在岩石上敲出巨響。

布滿海草的潮池刷過一叢叢藤壺與帽貝，小螃蟹疾速橫行，小蝦抵著岩石蹦跳、拚命汲水。

艾琳的思緒突然被某個事物勾去。

她拉近焦距，集中於某個動作，重複播放：

桶子掉在地上。桶子掉在地上。

艾琳抬起手，緊緊抓住項鍊，手指包住蟹螯彎鉤的弧線，心臟怦怦跳動。回憶前來叩門，一個接一個將回音推開。

好像有某個類似的動作。

有東西掉在地上。

威爾和瑪歌扭打，有東西掉在地上。她聽見物體落地的聲響。

艾琳閉上眼睛，回憶閃現。他們抓住對方，悶哼低吼、沉重喘息，在這當中還有一個微弱而模糊的聲響。

輕碰一聲，接著是物體滑過地面的搔刮。

艾琳坐直，伸手拿水、灌下一大口。她再次在腦中琢磨這個想法。

那可能是什麼？是什麼東西掉在地上？

78

「你確定？」伊薩克聲音很輕，眼神卻十分警醒。「發生了這麼多事，而且昨天我走的時候你狀況也不太好……」他轉向床頭櫃，端起咖啡喝了一口。

晨光中，伊薩克的臉有些灰白。鬈髮壓得有點扁，而且毫無光澤。

他身後的景象簡直是一團亂。被單打開，床頭櫃上堆了好幾個杯子。艾琳突然一陣愧疚：他仍很悲傷，無所適從，結果她還來加重他的負擔。

「我沒辦法就這樣放著不管。」她拋開內疚。「我那時聽見東西掉在地上，而且非常確定。我們至少得回去看一眼。」

「如果那裡真有什麼，在救威爾的時候一定會看到呀。」他仔細端詳她的臉。「我們都在那裡。如果有其他人發現也一定會告訴我們的。」

艾琳分析他遲緩的反應，還有小心翼翼不洩漏情緒的表情。伊薩克大概認為她累過頭了，太過執著。

兩人彆扭著不發一語。

她突然意識到自己看起來一定很糟——汗溼發黏的臉，昨晚翻來覆去，也導致頭髮亂七八糟。她臉紅起來。

「那不一定。」她耙梳頭髮，試著弄整齊。「當時我們都在專心處理威爾的事，很可能漏掉某些細節。」

「反正，」伊薩克謹慎應對，「這個決定可能不太恰當。雖然瑪歌從機房逃走，但很可能還在這裡，躲在飯店某處。這麼做太冒險。」他頓了一下，「況且，威爾怎麼辦？你不是應該陪著他嗎？」

艾琳肩膀一緊，另一波愧疚襲來。

他說的對。

她的確應該陪在威爾身邊。他都出事了，她至少能為他這麼做吧？可是她想順從自己的直覺，這渴望太強烈了。

「我離開房間的時候他還在睡，一整晚都沒什麼事，而且莎菈也傳訊息給我了，她說可以暫時接手照顧他。況且……去看一眼要不了多久吧。」她暫停一下，因為自己這番話皺起眉頭。

她在合理化自己的行動，而且是最糟糕、最自私的那一種。

「你確定？」伊薩克抓來汗衫套過頭。

「確定。瑪歌衝著我來，表示這件事還沒完。她要我別擋路，因為她還有別的計畫。」

他的視線掠過她移向窗外。「我還是覺得你應該再等一下。氣象預報說，也許下午就會轉晴，到時候警察說不定就能上來了。」

「我看未必。」艾琳瞥瞥窗外。天空陰鬱依舊，微光照亮從天際筆直落下的白雪，雪片厚而巨大。

「我們擔不起等待的風險。瑪歌都那樣說了，我聽得出那應該是私人恩怨。她想報仇。」

伊薩克的目光緩緩飄開，最後落在幾步外的椅子上。

艾琳順著他的視線看過去。扶手上掛著蘿蕊的皮衣。

他的表情有些不一樣了。

伊薩克迅速而果決地點點頭。「好，去看看吧。」他眼中燃起某種情緒，超越憤怒，變得更陰暗、更原始、更個人。

79

機房照明恢復正常。在刺眼的氖氣燈下，整個空間看起來截然不同。枯燥乏味、克盡職守、隆隆震動的設備甚至微微流露不祥。

兩人在機器設備間迂迴前進，伊薩克回過身對艾琳說：「她是在機房靠後面的地方攻擊威爾的，對不對？」

「嗯，應該快到了。」他們續行數公尺，艾琳旋即看見地上的血跡。是威爾的血。她緩緩靠近，胃裡一陣痙攣。

地上還留有一條條紅色汙漬，那是飯店職員抬起威爾、擦過地面所留下的。淡淡的血腳印向外延伸，直至完全消失。

她命自己深呼吸。「如果有東西掉下來，應該會落在這附近。」艾琳的視線掃過地面，尋找笨重機體間的縫隙。

「有看到什麼嗎？」伊薩克在她身旁移動。

「目前還沒有。」她挫折地咬住下唇。眼前看不見任何和那個聲響有關的東西，例如掉到地上會發出輕輕的咚一聲、掃過地面會發出搔刮的物體。

除非——？艾琳蹲低身子。除非撞擊力道更大，足以將物體彈到她沒想到、更遠的地方，畢竟地磚這麼光滑……

她微微側頭，項鍊劃過下巴，檢查著正前方機具底下的空間。這個縫隙足以讓物體順利滑進去嗎？

她轉頭望向另一邊。那是什麼？有了。一個白色小角，剛好從發電機鐵箱底下伸出來，隱約可見。

她伸手去搆，試著把它拖出來。卡住了。

艾琳改變策略。她用食指和拇指掐住邊角、用力一扯。這回它順利滑出來，而艾琳瞪著手上的東西：信封。塞得厚厚的。

「找到什麼了？」

艾琳站起來。「一個信封。」她抖著雙手，掀開信封口蓋，抽出厚厚一疊紙。Ａ４對折。

她定睛審視第一張文件，突然倒抽一口氣——她認得這些用字和這個版面設計。

哥特朵夫診所。

「這是病歷表，和蘿蕊隨身碟裡的那些檔案一樣。」但兩者有一處最大的不同，那就是這些紀錄沒有塗改的痕跡。她迅速掃一眼，從最頂端的姓名欄讀起：安娜．梅森。

梅森？瑪歌不也姓梅森嗎？她立刻注意到下方的號碼：87534。艾琳呼吸一窒。這不可能是巧合。

掃過下方內容時艾琳發現自己看不懂。底下的德文字彙超出她能力範圍，全是醫學術語。

她翻開下一份。「還有這麼多。」她低聲說著，停了下來。

突然有東西飄落地面——好幾張黑白照片。

她彎腰蹲低，將照片收攏、拾起。

乍見第一張照片的衝擊猶如大浪掃來：五名女子並排躺在數張手術檯上，身上的罩布僅隨意遮住下身。應該是有人順手掀開一角，讓攝影師拍照。

好讓鏡頭捕捉某人的「傑作」。

說傑作根本是諷刺，艾琳心想，膽汁旋即湧上喉頭。

她們的身體簡直支離破碎，腹部攤展，肌肉被一些金屬器械固定，露出肚裡器官。

她的視線轉向女子頭部。部分顱骨看似被移除，腦部組織清晰可見。

艾琳的大腦咆哮吶喊：別看，別看了！

但她不能不看。下一張照片令她渾身一震：三名著手術袍的男子站在數名女子後方，臉上都戴了面罩。儘管整張臉都被遮住，但艾琳非常確定他們是男性——無論體格、身高、動作和開腿的站姿，不證自明。

他們的面罩和愛黛兒、蘿蕊臉上古怪的橡膠面罩如出一轍。

也和凶手戴的一模一樣。

艾琳導出結論，另一波強烈反胃感襲來。照片上的醫師之所以戴面罩，唯一合理的原因就是掩飾身分。他們不希望別人發現自己是誰，因為他們在做不對的事，從照片上看來顯然是如此。這哪裡稱得上醫療程序？反而像犯罪現場。是某種不人道又野蠻的勾當。

艾琳緊捏住照片。她必須再一次強迫自己仔細檢視畫面，隨後又找到新的細節。

她一時無法呼吸：最靠近鏡頭的那名女子手臂懸在床邊——幾根手指被切掉了。

她的手腕上也有東西。這並非彩色照片，故不容易判斷材質，但那肯定是手環沒錯。照片中的手環和她在玻璃盒裡發現的黃銅手環看起來非常相似。

「就是這個。」艾琳還在消化剛獲得的消息及其含意。「整件事都是因此而起。」

伊薩克噁心得皺起了臉。「他們到底在搞什麼？」

「我不知道。」她口氣嚴肅。「不過不管是什麼，應該都不合法。」

艾琳把看過的照片傳給伊薩克，拿起下一張。這張顯示著一片濃密草坪，像塊墓地。表土剛翻開，沒有墓碑或標記。

再翻至下一張，她立刻伸手摀嘴。儘管畫面不如前幾張清晰，但同樣令人不舒服：一名女子躺在手術檯上，胸口壓著兩大袋沙包。沙包的重量使她胸部下凹。女子的眼睛是閉上的。

艾琳無法分辨她是死是活，但她不認為她還活著。她看起來幾乎沒辦法呼吸。沙包那麼重，這表示她必須非常用力才能把空氣吸進肺裡。這張照片同樣也有三名戴面罩的男士站在後面。

不變的姿勢、面罩……實在令人不寒而慄。

她繼續以顫抖的手指拿起下一張。照片上有兩名女子，同樣躺在手術檯上。罩布高高拉起、蓋住全身，但是頸部各有一道長長的切痕。艾琳緊盯照片，那些畫面一張比一張懾人震撼，她激動得全身發抖。

事情終於串起來了：沙包、頸部切口。那是凶手殺害愛黛兒和蘿蕊的手法。她的推理完全正確。她倆遭殺害的方式，作案特徵……凶手有訊息想傳達。

就是這個。

瑪歌在重演照片上的事件。每一處小細節，從殺人方法到面罩、手環……

艾琳轉向伊薩克。她正要開口，卻發現伊薩克仍盯著第一張照片瞧。

「怎麼了？」

「你看這個，背面有字。」他把照片遞給她。

沒錯。淡淡的鉛筆字，法文，非常老式、有很多圈圈的花體字，現在已經看不到了。Sanatorium du Plumachit, 1927.（普魯瑪奇療養院，一九二七。）

「照片是在這裡拍的。這間飯店。這些——」她嘴巴變得好乾，「這些都是在這裡進行的。」

艾琳腦中突然閃過一個念頭，再次翻看照片。她找到墓地那張，湊近細瞧、研究背景。儘管草坪不像現在這樣滿覆冰雪，但她認出後方那片直指天際、逐步向上展開的樹林，甚至瞥見上方的高山。

「這應該是在療養院附近拍的，對不對？這些女子應該就葬在那兒。」

「看來是這樣沒錯，一堆無名塚。」

艾琳抽出第一張照片，翻至背後。這回她注意的是底下幾行字。

療養院名稱下方有五組數字，垂直排列。每組數字皆為五碼，而她一下子就想明白了：

五名女子，五組數字。

手指滑過最上排那串數字：87534，頓悟的感覺如微火慢燃——她在蘿蕊隨身碟裡找到的病歷檔有這個號碼，愛黛兒屍體上的一只手環也有這串號碼……數字完全吻合。

這幾名女性中有一位是瑪歌的親人。

艾琳對上伊薩克的視線。「這串數字跟病歷檔吻合，照片背後的幾串數字是病歷號碼。」

「所以每只手環上的數字都對應一名病人？」

「對，我幾乎可以斷定是這樣。你看這個，其中一位是瑪歌的親人。」

「可是這些檔案來自這間德國診所，是一家精神治療機構。這間診所又怎麼會和這裡扯上關係？」

「我不知道，我們得找人翻譯這些檔案。不過就我猜測，這些病人應該不是因為心理問題才轉診到這兒來。」艾琳越仔細瞧，越覺得這些畫面散發詭祕不祥之感。

不過眼前仍有幾處細節令她困擾。女子身後那些頭戴面罩的男士全整整齊齊站成一排。這些人的姿勢和相對位置隱約流露某種權力不對等——女子毫無防備地平躺，頭戴面罩的外科醫師則立於她們後方，主導全局。

脅迫。

然後是墓地。那全是無名墳，也沒有舉行喪禮的跡象。該不會是祕密下葬？

艾琳將頭髮往後撥。「這整件事都是為了一個目的，伊薩克——復仇。瑪歌不知從哪兒得到這些檔案和照片，所以現在她要找人算帳。」

伊薩克表情變了，面色緊繃。「如果你是對的——」他指指那幾個戴面罩的人，「她又是根據這些照片行動，那麼艾琳，這張照片上有五個人——」他舉起照片，「如果把丹尼爾算進去，她已經殺掉三個人了。這表示……」

「可能還會有兩個人遇害。」艾琳接著說完。

兩人一陣沉默。「但是我有一件事不明白。」伊薩克開口：「她為什麼鎖定這幾個人？愛黛兒、蘿蕊，還有丹尼爾？這些照片所記載的事件雖然恐怖，可是已經過去好些年了。我認為最近幾年肯定又發生了什麼事才會讓她找上這些人。」

「同意。不過在我們找到更多線索之前，一切都很難說。」

「所以下一步該怎麼做？」伊薩克盯著她手上的信封。「雖然有了這些資料，可是這些東西無法告訴我們瑪歌在哪裡，或者在計畫些什麼。」

「你說的沒錯。」她承認道。就在這時，她發現信封邊角似乎沾了東西。是一塊小碎屑。

瑪歌的指甲油。

一段畫面忽地牽動他的潛意識：桌上的指甲油屑，瑪歌伸手將之拂去，失手撞翻手提包，包包裡的東西掉在地上。

直到剛才，這個想法始終虛無飄渺、難以捉摸，消散融解於意識之海。雖然當時她沒注意到這個疑點，可是潛意識早已清楚察覺。

恐懼深深刺入肚腹。「我們得找到卡洪兄妹。我想我大概知道瑪歌在哪裡了，伊薩克。我認為她從頭到尾都躲在飯店裡。」

80

「檔案室？」盧卡斯語氣輕蔑，將咖啡杯推過桌面。「那裡什麼都沒有。」

艾琳明顯感到他散發的緊張氣息。肩膀緊繃著，下巴凸出來。讓他心煩的並非她點醒他這個事實，而是不喜歡她這樣不聽話，仍執意繼續調查。

「你確定？裡頭沒有其他暗門？那個房間沒有別的出口？」

「沒有。」盧卡斯答得不客氣，用力闔上筆電、迎上她的視線，眼神極為挑釁。「你為什麼這麼確定她躲過那裡？」

「直覺。」艾琳忍不住想踢自己一腳。

直覺？這話一聽就像個門外漢。

「你為了一個直覺就想以身犯險？」盧卡斯癟了癟嘴，和賽西兒對看一眼。「警方大概今天就能上來了，天氣也會逐漸轉晴。我比較傾向聽從他們的建議，靜觀其變。」

他並未提及他已知道她的狀況和她撒的謊，可是也無須多言——這個共識沉沉落在兩人之間。

「靜觀其變可能會出問題的。」艾琳小心措辭，維持聲調平穩、不帶情緒。「我擔心的是她已經失控。她刺傷威爾是突發行為，不在計畫之內，所以她極可能再做出同樣行為。一旦她曉得警方的人手到來，局勢可能會急速升溫。」她的最後一句話被風聲蓋過。

艾琳察覺口袋裡的手機嗡嗡震動。掏出一看：是伊薩克打來的。她把手機放回口袋，決定待會兒再回電給他。

「你當真認為瑪歌有能力犯下這些案子？」賽西兒問她。

艾琳把信封放在桌上，雙手微顫。

她等的就是這一刻，她要觀察他們見到照片的反應。

「我認為她有。」她輕聲說，「這就是理由。」她抽出第一張照片，放在桌上。「這就是瑪歌的作案動機。我想不出比這個更強有力的理由了。」

賽西兒縮身後退，訝異地摀住嘴巴。盧卡斯的反應較難推斷，他一臉凝重。

「這是什麼？」他用力摩搓下巴鬍髭。

「照片是在這裡拍的，我們認為其中一位是瑪歌的親人。」艾琳翻過照片。「這上頭有一組數字，和我們在信封裡找到的病歷號碼一模一樣，也和某一只手環上的數字相符。」

「但他們到底對這些女人做了什麼？」賽西兒指著照片，一臉茫然，「看起來不像一般正常手術呀。」

「我也認為不像。這些女子來自德國某間精神診所，就我目前的判斷，應該沒有任何正當合法的醫療因素，能解釋這些病人何以被轉到這兒來——這裡明明是一間肺結核療養院。」艾琳手伸進信封，拿出瑪歌親人的病歷表。「這份資料能告訴我們更多內情，可惜我完全看不懂。」

「我來翻譯。」賽西兒靜靜讀起資料，然後開始敘述：「這上頭說，這名婦人在產下第四個孩子後，因為精神疾患被送進診所。她丈夫先諮詢家庭醫師，然後聽從醫師建議，才送她去診所。底下是藥物和治療細節……」她蹙眉，「可是病歷上完全沒提到她被轉到這裡來。」

「我認為這個不會寫在病歷上。這應該是暗中進行的，不能留下紀錄。」艾琳把照片轉個方向。「這裡寫得很清楚：普魯瑪奇療養院。」她從信封抽出墓地那張照片遞給他們。「我們還發現這個。依我看，這張照片應該也是在這裡拍的，在飯店附近。」

「墳墓……」賽西兒慢吞吞地說，「你認為這些女子埋在這裡？」

艾琳點頭。「你們應該不知道這裡曾經發生過這樣的事吧？」

「不知道。」賽西兒臉一沉。「檔案裡沒有這類紀錄。」

「盧卡斯呢？」艾琳等他回應，想從他的反應和說詞找出欺瞞的跡象。「你在規劃重建的時候，有沒有收到任何和墓地有關的資訊？」

他側過頭、不看照片，緩緩搖了頭。

艾琳感覺事有蹊蹺，盧卡斯的反應不大，看起來太無動於衷，太疏離。

艾琳盯著他，腦筋轉得飛快，一時之間沒聽清楚賽西兒說的話。

「抱歉，你剛才說什麼？」

「我說，這些都是很久以前的事了吧？」賽西兒皺起眉頭。「這些事和愛黛兒、蘿蕊還有丹尼爾有什麼關係？她為什麼要殺他們呢？」

「我不知道。」艾琳承認。「只有瑪歌能告訴我們答案。」

賽西兒的視線仍在照片上流連。「看了這些，我認為你是對的。如果這幾天的事跟照片上的東西有關，誰知道她接下來會怎麼做？我覺得你應該去找她，去質問她。」

盧卡斯看起來很不自在。「我不確定這樣做……」

艾琳對上他的視線，眼神堅定。「這說不定是我們唯一轉守為攻的機會。趁其不備、逮她個措手不及。到目前為止，她一直都領先我們一步，如果我們現在開始行動，說不定能意外占上風。」

盧卡斯點頭，轉向賽西兒。「現在大家都在餐室吃早餐，你去那裡看著大家，我陪艾琳一起去。」

「能不能先——」艾琳感覺口袋裡的手機再次開始震動。她掏出手機，伊薩克又打來了。「我先接個電話。」她走向房間角落。「怎麼了？」

「你跑哪兒去了？怎麼都不接電話？」

「我拿照片來給盧卡斯和賽西兒看。」

「你不能不接電話，艾琳，你知道的。」

艾琳想反駁，但話沒說出口便察覺他不祥的語氣。「出什麼事了？」

他沒說話。

「伊薩克，是威爾嗎？」

「他的血壓……」伊薩克的音量越來越小，好像正努力地把話擠出來。艾琳突然覺得頭好暈，全身都在燃燒。「他的血壓又往下掉了一點。莎菈不確定他到底是有感染還是內出血，雖然從傷口的位置研判應該不是內出血，但她認為我們必須馬上送他去醫院。」

壓力像鉗子那樣緊緊夾住她的腦袋，拚命擠壓。

不能發生這種事，她不能讓它發生，不能再來一次。

「怎麼送？我們都被困在這裡了。」艾琳察覺自己的聲音聽起來瀕臨失控，完全煞不住。「現在根本出不去呀！」

盧卡斯瞄她一眼。

「我知道。我只是想讓你知道莎菈的建議。」艾琳聽得出伊薩克正竭力保持冷靜，他也不曉得該怎麼辦，不知該如何反應，更遑論傳達給她。

「我現在就上去。我先去看他，再跟盧卡斯走。」

「好。」

艾琳向盧卡斯說明情況，旋即離開辦公室。她的心臟怦怦狂跳。冷靜。她對自己說，然而卻滿腦子想著她可能會失去威爾。

她不能再失去任何一個心愛的人了。

81

艾琳反手掩上門，淚水盈滿眼眶。剛才，她坐在威爾身邊，奮力眨眼逼退淚水。她想表現出勇敢的模樣，沒有一絲恐懼，但這全是故作堅強。

威爾看起來糟透了。他極度虛弱，床鋪上方的燈光打在他身上，使他的皮膚彷彿透明了起來，太陽穴底下的藍色血管清晰可見。他的呼吸很淺，好像得費盡氣力才能維持最基本的生理功能。

儘管莎菈再三保證他的血壓已恢復正常，一切都在控制之中，艾琳仍不斷幻想最悲慘的景況：

萬一他血壓又驟降怎麼辦？

萬一莎菈隱瞞壞消息，因為她深知除了救援抵達、別無他法？

但艾琳明白她不能被恐懼控制。如果她屈服，不僅威爾命在旦夕，其他人同樣岌岌可危。

她急奔過走廊，抹去淚水。

專心。她囑咐自己。控制你的情緒。

盧卡斯在檔案室外等她。「威爾還好嗎？」他邊開門邊問，眼中只有真摯的擔憂。

「他……血壓突然掉很低，不過我離開的時候又上來了。莎菈認為那可能是感染的初期徵兆，他得用抗生素。」艾琳停下來，內心湧上強烈的罪惡感。

她真的該拋下他繼續調查嗎？

盧卡斯看著她，似乎有點為難。「嘿，」他輕輕地說，「如果你想回去陪他，我一個人沒問題的。」

艾琳率先走進檔案室。「不行，我得把這件事做完。」這不只是為了確保瑪歌不會再傷害任何人，更因為此時此刻這件事已與她切身相關：瑪歌殺害蘿蕊、刺傷威爾，她必須阻止她。

「就是這裡。」她在檔案室中央蹲下來，兩手在橡膠地墊上摸索。

她的視線鎖定地墊某處的菱形孔洞：上面立著一小片金屬，頂端的銀色星星裝飾清楚可見。

「那是什麼？」盧卡斯單膝跪在她旁邊。

「髮夾。瑪歌的。上次進來的時候我就在地上看見它了。當時我沒把一切連在一起，直到看見她留在信封上的指甲油碎屑，才勾起一連串畫面……我想起她曾經在櫃檯上挑指甲，後來她順手一掃、不小心撞翻自己的手提包，幾根髮夾掉在地上……」

艾琳又發現其他幾樣東西：地墊孔洞間還有幾塊小小的深色碎片。她舔溼指尖、沾了沾地墊，碎片旋即附在指尖上。艾琳仔細打量，在腦中翻找資訊。

瑪歌的指甲油碎屑。這種灰色十分特別……

「這又是什麼？」

「指甲油碎屑。」即使她還心存懷疑，此刻也全部釐清了。「瑪歌來過這裡。而且是最近。」她湊近細瞧，地墊之間還有幾片更大的碎屑。如果她單純只是挑挑指甲縫，那麼碎屑分布的範圍應該更廣，也會落在地墊上，但不會像這樣大塊大塊掉在地墊底下。肯定有什麼動作導致指甲油剝落。

「本來沒有這個地墊，對吧？」

盧卡斯站起來。「對。原來的地板壞得差不多了，鋪上地墊只是權宜之計。不過後來這個房間的規劃有變，我們也就暫時擱置不管了。」

艾琳繼續研究，她注意到地墊表面似乎有一道細縫，於是視線跟著細縫走，發現這條縫竟圍成一塊邊長約一公尺的正方形。

她以手指循縫摸索，指尖有些刺痛。

這絕對不是巧合。

「怎麼回事？」盧卡斯瞧她一眼。

「不確定。再給我幾分鐘。」她彎下腰，從口袋抽出小刀，將刀刃插進細縫框出的邊角，再使勁往下壓，將橡膠地墊的邊角撬起來。

她抓住邊角使勁拽，掀起整塊地墊：地墊底下有薄薄的塑膠貼皮地磚，塑膠貼皮沒有任何標誌或紋路，卻布滿一點一點的指甲油碎屑。這塊貼皮地磚也有同樣的縫線標記，範圍比橡膠地墊更大，形狀也一模一樣。

艾琳感到脈搏不規則的跳動。她就要發現什麼了。

她再次把小刀插進地磚角落，這回毫不費勁即輕鬆掀起，彷彿之前已經有人這麼做過。她將整塊貼皮掀開後立刻停下，愣愣地直瞪著看。

貼皮地磚底下並非一般水泥地面，而是完全不同的東西：一扇木門，木板上有兩根內縮的金屬把手。儘管表面覆滿灰塵，但艾琳看見更多深色碎屑。

瑪歌動過這扇門，還有上方的地磚地墊。可能還反覆掀開過好幾次，所以才落下那麼多指甲油碎屑。

艾琳抬眼瞄了瞄盧卡斯。「你知道底下是什麼嗎？」

「不知道。」他迅速回答。「我壓根兒沒見過這扇門。」

「整修的時候也沒看過？」

「沒有。重新整修的時候，這裡到處是這種貼皮地磚，又髒又舊，表面也不平整。我們請工人先鋪上地墊，等確定要怎麼規劃了再處理。」他低頭看看地板。「你該不會認為這裡……」

「不無可能。」艾琳也不敢肯定。假如底下真有個密室，那麼絕對是抓人藏身的絕佳地點。進出飯店容易，卻又十分隱密。

艾琳緊抓門把，奮力將木門往上提，門瞬間就開了，一股陳腐凝滯的氣息直往他們臉上衝。

艾琳傾身去瞄門縫。下頭一片漆黑，什麼也看不見。

她從手提包撈出手電筒，光束照亮最上方幾級階梯。這應該是石頭鑿出來的。
「我要下去。」
「現在嗎？」盧卡斯訝異地看著她。
「不能再等了。我們得在她再出手傷人前阻止她。」
「好吧。但我和你一起去，你一個人去太危險了。」
「好。」她迎上他的視線。「我先走。」

82

艾琳右手緊握手電筒，緩緩走下階梯，盧卡斯緊跟在後。陳腐的霉味鋪天蓋地襲來，這裡空氣極不流通，灰塵密布。

再往下走幾級，艾琳轉向盧卡斯、壓低聲音說：「繼續往下走以前，能不能麻煩你確認木門內側有沒有把手？」

盧卡斯往回走幾級，檢查入口門板內側。「有。」

「所以瑪歌也有可能已經從這道門下來……」她把腦中的想法說出口。由於監視器故障，所以只要附近沒人，她隨時都能不受干擾、自由進出檔案室，就算把木門關上也無妨。

「很有可能。」盧卡斯附和。

來到階梯最底層，艾琳意識到檔案室的光幾乎照不到這裡。她再次打開手電筒、繞了一圈，大致掌握空間概況。前方還算開闊，但左右空間不大。黑洞般的暗影朝遠方延展而去。

地下通道。

如她所料，此處並非地下室，這條通道肯定延伸至飯店前方，穿過SPA和停車場，說不定還通往更遠處。

艾琳將光束掃向壁面，發現石壁和剛才的石階一樣，工法粗糙、表面滲水。

她將光束往上照，見到天花板裝了一排老式日光燈，看起來很久沒亮。燈管上都是灰塵，燈罩斑駁碎裂。

艾琳認真思索。安裝照明意味著通道原本就是建築物的一部分，而非後來才挖。她轉向盧卡斯，「你確定設計圖上沒有這條地道？」

「我確定。」他從口袋掏出自己的手電筒，扳開開關。「整修前我們探勘過一次，那時候也沒發現。」盧卡斯竭力壓抑恐懼，但艾琳感覺得出來。他胸膛不規律起起伏伏，呼吸短促而淺急。

「出口那端也沒有任何標誌？有沒有什麼不尋常的結構或建物？」

「沒有。出口鐵定被封死了，除非這條地道長達好幾公里——但如果從用途考量，就不太合理。」

「所以你知道這條通道原本是做什麼用的？」

「我不敢確定，不過萊森的幾家療養院也有地下通道，方便他們把食物和補給品送進大樓，再不然就是——」他臉色一凜，「運送死者。因為不想讓其他病患看見。」

艾琳思忖他說的話。如果這是真的，那他怎會不曉得這裡也有地道？照理說，這種地道應該都有紀錄，否則也該有人提過吧？除非是為了其他理由，艾琳心想，而且是不能讓外界知道的理由。

「說不定這條地道是照片上那些醫生在使用的，」艾琳覺得這個想法令她極度反感。「或許就是因為這樣它才沒留下紀錄。」

「不無可能。」

艾琳轉過身繼續前進。每踏出一步，惶惑不安的感覺就加深一層。

這樣走了數公尺，地道出現變化，地面分成不同高低，右邊冒出石階，左邊則仍一片平坦。

「你知道這裡為什麼做成這樣嗎？」

盧卡斯點頭，頸部繃得死緊，底下的血管彷彿要突破皮膚表面。「這邊、也就是平坦的這一條，如果功能跟萊森那邊差不多，就是給電動臺車走的，用來運送屍體。至於旁邊的階梯，則是人員步行通道。」

艾琳真希望自己沒開口問。她低頭往前走，手電筒光束只能依稀穿透黑暗，前方依舊什麼也沒有，看不出有任何人在此暫居逗留的痕跡，沒有跡象顯示瑪歌曾待在此處。

難道他們想錯了？這條地道有沒有可能與兇殺案完全無關？

這時候，她意識到盧卡斯的手電筒燈光定住不動。光束停在前方高處。

「你看，」他悄聲說，「地道變寬了，上面。」

艾琳向前走幾步，左右掃動燈光查看。

沒錯，這部分的地道變寬，再往前又變窄。艾琳正打算繼續往前走，手電筒卻突然照到某樣東西：地面凸出一段約半公尺高的金屬，在黑暗中微微發亮。

艾琳走近，將光束對準目標，心中警鐘同時響起。那個畫面從黑暗中浮出——手電筒照到的金屬原來是臺車的一部分。臺車被塑膠布蓋住，布角微微拉開，車體側邊綁著長長的纜繩，上緣、下緣各兩段。

艾琳靜立不動，專注評估。臺車底部有幾個帆布袋，另外還有些毛巾、瓶裝水散置一旁。帆布袋左側有張小桌，桌上擺著金屬器械，有鉗子、剪刀和手術刀。

器械表面沾了血。顏色深沉，微微反光。

她忽地摀住嘴巴：*這裡就是案發現場。蘿蕊死前就是在這裡被切斷手指。愛黛兒也是。*

艾琳瞪著眼前景象，一幕幕畫面充斥在腦海，掌心開始出汗，溼滑地握著手電筒。

「這地方就是……」盧卡斯沒把話說完，目瞪口呆。

「對。」艾琳聲音不太穩。「這個地點相當完美。空間夠大、夠隱密，進出方便——」她忽地打住，突然聞到一股不太一樣的濃烈氣味。

這一路走來，地道內霉味很重，空氣極不流通，但是這裡聞起來完全不同，這裡腐臭味極濃，類似腐肉混合金屬的氣味。

艾琳前進一步，呼吸越來越淺急短促。

那應該是器械上殘留的血腥味。因為空氣不流通，就算瑪歌清理過，臭味仍卡在縫裡、久久不散。

就在她即將轉身去找盧卡斯的瞬間，她看見了——在地道最寬處的壁面凹槽裡。
艾琳愣住。強烈的作嘔感急湧而來。
不可能。

83

艾琳摀著嘴，膽汁飆升；苦味漫過喉頭、填滿口腔。
瑪歌。
她吊在複雜的臺車系統上，身體跟木架綁在一塊兒。
怪異可怖的橡膠面罩半掛在臉上，露出側臉。她的面容暗沉，臉頰有乾涸的血跡。
她一眼睜著、一眼閉著，睜開的那眼毫無生氣，空洞木然。
艾琳瞪著她，全身發抖，拚命想理解眼前景象。
她自殺了？因為她知道他們要來抓她嗎？
然而，當艾琳順著瑪歌的屍首往下看，她發現她的身體是吊起懸空。她的手腕和腳踝被複雜的繩結緊緊綁住，而腳踝上的繩索則纏在類似曲柄把手或轉輪的物體上。
她絕不可能把自己綁成這樣。
艾琳視線向左移，檢視瑪歌的頭部：一把金屬鉗直插額頭，鮮血從傷口邊緣溢出、流淌。鉗子上有個金屬鉤，鉤上綁了繩索，繩索同樣固定在另一只轉輪上。

艾琳望向瑪歌頸部，脈搏頓時在耳內隆隆作響：拉長、扭折的頸部有好幾道傷口。

就算那把刺入額頭的金屬鉗並未取她性命，這座猶如中世紀絞架的裝置也足以令她腦袋和脊椎分家。

當場斃命。

一幅幅畫面像走馬燈從腦中呼嘯而過。她第一次見到瑪歌不過是幾天前，現在她卻變成這副模樣。太殘忍了。

艾琳當下明白，這一幕絕對會成為她終此一生揮之不去的畫面，永誌難忘。

她深呼吸，等待熟悉的恐慌感來襲，可是期待卻落空。她覺得腦袋變得清晰、警醒，並且迅速理解、掌握眼前情勢，可是隨之而來的領悟，讓她衷心希望一切正好相反。

「瑪歌不是單獨行動。」艾琳轉向盧卡斯。「這段期間，她始終都在和某人合作。」

84

沒有回應。

艾琳回身繞了一圈，謹慎打量四周。

「盧卡斯？」她喊他，聲音在漆黑地道裡幽幽迴盪。

還是沒有回應。

她倏地陷入驚恐，渾身都痛了起來。艾琳再轉一圈，這回放慢速度、隨著手電筒燈光繞圈察看。景象逐一映入眼簾：金屬臺車。散置的器械。滲水的石壁。

就是不見盧卡斯。

他人呢？

不到幾分鐘前，他還在她身後。她迅速考量各種可能性：也許他聽見或看見了什麼，一個人先往前走了？

艾琳向前走了幾公尺，掃視地道空間，嘴裡乾得要命。

連個人影也沒有。

她掉頭往回，就在這時候，她聽見遠方傳來一記沉悶聲響，思緒飛快運轉，然後頓時意識到真相。

入口的木門。

他走了。盧卡斯循原路出去了。

艾琳領悟，一瞬陷入震驚絕望。他會在這一刻離開只有一個理由。

這個念頭導出結論：瑪歌合作的對象就是盧卡斯。他才是凶手。

但如果真是這樣，他為何不趁有機會的時候直接在地道殺掉她？

艾琳轉身、拔腿往回衝。地道是條緩坡，再加上這裡的海拔高度，艾琳跑起來十分費力，每一步都很艱難，彷彿像原地踏步。汗珠一顆顆滑下額頭，她不耐地揩去，繼續向前跑。

她一顆心都放在瑪歌身上：盧卡斯為什麼殺她？

哪裡出了錯？或者這只是計畫的一部分？難不成瑪歌根本被他耍了、成了他的代罪羔羊，目的是讓整件事看起來像是復仇，好讓他不受阻礙地執行接下來的計畫？

各種念頭和想法閃現腦海——賽西兒對她說過的話，他和蘿蕊的關係，他對這間飯店的執迷。他說過的謊。

這一切都說得通了，不是嗎？他殺人的動機可能就是她想過的一種可能性——說不定也是最重要的那一個：保住飯店。賽西兒提過他對這間飯店多麼有熱情：這是他為自己樹立的紀念碑。

難道，他為了保護這個屬於自己的遺產，不惜欺瞞世人？不無可能。凶手企圖掩蓋真相，掩蓋療養院黑暗的過去。

他之所以殺掉這幾個人，是不是因為他們知道某些內幕？

如果他夠理智，邏輯會告訴他這樣根本行不通。但艾琳明白，殺人犯的邏輯從來與理智無關。在他心裡，他的一連串行動完全合理，也是唯一站得住腳的結論。就是這種孤注一擲的堅定信念，使殺人者能下殺手：一心一意、殘忍無情。

不論答案是什麼，艾琳知道她必須加快行動。

好不容易來到石梯前，她仰頭開始往上爬。她的眼前一片漆黑，上方不見檔案室的光亮。

她的懷疑正確：他把地道木門關上了。艾琳咬住手電筒，抓住把手，使盡全力往上頂。木門動也不動。

她再試一次。這回她用指腹探索、尋找鬆動點，仍一無所獲。

艾琳決定改變戰術。她往下退幾級、屈身奮力一彈，試著用全身的力量向上衝撞。

還是沒用。門板大概只移動分毫，露出細細一線天光。

艾琳踉蹌落回短窄的梯階，左右張望，內心的恐慌逐漸升高。

他竟然把她關在地道裡。

時間一分一秒過去，艾琳絞盡腦汁思考辦法。除了盧卡斯和賽西兒，沒人知道她在這裡。賽西兒說不定還沒出來找她，而這或許會讓盧卡斯有足夠的時間執行計畫。

如果再進入地道、嘗試尋找另一端的出口，就目前來說似乎沒有太大意義。因為盧卡斯說了，另一端說不定已被封住。

動腦筋，艾琳。動腦筋想。

腦中突然閃過一絲靈光——她竟沒想到這個最簡單的辦法。

手機。

她轉身站好，從口袋摸出手機。螢幕瞬間亮起，但艾琳有不妙的感覺：訊號只有一格，還不時閃滅。她前後挪移，依舊不樂觀。最後訊號格徹底消失，吐出一行字：無訊號服務。

艾琳往上爬，屈身擠進最頂端的梯級，盡可能貼近上方地面。她低頭瞥瞥螢幕，終於看見「瑞士通訊」四字。閃滅不定的訊號格也穩定了。

儘管訊號微弱，但應該夠用。艾琳蹲坐在石階上發訊息給伊薩克。

我被鎖在檔案室。室內中央有入口，看起來像橡膠地墊上刻出的方塊。掀起地墊和底下的塑膠地磚就能看到入口。

她立刻收到回覆：**馬上到**。

幾分鐘後，她聽見上方傳來聲響，粗重而沉悶的摩擦。

活板門咿呀作響。下一瞬間，大量光線傾洩而下。

艾琳猛眨眼，一時被閃得眼盲，依稀瞧見伊薩克跪在上方洞口邊。他臉好紅，滿頭滿臉的汗。

伊薩克伸出一隻手拉她上來。「你沒事吧？」他粗聲粗氣，卻充滿了關懷。

「沒事。」她站直身體，深呼吸。「伊薩克，瑪歌死了。」

「死了？」他一時啞了嗓子。「但你不是說——」

艾琳重重嘆氣。「我知道。但我找到她了，就在底下的地道。」想到瑪歌那支離破碎的屍體，艾琳微微瑟縮。那畫面太恐怖、太野蠻了。

「所以不是她幹的？」

艾琳並未馬上回答，努力釐清思緒。「我還不敢這麼說。我非常確定她涉案，但我認為她應該是跟別人聯手——就是把我關在這裡的人。」

伊薩克皺眉。「我不懂你的意思。」

「盧卡斯。」她直接掀開底牌。「他和我一起下去、陪我去找瑪歌，從頭到尾都和我在一起。可是後來，在我專心查看過瑪歌的屍體之後，轉個身就發現他不見了。」

伊薩克鼓起臉頰，緩緩吹出一記口哨。「你當真覺得他和這事有關？」

「要不然他為何拋下我還把我關在下頭？」

「那他幹麼不直接殺掉你，讓你別再擋路礙事？」

「我也不知道。」艾琳回答。「這我也想過。當時瑪歌的屍體讓我分心……說不定他覺得沒必要殺我？」

伊薩克焦慮地望向檔案室門口。「那你現在打算怎麼辦？」

「我們得找到他，不能讓他繼續殺人。」

85

艾琳走進交誼廳，室內變得更亮，卻也更空曠清寂——窗外的天空泛著奶白色銀光，看起來不像近午，更像清晨。

人們圍聚在吧檯旁的兩張桌子，卻沒人說話，不是看手機就是輕啜飲料。

艾琳看見賽西兒坐在第一桌，雙手緊扣咖啡杯。

她一步步走近，胃裡緊張得七上八下：待會兒聽完盧卡斯的事，她會有什麼反應呢？

賽西兒抬頭，面容消瘦憔悴。「威爾還好嗎？」

「比較穩定了。」

「那就好。」

艾琳壓低聲音。「賽西兒，我想我們得單獨談一下。」

「好。」賽西兒起身，靠上椅子。兩人走向交誼廳另一邊的空桌，遠離其他人的視聽範圍。

艾琳落坐，拉拉襯衫。好熱啊。壁爐離她們僅數公尺遠，火正熊熊燃燒。

她斷斷續續重述稍早的事發經過，時不時因為賽西兒矛盾混亂的表情暫停敘述。賽西兒時而困惑、時而無法置信，此外還有另一種表情，讓艾琳有些意外——聽天由命。

她繃緊的表情彷彿一瞬間放鬆，變得釋然。

難道她一直以來都在懷疑他？

「你真心認為盧卡斯參與這一切？」待艾琳說完，賽西兒反問，眼神十分陰鬱，又像被掏空。

艾琳長長吸了一口氣。「他跑了，賽西兒，而且還想把我鎖起來。雖然他這麼做也許還有其他解釋，可是目前我實在想不到。」

賽西兒好一會兒沒說話，凝視僅數公尺外從天花板垂下的玻璃展示盒。艾琳看過裡頭的展示品，那是以玻璃和木頭製成的壓力計；說明這樣寫：當年外科醫師破壞結核病患者的肺部組織時，會以壓力計測量胸內壓。

經過這一連串發現，此刻在艾琳眼裡，這東西只令她噁心想吐。盧卡斯刻意將這個意義融入飯店設計，成為一項特色。

「所以你想怎麼做？」賽西兒終於開口，身影投射在吧檯後方的鏡子裡似乎有些失真，她凝重的表情拉長、變形。

「兩件事。首先我們必須把大家集合在一塊兒，任何人都不能離開這房間。第二，我們得找到盧卡斯。」

「這會兒很難說他會在哪裡。飯店這麼大，而且搞不好又會冒出個像地道那樣的藏身處，不是嗎？」

「是這樣沒錯，不過，如果他短時間內要進行下一步計畫，就極有可能還在飯店主建築裡。」

賽西兒生硬地點點頭、眼神堅毅，透露決心。「那就先從他的辦公室找起吧。」

這地方完全變了樣。原本一絲不苟、處處完美的設計空間已遭破壞殆盡。

辦公桌亂七八糟，紙張文件散在光滑的木桌面上，幾本記事本翻落在地。抽屜被一格格硬扯開來，椅子拉開，退離辦公桌。

這裡彷彿遭人闖空門，被洗劫掠奪。

艾琳背脊發涼，驟然領悟一個令人不舒服的事實：他回來過。回來找東西。

她走向辦公桌，目光落在某件熟悉物品上。

匿名信——盧卡斯曾經拿給她看的那幾封威脅信函。現在她知道這些全出自蘿蕊之手。

眼前大約有十來封信，每封都不一樣。她收攏成一疊。

但他只提過三封？

所以，黑函持續的時間比他承認的還要久嗎？若真是如此，這的確可能成為他犯下第一件殺人案的導火線。如果他感覺受人要脅……

「那是什麼？」賽西兒轉向辦公桌。

「我又找到好幾封匿名信，蘿蕊寄給他的。」

她蹙眉。「他找這些信要做什麼？」

「不知道。」艾琳搖頭，又看了這疊信一眼。這回，好像有什麼東西牽動她的意識。

辦公室裡好像有個地方不對勁。

她費了一會兒工夫才想通：壁櫃。

那是唯一沒有被動過的地方。牆上有一整排壁櫃，離地約半公尺。

每一扇門中段都有個小型鎖扣機關。

艾琳走向壁櫃、屈身蹲下、檢查鎖頭。「你有櫃子的鑰匙嗎？」

「沒有，他可能都帶在身上。」

艾琳起身，掃視室內，尋找能弄開鎖栓的堅硬物體。

辦公桌角落有個大型玻璃紙鎮。她抓起紙鎮，跪在最大一座壁櫃前方，將紙鎮瞄準鎖頭上方、狠狠往下砸。

失敗。她汗溼的手心抓不住玻璃，紙鎮擦過鎖頭，重重落地。

她把掌心往褲子上一抹，再試一次。這回她正中目標，喀噠一響。鎖頭棄守。

艾琳立刻勾住門邊、使勁拉開。

她嚇得一縮。

櫃子幾乎是空的，只有一樣東西：**面罩**。

過去幾天，猶如恐怖陰影籠罩眾人心頭的**黑色橡膠面罩**。少了人臉五官支撐，面罩鬆垮垮地攤在櫃子裡。

艾琳無法移開視線。這一刻無限延長，大腦深處彷彿有顆齒輪開始轉動。罪證確鑿。這跟她在愛黛兒、蘿蕊臉上看到的面具一模一樣。瑪歌也是。

盧卡斯就是幕後黑手。

賽西兒從她身邊冒出來。「這東西放在這裡？」

「嗯。」艾琳拿起面罩，仔細端詳。頂端邊緣龜裂，粗粗的管子連接口鼻部。她拿著面具在指間翻轉，一個念頭隱約成形，但她還來不及抓住，那念頭就化成碎片溜走。

賽西兒蹲在她身旁。「我知道看起來似乎就是這麼回事，但這不合理呀。」她連珠炮似地一句接一句。「他為什麼要中傷飯店，破壞他花了那麼多時間、苦心打造的一切？按理說，他應該知道飯店鐵定熬不過這種醜聞，」她碰碰面罩，「我敢說這一定是誤會，肯定是哪裡搞錯了。」

艾琳覺得肚腹彷彿裂開一個大洞。賽西兒正不計代價、找理由為盧卡斯開脫。她還在保護他，即使現在也一樣。

然而艾琳不忍心苛責她。她懂她的心情。這些年來，伊薩克不也是這樣照顧她的嗎？隱瞞事實真相，保護著她。

「賽西兒，我——」

「我想看看其他幾個櫃子。」賽西兒打斷她的話、伸手拿紙鎮。「我敢說這樣的東西他一定有很多種，就是療養院留下來的文物。」她比比四周，「你看牆上、看看那些畫。他只是對這地方的歷史非常感興趣，如此而已。但這不代表他有其他不好的想法。」

「賽西兒，我知道這對你來說不容易，但是——」

艾琳沒能把話說完，賽西兒就手一鬆，紙鎮從她腿邊落至地上，發出碰的一聲悶響。

「這一切……」她嗓音嘶啞，「全是我的錯，都是我的錯。」

艾琳看見她的眼神，賽西兒崩潰了。

她一直都知道，是不是？她知道他做了什麼。

「這不是你的錯，賽西兒，」她輕按她的手臂。「沒有一件事是你的錯。」

「是我。」賽西兒轉向她，兩眼通紅，滿布血絲。「有件事我一直沒坦白，但我認為應該讓你知道。」

86

賽西兒起身走向窗前。「這件事和丹尼爾有關——和他出事有關。」她垂下視線。

謊言。艾琳挺直背脊。一個掩蓋一個。

「丹尼爾失蹤前，其實是在舊療養院跟盧卡斯還有幾個簽約建商開會。事發當時沒人知道出了什麼事。他太太收到他發的簡訊，表示他在鎮上晚餐時喝了太多酒，所以那晚打算去克雷恩蒙塔納的爸媽家住一晚。」

艾琳點頭，沒說話。

「隔天，看守人上山來——他只是個孩子，每週上來看一次。當時，這地方幾乎是座廢建築，偶爾會有人闖進來。」賽西兒暫停一下，眼神飄向窗外。「那天下午，盧卡斯接到電話——那孩子每次都會一間房、一間房檢查，確認狀況，但那天他在其中一間舊病房發現一具屍體。」她停下來深呼吸。「指頭被切下來。臉上戴著面罩。」

「就像這個？」艾琳瞥瞥她手中的面罩。

「對，差不多。那孩子打來的時候，盧卡斯人在洛桑的辦公室。他囑咐他別說出去，他會盡快趕到現場。後來盧卡斯告訴我，當時他心裡還抱著一絲希望，希望這只是某個示威者的愚蠢惡作劇。結果不是……」賽西兒抹去臉上的表情。「那孩子說的沒錯，那裡的確有具屍體——是丹尼爾的屍體。」

「我猜當時他沒報警吧？」艾琳咬住下唇，不斷在腦中解析賽西兒的自白；她有好多問題想問，可是不知道該先問哪一個。

「沒有。他打給我，慌張地問我該怎麼辦。那時我在城裡爸媽家，所以到這裡和他會合。」賽西兒舉起手、摀住嘴，喉間發出奇怪的聲音——某種不穩、濃濁的吐氣聲。「丹尼爾手腳被拉開，整個人綁在一張舊式輪椅上，臉上還戴著那副恐怖的面罩。」淚水湧上，她伸手揩去。

「但你們還是沒報警？」艾琳聽見自己語帶指責，但她實在控制不住。她有點不想再聽下去，不過還是逼自己耐著性子聽她說。

「沒有，盧卡斯不想報警，他慌了，他說這會讓改造案玩不下去、胎死腹中。」賽西兒一聳肩。「他說的沒錯。已經有這麼多人反對改造療養院，如果再加上這件事，計畫肯定被迫中止。」她吞吞吐吐。「我明白這件案子對他的意義。他傾盡所有、全心投入，不只是金錢和資源，還有他的人生、婚姻。他把一切全壓在這項計畫上。」

「後來你們怎麼做？」

「盧卡斯把屍體搬離現場，處理掉了。」

「你沒問他是怎麼處理的？」仍是滿滿的指責，她口氣尖銳。

「我沒問。」賽西兒的表情一時有些冷淡。「我不想知道。我已經做了該做的事——我只負責替他保守祕密。」

「但現場呢？那裡可是殺人現場。丹尼爾被通報失蹤以後，照理說警方應該搜過那地方才是呀？聽你剛才的描述，那裡應該有血跡和跡證吧？」

「盧卡斯清掉了，弄得好像沒出過事一樣。他搬動家具，把房裡搞得髒兮兮。其實不會太困難。警方一開始也很難下手。」她低頭看著手。「不過他們搜得並不仔細，當時他們傾向認為丹尼爾是出於自己的意志，是他決定搞失蹤的。」

「可是那個男孩呢？發現丹尼爾屍體的那個看守人？他應該會想報警吧？」

「盧卡斯買通了他。」賽西兒的聲線空洞而尖細。「他付給他一大筆錢，要他消失。他照辦了。」

艾琳試著抓牢自己的邏輯。「所以，在發現愛黛兒的屍體後，你找過盧卡斯嗎？有和他討論兩具屍體的相似處嗎？」

「我們討論過。但他說，如果把丹尼爾的事告訴你，我們可能會遭到逮捕——因為藏匿屍體、知情不報、掩滅證據……」賽西兒越說越小聲，肩膀越縮越緊，彷彿快就地消失。「盧卡斯說，他希望我們能自己找出來是誰幹的，他說肯定不會有人把愛黛兒的案子跟丹尼爾連在一起，但我從沒想過竟然會是他……」她的聲音彷彿裂成一片片。

艾琳看著她，突然一陣疲憊。接下來還會蹦出多少謊言？

大家都只告訴她一半的實情，她從頭到尾都處於劣勢。

賽西兒沉默了好一會兒才開口說話。「你知道嗎，盧卡斯終於完全擺脫醫院時，他說了一句話，這句話我一直忘不掉：他說，他受夠了無助感……受夠了總是聽別人叫他做什麼。」她停下來，結結巴巴。「他說……『從現在開始，我想怎樣就怎樣，誰敢擋我的路，就去死好了！』」

艾琳望著白雪撲打在窗上。

他如願了。現在沒人敢說他無處求援了。

她轉身面對賽西兒。「我打算一間一間搜、一間一間找。能不能麻煩你回交誼廳繼續守著大家？」

「不用我陪你去嗎？」

「不了。人一多，他也許會受驚嚇，我們得謹慎應對。」

「你覺得沒問題就好。」賽西兒走向門口，「有事打給我。」

「我會的。」艾琳把面罩放回壁櫃，拿起自己的手提包，赫然意識賽西兒方才描述盧卡斯的那段話仍在腦中徘徊：

從現在開始，我想怎樣就怎樣，誰敢擋我的路，就去死好了！

這句話牽動她意識深處的某顆齒輪，齒輪轉動，她停下手邊的動作，瞪著地板，試圖咀嚼和分析。

她的推理正確嗎？又或者，她只是工作過度、導致腦力耗盡，憑空想像，就像黑膠唱片上的刮痕那樣讓她的大腦一下子跳入錯誤軌道、因此產生錯誤結論？

眼下只有一個法子能確認：找證據。而且要無可辯駁的確切證據。

艾琳摸出手機，沒幾秒即點進她要找的網站。她的雙手出汗溼黏，努力滑動螢幕視窗、尋找相關段落，指尖在螢幕留下潮溼的印記。

慢點兒——她滑得太快了。

艾琳逼自己放慢速度，細心地往回捲動網頁。

那幾個字忽然出現在螢幕上。

她的推論正確無誤。

然而，就在她察覺的當下，另一個念頭同時竄入腦中——細微、巧妙，唯有她打通另一處關節後才意識到。

她走回壁櫃、拉開門板，跪下來，再次取出面罩、湊近鼻尖。艾琳吸氣，按照鑑識科的做法，一次吸到足。面罩滑落，掉在她腿上。

她沒想錯，她是對的。

這幾件事終於兜上。片段對話、肢體語言，猶如一塊塊碎片，終於合為一體。

眼下已無可疑之處。

艾琳只希望這個領悟不會來得太晚。

遠方，一扇門碰地甩上，聲音窒悶沉重。

艾琳一時反胃想吐，彷彿全身灌滿腎上腺素。

時間緊迫，再慢就來不及了。她需要多久才能趕到？三分鐘？還是四分鐘？

艾琳拔腿狂奔。

87

電動門向兩側滑開，將她吐進屋外的漫天飛雪中。

艾琳一步步走上棧臺，呼吸有點喘。她一路從盧卡斯的辦公室跑到這兒來，中間未停半步。她穩住步伐，掃視前方區域，瞇眼朝大雪深處探看。戶外池的蓋子已然移開，水下燈照得池水一片刺眼明亮。蒸氣氤氳，裊裊盤旋升空，待白霧消散，她一眼就看見大池邊有人。

盧卡斯。艾琳猜對了。她知道，如果他不在室內池畔，肯定在這兒。

但他並非獨自一人。剛才她想通的一切全是真的。

她踩進雪地、緩緩移動。雪花像一枚枚帶了羽毛的子彈，迎面撲向她的臉和雙眼。飆升的腎上腺素令她行動笨拙，沒辦法穩穩踩在鬆軟的粉雪上。她得刻意調整重心向後，以免滑倒。

好不容易，她終於接近大池。盧卡斯低頭，跨坐在右側遠處的一張躺椅上。他想轉頭看她，可是動作抽搐著，像個傀儡。盧卡斯兩眼上吊，不時露出充血的眼白。

她來遲了嗎？

艾琳加快腳步，繞過池子，來到他身邊。

「沒事兒，他快醒了。」賽西兒站在他身後，彎腰試著將他扶正，行為舉止有幾分照顧看護的意味，呵護備至、極度關懷。但艾琳不是省油的燈。

「你不用再演了，賽西兒。」她的嗓音低沉冷靜，簡單幾個字便展現她其實並未擁有的自信。「我知道是你，和瑪歌聯手的人是你，不是盧卡斯。」

賽西兒皺起眉頭，一邊打量艾琳、一邊沉思盤算。

「才不是。我在這裡找到他的時候他就這樣了，我只是想幫他。」她以同樣的語氣回敬艾琳，只不過多了一絲降貴紆尊的味道，彷彿在對小孩子說話。

艾琳立刻察覺賽西兒犯下的錯誤：面對毫無根據的指控，她理應表現出無法置信、懷疑防備的態度，而不是這樣——一派精心算計的優越感。

她也因此洩了底。

盧卡斯突然出聲，喉音濃濁不清。

艾琳轉頭看他。他稍微移動位置，她因此能看見他的左臉：盧卡斯眉毛上方沾了血跡，太陽穴附近有血塊。他面容蒼白，並且不知是因為流汗或下雪的緣故，皮膚溼漉漉。艾琳清清嗓子，她覺得口好乾，充滿唾液。

她得拖延時間。

「我知道是你，而且是你自己招的。你一直都很聰明，直到最後幾分鐘才洩了底。」

賽西兒表情神祕，難以捉摸。「我自己招了？」她反問。

「沒錯。剛才你在盧卡斯辦公室說的那句話——**從現在開始，我想怎樣就怎樣，誰敢擋我的路，就去死好了！**——我發覺我好像在某個部落格見過，和抗議飯店興建的事有關。有人曾用一模一樣的話形容過盧卡斯，推特也出現過同一則評論。」艾琳頓了頓，「你在網路上帶頭酸你自己的哥哥。因為整件事就是因他而起，對不對？因為他——盧卡斯。」

艾琳這番話在兩人之間掀起浪濤，卻似乎傷不到賽西兒。她一副百毒不侵、堅不可摧的模樣。

「就這幾句話？」她扭曲著臉，不置可否。「你就為了幾句話這樣血口噴人？」

「不光是這樣。」艾琳挺直背脊、抬頭挺胸。「我在盧卡斯辦公室那副面罩上聞到氯的味道。在好幾個照理說不該出現這種味道的地方，我卻一直聞到這個氣味——在閣樓發現蘿蕊時、我被襲擊的時候，還有通往閣樓套房的樓梯間，可是我始終沒頭緒怎麼回事——直到今天！你每天都游泳，不是嗎？」

賽西兒看著她，並不作聲。狂風扯動她的頭髮、撲打臉龐，但她仍面無表情。

「我就是這樣才猜到你會帶他來這裡。ＳＰＡ池。不是室內就是室外池。這裡算是你的舒適區吧？是能讓你感到自在的地方。」

「聽聽你在胡說些什麼。」賽西兒聲音空洞。「這些都只是你的猜測，不是事實。」

「這是事實。之前我說對了，是不是？這件事與飯店無關，和療養院的過去無關，全是私人恩怨，你和盧卡斯有過節。他做了某件事，某件讓你無法原諒、甚至一心尋求報復的事。」

「才不是，我——」

艾琳察覺她氣勢變弱、趁勝追擊。「你很聰明。這幾天發生的事、你殺掉的每一個人——你把這一切弄得好像和療養院的歷史有關，但其實不是。」她定睛看著盧卡斯。「這事和他有關，對不對？是他起的頭。」

賽西兒後退一步，假面具瓦解。她先是瑟縮、復而振作。「不是，你聽著，我——」

艾琳往前一步，靴子深深埋進雪地。「他做了什麼？賽西兒？告訴我他做了什麼。」

賽西兒的臉皺成一團，已然崩潰，彷彿有人將她的五官踩在腳下。她的喉嚨深處發出古怪而苦澀的哀鳴。

「不是他做了什麼……而是他什麼都沒做。源頭不是盧卡斯，」她表情扭曲，「是丹尼爾·勒梅特，他強暴我。」她猝地指向盧卡斯，巍顫顫地開口，「他都知道，但他什麼都不做。」

88

無人出聲，氣氛凝重。自抵達飯店以來，艾琳不曾感受過這種靜默，狂風撲打著，她甚至頭一次察覺雪花直墜落地的聲音。

「沒話說了嗎？」賽西兒的視線飄向盧卡斯。她身旁的池水蕩漾閃爍，蒸氣盤旋著逸入空中。他眼皮沉重，毫無反應地看著她。

「說啊，盧卡斯，那晚你在場，不是嗎？丹尼爾的十八歲生日派對，在席昂。你開車載我們一群人去丹尼爾家，那晚我們住他們那裡，全部人都擠在客廳過夜。」

賽西兒不帶情緒地描述，聲音裡的感情被掏空了。

艾琳深知這種狀態大多十分危險，它和狂暴激昂的憤怒不同，這樣冰冷、苦澀的憤怒不會炸開，會直接跳過爆發點，昇華成某種堅不可摧的實體。

「這不是隨機在路上被挑中的老套情節，」賽西兒說。「我可不是被某個陌生人拖進暗巷什麼的。他是我朋友，也是你最好的朋友，幾乎等於半個家人。而我當年才十六歲，盧卡斯，我只是個孩子。」

「賽西兒，不要——」盧卡斯的話語含糊不清。

「不要什麼？盧卡斯？你不要聽這些你一直不想面對的事？」她神情一冷，「丹尼爾和我原本只是親吻打鬧，笑著說我們得保持安靜、不能吵醒其他人。後來他開始拉我的洋裝、頂開我的腿，我試著跟他說我不要，但他摀住我的嘴、強暴我。」她搖頭，一臉自責。「當時我嚇呆了，什麼也沒做。和我以為碰到那種情況我會有的反應完全相反——我沒有反抗，讓他為所欲為。」

盧卡斯望著她，細碎雪花嵌入髮絲。

「等他終於從我身上下來，我轉頭看你，你卻假裝睡著——但我明明看見你睜開眼睛過，我知道你一直都醒著，也看見他做了什麼。」

他竭力想出聲，「不是這樣的，賽西兒，你知道事情不是這樣。」

「就是這樣，盧卡斯。簡直令人不敢相信，是不是？你竟然什麼都沒做，連試圖阻止他都沒有。坦白說我也很好奇，隔天我不斷不斷地想，想知道你為什麼不拉開他，但我還是決定先不要給你安罪名，因為我認為你可能只是不確定你看到什麼，或者不想害我尷尬。」她一步步走向他。

艾琳緊張了。儘管氣溫頗低，她仍感覺額頭冒出一顆顆汗珠。

「但我從來沒想過結果竟然是這樣，盧卡斯，我一直在等你說點什麼，等你問我到底是怎麼回事，問我有沒有怎麼樣。」賽西兒停下來，不自覺地改變說話節奏，換成一副好奇的口吻。「那時我本來全想好了。等我們談完會怎樣去找爸媽、怎麼跟他們說，然後報警。」

盧卡斯似乎也感受到她機械般的怪異語氣。他微微直起身，想改變姿勢，讓自己坐得高一點、挺一點，但她給他打了鎮靜劑，使他的動作遲緩費力。

「可是最後什麼也沒發生，你說是不是，盧卡斯？」

「賽西兒，當時我也還小，我們都是孩子。我並不完全明白當時到底發生了什麼事，也不曉得該怎麼處理。」

「你亂講。」賽西兒怒瞪著他。「你不是小孩了。小孩子也許會撒謊，但他只會撒一次謊，不是兩次。」她轉向艾琳。「幾個星期後，我鼓起勇氣跟爸媽說。」她字字清晰、精確明白。「他們也問你了，不是嗎？盧卡斯？我知道他們問了。他們問你，你卻撒謊。你騙他們說你什麼都沒看到。」

艾琳終於看見賽西兒臉上閃過一絲情緒，同時也瞥見她手裡的東西：一把刀。金屬反射頂燈的點點燈光。艾琳一看見她手上的刀，手便開始劇烈顫抖，逼得她不得不握緊拳頭、穩住自己。

「我為你付出這麼多……花這麼多時間在醫院陪你，還有學校，我為你挺身而出、對抗霸凌。我只需要你為我做這一件事，你卻做不到，甚至連說出來的勇氣都沒有。」

盧卡斯表情變了，瞬間從震驚變成愧疚。充滿血絲的雙眼來回掃過賽西兒的臉。最後，他低下頭，「對不起。」

「沒用的，盧卡斯。」賽西兒語氣沒有起伏，她握緊了刀，指節泛白。「你現在道歉也無濟於事。因為你當年沒有站出來挺我、沒有說實話，爸媽也決定掩蓋事實，認為這件事必定還有其他『解釋』。」她翻了翻白眼。「他們知道我迷戀過他，所以我始終沒想明白的是，他們究竟只是純粹不相信我，還是只是想讓自己好過一點？因為他們和他爸媽是朋友，因為丹尼爾是爸最欣賞的男孩，所以他們選擇不揭發？他們只告訴我，事情都過去了，人生有時候就是會遇到壞事，沒必要細究、搞得自己不開心。」她冷笑道，「即使後來我發現自己懷孕，他們竟然還叫我不要小題大作。於是我去墮胎，這件事到此為止——至少在他們眼中是這樣。」

盧卡斯緊閉雙眼、頭往後倒，抵著椅背。艾琳明白這個動作的含意：是愧疚。他竭力想封住回憶，將賽西兒逐出腦海。

「我的人生從此變了樣。」賽西兒深深呼吸。「游泳的時候，我每一次划水，眼前就會浮現他的臉——每個毛細孔，每一顆雀斑。他的身體壓在我身上，證明他比我強壯。」她停下來。「這讓我覺得自己……好渺小，彷彿我在游泳池裡的力量全是想像出來的。和他的力量相比，我什麼也不是。」賽西兒又向前跨一步，手指玩轉刀柄。

盧卡斯察覺她的動作，倏地睜開眼睛。

「你知道嗎，這就是他影響我的地方，他讓我覺得自己微不足道。」賽西兒舉起手，拇指和食指比出個很小的縫隙。「這麼小，像某種瑕疵品。於是我每一次下水都沒辦法正常發揮。比賽、我的游泳生涯，就這麼毀了。」

「可是……這些你從來都沒跟我說呀，」盧卡斯說話的速度仍慢，咬字不清，「我不知道這件事對你影響這麼大。」

「是你不問，盧卡斯。你不問，因為這樣比較能裝得相安無事。丹尼爾是你朋友。你選擇了你的朋友，而不是我。」

賽西兒沉默，艾琳瞅著她，覺得她應該還有話要說。

「我壓抑我的感受，試著假裝一切正常。我放棄游泳，進了洛桑的旅館學校。我說服自己能有不一樣的未來，我不會被丹尼爾做過的事局限或影響。我就是在這時候認識邁可的。」賽西兒踢踢腳下積雪。「大概一年後，我嘗試懷孕，卻一直不成功。我們去做檢查，醫師說我懷不上孩子——墮胎造成的感染害我沒辦法懷孕了。」

艾琳心頭一緊，她不太喜歡賽西兒此刻的語氣。她克制而嚴謹的措辭，不自然的邏輯……感覺不妙。

「我們的婚姻開始出問題。八個月後，邁可離開了。他說是我變了，但我知道真正的理由是我是個壞掉的物品，他想要完整的另一半，想要身體功能正常的人。」

「你應該跟我說的，」盧卡斯說，「你應該把這些全都告訴我。」

但是賽西兒彷彿聽不見他說話，自顧自的往下說。「你剛好在這時候打給我，告訴我療養院的改造計畫，問我願不願意加入。」她點點頭，神情哀愁。「我知道這是我當面質問丹尼爾的好機會，讓他知道自己做了什麼。」

「你和他談過了？」盧卡斯猛地改變姿勢，汩汩鮮血沿著眉毛流至臉頰，但他並未伸手抹掉，注意力全在賽西兒身上。

賽西兒再次靠近，來到他身旁；若不是她手上有刀，否則她的姿態幾乎可說是漫不經心、輕鬆自在。「對，就在我回來幾個禮拜以後。我跟他說，你找我幫忙，我想知道他覺得這樣好不好。」

「他怎麼說？」

「他說他沒問題。他什麼反應都沒有，沒有一絲動搖。」賽西兒眼神變暗。「你知道嗎，我總是很好奇他到底有沒有想過這件事。這些年來，他是否為了自己犯下的錯飽受折磨。每天晚上闔眼入睡前，是否曾經想起我。可是，在見到他的那一刻我就知道他沒有。我明白他從來沒想過負起責任，甚至對他自己也沒有。他就只是把這件事往旁一擺，搞不好還說服自己一開始就是我想要，又或者他根本不記得了。」她短暫停頓。「總之，他貶低我，把我整個人搞得分崩離析——就像這裡的那群醫生一樣。大家信賴他們、以為他們會把人醫好，這些人卻做出那種事。」

賽西兒轉向艾琳。「所以我就說你想錯了。你說這件事和療養院沒關係，和這裡曾經發生過的事無關。但這地方、這些祕密，它們是最後一根稻草……」她將視線轉回盧卡斯，「你告訴她，盧卡斯。你把這裡的真相告訴她。」

89

盧卡斯音量很低，咬字仍微微模糊不清。「飯店動工之前不久，瑪歌找上我們，詢問她親戚的事。瑪歌根據德國診所的資料發現，那位親戚被轉送到這裡，就是這間療養院。我們幫她找了，沒發現任何紀錄。我跟她說我們會繼續找。」

「瑪歌直接找上你們？」艾琳十指交扣又放開。她的手指快凍僵了，指尖好麻。

「對。因為她很堅持，所以我們繼續找，結果在某間舊病房的櫃子裡發現一只箱子，而且一看就知道肯定好多年沒打開過。我在裡頭找到一些文件、照片和病歷檔，還有筆記。病人都是女性。我開始讀，一讀才知道這些病人……她們根本沒有肺結核，並不是因為結核病才被送到療養院來。」

艾琳懷著那股已經避無可避的恐懼感，靜靜聽下去。

「病人都是從那間德國診所轉過來的。她們在這裡……參與一些試驗。起初只是實驗一些新療法，後來似乎漸漸變得……」他的聲音飄忽，「不可收拾。我們越挖越多，照片，紀錄檔……但你可以從照片和筆記看出來，那些已經不是單純的試驗，已經變成……其他的東西。」

「那是虐待。」賽西兒的聲音低不可聞。「過往的濫權行為。他們只是利用、剝奪毫無反擊能力的女人。」她迎上艾琳的視線。「那些女人在臨床上沒有任何問題。她們的父親、丈夫、家庭醫生假藉就醫之名，把她們送進那間德國診所，但真正原因大多只是她們的行為違反或不符合當時的社會風俗，舉措不見容於當時的社會。她們有太多想法、太愛表達意見。」她低頭注視地板，五官因憎惡而扭曲。「這種做法在當時其實還滿常見的。少數運氣比較差的，就會被送到這裡來。」

艾琳點點頭，盡可能讓聲音保持穩定。「你們為什麼不馬上公開那些檔案？」

「盧卡斯說，負面報導會影響飯店，他一心只想繼續他的計畫。」賽西兒咧嘴獰笑。「我們把事情告訴丹尼爾，他的反應也一樣。都過去了，把它忘了吧。」

「賽西兒，你這樣說並不公平，」盧卡斯想坐起來，「如果被其他人知道這裡發生過什麼事，警方勢必會展開調查，最後一定會影響到飯店的計畫呀！」

「什麼事都攔不了你，是不是？你眼裡就只有飯店。」她看了艾琳一眼，「盧卡斯和丹尼爾早就知道照片裡的墓地，也知道這種無名墳還有很多。量測土地的時候都有標上，但盧卡斯選擇忽視、繼續施工，而且用的還是賄賂那招。又一個人選擇視而不見。」

盧卡斯沉重吐氣，因為改變姿勢而痛得齜牙咧嘴。「我就是不明白，為什麼要讓那麼久以前發生的事影響這地方可能的潛力？」

「但是這才是重點呀，盧卡斯，難道你看不出來嗎？重點在於這種事持續在發生、它還在繼續——濫權、強暴、騷擾，從來沒停過。」賽西兒蹲下來，臉龐離他的臉只有幾公分，「這麼做輕而易舉，是不是？撇頭不看、置若罔聞？但我們的行為甚至比這更糟糕：我們共謀串通。不只男人，就連女人也是。」

「女人？」艾琳向前一步，希望賽西兒沒注意到。

「對，就是愛黛兒。看守人發現丹尼爾屍體的時候，她和那個人在一起。她是他女友，就和他一樣都被買通了。盧卡斯讓她在這裡工作、薪水高得不合理，藉此封住她的嘴。」

這說明了兩人的關係，ＩＧ那張照片。「我們曾經找到一張愛黛兒和盧卡斯的合照，在飯店拍的，應該是某場派對。但他們倆看起來好像在爭執。」

「對，因為她想要更多錢。」盧卡斯低聲回答。

艾琳轉向賽西兒。「不過，丹尼爾是你殺的對吧？你設計殺害他。那愛黛兒呢？你為什麼要殺她？」

賽西兒看著她，眼神明亮、熠熠發光。艾琳終於看見她展露出真實的情緒。「因為我從來不想只當個無名小卒。殺死丹尼爾以後，我以為我會被抓，我希望有人把我的故事說出來、把那些女人的故事說出來。我希望大家問我為什麼要用那種方式殺他。但沒人來找我。每個人都只想掩蓋事實。」

「你可以主動找人呀？找警察、找媒體，用你的方式說出來。」

賽西兒不可置信地瞪著她。「如果我自己去找媒體，那會變成我在詆毀他。當年就沒人相信我了，現在他們幹麼要信？唯一能求得正義的方式就是我自己動手，讓他們付出代價。」

艾琳瞪著她，整件事突然變得好清晰。這套邏輯不僅原始，還令人不寒而慄。她以最野蠻的方式復仇，硬生生讓天平恢復平衡。

「從丹尼爾到愛黛兒——時間為什麼隔這麼久？」

「我在等待正確時機。當我發現愛黛兒竟然向盧卡斯開口要更多的錢，我一下子火了。她非死不可。」

「那時候你已經和瑪歌聯手了，是不是？她容易受影響，所以你誘騙她入局。」

「我不會說那是誘騙，她純粹只是不排斥任何提議。那時她母親剛過世，她轉而投靠她的親戚——但是太過頭了。」

「太過頭？」艾琳反問。「她病了，賽西兒。她有嚴重的憂鬱症。精神病型憂鬱症。我在蘿蕊辦公桌抽屜找到幾份影印資料，一開始以為是蘿蕊病了，但她其實是在研究這個病，因為她擔心瑪歌，對不對？蘿蕊自己也有憂鬱症，所以她知道有哪些徵狀。」

賽西兒不耐煩地揮手，不想理會。「你要怎麼說隨便你，重點是她的動機。」

「賽西兒——」

「不要打斷我，這就是事實。瑪歌母親過世前曾經要她找出外曾祖母當年發生了什麼事。因為她失蹤了，她家每一代人都為此傷心傷神。外祖母耿耿於懷，她母親也放不下。她們只想要個答案。然而瑪歌發現事實真相以後，心靈並未因此獲得平靜。這件事反而釋放了她黑暗的一面。你找到的那個信封——裝照片的那個，她會隨身攜帶。她對那些照片走火入魔。」

「於是你就掐住她的弱點，對不對？瑪歌脆弱的精神狀態導讓她成為聽話的傀儡。你利用她。這幾宗命案都是她幫你做的，是不是？」

「我也是這麼猜測。」盧卡斯靜靜坦白。「我在地道時才想通來龍去脈。當我意識到瑪歌並非獨自犯案，腦子裡有個機關打開——我知道她合作的對象鐵定是賽西兒。可能知道這條地道的人只有她，而且也只有她才曉得瑪歌外曾祖母的真實遭遇。我知道她會利用這件事逼瑪歌和她合作。」

「那你為什麼要把我鎖起來？」艾琳問他。

「我想先找她談——兄妹之間，我想給她解釋的機會，可是我自己卻沒得到這個機會。她早就守株待兔。她不想談。」

艾琳轉向賽西兒。「你要求瑪歌怎麼幫你？」

「囚禁她們。她沒膽子做其他事。」賽西兒輕輕微笑。「總而言之，她會被捲進來全是盧卡斯的錯。其實她只是想要有人承認、坦白這間療養院曾經發生過什麼事，希望有人說出她外曾祖母的遭遇。算是某種紀念，就像沙地上的記號，讓世人能聽見那些女性的聲音。但盧卡斯毫無作為。」

「我已經規劃要做那間檔案室了……」

「但你一直沒做出來呀。你自始至終沒打算要完成它，那只是你擺脫瑪歌的權宜之計。更糟糕的是，你還給她工作，藉此消弭自己的罪惡感，好像這樣做就已足夠。」賽西兒不齒地看著他，淚水和冰晶使她臉頰不斷閃爍。「你在飯店各處掛上那些玻璃盒，像個戀物癖一樣展示療養院的過去，利用它們娛樂賓客，但你明明知道這些東西代表什麼意義。」

艾琳深呼吸。「所以你決定如法炮製。」

「對。我決定展示被害者，就像照片上那群醫生對女人做的事。」

「但蘿蕊呢？」她終於說出她的名字。「為什麼殺她？她只是瑪歌的朋友，也是你的同事呀。」

「她和他們一樣，到頭來都只是個懦夫。」賽西兒抹抹臉。「起先是她先勾引盧卡斯，但盧卡斯對她反應很差，所以她很氣，心有不甘，就開始四處打探改造計畫和賄賂、貪汙等等一類的傳聞。她想利用部落格公開這些資料，揭發他，卻虎頭蛇尾。因為她和你弟弟重修舊好，就決定放棄了。」

「所以你順勢接手？」艾琳看著賽西兒握刀的手緩緩貼近盧卡斯臉頰，不安地抖了一下。

賽西兒點頭。「我就是在那時候決定，要玩就玩個大的。」賽西兒拿刀往上戳兩下，用以強調。「幾個月前，我讓瑪歌把那個存了刪節病歷檔的隨身碟拿給蘿蕊，以為她會上鉤、想繼續挖掘探究，但她不為所動。就連瑪歌把未刪節的完整病歷資料秀給她看她都沒興趣。」

「這種反應很正常吧？她說不定只是怕了。」

「不是那樣！」賽西兒面容扭曲，浮現暴戾而憤怒的紅潤，「才不是這樣，她只想視而不見，和盧卡斯、愛黛兒一樣。」她兩眼放光，「後來就連瑪歌也是，她說她覺得夠了，想退出。」

「但你為什麼要**殺**蘿蕊？她對你又沒有威脅。」艾琳試著深呼吸，卻覺得胸口好緊。不是因為冷，而是憤怒。她並非不怕賽西兒接下來可能做出什麼行動，但賽西兒的辯解之詞——她為這些駭人罪行所編織的理由——只對她自己有意義，看在別人眼裡卻毫無道理可言。

「我必須殺她。盧卡斯和我出差提早回來那天，她就知道我在計畫什麼。她失蹤前一晚曾經打電話給我，想阻止我。我拒絕，她就說她有我的把柄。」

「隨身碟。」

「對。我找人駭進診所資料庫，偷出那些電子檔，不過我也知道他們最後一定有辦法查到我身上。她了躲起來，希望我以為她逃跑，但我知道她還在這裡，暗中觀察著，找機會揭發我。」

所以蘿蕊才會帶著那個存了加密檔的隨身碟。艾琳在腦中爬梳整個情況。「但你不會給她機會使用，是吧？所以你才綁架她。」

「是呀，幸好有瑪歌幫忙。蘿蕊發簡訊給你的時候也同時聯絡瑪歌，她想說服她阻止我。瑪歌說好和她見面談，越快越好。」

「所以就約在我去閣樓套房之前？」

「對。不過那只是陷阱，瑪歌不會在那裡等她，等她的人是我。」

「而且你殺了她。」

「對，輕而易舉，不拖泥帶水，她壓根兒沒料到我會殺她。我以為一切都在掌握之中，但我犯了一個錯誤。」

「沒拿走她身上的隨身碟。」

賽西兒點頭。「我知道她會把它帶在身上，但沒想過她會把檔案轉存到另一支隨身碟，也沒想過打火機就是隨身碟。她騙過我了。我一直在找那支舊的隨身碟，結果當然找不到。」

「而且也拖延你上樓的時間。」

「對。不過這些都不重要了，結果是我要的就好。現在也一樣。」賽西兒站直，一把拽起盧卡斯。「艾琳，拜託，我不想傷害你。你跟我——我們很像。我們都很孤僻，也是個鬥士，一直執著尋找答案、尋求正義。」她扣住盧卡斯的腰，手卻在發抖。「我們都得替自私的兄弟善後。既然這件事我已經開了頭，就讓我完成吧。」

賽西兒的眼睛瞇成細縫，淡金色頭髮被雪水沾溼、平貼在頭上。

盧卡斯咳嗽，兩腿仍無法站直。

艾琳不敢動，刀刃映著微光抵在盧卡斯脖子上。她開始小步挪移，她必須謹慎處理每一步。

「我不能走。」她穩穩地說，繼續移動，「這樣……這樣不對。或許你覺得這樣做是對的，但不是。」

「你走！」賽西兒音量大了些，也更堅持。淚水滑下臉龐。

「賽西兒，我不能走。我們可以談一談，把每件事釐清以後你再決定要怎麼做。我明白——」

「你明白什麼？」艾琳察覺賽西兒的語氣一變。她失控了。「誰會明白我經歷過什麼？沒有人會明白。你怎麼能說你明白？艾琳？」

「至少我可以試試看呀？不是嗎？如果我們再好好談一次——」

「談？談有個屁用？我需要的是行動。是這個！」她用力把刀壓在盧卡斯的喉嚨上，刀刃周圍的皮膚凹陷泛白。「這才是我需要的——為了我自己，也為了那些女人。」

「賽西兒——」

「不要說了！你別想阻止我。」賽西兒接近尖叫，兩眼牢牢鎖住盧卡斯。「大家都想阻止我，想阻止我說出真相，不讓我討公道……」

盧卡斯已無法控制表情，宛如戴了一張嚇壞的面具。艾琳看得出來，鎮靜劑退去，他理解了眼前的情況，也知道自己多麼危險。

再不出手就來不及了。

艾琳在電光火石間行動：她伸展雙臂、撲向賽西兒。

90

這個動作本身就讓賽西兒失去平衡。她側身倒下，齜牙咧嘴，一甩左手，試圖找回重心。

艾琳冒出一絲希望，想著如果能架開她、壓制她……

希望落空。角度偏了。

一切都以慢動作進行：賽西兒掉進池子的同時身子一扭——然而她扣住盧卡斯的力道夠強——於是將他一併拽下水。他倒在她身上，一度將她壓進水裡、濺起水花。

賽西兒並未在水下待太久，不出幾秒即浮出水面，水淹過臉龐。她在轉眼間翻身，反制盧卡斯，倏地將雙手高舉過頭、再狠狠掐住他脖子。艾琳猛然想起賽西兒是游泳高手，健壯得足以拖住兩個人，讓他倆同歸於盡。盧卡斯滿眼驚惶，艾琳也是。這無非是最糟糕的局面。

她沒辦法下水。

她嚇得腦中一片空白。刀尖刃利，反光刺眼。熟悉的恐懼將她吞噬，眼前的畫面開始傾斜、扭曲，她的視界感知開始變窄。片片剝離。

水面因兩人的動作翻騰舞動：水花潑濺。盧卡斯掙扎揮動雙手，賽西兒瘋狂攀抓、想把他的頭再壓進水裡。

但艾琳的身體仍與意志為敵，拒絕移動。她感覺得到臉上的雪花、汗水，卻怎麼也動不了，沒辦法抬起手擦掉它們。

盧卡斯終於有了動作——彷彿池水已將他身上殘存的倦意全數嚇走。他奮力一躍、從水中浮起，逼得賽西兒向後退，他趁機往旁邊游開。這招行不通。他連氣都還沒喘過來，賽西兒即游到他身邊、揚起手肘——她擊中他的喉嚨、氣管。

一下，兩下，迅速猛烈，毫不留情。

盧卡斯慘叫，眼中閃過恐懼，下一秒即癱軟沒入水中。

眼前這一幕劃開艾琳的回憶——這一幕和那個仲夏日如出一轍。山姆，還有一年前的案子。她想起自己的無作為，她的恐懼，她的不知所措。

她不能重蹈覆轍。

艾琳探向頸間，緊緊握住項鍊。

她抓住螯鉤鍊墜、使勁一扯，感到鍊子棄守、徹底斷開。那半截飛出、落在鬆軟的雪地上，半截仍在她手裡。

艾琳深呼吸，緊握住手中的半截項鍊、縱身躍下。她俐落地破水而入，不讓腦袋思考，逼自己剪水泅泳，朝賽西兒身後游去。

賽西兒連頭都沒回，注意力全在盧卡斯身上。

艾琳游至賽西兒正前方，一手仍緊握鍊墜。她緊掐墜子、一下子舉高，再使勁朝賽西兒臉上一扔。

艾琳緊張得兩手發抖，但仍快速繞圈划水、直至明顯感到阻力。儘管在水中看不清楚，但她認為鍊墜應已順利擊中賽西兒的臉，狠狠打在她細嫩的肌膚上。

艾琳收手、猛往回勾。

對方痛得大喊——這就夠了。賽西兒放鬆對盧卡斯的箝制。

刀子從她手中滑出。

艾琳的右手橫過盧卡斯的胸膛，試著將他往上提，希望他能順利換氣。她看著刀刃滑過波紋起伏的水面，閃現一道金屬亮光。

她毫不猶豫向前飛撲，左手抓住刀子。

賽西兒臉頰滲血，同一時間也做出相同動作，兩人的手相互打架，但艾琳搶先一步，牢牢握住刀柄，在水中扭轉刀尖、避開賽西兒。

儘管一時失勢，賽西兒卻再度占了上風。她回頭去抓盧卡斯。盧卡斯死命抵抗，朝她倆的反方向游開，設法去搆SPA池邊，想撐起自己、離開池子，卻徒勞無功。他的手太溼了，抓不牢覆雪的磁磚，頻頻滑開。

賽西兒不出幾秒便追上他，從他後方撲過去，使勁將他拽回池裡。

「賽西兒！住手！放開他！」

「我不要！」她淒厲尖喊，「他必須為他的謊言付出代價！」

「他會的。我知道你想要什麼，你一直以來想要的不就是讓大家知道你的故事、追求正義、讓加害者承認自己的錯誤嗎？」艾琳用力吸氣。「你已經得到了，賽西兒，現在我們知道了你的遭遇，也曉得她們發生了什麼事，接下來一定會有人替這群女性說出她們的故事。你已經幫她們說出真相，也澄清你自己的真相。你要的都得到了，殺死盧卡斯並不會讓你得到更多啊。」

「他在我最需要的時候拋下我！」她吼出這句話，可是已然失去力量。她嗚咽啜泣、哭得肩膀、全身都在抖動。

「我知道。可是賽西兒，你已經把你的感受告訴他了。現在換他得一輩子承受折磨，不是你。你可以放下了。」

艾琳屏息等待，緊盯著賽西兒。

時間無盡延長，賽西兒終於緩緩退後，放開盧卡斯。

艾琳小心扣住他的胸膛，帶他游向池邊的安全梯。她先爬上去，再協助盧卡斯離開水池。冷空氣一碰到肌膚，他立刻凍得直打哆嗦，顫抖不已。

艾琳站在池邊，任冰冷的空氣啃咬。她轉身望向賽西兒。

賽西兒仰著漂在池中央。

她四肢大張，浮在水面，凝視著從天而降的紛紛白雪。

91

五週後

「我們來早了。」威爾低頭看錶。「纜車還要幾分鐘才開。」

艾琳點頭。她的臉早已發紅漸燙，將迎來的離別令她萬般沉重。她和伊薩克都不擅長道別。她站在路邊躊躇徘徊，望著伊薩克的背影。一小根羽毛從他的藍色羽絨夾克表面戳出，微風將它吹得左搖右擺，最後終於掙脫束縛、飄飛而去。

接駁巴士緩緩從前方駛近，一路輾過路上的鹽粒碎石。巴士後方的金屬架都滿了，緊緊綁縛著好幾副雪橇與滑雪板。待巴士通過，她便跟著伊薩克過馬路，進入纜車站。

這棟水泥建築外觀乏善可陳，設計簡約，以功能性為主。平展的屋頂和呆板的邊緣，外加後方覆雪群巔的原始壯美，稍有突兀地拼接相連。

遠方，天空湛藍晴朗——不是英國冬日的蒼白淺藍，而是襯得白峰更白、令飄過的雲霧更剔透的濃郁、鮮明的藍。

最近一連數日都是這種好天氣，教人幾乎要忘記暴風雪帶來的種種波折，也讓她幾乎忘了當時的感受——隨著風雪漸強、陣陣襲來，猛烈且窒息的驚慌感。

「人好多。」三人走進纜車站，伊薩克說道。

確實如此。纜車站裡人群簇簇，有上了年紀的夫婦，背包垂得要碰到臀部的年輕女孩，還有一群小學生。

左手邊有個供應咖啡和甜點的小鋪，奶油香氣和咖啡苦味害她肚子咕咕叫。

「你們在這裡等我，我去買票。」威爾拖著行李朝票亭走去。票是得買，但艾琳曉得威爾是故意留時間和空間給她和伊薩克，讓他倆好好道別。

伊薩克的鞋尖在柏油路面上來回踢磨，神情凝重。「感覺好怪——這樣說再見，我好不容易才習慣有你在我身邊。」他打住，手指緊扣水瓶。

艾琳盯著他，無法移開視線：他的眼睛、他的頭髮，那張皺成一團的焦慮臉龐。把他一個人留在這裡，艾琳感覺好差。

「那你和我們一起走啊？」她突然說。「我們幫你訂機票，過來跟我住幾個星期，看你習不習慣。」

「晚一點吧。我想先試著回到正常生活，看看情況再說。」他緊抿雙唇，別過了頭。「我沒辦法不去想……你知道的，我竟然那樣懷疑她。就在你告訴我她死了前幾分鐘，我才把皮夾裡她的照片都燒了。我以為她背叛我，但她其實從頭到尾都沒走。我原本可以找到她的，而不是……」他的話語支離破碎。

「伊薩克，你這樣怪罪自己沒有任何意義。當時情況並不一般，連我都懷疑過你，不是嗎？在我發現那些威脅指控時，我應該去問你，而不是直接做結論。」即使是現在，艾琳想起自己的作為——她甚至打電話去學校查問——就羞得臉頰發燙。

「可是你和我已經好幾年沒見面了，我們關係緊繃，我能理解你為什麼會有那些懷疑。但蘿蕊和我訂婚了呀。我不該質疑她。我應該要知道她不是那種人。」

「但你又怎麼會知道呢？蘿蕊故意躲在棚屋，她知道那間屋子沒人用、知道自己不會被發現，再加上那裡又沒有監視器，你根本不可能找到她。」

「我知道。可是這件事就像小蟲子，不斷在我腦子裡兜呀飛的。事實是，她就在那裡，離我這麼近，自始至終都在那裡。」

「所以我才覺得你應該跟我們一起回去，轉移一下注意力。」她笑起來，「主要是因為我的廚藝實在太差，如果你願意，廚房全權交給你負責。」

艾琳朝他跨近一步，稍稍伸手，又縮回去。她暗地斥責自己。

你演太過了，情緒太滿。

幾秒鐘過去。

伊薩克把肩上的背包往上提了些。「我會去找你的。」他對上她的視線。「我可不是說說而已唷。」

「我知道。」艾琳咬著嘴脣。

「我是真心的。」他碰碰她的手臂。「我們不會再像以前那樣了，對不對？都不一樣了。你跟我，我們不再是過去那個人了。」

「嗯。」她聽進去了。我們不一樣了。

「我去對威爾說掰掰，然後就要走了。」伊薩克望向票亭，「威爾！兄弟！我要走囉！」伊薩克朗聲說道，而威爾正好朝他倆走來，手裡抓著車票。兩人輕輕擁抱、碰了碰拳頭，最後緊握彼此的手。伊薩克退開。

他轉向艾琳，一把攬近她。滾燙的淚水已在眼中打轉。為什麼她心裡這麼難受？她拋下他了嗎？再分開時，她聽見機械隆隆輾磨聲，機件碰撞、呼呼作響，纜車緩緩進站。

「走之前，我有東西要給你。」他提高音量，手探進背包。「這給你。威爾說，你家完全沒有山姆的照片——沒有我們三個人的照片。」

艾琳幾乎無法直視，但還是逼自己低頭看。

那是他們三個在沙灘上的合照：三人的腿都埋在沙裡，一座沙雕城堡歪歪斜斜立在旁邊，上頭插了幾根紙旗子。

艾琳的視線在他身上無法移開——山姆。她最小的弟弟。

這是一張真正的照片。她終於可以替換掉腦中那幅凌亂而殘缺的畫面了。

92

纜車緩緩啟動，周邊的山景隨之切換，天空和雪地變為針葉林和覆雪小屋，四驅車順著狹窄山路蜿蜒上行。

好像風景明信片。

艾琳輕按玻璃，感覺威爾的目光落在她身上。

「你會把項鍊拿去修嗎？」他問。

她下意識地探向頸間，想確認它的存在。當然，那裡什麼都沒有。她聳聳肩。「不知道。」她喜歡這種空空的感覺。輕盈了些，彷彿得到解脫。

威爾清清嗓子。「你確定你準備好要離開伊薩克了？」他裹住她的手，掌心溫暖。

她逼自己迎上他的視線。「我覺得他會沒事的。他說，知道賽西兒被捕，這個結局多少有點幫助。」

「盧卡斯呢？你知道他後來怎麼樣了嗎？」

「伯恩特今天早上跟我說了。盧卡斯因涉案被捕。他棄屍——就是丹尼爾的屍體，而且還湮滅證據、掩蓋療養院過去的真相。」她頓了一下。「他承認他早就知道那些文件和無名塚，也承認賄賂官員，以免東窗事發。」

兩人沉默了好一會兒。「那你呢？」他追問。「現在離開，你感覺還好嗎？」

「還好吧。」不過，一想到她就要離開，心情仍有點怪怪的。因為她不只是離開這個地方，也要把伊薩克、蘿蕊，以及背負了好長一段時間、足以定義她這個人和她以為的事實真相全留在這裡。她得再一次**做回自己**。從今往後，她將擁抱新的自己，繼續人生。

「我還比較擔心你呢。」她說。「你這個受了傷還亂跑的傢伙。」

「快好了嘛。」威爾摀著肚子。

這個動作十足威爾風格，低調而輕描淡寫，艾琳突然渴望能一把抱住他，觸碰他，用她一直以來總是排斥的方式對他敞開自己。

她拉他過來，給他一個笨拙、點到為止的擁抱，吸著屬於他的熟悉氣味。「這陣子發生的事，我很抱歉。」她的嗓音怪怪的。「我從來不是故意要讓你經歷、處理這些事。你……你是我的全部，是我的一切。」

「我知道。」他抵著她的髮絲低語。「都過去了。我們可以繼續前進了。」

「說到這個——」她退開，拉開背包拉鍊、抽出一本雜誌。封面一角稍有翻摺，她用手指推平。

威爾細細打量雜誌封面。「《生活，以及其他》（*Livingetc*）[2]？你從哪兒弄來的？」

「克雷恩蒙塔納的超市，花了我大概二十鎊吧。然後……」艾琳翻開雜誌，找到她要的那一頁。「這個，」她指指頁面，「這張沙發，你覺得怎麼樣？」

「什麼怎麼樣？」

「放在我們的新家啊。」

他安靜片刻，然後笑了。「我喜歡。」

艾琳正要回應他，便察覺口袋裡的手機震動起來。

她掏出手機，低頭看螢幕。

「誰找你？」威爾越過她的肩膀瞥了一眼。

「工作的事。」她讀著螢幕上的訊息，「因為伊薩克的關係，他們同意我延長假期，不過我必

---

2 英國室內設計雜誌。

須在下週前確認回覆。」

威爾點點頭，看了看窗外。艾琳也跟著向外眺望。纜車即將抵達山谷。方才的山中小屋已變成一幢幢鄉居和白雪披覆的葡萄園，幾株葡萄藤探出積雪，猶如一抹纖細身影。

他轉頭看她。「所以，你決定好了？」

「應該吧。」

他倆身旁的乘客伸手推開玻璃窗，艾琳仰起頭，感覺沁涼微風輕拂臉龐。時節尚早，真正的三月還沒來，但她能感覺得到，能嘗到瀰漫空中的春意。

宛如新生。

後記

他跟他們只差一個車廂。

如果他倆回頭看，應該會看見他。他靠著車窗，也是視線範圍中唯一沒說話的人。

他前面有一小群人，中東來的。那些人輪流暢飲瓶裝水，飛快說著阿拉伯語。

這群人每隔幾分鐘就戳戳模糊的玻璃，討論窗外景物：小屋，教堂，頹圮的木造棚屋。沒人注意到他，甚至不曾和他對上視線。

他身後是一家子瑞士人，母親、父親、兩個不超過十歲的小女孩。女孩兒穿著顏色鮮豔的滑雪裝，只要稍稍動一下，身上的虹彩就跟著閃動。年紀較小、臉上有雀斑的紅髮女孩正在大嚼大嚥填料滿滿的長棍三明治，臉頰靠在姊姊胸前。

做母親的拍下這一幕，做父親的不耐煩嘆氣，因為他身負重擔——滑雪杖、背包，手上還掛著一件羽絨外套。

他伸長脖子、越過前方那群中東人探頭探腦。即便如此，依舊沒人瞧他一眼。

他看著艾琳。她在笑，一邊比手勢、一邊跟男友說話。她神采奕奕，而他有好一段時間沒見過這樣的她了。

顯然她不曾意識到他的存在，在飯店也是一樣。那天在冷水池發生的事——特別是誰在背後推她——她毫不知情。雙手貼上後腰、輕輕一推。

他不介意。無名氏的身分很適合他。橫豎他也不急，是吧？他還是等某人放鬆心情、疏於防備時再出手。這樣最好。

這才是所謂的甜蜜點，不是嗎？

介於快樂與恐懼之間的小驚喜。

當地報導，二〇二〇年八月

瑞士警方在瑞士一處療養院舊址挖出三十二座無名墳。過去曾有多名女性在此慘遭生理及心理虐待。

瑞士警方在度假勝地克雷恩蒙塔納的觀光飯店「山巔」附近，發現三十二座無名墳。消息人士指出，自一九二〇年末期至三〇年代期間，曾有多名女性遭非法監禁於此，慘遭身心虐待。

警方另於療養院舊址發現與墳墓吻合之多份異常文件紀錄。該址前身為「普魯瑪奇療養院」，專門收治結核病患者。

據《早報》（*Le Matin*）報導，瓦萊邦司法警察隊是在近期偵查該飯店發生的數起謀殺案時，有了上述發現。

嫌犯之一供稱，犯下連續殺人案的動機肇因於飯店前身、即療養院時期的歷史事件，故使警方針對該處展開更縝密的搜查工作。

警方發現的墓地位於飯店東北方，據信是療養院關閉前多名女病患下葬之處。結核病改採抗生素治療後不久，療養院即關閉停業。

瓦萊邦警局和洛桑大學法醫鑑識人員利用土壤採樣及透地雷達等高科技儀器，總共挖出三十二座墳墓。

療養院並未正式記載這幾處埋葬地點，警方亦同時起出多份偽造文件，指稱這些病患已被送往他處埋葬。然而，院方藏匿的舊文件卻證實曾有多名女子死於「未知因素」，其中大多是「假借醫療之名的虐待行為」造成的損傷。

這三十二名女子據信皆轉自德國哥特朵夫診所。目前尚無法得知病患轉院時是否確實罹患結核病，或診斷意見遭竄改捏造，以便達成此不良意圖。

婦女未經正式醫療評估、並且在違反個人意志的情況下被送進醫療機構，接受治療，這種情形在案發當時不算罕見。全歐各地曾有無數女子在男性監護人或家庭成員的要求下，被強制拘禁於診所或醫療機構，藉此控制其行為或繼承的遺產、或其獨立之思維創見。

瓦萊邦檢察官雨果．塔帕瑞表示：「檢方正在研究調查報告及相關結果。未來我們會配合調查進展，主動聯繫受害者遺族，討論適當的後續處理方式。」

某受害者遺族表示：「我們認為，這些婦女都是皮耶．葉里醫師的病人。皮耶．葉里是胸腔外科醫師，當年曾以他的實驗療法聞名一時。待調查告一段落，我們打算立一座紀念碑，懷念這群受害女性。」

致謝

我想向每一位協助本書問世的夥伴表達感謝之意。坦白說，在每一本小說從寫作到出版的各階段中，我真不知道有多少人參與其中；能夠受惠於他們每一位的專長與洞見，我榮幸萬分。

我要大聲感謝我絕頂聰明的編輯，Transworld 出版社的 Tash Barsby。謝謝你願意把這本書帶到世上，投入數不清的時間和技巧，協助發展和修整故事，為此我可能永遠都無法完整表達我的謝意。你犀利的眼光和絕妙的說明不僅讓這本書閃閃發光，也透過各種最可能的方式改變了我的世界。我也要謝謝 Transworld 的每一位夥伴，尤其是 Sarah Day 強大的審稿功力。

我也要大力感謝 Pamela Dorman Books 的編輯 Jeramie Orton。有你這麼一位專業、眼光獨到的編輯幫忙把這本書帶給北美地區的讀者，對我來說簡直夢寐以求。

超感謝我的文學經紀 Charlotte Seymour。謝謝你發掘我的寫作才華，並且從一開始就執著於這篇故事（而且還緊盯我的草稿進度！）你幫我找到最適合的出版社、對我的寫作事業懷抱無比堅定的信心，此情恩重如山。

另外也要謝謝 Andrew Nurnberf Associates 團隊的各位，特別是倫敦的外國版權團隊、行銷夥伴、還有把我的書賣到世界各地（簡直超出我想像）的每一位合作夥伴。我尤其要感謝永遠神采奕奕的 Halina Koscia，你的電子郵件總是源源不絕為我送來世界各地的好消息，總是有辦法讓我一整個星期心花朵朵開！我也要感謝各國出版社和編輯，謝謝你們如此悉心照料這本書。

我要感謝每一位在我蒐集資料時，大方提供或出借好點子的各位，尤其要感謝席昂的瓦萊邦警察局。謝謝各位的耐心，慷慨撥冗回答我的問題。當時那些「假如、萬一」的對話開啟我無窮的想像力，儘管「艾琳」有她自己的想法，最後我們還是全心贊同各位的論點——瑞士警方有能力在任何時候抵達任何一處案發現場。本書任何關於瑞士警方辦案程序的不精確事實，若不是我筆誤、就是為了遷就故事發展所做的設計。

我有幸能得到「英國雪地運動教練協會」（BASI）幾位成員的支持，尤其是駐於法國莫爾欽（Morzine）的「英國阿爾卑斯滑雪學校」（BASS）教練 Jaz Lamb。謝謝你回答我許多問題，還介紹太陽門（Portes du Soleil）高山救難隊和嚮導 Jeremy Helvic 給我認識。謝謝你們。謝謝 Stéphane Romang 帶我們去看克雷恩蒙塔納境內幾處宏偉的療養院遺址。我們在山上巧遇的許多人也為這則故事帶來不少啟發與靈感。

我要再特別感謝一個人：謝謝 Axel Schmid 一家帶我們認識「克雷恩蒙塔納」這個位於瑞士阿爾卑斯境內、非常特殊的地方。這裡氣氛獨特、景色壯美，啟發我寫書的靈感。而這裡也成為我們家族的幸福之地，我無時無刻不讚嘆感激。下回咱們再去 Amadeus 餐館小聚！

由衷感謝我的父母和姊妹們——你們是我寫作的起點。謝謝你們養成我熱愛閱讀的習慣、鼓勵我寫作。我的童年滿滿都是圖書文字：一則又一則床邊故事，有聲書，週週造訪圖書館。謝謝你們為我付出這麼多時間，聆聽關愛，討論啟發（還有源源不絕的食物！）沒有你們就沒有這本書。我好開心能和你們分享這一切。我還要感謝所有線上和真實世界的朋友們，謝謝你們堅定支持我寫下去，你們的仁慈和建議（還有咖啡無限暢飲）是我的無價之寶。

謝謝祖母，謝謝您以前每天至少速讀一本書給我聽，還借我一大堆您最喜愛的小說；謝謝祖父，儘管您視力大不如前，依舊耐心花好長好長的時間讀完我的短篇故事。以前兩位總是開開心心陪我走在寫作這條路上，希望您們此刻也會在遠方繼續陪伴我。

最後，我要感謝我的女兒 Rosie、Molly，還有我的丈夫 James。謝謝你們從一開始就對這篇故事懷抱無比的執著與熱情。謝謝你們分享你們對高山的喜愛，督促我每天早上六點起床，協助我完成最刁鑽詭異的場景，並且逼我再繼續深入著墨。正因為有你們全心全意的鼓勵、相信我能寫作，我才有辦法日復一日坐在書桌前一字一句地寫下去。你們是我最大的驕傲。若是沒有你們，我還真不曉得該如何是好呀！

國家圖書館出版品預行編目 (CIP) 資料

記憶冰封之處／莎拉・皮爾斯（Sarah Pearse）著；
力耘譯 . -- 初版 . -- 臺北市：小異出版：大塊文化
出版股份有限公司發行 , 2022.03
面；　公分 . --（SM；31）
譯自：The Sanatorium
ISBN 978-986-97630-3-5（平裝）

873.57　　111000382

Trans+

Trans+